江戸の朝風

特選時代小説

山手樹一郎

廣済堂文庫

目次

海の男

一

江戸名所図会に、金竜山浅草寺《きんりゅうざんせんそうじ》は伝法院と号す。坂東順礼所第十三番目なり。天台宗にして、東叡山に属せり。本尊は聖観世音菩薩云々と書いてあるが、江戸では浅草の観音さまといったほうが早い。

春夏秋冬人の絶えない盛り場で、浅草広小路から雷門を入ると、両側は仁王門まで土産物を売る仲見世がずらりと並び、仁王門の近く右側に水茶屋が店を出している。

仁王門を入ると右に五重塔があって、正面に本堂が南に面して建っている。本堂の裏にはとりどりの見世物小屋が鳴物入りで客を呼び、その一番境内の奥に楊弓場《ようきゅうば》が軒をならべている。

花曇り鐘は上野か浅草か、といわれる鐘楼は本堂の東側随身門《ずいじんもん》を入った右手にある。

——おんやあ、見なれねえ浅黄裏《あさぎうら》が立ってやがるぜ。

毎日のことで、なにか拾い物はないかと盛り場を一廻りしてきたおとぼけ仙太は、本堂の階段をあがって行きながら、少し右へよけた廻廊にぼんやり突っ立って、見世物小屋のほうへ流れるようにつながって行く人波を眺めている浪人者らしい男に気がついた。

がっしりとした上背のある逞しい男ぶりで年ごろ三十がらみ、江戸に珍しいこまかい薩摩《さつま》絣《がすり》の着物に黒小倉の袴《はかま》、朱鞘の大小、どう見てもこれは野暮な田舎侍だ。しかも、ふところがばかに重いらしい。腹のふくらみ方でわかる。

――野郎、ただ者じゃねえぞ。

こんな田舎浪人がそんなに大金を持っていようがない。ひょっとすると盗人かなと思ったが、それにしてはどこにもそんな鋭いところはなさそうだ。まるで放心したように突っ立っている恰好は、極く人の好さそうな田舎侍である。

――わかった、この野郎御納戸金《おなんどきん》を持出して主家を逃げてきた奴に違いない。

すると、こんなところにぼんやり突っ立っているのは、女を待っているんだな、国もとで好きな女ができた。御納戸金を掻っさらって逃げるんだから、道中いっしょでは人目に立つ。別々に江戸へ入って、浅草の観音さまで落ちあおうと約束した。それで野郎、あんなところに立っているに違いない。

こいつは素晴しい鴨《かも》にぶつかったと、仙太はわくわくしながら、ふらりとその男のそばへ寄って行った。

「旦那、いいお天気でござんすねえ」

おとぼけとあだ名がついているくらいだから空っ恍《とぼ》けるのはお手のものの仙太である。

「うむ、いい天気だなあ」

田舎浪人はちらっとこっちを見ただけで、やっぱり人ごみのほうへ気を取られているようだ。

「なにしろ、もう梅が咲くんですからねえ」

「そうだなあ」

「大森のほうはもうすっかり咲いちまったって話ですからね」

「うむ、あの辺は梅が多いなあ、江戸の梅干は毎年あの辺から売り出すんだそうだな」

「すると、旦那は西からきたんですね」

「そのとおりだ。昨日江戸へ入ったばかりでな、あんまり人間共が多いんで、めんくらっている」

にっとわらった顔が、なんともいえない男性的な魅力がある。

「田舎から出てくると、そうでござんしょうねえ。それに、旦那はちょいとふところが重そうだからなあ、気をつけなくちゃ」

おためごかしにそろりと一本さぐりを入れてみる。

「少し慾ばりすぎたもんだからな。このくらいは持てると思ったんだが、三百両はちょいとこたえた」

「あれえ、正直だなあ旦那は。それで、なんですかい、女の子を待っているんでげすか」

「よくわかるなあ、実は今朝から女の子をさがしまわっているんだ」

人の好い鴨だぜ、こいつはと、仙太はすっかりうれしくなってきて、

「へ、へ、御納戸金でござんしょう。ちゃんとわかっているんだ。なあに、あっしはこれでも口のかたいほうでしてね、余計なことは決して誰にもしゃべりゃしやせん。旦那は江戸は不馴れのようだ。一つお力になろうじゃありやせんか」

「ありがとう。しかし、こう江戸に人が多くては、なかなか難しい」

「そんなことはありやせんや、ちゃんと浅草の観音さまと、話はきまっているんでしょう」

「うむ、この裏の楊弓場にいた娘で、お弓という女なんだ」

「なあるほど、矢場女のお弓さんね。つまり、そのお弓さんが旦那の国まで流れて行って、縁は異なものといいやすからね、旦那と乙な仲になった。江戸で世帯を持と

うという約束ができて、旦那が持てるだけの御納戸金を胴巻へ入れる、道中いっしょでは目立つから、別々に江戸へ入って、女の元の古巣の浅草の観音堂の上で落ちあうということになった。どうです大将、当ったでげしょう。難しいことなんかなんにもありゃしやせんや」

「いや。それが難しい。いま楊弓場を一軒残らず聞いてみてまわったんだが、なにしろ十何年も前のことはわからんというんだ。考えてみると、無理はない」

「すると大将、その旦那のお弓さんて女は、十年前にここの矢場女だったんかね」

「当時十四だったというから、もう二十六、七になっているはずだ」

「あれえ、旦那はその二十六、七のお弓さんとここで落ちあう約束をしたんじゃねえんでげすか」

「違うな。わしはまだそのお弓さんに逢ったことはない」

「けっ、人が悪いねえ旦那も。じゃなんだって旦那は、三百両も御納戸金を持って、その女をさがしているんです」

「少し人にたのまれたことがあってな。わしは七人の人間をさがさなくちゃならんのだが、その第一番からこれでは、先が思いやられる」

田舎浪人はしみじみといいながら、まだ下の人の流れをぼんやり眺めている。

こいつ少し頭にきているんじゃないかなあと、仙太は呆れながら、

「ねえ旦那、逢ったこともない女を、ここでいくら待っていたって、今日《こんにち》はと先方から出てくるわけはねえでしょう」

と、急に戦法を変えることにする。

「うむ、今日はと出てきたのは、お前ぐらいのものだ」

「おっしゃるぜ。旦那はあっしなんかより、おとぼけにかけちゃ一枚上らしいや」

「おとぼけ――?」

「空っ惚けるのがうまいって話です。さては一皮むけば大伴黒主《おおとものくろぬし》」

「いや、それほどでもない。黒潮太郎《くろしおたろう》という、まるっきり氏も素姓もない海の男だ」

「あっ、海賊だね、旦那は」

「そんな度胸などあるものか。まあ竜宮の番人だと思ってもらえばいい」

「竜宮にも御納戸金てのがあるのかなあ」

「あるとも――。海の底には船が御納戸金を積んで、たくさん沈んでいるからな」

「旦那はそいつをもぐって行って、胴巻へ入れてきたんかね」

「なあに、鯨《くじら》にたのんでおくと、いくらでも持ってきてくれるんだ」

「いうことがでっかいなあ。じゃ人魚なんてのもいるわけだな」

「いるとも。あれはみんな年はとらない。年は玉手箱へしまっておくから、みんな若くてきれいだ」

「やっぱり白粉をつけていやすか」

「うむ、つけているようだな。水白粉というのを」

「気に入った。あっしは河童《かっぱ》の伜《せがれ》でおとぼけ仙太というんですが、旦那となら友達になれそうだ」

「お前は河童の伜か。なるほど、そういえばどこか顔にそんなおもかげがあるな」

こん畜生、浅黄裏のくせにいまにみろと、仙太は内心敵愾心《てきがいしん》に燃えながら、

「時に太郎旦那は、そのなんとかいう矢場の女を、どうしてもさがさなくちゃいけねえんでしょう」

と、親切そうに持ちかけてみる。

「うむ」

「それならこんなところで考えていたってしょうがねえ、あっしがいい占《うらな》い者のところへつれてってあげやしょう。まずそこで見当をつけてもらうんでさ」

「易者か。それならもうそこで観てもらったんだが、あまり当てにならんな。早ければ今日見つかるが、おそければ十八年かかるといった。わしが浪人者だから、敵討と間違えているんだろう」

「へえ、今日と十八年じゃまたばかに開きがありすぎやすねえ」

「今日というのは、あんまりうますぎるようだし、十八年では少し長すぎるからな」

「それで旦那、こんなところで考えこんでいたんですね。ようござんす。あっしが引きうけた。あっしが案内する易者ってのは、そんなんじゃない。女の易者だが、黙って坐ればぴたりと当るんです。まあ騙《だま》されたと思って、いっしょにきてごらんなさい」

「そうかなあ」

「だって旦那、十八年も待たされるより、もう一度観てもらって、一日でも早くその女に逢えたほうが徳でげしょう」

「なるほどそれもそうだなあ」

「さあお出でなせえ。そう遠いとこじゃない、すぐこの近くなんでさ」

仙太が先に立って観音堂の階段をおりはじめると、それでも黒潮太郎と名乗る海の男はのそりとついてくる。

——しめた、もうこっちのもんだ。

拾い屋の仙太は思わず北叟笑《ほくそ》まずにはいられなかった。

二

随身門から観音さまの境内を出て、馬道を突っ切り、寺町の間を真っ直ぐぬけると、花川戸の通りへ出ようとする右手が戸沢長屋で、左側が山ノ宿《しゅく》町になる。

その戸沢長屋と寺の土塀との間の六尺路地を入った三軒目に格子戸の入った小粋な玄関構えの二階家があって、柱に、——

「陰陽師《おんようじ》、天明堂白蘭《てんめいどうびゃくらん》」

と、いかにも美しい女文字の草書で書いた小さな看板がかけてある。

ここがおとぼけ仙太のいった女易者の家だ。女主人白蘭女史はまだ二十四、五の、どこか御殿奉公でもしたことのありそうな品のいい大年増で、いつも髪を官女風の下げ髪にして、白羽二重に緋《ひ》の袴をつけ、その上から紫羽二重の被布《ひふ》を着ているといういでたちが、ぴたりと身についているような女ぶりだった。

一年ほど前からここへ越してきたので、誰も白蘭女史の前身は知らないが、家には婆やと小女一人を置いて、近所づきあいも決して悪くはない。というより、この辺の裏長屋は一帯にその日暮しの貧乏人ばかりで、善玉となく悪玉となく豊かなのは一人もいない。

それが雨でもつづいて、その日の米に困ってくると、背に腹はかえられないから豊かそうな白蘭のところへ小銭を借りに行く。たいてい黙って貸してくれるから、評判の悪かろうはずはない。

ただし借りた金をかえさない者には、二度とは貸さない。善玉悪玉をちゃんと区別

していているから、悪玉の中には、

「なんでえ、女のくせに先生面をしゃあがって、あの白狐《しろぎつね》め、おおかたどこかの寺の坊主のかくし妾なんだろう」

と、反感を持って一生懸命真相をつきとめようとしている奴もいる。無論真相をつかんだら金をゆするつもりでいるのだ。

おとぼけ仙太はすぐその裏の長屋の住人で、どうせ世の中を真っ直ぐに歩いている男ではないから、はじめはやっぱり白蘭の秘密をつかんでやろうとつけ狙った組だが、そのうちに白蘭から客引きをたのまれ、月月手当てをもらって遊び半分に二人三人と亡者をつれてきてやるうちに、いつの間にか天明堂の下男みたいになっていた。

無論自分では下男ではなく番頭のつもりで、あわよくば女主人をうまくたらしこもうという野心さえ棄ててはいない。むしろそれがあるから毎日忠実に客を拾いにも出れば、台所で下男のような真似も平気でつとめているのである。

このごろではもう客を拾ってこなくても、美貌の天明堂には相当いい信者ができているのだが、それでも客を拾って行けば女主人が後でとてもよろこんでくれるので、――今日のはともかくもふところの重い亡者なのだから、後でどんなお言葉が頂戴できるかと、それをたのしみに海の男をつれこんできたのだった。

「先生、お客さんをおつれしやした」

玄関の三畳からすぐあがって行ける二階の六畳の間が天明堂の仕事場で、仙太は廊下の障子をあけて、中へ取次いだ。

「御苦労でしたね」

品よくにっこりとなる笑顔が、全くふるいつきたいような色っぽさなのだ。

「さああなた、どうぞお入りください」

白蘭が小机の前から声をかけると、黒潮太郎はのそりとその前の座布団に坐った。軽く会釈をしただけで、一言も口はきかない。

――あれえ、この野郎、黙って坐ればぴたりと当るを真にうけてやがる。

しようがねえなあとは思ったが、ここが大切なところだ。

「先生、このお武家さんはねえ――」

「河童うじ、助け舟を出してはいかんぞ、黙って坐ればぴたりと当る、それでないと約束が違うからなあ」

黒潮太郎がこっちを向いて、にこりと笑った。これもみじんも悪意のない、おおらかな微笑だったが、仙太はこん畜生と思いながら、場合が場合だから思わず目を白黒させる。

「ほ、ほ、よろしゅうございます。あたくしにわかるだけは申上げてみましょう」

天明堂はおだやかにうけながら、じっと黒潮太郎の顔に目をすえた。

——さあ勝負だ。

こんなところを見るのは初めてだから、仙太は我にもなく拳をにぎりしめる。

白蘭の目はなんとなく白虹《はっこう》のように輝き出し、それを見かえしている黒潮太郎の目は海のように深く静かに澄んでいる。

部屋は南に向いているから、早春の午後の日ざしが障子に明るい。

「海からお出でになりましたか」

「うまい」

仙太が思わずうなる。

「たずね人でございますね」

天明堂はにこりともしないでつづける。

「さよう」

太郎は彫りの深い顔に、かすかに微笑をうかべた。

「一人ではございませんね」

太郎がうなずきながら、微笑を消した。

「八人でございますか」

あっ、違った、七人だといおうとしたが、仙太は声が出なかった。

犇《ひし》と睨みあっている二人の体中に、なにかいい知れぬふしぎな力がみなぎってきて、一瞬あたりの空気がしいんと緊張してきたかに感じられたからだ。

そして、天明堂の美しい目は妖《あや》しいまでに気魄をたたえ、太郎の深い目はなにかを吸いとろうとするように、明らかに軽いおどろきの色をたたえている。

二呼吸、三呼吸、無言の睨合いは五呼吸ほどつづいた。

「あなたには、七人の亡霊がついているようです。八人目はあなたの敵でしょう」

「いや、八人目はたずねたくない」

「あなたがたずねたくなくても、先方からあなたの前へ出てきます。剣を磨《と》いで」

「防ぐからよい。八人目はいらぬ」

きっぱりした声音だった。

「七人のほうを観てくれぬか。みんな生きているだろうか。逢えるだろうか」

生きていてくれ、逢えるようにと、心から思いつめているようなしみじみとした声音になっている。

「わかりません」

天明堂の青白んだ額に汗がういてきた。

「教えてくれ。あんたにはなにか霊感があるようだ。あんたの目がそういっている」

「いえません」

「どうしてだ」

ている。

「わからなくなってしまいました」

天明堂は急に弱々しくいってなにかつきものがおちたようにもういつもの顔になっている。

「そうか。やっぱりわからないか」

太郎もがっかりしたように緊張を解いて、淋しくわらう。

「そのたずね人の一人には今日逢える、そういう声がなんとなくあたくしの耳に入りましたけれど、あたくしにはそれがなんだか不安で、どうしても口に出せませんでした」

「そうかなあ。実はさっき大道易者に観てもらったら、無論その時はたずね人と正直にいったんだが、その易者も今日めぐり逢えるといった。しかし、今日逢えなければ十八年先になるだろうと、わしを敵討と見たらしいんだ」

「卦《け》を立てたのでございますか」

「うむ、立てた」

「半分は当っているかも知れません。その易者は判断を誤っただけで、その中の一人には今日逢える、一番最後の一人は十八年先でなくて八年ぐらい先になる、卦にはそうあらわれたのかも知れません。その一人だと思ったから、今日逢えなければ、十八年先と申してしまったのでございましょう」

天明堂は又しても美しい笑顔を見せる。

「すると、やっぱり今日逢えるには逢えるのかね」

「あたくしの今のは、なんと申しますか、ただ稼業の勘で口から出まかせを申したのですから、――たとえば、海からきたといいましたのは、お顔の色と、体の恰好がそんな風に見えましたの」

「正直ですなあ、あんたは」

太郎が感心するようにいう。

「いいえ、正直なのはあなたでございます。いちいち目の色がちゃんとあたくしのいうことに御返事をしてくださるのですから」

「わしはわざと意地悪く出たんだが、たずね人かといわれた時は、おやと思った」

「ほ、ほ、海からお出でになって、ただの江戸見物でしたら、なにもこんなところへ観てもらいにお出でにはなりませんでしょう。金談か縁談か、そういうことを人に相談してきめるお人柄ではございません。ですから、たずね人ということになります」

「八人とわかったのは――」

「それと、七人の亡霊と申しあげたのだけは、当たっても外れても、あたくしの修業の勘でございます。あなたの相を拝見しますと、ずいぶん苦労をしておいでになりました。二度も三度も死ぬような目におあいになっています。これから先にも、そういう苦労がお絶えになりません。思うことがうまく行くようでなかなかそうすらすらとうまく行きません。ですから、今日その一人に逢えるとわかっているようでいながら、はっきりと申しあげかねてしまうのです。あなたがはじめにあたくしを試そうとなすったものですから、あたくし余計かたくなって、こじれてしまったかも知れませんし

「すまんことをした。わしは前の易者先生でがっかりしていたものだから」

「でも、これだけは申上げられると思います。あなたは心に宝をお持ちになっていますから、おしあわせでございます。強い意志と、大きな慈悲の心、万人に勝れたお方といえましょう」

「それはほめられすぎたようだ。見料はおいくらかな」

太郎がわらいながら聞く。

「おぼしめしで結構でございます」

「では——」

紙入から一朱銀を出して紙にくるみ、天明堂の前の小机の上へおく。

「旦那、黒潮の旦那、さっきのことを聞かなくてもいいんですかい。観音さまの矢場にいた十四の娘、ええと、そうそうお弓とかいいやしたね。巡礼お鶴の阿母さんの名だった」

おとぼけ仙太がやっとそばから口を出す機会をつかんで膝を乗り出す。

「いや、いいんだ。もう聞くだけのことは聞いた。後は心当りを自分でさがしてみよう」

「へえ、そんな心当りがあるんですか」

「その娘さんはそのころ、兄と二人で聖天町《しょうでんちょう》とかの長屋にしばらく住んでいたというから、こんどはそこへ行ってみよう。天明堂さん、お邪魔しました」

太郎はゆっくりと立上って、静かに階段をおりて行く。

「先生、どうかしやしたか」

天明堂はじっと行儀よく目をつむって、太郎の去って行く足音を聞いているようだ。神がかった女だから、なにか霊感でもあったかなと、仙太は思わず目を見はる。

そういえば白蘭の端麗な横顔が薄桜色に上気している。

「黒潮さまとおっしゃるのですか、いまの方は」

「そうですよ。黒潮太郎だって、名乗っていやしたがね。なあに海賊でさ。そうじゃない、竜宮の番人で、鯨が海の底に沈んでいる御納戸金を、いくらでもくわえてきてくれると、空っとぼけてやしたがね、ふところだって柄になく重そうですからね」

「ほ、ほ、おとぼけさんにはあの人の言葉の裏がわからないでしょうね。どこからおつれしたのです」

「観音さまの廻廊の上へ、ぼんやり突っ立っていたんです。ははあ、この浅黄裏め御納戸金を掻さらって、ここで落合う約束だなと、あっしは睨んだ、ところが、女を待ってるんじゃなくて、さがしているんだ、いま裏の矢場を一軒残らずお弓って十四になる娘を聞いて歩いてきたが、もう十年あまりも昔のことだから、どうもわからない。第一、江戸は人が多すぎるなあって、吐《ぬか》しやがるんでさ、田舎者はのん気ですね」

「おとぼけさん、御苦労さま。これをお駄賃にさしあげましょう」

天明堂は包紙の紙だけをとって、中身の一朱銀を仙太にくれた。

「あれえ、これをみんないただいちゃ、先生の儲けがねえじゃありやせんか」

「よろしいのです。そのかわり、あの人の後を追って行って、いっしょに聖天町をさがしておあげなさい。土地なれない人に、この辺はわかりにくいから」

「へえ」

「あの人は大金を持っていますし、あの人の前ではいえませんが、恐しい剣難の相が顔に出ています。おとぼけさんが親切にしてあげると、きっとあなたにはためになる人ですよ」

「へえ、剣難の相がねえ。すると先生、あの旦那が誰かにばっさりとやられると、あのふところの三百両はそっくりあっしのふところへころげこむって寸法ですか」

「親切にしてあげれば、そうなるかも知れませんね」

天明堂がちらっと例の色っぽい微笑をこぼす。

「しめたっ。親切にしてやりますってさ。三百両になるんなら、少しぐらい剣難の飛ばっちりをうけたって、びくともするおとぼけ仙太じゃねえ。ごめんなすって」

仙太はどかどかと階段を一気にかけおりて行く。

その足音を聞きながら、天明堂の顔が急にいろこく曇って、胸の底からため息が出てきたようである。

三

黒潮太郎は天明堂を出ると、その足で聖天町をたずねてみることにした。

花川戸通りから山ノ宿へ出て、それを突き当ると道が二股にわかれ、右へ行けば今戸橋通り、左へ行けば山谷橋《さんやばし》へ出る。その突き当ったところから山谷橋までの間の両側が聖天町で右側に聖天社のある待乳山《まっちやま》がある。

お弓兄妹の住んでいたのは、その聖天社の西側の裏長屋と聞いていた。

――あの女易者はよく当った。

太郎は歩きながら、ひそかに感心していた。

たずね人は八人、その八人目は敵でしょうといっていた。八人目はたしかに敵だが、別にさがそうとは思わない。さがさなくても、およそどこにいるぐらいはちゃんと見当がついている。

七人の亡霊をしょっているというのも本当だ。それだけよく当ったのだから、その第一番目のたずね人、お弓には今日逢えるという言葉も信用していいはずである。

――わかってくれればいいがなあ。

太郎は正直にそう思う。そして、もし本当に今日中にお弓に逢えたら、あの美人の女易者に相当の礼をしてもいいと思った。

太郎の目から見ると、あの白蘭という女易者はかなり苦労をしてきて、どこかに暗いかげはあるが、根は正直な人間に違いない。正直な女でなければ、稼業の勘だなどという言葉は客の前で口にできるものではない。

もっとずるい女なら、あれだけ練達した術を心得ているのだから、いくらでもうまいことをいって金にしたがるはずだ。

つまり散々苦労はしているが、苦労ずれはしていないということになる。

――しかし、あの暗いかげはどこからきているのだろう。

意地が強くて、なにか思いつめている。どうもそんな感じなのだ。

或は長い間不しあわせと闘ってここまでくるうちに、そんな暗いものが身にしみついてしまったのだろうか。

怏々《おうおう》として楽しまず、微笑はしても心から微笑しきれない。絶えずなにか悩みがある、どうもそんな顔だ。

するど、今でもしあわせにはなりきれない女ということになってきそうだ。

——はてな。これは余計なお世話だったかな。

太郎は気がついて苦笑した。美人の女易者の心配をしてやるより、こっちはまずお弓をさがさなくてはならない仕事があるのである。

そうは思いながら、たずね人ですかといって、真剣に見すえてきた時のあの燃えるような目は、なにか神がかっているような不敵な闘志さえあって、実に美しかった。

——あれはたしかに男を悩殺する目だ。

太郎はまだ白蘭にこだわっている。ただ美人というだけではなく、ああいう奥深い女に出逢ったのは初めてだからである。

太郎はふっと足をとめた。もうこの辺は聖天町である。右手に大きな酒屋がある。

「ちょっと物をたずねたいが——」

その店の前へ行って、そこで働いている番頭らしい男に声をかけた。

「へえ、なんです、お武家さん」

「当家の裏は一帯に聖天町だな」

「そうです」

「この辺の裏長屋の大家とか、差配《さはい》とかいう家を教えてもらいたいんだが」

「聖天町の裏長屋といっても、広うござんすからね。大家も差配もたくさんいますが、この路地の突当りの二階家の家も、吉兵衛親分といって、この辺での大家さんですよ」

「ああそうか。親分というと、なんの親分だね」

「御用のほうの親分です」

「岡ッ引だね」

若い番頭はわらいながらうなずく。

「ありがとう。お造作をかけた」

太郎は礼をいって、酒屋の横の路地を入って行った。なるほど突当りにがっしりとした玄関格子が見える。

路地はそこから左右へのびて、この辺一帯の裏長屋は奥が深そうである。

「たのうむ」

太郎は玄関の前へ立って、案内を乞うてみた。

「へえ、誰方《どなた》さんで」

障子をあけて顔を出したのは、子分らしい若い男である。

「わしは以前この近所に住んでいた人をたずねている者だが、玄関先でかまわぬ、大家さん在宅ならちょっとこれへ出てもらえまいか」

「しばらくお待ちなすって」

若い男が引っこんで行くと、間もなく入りかわりに四十を二つ三つ出たと思われる年配の、小肥りに肥った男が長半纏《ながばんてん》のまま気軽に出てきた。

「どうぞ格子の中へお入んなすって。——手前が大家の吉兵衛です」

「失礼する」

太郎は格子をあけて土間へ入った。

「人をおたずねだそうですね」

じろりとこっちの顔を見る目に、いかにも岡ッ引らしい鋭いものがある。

「それがまことに雲をつかむような話で恐縮だが、今から十年ばかり前に、若い浪人者で三木文次郎という者が妹と二人でこの辺に住んでいた。兄の文次郎は当時二十二、三、妹はお弓といって十三、四、奥山の矢場へ手伝いに通っていた、その妹のお弓のほうをたずねているのだが、なにか心当りはあるまいか」

「十年前のことねえ」

吉兵衛はちょっと目を伏せて考えながら、

「あっしは岡ッ引という稼業柄、この辺は古いし、長屋の人間はたいてい知っているんだが、どのくらいこの辺に住んでいたんです」

「さあ、半年ぐらいのものかな」

「半年ぐらいねえ」

「ちと無理かな」

「失礼ですが、お武家さんはその人の御親戚ででも――」

これは当然の質問だった。

「いや、親戚ではないが、三木の友人なんだ」

「妹さんのほうをたずねているとおいいなすったようだが、兄さんのほうはおわかりなんですか」

「うむ、三木は四年ばかり前に死んだ」

「すると、その間の六年間というものは、どうしていたんでしょうな、三木さんて人は」

「三木は当時若気のいたりで、この土地で人を一人斬った。そのためにやむなく妹を一人残して江戸を逃亡して、諸国を流浪して歩いている中に、九州のほうで四年前に客死《かくし》したんだ」

「死んだことは、たしかでござんすね」

「それはたしかだ。わしが死水を取ったんだから」

「なるほどねえ。——しかし、どうも思い出せませんねえ、お気の毒ですが」

吉兵衛はちょっと気の毒そうな顔をする。

「そうか。では、しようがない、ほかを当ってみよう。お造作かけてすまなかった」

「どういたしまして」

玄関を出た太郎は、そのままゆっくり酒屋の前へ引きかえしてきた。

——あの岡ッ引の家主はたしかに三木を知っている。

三木は九州で客死したといった時、空っ恍けてはいたが、目の色が急に安心したようにこっちを見ていた。

第一、三木兄妹に全然心あたりがないものなら、江戸を落ちてからの三木のことなどに関心を持つはずはない。それを突っこんで聞きたがるからには、なにか心当りがあるのだ。

それなら何故あんな風に知らぬと白《しら》を切ったのだろう。

——お弓に逢わせたくないからだ。逢われると自分の旧悪がばれる。

たしかにそれだと太郎は睨んだ。

さて、どうしたものか。近所の長屋へ行って、古くから住んでいる者に聞いてみればきっとなにか手がかりがつかめるとは思うが、悪い奴というものは如才なく先まわりをして用心したがるから、いまそんな真似をしては気取られそうだ。

そんなことを考えながら表通りへ出てくると、

「旦那、――太郎旦那」

さっきのおとぼけ仙太が、にやにやしながら走り寄ってきた。

「やあ、おとぼけうじか。どうしたんだね」

「天明堂の先生にいいつけられたんでさ。旦那は江戸になれないから、早く行っていっしょにお弓さんをさがしてあげろってね。親切にしておけば、損のない旦那だっていいやしたぜ」

ぬけぬけとそんなことがいえる仙太なのだ。

「それはありがたいなあ。わしはこれで話のわかるほうなんだ」

「そうでござんしょうねえ。どうでげす、黙って坐ればぴたりと当る、白蘭先生は女ながら名人でげしょう」

「うむ、凄いような美人だなあ」

「あれえ、旦那はそんなところまで感心しちまったんですか。隅におけねえなあ」

「これでも男だからなあ」

「海の人魚ってのと、どっちが綺麗です」

「そりゃ白蘭先生のほうがあたたかいだろうからな」

「おっしゃるぜ。惚れたって駄目でさ」

仙太がいまいましそうにいう。自分のものでも取られそうな気がしたのだろう。

「そうか。それなら惚れないことにしよう」

「そのほうが利口でさ。変な真似をすると恥をかくばかりですからね」

「時におとぼけうじは、この土地は古いのかね」

「餓鬼の時分からの浅草っ子でござんす」

そう答えながら、ふと気がついたように、

「旦那、旦那、もう聖天町は出てしまうんですかい。なんだかあんよは天明堂のほうへ向いているようですね」

と、じろりと横目を使う。

太郎はさっさと藪《やぶ》ノ内《うち》のほうへ出てきていた。そこの横丁を右へ入ると猿若三座があるから、この辺はちょいと賑かなところだ。

「いや、腹がすいたんだ。どこかで飯を喰って、それからまた引きかえそう」

午《ひる》はもうとっくにすぎた時刻である。

「結構でござんすねえ。腹がすいては軍《いくさ》はできぬ、ちよいと杯《ぱい》一やりやすかね」

「あそこがいいだろう」

その横丁を二、三軒入ったところに縄のれんが目についたので、太郎はそっちへ入って行く。

それとなくうしろを見ると、やっぱり吉兵衛のひもがついているようだ。さっき玄関へ出た若い子分らしい。

「旦那は田舎者のくせに、いやに目が早いなあ、もう鶴屋を見つけてしまったんですかい」

「なんだ、鶴屋ってのは」

「あれですよ」

仙太はそこの縄のれんを目でさして、

「あそこはお鶴姐御っていう凄い大年増がいて、客に愛嬌を振りまくから繁昌してるんでさ。けど、うっかり目尻なんか下げると、ふところの三百両、胴巻ごと抜かれちまいますからね、しっかりしていておくんなさいよ」

と、小声で教えてくれる。

「いや、おれは目尻など下げないから大丈夫だが、鶴屋のお鶴姐御な」

はてなと、太郎は思った。

が、もうその縄のれんをくぐっていて、つるやと書いた油障子をあけると、

「いらっしゃあい」

膳運びに走りまわっている小女たちが二、三人、声だけで口々に迎えてくれる。

なるほど、なかなか繁昌している店だ。小広い土間の台のまわりも、正面の切り落しの小座敷にも、客はほとんど一杯で、おでんでちょいと一本という組から、鍋物を前へおいて銚子をならべている組まで、客は千差万別だが、小商人《こあきんど》、お店《たな》の番頭、職人、浪人者、いずれも中以下の客種のようだ。

四

「旦那、鍋物としゃれやすかね」

二つあいている台の前の樽へならんで腰掛けると、おとぼけ仙太がいった。

「うむ、なんでもいい」

田舎者の太郎はただ物珍しくあたりを眺めている。

「ここのはま鍋はちょいといけやすぜ、姐さん、はま鍋に刺身、赤わさなんかもいいね、早いとこお銚子を二本」

太郎のふところを重いと知っているから、仙太は上物ばかりいいつけている。

太郎は向うの切り落しの上り框《がまち》に腰かけて、そこの客に酌をしながら二言、三言冗談口をきいているらしい女が、凄い姐御だというお鶴だなと見て、ぽかんとそっちを眺めていた。

年ごろ二十七、八、肉太からず細からず、すらりと上背があって、これはまた思い切り濃艶な女だ。面立《おもだち》も白蘭などよりはるかに派手で明るくできているが、どこか油断のできない目の色を持った、いわゆる毒婦型の女のようだ。

「旦那、見とれていちゃいけやせんや。案外浮気っぽいなあ旦那は」

小声でいいながら、仙太は肘《ひじ》で小突いて、

「さあ来やしたよ。一つ行きやしょう」

と、太郎に盃をさす。

「そうか」

「けど、別嬪《べっぴん》でげしょう、ここの姐御は」

「うむ」

「器量もいいが、腕も凄い。もとはあれとおなじで、ここの小女だったが、男をしぼっちゃ金をこしらえやしてね、今じゃここの女主人でさ。旦那なんざ、ふところを気をつけなくちゃいけやせんぜ」

「すると、昔からここにいた女か」

「一度どこかへ姿を消しやしたがね、三年前にここへ帰ってきた時にゃ、もうここのおかみさんになっていた。つまり金持ちの隠居の妾かなんかになっていて、その隠居が死んだんで小金が手に入った、そこでこの店を買ったたって寸法なんでしょうね」

「なるほどなあ」

太郎は感心したようにうなずきながら、

「時におとぼけうじ、貴公は聖天町の吉兵衛っていう、家主で岡ッ引の親分を知っているかね」

と、もうお鶴のほうはけろりと忘れたような顔をしている。

「知ってやすよ。大きな声じゃいえねえが」

と、仙太は素早く近所を見まわして、

「これがまた相当の悪玉でしてね、つい七、八年前まではただの岡ッ引だったが、いつの間に金をこしらえやがったか、あの近所の長屋を自分のものにしちまいましてね、今じゃおまわりの旦那方も顔があえば声をかけてくれる、浅草中でのいい顔になっちまいやがった」

「ふうむ、あの辺の大家になってから、まだ七、八年か」

「さあ、もっとこっち、六、七年てところかな。とにかく人の落度を十手で脅して金にするんだから、こいつは姐御より悪どい」

「なるほど――」

「旦那は野郎に逢ってきたんですかい」

「うむ、さっきたずねてみた」

「野郎じゃお弓さんのことはなんにもわからなかったでしょう。十年前はまだ、ただの岡ッ引でついそこの六軒町の裏長屋にくすぶっていたんですからね」

「じゃ、あの凄い姐御を張りあったほうか」

「あれえ、旦那は時々隅におけねえことをいうなあ――しっ」

当のお鶴が銚子のおかわりを二本、お愛想に自分で盆にのせて運んできたのだ。

「いらっしゃいまし。さあ、お熱いのをお一つ」

ちょうど空いたばかりの太郎の隣の樽のところへ立って、酌をしてくれようというのである。

「すまんなあ」

「お清、ここを早く片づけておくれ」

どうせ通り一ぺんの酌なのだから、小女にそういいつけながら、一つだけ酌をすると、すっと離れて行こうとする。

「お鶴さん――」

太郎が静かに呼んだ。

「はい」

なにか用かというように、こっちの顔を見て、おやというような目をする。太郎が親しみぶかい微笑をうかべているからだ。

「お鶴さんは十年前にもここにいたねえ」

「あら、御存じなんですか、十年前を」

「うむ、その時分みんなでお鶴さんを張合った。きれいだったからなあ、お鶴さんは。無論いまもきれいだが」

「まあ、恥しい。本当ですかお武家さん」

表情たっぷりな顔をして、その癖誰だろうというように、ひそかに目を光らせている。

「そのころ三木文次郎という浪人者がせっせとここへ通っていた。無論わしは三木じゃないが、上背のある二十二、三のちょっといい男っぷりだった。おぼえていないかなあ」

「三木さんておっしゃる方ねえ」

お鶴は思わずあいた樽へ腰かけている。

「旦那は全く隅におけねえなあ、十年前に本当にここへきたことがあるんですかい」

おとぼけ仙太は真にうけて、目を丸くしている。

「まあ聞きなさい。——お鶴さんは思い出せないようだが、その三木に奥山の矢場へ手伝いに通っているお弓という、そのころ十四になる妹があった」

「思い出しました。沢田さんと喧嘩をなすった人でしょう」

「そうだ。沢田もお鶴さんを張っていた。お鶴さんはどっちもあまりそう気にはとめていなかったんだが、当人たちにはおれこそという男のうぬぼれが、どっちにもあった。とうとう腕ずくできめようということになって、今戸の草っ原で果し合いをして、三木は沢田という男を斬ってしまった」

「あなたは誰でしょう」

お鶴の妖艶な顔から微笑が消えて、冷たい目がじっとこっちを見すえてくる。

「いま名乗ります。三木は沢田というなんの恩怨《おんえん》もない人一人を斬ってしまってから、はっと自分のおろかさに気がついた。人として慚愧《ざんき》にたえない。妹にも申訳ない。第一、妹に難儀がかかっては可哀そうだと気がついて、その場から妹一人を残して江戸を逃亡した。わしは彼が江戸を逃亡してからの友人で、黒潮太郎という男です」

「まあ、――それで三木さんはその後どうなったんでしょう」

「死にました。四年前に九州のほうでね。死ぬまで江戸へたった一人でおき去りにした妹のことを心配していてねえ、江戸へ行ったらぜひたずねてみてくれと、わしは遺言をことづかってきているんだ。そんなわけで、どうだろうお鶴さん、もしそのお弓という妹のことをなにか知っていたら、教えてくれないか、たのむ」

太郎の目は深沈《しんちん》たる感情をこめて、大きなおじぎを一つした。

「さあ、あたし――」

お鶴はあきらかに当惑した顔だった。

「こんなことというと、なんだか薄情なようですけれど、いま黒潮さんがおっしゃったように、あたしのほうは三木さんに別になんでもなかったものだから、それにその話は後になって聞いたことだし、妹さんのことなど、くわしく知らないんです。ただ誰から耳にしたか、三木さんがいなくなった翌日、そのお弓さんて妹さんもどこかへ行ってしまったと、それだけは聞いていますけれど——本当にすみません」

その言葉に嘘はなさそうな目の色である。

「そうか、翌日どこかへねえ」

たのみの糸はぷつりとここで切れてしまった。

「誰か身寄りの人はなかったんですか、妹さんには」

「なかったそうだ、兄一人妹一人でねえ」

「あたしは一度もその妹さんには逢ったことがないんで、顔さえ知らないんですよ」

「うむ、それは三木からも聞いていた。それに、もう十年も前のことだし、まさか話に聞いたお鶴さんがまだここにいるとは考えられなかったから、わしでさえ、たずねてみようとも思っていなかったくらいだ。まあせめてお鶴さんに逢えたことだけでも、見つけものということになるんだろう」

「ねえ黒潮さん、ことによるとその妹さん、誰か悪い奴にでも、どこかへ売られてしまったんじゃないかしら。いくら兄さんが帰ってこないからって、翌日いなくなるのは少し変でしょう」

さすがにお鶴も、その時あまりにも冷淡すぎたのが、今になって多少良心にとがめてくるのだろう。

「実はわしもそればかり心配しているんだ。なんとかしてさがし出してやりたい。三木は罪をしょった男だが、妹にはなんの罪もないいんだからなあ。どこで今ごろ、苦労しているか」

「うるさいぞ、そこの男――」

ふいに筋向いに陣取って呑んでいた浪人者らしい三人づれの中の一人が、ぎろりと目を光らせてこっちへ浴せかけてきた。ついさっき入ってきて呑みはじめたばかりの連中である。

「わしかね」

太郎はびっくりしてそっちを見た。大きな声で話せる話ではないから、十分声には注意していた。が、それでも聞き耳を立てていれば、言葉の端くれぐらいは耳に入るだろう。しかし、うるさいと叱られるほどのことはないはずだ。

「無論貴様だ、なんだ、女をつかまえて泣事ばかり、酒がまずくなってしようがない。いい加減にせい」

「これは恐縮、気のつかんことをしました」

太郎は一応おとなしく挨拶をする。

「よし、あやまるんなら勘弁しておくから、そこへ両手をついて、もう一度おじぎをしろ」

これはあきらかに難癖である。

「貴公たち、まだそう酔ってもおらんようだがなあ」

太郎はにこりとわらってみせる。

「なにッ、酔っていなければどうだというんだ」

「貴公たちは誰かにたのまれて、ぜひわしに喧嘩を売らなければならないんじゃないのかね」

「なんだと、此奴」

三人共血相を変えて、同時にぐいと突っ立ちあがる。

店中の客が思わず中腰になったようだ。

「まあ待ちたまえ、その喧嘩たしかに買おう。いまここの勘定を払って外へ出るから、貴公たちも勘定だけは払っておきなさい」

太郎は三人をたしなめておいて、

「お鶴さん、いろいろありがとう。とにかく勘定をしてくれぬか」

と、小出しの紙入れを取出す。

「大丈夫ですか、黒潮さん」

勘定も払わずに、もうさっさと表へ出て行く三人づれを目で送りながら、

「あの連中は地獄長屋に巣を喰っている、相当なごろつき剣客なんですよ」

とお鶴は声をひそめる。

「地獄長屋って、家主は吉兵衛親分じゃないのか」

「よく知ってますねえ。そうなんです」

「たぶんそうだろうと思った。だんだんわかってくる」

太郎の逞しい目は、まだおだやかにわらっている。

果し状

一

「おとぼけうじはここで呑んでいてくれ。後でまだ話があるんだ」

黒潮太郎はゆっくりと立上りながら、仙太にいった。

「そいつはいけねえ。あっしだって男の端くれだ。旦那といっしょに行きやすよ」

仙太はお鶴の手前、ちょいと意気ごんでみせる。

「いや、怪我でもしちゃ詰《つま》らん、ここにいるほうがいい」

「そんなことをいって、旦那は怪我をしねえつもりなんですかい。相手は三人、いまもお鶴姐御がいうとおり、奴等は三人共一筋縄でいかねえ地獄長屋のごろんぼ剣客ですぜ」

「まあ大丈夫だろう。わしは鯨と相撲をとっても、負けたことのない男だ」

太郎はわらいながら、もう店の出口のほうへ歩き出す。

縄のれんをくぐって表へ出ると、三人のごろんぼ浪人は精々凄んだ顔をならべて、往来に立ちはだかっていた。

「今戸の原っぱへでも行くかね」

太郎が事もなげに声をかけると、

「それには及ばん。ここで叩きのめしてやる」

三人の中でもがっしりして腕力のありそうな奴が、つかつかと出てきていきなり太郎の胸倉を両手で引っつかむなり、締めにかかってきた。この男は柔術《やわら》を売物にしているのだろう。

「気の早い男だなあ。貴公は誰にたのまれて、こんな真似をするんだね」

太郎は左手で腰の刀の鍔《つば》ぎわをおさえ、右手で相手の左肩をつかんで、平気で聞いた。あんまり締めの利いた様子もない。

「うぬッ、無駄口を叩くな」

柔術浪人は締めが利かないとわかると、素早く体を引きつけて投業に出ようとしたが太郎の巨体は地から根が生えたようで、貧乏ゆるぎ一つしない。

「わけもいわずに、いきなり乱暴を働くのは感心しないなあ」

「うぬッ」

投業が駄目ならこれだと、当身に出ようとしたが、

「やめないか、あぶない」

肩をつかんでいる太郎の右手に、ぐいと力が入ったようだ。

「うっ」

柔術浪人の全身から急に力が抜けたのは、肩の骨に激痛を感じたからだろう。

「貴公の名はなんというのか」

「放せ――。尋常に勝負をしろ」

「わしは貴公の名を聞いているんだ」

「くそッ、痛い。わしは近藤熊右衛門だ」

「仲間の二人は――」

「岩内虎之助、渋川竜太」

「熊と虎と竜だな」

「放せ、――尋常に勝負をしろ」

口だけはまだ威勢がいいが、熊右衛門の顔はもう真っ青である。

「熊右衛門、どけ。叩っ斬ってやる」

「近藤、邪魔だ」

虎之助と竜太の二人は刀の柄に手をかけて、隙があらばと狙っているが、太郎が熊右衛門を楯《たて》にとっているので、どうしようもない。

狭い横丁はもう一杯の人だかりで、太郎の堂々たる喧嘩っぷりにみんな目を見はっている。

「虎と竜、今日はもうよせ」

「なにをッ」

「こんな狭いところで刀を抜くと、人が迷惑をする。それ、熊をつれて行け」

太郎は無造作に熊右衛門を突っ放したようだが、熊は突き飛ばされたように二人のほうへよろけて行って、思い切りどすんと尻餅をついている。

「うぬッ、やったな」

「叩っ斬ってしまえ」

二人は口々に喚《わめ》き立てたが、あまりにも段違いな太郎の腕力に圧倒された形で、急にはかかってこられないようだ。

「よせよせ、悪岡ッ引の片棒をかついで、怪我をしたって詰らないだろう。もう一度よく考えて出なおすことだ」

太郎は相手にせずに、くるりと踵《きびす》をかえすと、そのまま縄のれんをくぐって、そこから店の客が一杯のぞいているのへ、にこっとわらいかけ、かきわけるようにして店へ引きかえしてきた。

「強いねえ、旦那は。びっくりしちまったなあ」

おとぼけ仙太が目を丸くしてついてくる。

「黒潮さん、あそこがあいたから、あっちへお移りになったら」

これも軒下まで出て、いまの喧嘩を見物していたお鶴が、いそいで後を追ってきて、正面の切り落しの小座敷のほうへ太郎の背中を押して行く。

「いや、どこでもいいから、飯をくわせてもらいたいんだ」

「ようござんすとも。――お清、お銚子だよ」

お鶴ははずんだ声で小女にいいつけながら、ほかの客には目もくれず、さっさと太郎を小座敷へ押しあげて行く。

ここは衝立《ついたて》で仕切ってあるから、土間のほうからの見とおしはきかない。

「姐さん、あっしもお邪魔させていただきやす」

仙太がわらいながら、台の向側へあがりこむと、

「おとぼけの兄さんはさっきのところがいいんじゃない。まだ鍋物も残っているし」

と、お鶴は太郎の横へ寄りそうように坐りながら、花が咲いたような顔をしている。

「御冗談で――。鍋より旦那のほうが大切でさ。姐さんは浮気っぽいから油断ができねえ」

「おや、妙なことをおっしゃるのねえ。よしんばあたしが好きで太郎さんと浮気をしたからって、なにもおとぼけさんに迷惑のかかる話じゃないでしょう」

「ところが、こう見えてもあっしは旦那のお目付役なんでさ」

「お目付役って、なんのお目付役なんです」

「旦那には大望ってやつがあるんだ。その大望を達するまでは、女に騙《だま》されるべからずと、観音さまからくれぐれものたまわれていやしてね」

仙太はまじめな顔をしてうまいことをいう。

「じゃ、騙さなければいいんでしょう、本気で惚れさえすれば」

「そ、それがいけねえんだ。姐さんぐらい年の功を経てくると、本当に惚れたんだか、騙しているんだか、見わけがつかないぐらい手くだが達者になっている」

「ふ、ふ、なんとでもおっしゃいだ」

ちょうど小女が銚子とつまみ物の膳を新しく運んできたので、お鶴は手早くそれを二人の前へならべて、

「はい、太郎さんお一つ」

と、なにかいそいそと盃を取って太郎にさす。

「わしは飯のほうがいいんだが」

「そんな、女に恥をかかすもんじゃありません」

「そうか、じゃ一つ」

「姐さん、おれにゃ酌をしてくれない気なんかね」

「お気の毒さま——おとぼけさんにゃ別に惚れてなんかいないんですもの」

「こいつは手きびしいや」

　さっきと今とでは、お鶴の様子がまるっきり変っている。が、その惚れたが女の本当の浮気心なのか、太郎の重いふところを早くも見てとっての手くだなのか、この女《め》狐《ぎつね》は全く油断できないと思う。

「お鶴さん、変なことを聞くがなあ」

　太郎はお鶴に盃をさしながら、これはさっきから一人でなにか考えこんでいるといった顔つきである。

「どんなことなの」

「聖天町の吉兵衛って男は、やっぱり時々ここへ飲みにくるかね」

「きますよ。どうして——」

「じゃ、十年前からの顔なじみってわけだな」

「ええ」

「今でもお鶴さんに騙されたくて、くどきやしないか」

「太郎さんまで人聞きの悪いことというのね。あたしは男なんて騙したことはありませんというのに」

「あいあいさようでござい。男のほうが騙されるんでござい」

仙太が外方《そっぽ》を向きながら半畳を入れる。

「承知しないよ、仙公」

わらいながら睨みつけるところをみると、騙されるのは男のほうが悪いんだ、あたしの知ったことじゃないというぐらいの肚はあるらしい。

「十年前は女房になれで、このごろは旦那になってやろうとくどくのかな」

太郎がにっとわらってみせる。わらうとひどく無邪気になる顔だ。

「さあ、どうかしら。あの男ときたら女を売り飛ばすぐらい平気なんだから、うまくくどき落してどこかへ売り飛ばす気だったかも知れないわ」

「そうか、あの男にはそんな道楽もあるのか」

「ああ、あんたまだお弓さんのことを考えてるのね」

お鶴ははっと気がついたように、太郎の顔を見る。

「うむ、吉兵衛はたしかに三木のこともお弓のことも知っているんだ。そして、良心に咎《とが》めることがあるから、わしがお弓をたずねていると知って、あんなごろつき浪人を向けてよこしたんだ」

「ちげえねえ。どうしやす旦那、それだと、野郎また別の手を打ってきやすぜ。一度狙ったらなかなかのがさねえ野郎ですからね」

仙太が声をひそめながら、目を光らせる。

「うむ、いまそれを考えているんだ。いっそもう一度こっちから乗りこんでやろうかともな」

「そいつはあぶねえ、旦那。野郎は十手を持っていやすからね」

「太郎さんはお弓さんの居どころさえわかればいいんでしょう」

お鶴がそばから口を出す。

「うむ、お弓の居どころさえわかればいいんだ」

「あたしがあの悪からそっと聞き出してあげましょうか」

「そうしてくれればありがたいが、しかしそれはあぶないぞ」

「どうして――」

「わしにたのまれてそんなことをしたとわかると、命を狙われるかも知れない」

「そしたら太郎さんがまもってくれりゃいいじゃありませんか。太郎さんは強いんだもの」

「なるほど――」

「こっちが命がけになるんだから、太郎さんも命がけになってくれなくちゃ」

熱ぼったい目をして、じっと見すえながらわらっている。大年増だけにねっとりと濃厚な浮気心を体中《からだじゅう》にたぎらせて、男の返事によっては咲き誇った緋牡丹がそのまままくずれかかって行きそうな大胆な持ちかけかたである。

「いけねえいけねえ、姐さん。旦那は観音さまに願掛けをしている体なんだ」

こんなお鶴の媚態《びたい》を見せつけられるのも初めてなので、仙太は妙に妬《や》けてきて、わざと意地悪く水をさす。

「だって、そのお弓さんの居どころさえわかれば、願がとけるんでしょ。あたしのものにしたっていいじゃありませんか」

「それが、そうは行かねえんだ。旦那はお弓さんのほかに、まだ六人さがさなくちゃならねえ人があるんだ」

「まだ六人――。それどういうわけなの太郎さん」

さすがにお鶴は目を見はる。

「姐さん、いま浪人さんらしい人が、これを黒潮太郎さんにあげてくれって、持ってきました。返事はいらないんですって」

お清という小女が結文《むすびぶみ》のようなものを持ってきて、お鶴にわたす。

「その人はもう帰ったのかえ」

「ええ、門口で帰りました」

「なんだろう、太郎さん」

お鶴が不安そうに取ってわたすのを、太郎が手早く解いてみると、半紙一枚にまず果し状といかめしい前書きをおき、

「今般貴殿のために鶴屋の前にて恥辱を受けたる義弟近藤熊右衛門儀の武士道相立て度く、今夕六つ刻（六時）を相図に今戸の瓦焼場《かわらやきば》まで御出張《おでばり》相成度く相待申候者也」

と、達筆にしたため、署名は天真正伝流《てんしんしょうでんりゅう》師範難波《なんば》鷲十郎、宛名は黒潮太郎殿とある。

「喧嘩状のようですねえ。太郎さん」

しなだれかかるようにしてのぞきこんでいたお鶴が、思わず息をのむ。

「うむ、今日六つまでに今戸の瓦焼場へこいといっているんだが、お鶴さんは難波鷲十郎という先生を知っているかね」

「あら、やっぱり難波鷲十郎からなの」

さっとお鶴の顔色が変ったようだ。

二

「旦那、そいつは偉いことになりやしたぜ。その難波ってのは、そこの山谷橋のところに道場をひらいている天真正伝流の先生で、年は四十一、二ってところだが、まあなんていうかなあ、浅草中のごろつき浪人の取締みたいな凄い奴でさ」

おとぼけ仙太もすっかり青くなってしまったようだ。

「つまりこの男もごろんぼ剣客というわけか」

太郎は果し状を元のように折って結んで、袂《たもと》に入れながら聞く、

「ごろんぼ剣客にゃ違いありやせんがね、さっきの奴等と違って門弟が五、六十人もいる、それがみんなたちの悪い浪人者ややくざで、鷲十郎はいつも黒羽二重の紋服に仙台平の袴っていでたちで、そういう門弟五、六人をつれて押し歩き、なるべく大きな店先へ入って行って黙って坐りこむ。それで結構いい金になるんですから、大したもんでさ」

「それじゃまるでゆすりとおなじだな」

「手っ取り早くいえばそういうことになるんだが、あのくらいになるとまあ顔というんでしょうねえ。そのかわり先生お願いしますといって頭をさげて行けば、誰にでも小遣ぐらいはくれるし、剣術のほうでも江戸で何本かの指の中に入るって話でさ」

「おとぼけうじも小遣をもらいに行ったことがあるのか」

「御冗談で――。あっしなんかじゃ相手にされやせん。つまみ出されちまいまさ。あそこへ行って小遣がもらえりゃ、浪人にしろやくざにしろもう一人前の顔でさ」

「なにさ、あんな俎面《まないたづら》をした毒虫」

お鶴は吐き出すようにいって、

「あいつは金さえ出せば、こっそり人殺しだって引きうけるんだっていうじゃないか。――けど、どうする太郎さん。困っちまったねえ」

と、ひどく心配そうな顔である。

「すると、吉兵衛の奴、なにがしか金を持って、わしを斬ってくれとたのみに行ったんだな」

「そうかもしれないわ。目のよるところへ玉で、もともとあの二人はくさい仲なんだもの」

「とにかく、わしは行ってみることにする。せっかくのお招きだからな。どんな先生か一度対面しておくのも後学のためだろう」

太郎はさほど気にもしていないようである。

「だって、あっちは一人で出てきやしませんよ。きっと子分共をたくさんつれてくるに違いないんです」

「なあに、有象無象《うぞうむぞう》などいくらつれてきたっておなじことだ」

「そりゃ太郎さんは強いけれど、一人じゃやっぱりあたし心配だわ。なにかいい工夫はないかしら」

「心配しなくてもいい。わしは一人じゃない。わしにはいつもちゃんと七人の亡霊がついているんだ」

「ちげえねえ。いいことを思いついた。暮六つまでにはまだ一刻半《ときはん》（三時間）近くある。旦那、あっしはちょいと行ってきやすからね」

仙太はそそくさと立上った。

「どこへ行くんだ、おとぼけうじ」

「竜宮でさ。旦那は竜宮の番人なんでしょう。乙姫さまにおうかがいを立ててくるんでさ。すぐ帰ってきやす」

仙太は草履を突っかけて、風のように表へ飛出していた。

こいつは天明堂の先生におうかがいを立ててもらうにかぎると考えたのだ。

白蘭はあの人には恐しい剣難が出ているといっていた。果してその剣難がいま黒潮太郎に襲いかかろうとしている。白蘭なら、どうすればいいか、すぐ判断がつくに違いない。

——もしあの旦那が斬られたとなると、ふところの三百両はおれのものにしていいんだから、どっちへころんだって損はない。

いや待てよと、仙太は考える。悪岡ッ引の吉兵衛も太郎旦那のふところの重いのは知っているかも知れない。それを種にして難波鷲十郎をけしかけたんだとすると、三百両はあっちへ取りあげられてしまうことになる。

——こいつは油断ができねえや。

仙太の足はいよいよ早くなる。

それにしてもおかしいのはお鶴だ。散々男を手玉にとってきたあばずれ女が、あんなにでれっとなるのは初めてだ。どうも手くだだとは思えない。

それをまたあの男とくると、あんなにねっとりとからみつかれながら、平気な顔をしている。

——もっともおれの留守にどうなっているかわからねえぞ。こいつは少しはやまったかな。

ふところの三百両がお鶴のものになってしまったんじゃ、こっちは骨折り損のくたびれ儲けにしかならないと、仙太は思わず往来へ立止ってしまった。

が、もうそこを右へ曲れば天明堂の家なのである。

——よし、大いそぎだ。

仙太はまたばたばたと駈出した。

「今日は——。先生、いやすか」

がらりと格子をあけて、声をかけると、

「誰方《どなた》です」

と、婆やが取次に出てきた。

「ああおとぼけさんかね。——先生、おとぼけさんですが」

うしろの襖《ふすま》のほうへ聞いたのは、白蘭が居間へおりてきているからだろう。

「かまいません、どうぞ——」

果してそこから涼しい白蘭の声がした。

「ごめんなすって――」

そこの襖をあけて居間へ入った仙太は、おやと目を見はった。

白蘭はいつもの白羽二重に緋の袴ではなく、黄八丈のふだん着にくつろいで、膝を炬燵《こたつ》に入れている。髪も簪《かんざし》巻《ま》きにしているのが、ひどく粋で色っぽい。が、おなじ色っぽいにしても、お鶴などのくずれているのと違って、どこか気品というものが備わっているのはさすがだ。

「あれ、今日はもう先生おしまいですか」

仙太は炬燵へなどいっしょに膝のいれられる身分ではないから、遠くへ坐りながら聞く。

「疲れましたので、今日はおしまいにしました。看板がおりていたでしょう」

「そいつはついうっかりしていやした。なにしろ、ばかにいそいでいたもんですからね」

「なにか用ですか」

冷たいほど取り澄していて、冗談口など滅多にゆるさない白蘭である。

「実はさっきの黒潮さんのことなんですがね」

「――」

どうかしましたかと、目で聞いている。

「あっしが聖天町まで行くと、もうそこの家主で岡ッ引の吉兵衛親分の家から出てきたところなんでさ。この家主が相当の悪でござんしてね、三木文次郎もお弓も知らないというんだそうです。そうそう、その三木って人の話からしなけりゃならなかった」

仙太は三木が女のことから沢田という男を斬って十年前に江戸を逃亡した話から、その三木と友達になった太郎が、四年前に九州で三木の死水を取り、その時の遺言でお弓という妹をさがしているのだという事情を話し、

「ところが、縁とでもいいやすか、その文次郎って人が沢田って人と果し合いをするまで取りっこをした女が、いまだに藪《やぶ》ノ内に縄のれんを出していやしてね、鶴屋のお鶴って女なんですが、そこへ飯を食いに二人で入って、はじめてそれがわかったんです。けど、そのお鶴って女も、三木はよくおぼえているが、妹のお弓には逢ったこともなかったので、全く知らない、なんでも三木が江戸をずらかった翌日、長屋からいなくなったって話を後で聞いたから、もしや悪い奴にどこかへ売り飛ばされたんじゃないだろうかってことになったんです」

白蘭はさっきから伏目になって聞いているが、じっと耳を澄していることは、その肩のあたりの姿でよくわかる。

「まあ三木って人は人一人を斬っているんだからしようがないが、そのころまだ十三

か四で、たった一人江戸へ置きざりにされたお弓が可哀そうだ。今ごろどこで苦労をしているかって、太郎旦那がすっかり悄気《しょげ》ちゃいやしてね、すると、そこへごろんぼ浪人が三人で入ってきて旦那に喧嘩を売ったんです。こいつは旦那があっさり片づけてしまったが、それが聖天町の裏長屋に巣のある奴等なんで、悪の吉兵衛にたのまれてきたに違いない。吉兵衛は三木兄妹のことを知っていて、知らないと嘘をいっている。きっとあいつがどこかへお弓を売り飛ばしたんだろうということになった。旦那がもう一度一人で乗りこんで行こうかと話していると、こんどは、山谷橋の難波鷲十郎から、今日暮六つに今戸の原っぱへ出てこいという果し状がとどきやしてね、――先生は知ってやすか、鷲十郎って剣客を」

「噂には聞いています。悪い男だそうですね」

「悪いのなんのって、こいつは吉兵衛なんかよりもう一廻りも二廻りも大形《おおがた》の悪党でさ。どうやらこいつも吉兵衛の仕事らしいとはわかったんですが、太郎旦那は一人でそこへ今夜出かける。なあにわしには七人の亡霊がついてまもっていてくれるから、心配はないっていうんです。どうでしょうねえ先生、先生は旦那に剣難の相があるって見ていやしたね」

「ええ」

「今夜一人で行って、太郎旦那は大丈夫でしょうか。ちょいと心配なんで、あっしは旦那にゃ黙っておうかがいを立ててもらいにきたんでさ」

　仙太はじっと白蘭の顔を見る。

「おとぼけさん、あたくしは今夜看板をおろしていると、さっき申上げましたね」

　にこりともしないで白蘭がいうのだ。

「なあるほど——。看板をおろしちまっちゃ、もう占ってもらえないんですか」

「いいえ、それは占わないこともないんですが、気分が勝れない日は、とかく判断が狂い勝ちになりますので、休むことにしているのです」

「そいつは困ったなあ。こっちは一つ狂うと命にかかわることなんでさ。なんとか気分をなおしてもらえねえでしょうか」

　真顔になってたのみこむと、その言葉がおかしかったか、

「そうですねえ」

　と、白蘭の美しい顔に、思わず微笑がこぼれたようである。

「それに、実はもう一つ心配があるんでさ」

「どんなことです」

「太郎旦那には女難のほうはどうなんでしょう。お鶴ってのは相当のばくれん女なんですが、妙に旦那にからみつき出して、あっしは三百両のほうを狙っているんじゃないかと、気が気じゃねえんです」

仙太は正直にぶちまけて膝をのり出す。

三

「おとぼけさん、あなたの心配なのはあの人のふところなのでしょう」

微笑をふくんだ白蘭の目が、しっとりと仙太を見すえてくる。男を悩殺するような目だ。

「あっしはなにも、金はほしいとは思いやせんがね、けど三百両からの大金でさ、むざむざ他人の手にわたしちまうのは、どう考えたって勿体のうござんすからね」

金なんかほしかありませんとは、どうにもいいきれない仙太である。

「大丈夫です。あの人のお金はたぶんむざむざと他人の手にはわたらないでしょう」

「とおっしゃると、女難のほうも剣難のほうも、心配はないってことになりますんで」

「御当人もそういっていたそうですね、おれには七人の亡霊がついてまもっていてくれるから大丈夫だって。たぶんそのとおりになるだろうと思います」

たぶんでは少し心細いが、白蘭の顔にいささかも不安の色のないのは、なにか人にそういいきれる自信があるからだと見るほかはない。

「では、もう一つおうかがいいたしやすが、先生はさっき太郎旦那に、今日中にきっとお弓って娘に逢えるといいやしたね。ところが、今んところじゃその望が全くなくなったような風向きになっているんです。このほうはどんなもんでござんしょう」

これが当らなければ、剣難女難のほうだって、大丈夫が本当にはできないと、仙太はふっと考えついたのだ。

「おとぼけさん、今夜の九つ（十二時）まではまだ今日中のうちですよ」

「なあるほど、こいつはおっしゃるとおりだ。すると、太郎旦那は九つまでにどうしてもそのお弓って娘に逢えるんですね」

「たぶん逢えます」

また、たぶんときた。

「きっと逢えるんじゃないんでござんすか」

「そうですねえ、きっとと申上げてもいいかも知れません」

「けど、今までの賽《さい》の目はみんな逆に逆にと出ているんですぜ」

「潮にあげ潮とひき潮があるように、人の運勢も昼と夜とでかわることがあります」

「ごもっとも――。すると、日が暮れたとたんに、その娘のほうから太郎旦那の前へふらりと出てきて、あたしが旦那のさがしているお弓ですと名乗らないともかぎらないんですね」

「そのとおりです」

「そうまいわけに行くかなあ」

あんまりはっきり出られると、仙太もつい疑ってみたくなる。しかも、今までのところでは全く絶望と見てもいい事態にきているのだ。

「名人の先生を疑っちゃ罰があたるかもしれやせんが、もし先生、今夜中に旦那がお弓って娘に逢えなかったら、どんなことになるんでげしょうね」

それとなく仙太が挑戦して行く。

「明日から天明堂の看板をおろして、尼になりましょう」

にっこりと妖艶な微笑をうかべてみせる白蘭だ。

「きっとですねえ、先生」

尼じゃつまらない。一つ命の賭けっこをしてみるかな、外れたら命をもらってもいいかと出てみる、仙太がそんな図太い根性をおこしたとたん、

「おとぼけさん、あなたの顔にも剣難の相が出ています。今夜あの方といっしょに今戸へは行かないほうがいいでしょうね。六つから六つ半（七時）の間、ちょうどそこにいた場所から、一足でも動くと命がなくなります」

と、その目が氷のように冷たく澄んできた。

「ほ、ほんとですか、先生」

「嘘だと思ったら試してごらんなさい。あなたがここから藪ノ内の鶴屋へ帰るまでの間に、ぞっとするようなことがきっと一度起ります。それがなによりの証拠です」

「おどかしちゃいけやせんや」

仙太は急に薄っ気味が悪くなってくる。

「もうお帰りなさい。あたくしは少し疲れました」

「へえ、すんません。じゃ、ごめんなすって」

早々に天明堂の家を飛出した仙太は、あぶねえあぶねえと思った。こっちが妙な下心をおこしたとたんに、白蘭の様子がふいに変ってきたのだ。ああいう神がかった女だから、こっちの胸のなかがちゃんとわかるに違いない。

――それにしても、剣難の相だなんて本当かなあ。いやなことをいいやがる。

あたふたと花川戸通りへ出てくると、

「おい、奴《やっこ》、ちょいと待て」

うしろから声をかけながら、すっと肩をならべてきた奴がある。浪人風の剃刀《かみそり》のように目の鋭い男だ。

「へえ、あっしで――」

「お前だ。名前はなんというんだな」

「仙太といいやす」

「命が惜しかったら、正直に答えろよ」

「へえ」

「あの天明堂っていうのは、女易者だそうだな」

「さいで――」

「黒潮太郎はその女易者になんの用があって、お前を使いに出したんだ」

　この浪人者は難波鷲十郎のまわし者に違いないと気がついた仙太は、思わず背筋へぞっと悪寒《おかん》が走ってきた。

「いいえ、あっしはなにも、太郎旦那の使いで、白蘭先生のとこへ行ったわけじゃありやせん」

「そうか。では、なんの用で行ったんだ」

「それはその、太郎旦那は今朝一度、あそこの先生に観てもらいやしてね、あっしはその天明堂の客引きをしているんで、あっしが黒潮さんを引っぱって行ったんです。すると、旦那には剣難の相があるって、白蘭先生にいわれたんです。あいにく太郎旦那は今夜果し合いに行くことになっちまったんで、あっしとしては責任ていうやつがござんしょう。ですから、太郎旦那にはないしょで今夜命があるかどうか、天明堂へおうかがいを立てに行ったんです」

「あは、は、苦しい時の神だのみというやつだな。女易者はなんといった」

「今日はあいにく気分が勝れないから、看板をおろして休んでいるところだ。気分のすぐれない時は勘が外れるから、観てやれないとことわられちまいやした」

「女易者め、うまく逃げを打ったな」

「当るも八卦《け》、当らぬも八卦でござんすからね」

「貴様、これから黒潮太郎のところへ帰るんだな」

「へえ」

「帰ったら太郎にそういっておけ。このまま当地を立ち去って、二度と浅草の地を踏まなければ命だけは助けてやる。さもないと今夜かぎりの命だとな」

「失礼さんですが、旦那はなんとおっしゃるお方なんで」

「白根権九郎、貴様の顔はよくおぼえておくぞ。あの男にたのまれて変な小細工などすると、いつの間にか首が飛ぶ。わかったな」

　ぎろりと睨んでおいて、白根は山谷橋のほうへさっさと歩き出す。

　もうそこは藪ノ内の角で、仙太はぽかんと立止ったまま冷汗をかいている。

　――さあいけねえ白蘭先生のいったとおりになりやがった。

　こうなると六つから六つ半まで、へたに動くと剣難がくるというのも嘘だとは思えなくなってきた。

　もう半刻（一時間）ほどで、その六つがくる時刻なのである。

――畜生、えらいことになりやがった。

あたふたと横丁へ曲って、鶴屋へ飛びこんで行くと、ここは相かわらず客が立てこんで、談笑の渦がまいている。

仙太は真っ直ぐ土間を通りぬけて、正面の切り落しの小座敷へ行ってみた。

「あれえ、旦那」

台の上はきれいに片づけられて一方へ寄せられ、黒潮太郎は上から小掻巻《こがいまき》をかけられて、鯨のように横になっているのである。お鶴の姿は見えない。

「眠っているんですかい旦那。のん気だなあ」

枕もとへあがって行って声をかけると、

「やあ、おとぼけうじか。どこへ行ってきたんだ」

と、太郎は渋い目をしながら、むくりと起きあがった。本当に眠っていたらしい。

「驚いたなあ。こっちは心配して駈ずりまわっているのに、旦那はおねんねとござる。いい度胸でござんすねえ」

「うむ、果報は寝て待てというからな」

「なあるほど――。そういや旦那、今夜の九つまではまだ今日のうちだ、旦那は今日中にきっとお弓さんて娘に逢えるって話だ」

「ふうむ。天明堂へ行ってきたのか、おとぼけうじは」

「お手の筋、――ところが、後がいけねえ。旦那はたぶん大丈夫だが、六つから六つ半までの間に、うっかり動くとあっしに剣難てやつがふりかかる、命がねえんですってさ」

「じゃ、ここを動かなけりゃいいだろう」

「まあそういうことになるんですがね、旦那は今夜お弓さんに逢えるような気がしやすか」

「そいつはどうだかなあ、まるっきり当がなくなっているんだからなあ」

太郎は苦わらいをしている。

「ところが、白蘭先生はきっと逢える、もし外れたら、明日から天明堂の看板をおろして、尼になると、はっきりいっているんでさ」

「あんな美人を尼にしては気の毒だな」

「あっしもそう思うんだが、けど、一つだけちゃんと当ったことがあるんでさ。というのはね、六つから六つ半までの間に剣難がくるっていうから、おどかしちゃいけやせんとあっしがいうと、おどかしじゃない、これから鶴屋へ帰るまでの間に必ずぞっとするような目に逢う、それがなによりの証拠だと、薄っ気味の悪いことをいい出すんです」

「ふうむ。なにかぞっとするようなことがあったかね、途中で」

「ありやしたよ。天明堂を出ると間もなく、白根権九郎っていう、きっと難波道場にごろごろしている人斬り浪人なんでしょうね。そいつがあっしを呼びとめて、命が惜しかったら正直に返事をしろと、ぴたりと肩をならべてきやがったんだ」

「なにを白状しろというんだ」

「つまり、あっしが旦那にたのまれて、加勢をたのみに行ったか、ひょっとしてお上へ果し状のことを訴え出やしないかと、ここの家へちゃんと見張りがついているんですね」

「なるほどなあ」

「だから、実は旦那の剣難の相ってのをおうかがいに行ったんだと、正直にぶちまけてやると、苦しい時の神だのみかと、せせらわらいやがってね、黒潮太郎にそういっておけ、命が惜しかったら、すぐにここを立ち去って、二度と浅草の地を踏むな、それなら命だけは助けてやると、あっしは言伝《ことづて》をたのまれちまいやした」

「案外親切な男だったんだな」

「まあそんなことはどっちだっていいが、あっしがぞっとさせられたのは本当だ。すると、六つから六つ半までの剣難てのも嘘だとはいい切れなくなる。まして、尼になるとまで約束したお弓さんて娘のことも、満更疑えなくなってきやしませんかねえ」

「そうだなあ」

太郎の目がなんとなく光り出す。

「しかし、おとぼけうじは今日のわしのことを、天明堂にすっかり話したんだろう」

「話しやしたよ。はじめのうちは先生、今日は気分がすぐれないんで勘が狂っている。だから午《ひる》から看板をおろしているくらいで、占いは立てたくないって、居間で炬燵に当っていたんでさ。それから話しこんで行くうちに、尼になるが出て、急に機嫌が悪くなって、あっしの剣難まで飛出してきやがった。――ひょっとすると、やっぱり今日は勘が狂っているのかも知れやせんね」

話しているうちに、仙太もだんだんわからなくなってくる。

「おや、おとぼけさん、いつ帰ってきたの」

そこへお鶴が顔を出して、もう馴々しく上りこんできた。

「姐御、旦那が飛んだ厄介をかけてすみませんねえ」

店先へ小掻巻までかけて寝かしておく、ただの親切などでできることじゃないので、仙太がわざと礼をいってやると、

「どういたしまして――」

お鶴はあっさり受け流して、

「太郎さん、眠れたの。ここじゃやっぱりうるさかったんでしょ。だから、奥へくればよかったのに」

とぺったり太郎の膝の横へ行って坐って、顔をのぞきこんでいる。どうもただの仲とは見えない。

——あれえ、旦那のふところは大丈夫なんかなあ。

仙太は思わず太郎の重いふところを気にせずにはいられなかった。

四

黒潮太郎が店の天秤棒《てんびん》を一本借りて、鶴屋を出たのはそれから間もなく、外はもうすっかり黄昏《たそが》れていた。

大切な目的を持っている身で、いささか事を好むようだが、今夜の果し合いはお弓にからんで持ちかけられているようだ。これを逃げているようでは到底お弓をさがしあてることはできないような気がするし、今夜命がないようならそれまでの宿命で、逃げて生きてみたところで七人のたずね人などさがし出せっこはない。

いわば、これからの運だめし、そう腹をきめて鶴屋を出てきたのだった。

「そうね、その覚悟ならとめたってしようがない。男らしく運だめしをやってらっしゃいよ。そのかわり、きっと勝って、真っ直ぐ家へ帰ってきてくださいね。あたしその間中、神棚へお燈明をあげて、拝んでいてあげます」

門口まで送り出してきたお鶴は、真顔になってそういっていた。

おかしかったのはおとぼけ仙太で、

「あっしはもうここを動くと剣難でござんすから、お見送りは御勘弁願いやす」

と、切り落しの座敷を動こうとはせず、すっかり青くなっていた。

それにしても、天明堂は今日中にお弓に逢えると、断言しているという。

今日中といっても、九つ（十二時）までにはもう三刻（六時間）ほどしかない。一体どんな風にお弓は自分の前へあらわれてくるのだろう。

思いあたることといえば、吉兵衛はお弓を知っているということだけだ。その吉兵衛は自分にお弓を逢わせたくないから物騒な小細工ばかりやってくるのである。

――そうだ、吉兵衛を取っちめてみろという天の謎かも知れない。

そんな気もしてくる太郎だ。

だが、相手が狡智の吉兵衛では、その取っちめかたが難しい。尋常なことでは本音は吐くまい。

あれこれと考えながら、天秤棒を杖にして歩いているうちに、山ノ宿を通りぬけ、今戸橋へきてしまった。

橋をわたると左角が慶養寺《けいようじ》という大きな寺で、右側にばらばらと場末の人家がつづく、この人家の裏側がすぐ河岸っぷちまでつづく広い原っぱになっていて、その原っぱの処々に瓦を焼く小屋が建っていた。

草深くて、夜は無気味な場所だが、空に十日ばかりの月があるから、足もとには困らなかった。

――はあてな、こう広い原っぱじゃ、どこへきているかわからんな。

とにかく小径のついているところを、かまわず河岸っぷちのほうへぶらぶら歩いて行くと、やや川っぷちに近い小屋のかげから、ぞろぞろっと黒い人影が五つ六つあらわれて、みんなこっちを見ているようだ。

「やあ、お待たせした」

見ると、六人の中にさっきの素浪人近藤熊右衛門の顔もあるし、仲間の虎と竜もきているので、太郎は声をかけながら立止った。

ちょうど暮六つの鐘を打ち出している。

「貴様、よく出てきたな、命知らずの奴だ」

熊右衛門がたちまち毒づいてくる。

「難波鷲十郎さんというのは誰方だね」

太郎は果し状の主を目でさがす。

「難波先生の名代《みょうだい》、白根権九郎はわしだ」

目の鋭い浪人者がすっと一足前へ出る。

「難波先生は急に病気でも起ったのかね」

人に果し状を突きつけておいて名代を出す、いかにも悪浪人のやりそうなことだと、太郎はおかしくなる。

「別に病気というわけじゃないが、田舎浪人の一人や二人、先生のお手をわずらわすまでもないから、わしがかわりに出てきたのだ」

「御苦労ですなあ」

「さっき仙太という三下に言伝《ことづて》をやったが、貴様聞いて出てきたんだろうな」

「たしかに聞きました。せっかくだが、わしは浅草の毒虫難波鷲十郎という男を叩き伏せないうちは当地を去らぬ考えです。名代でなくて、自分から出てきてくれればよかったのになあ」

太郎は平気で六人の顔を眺めている。

「もういうことはそれだけか」

白根が目をすえて柄に手をかける。相当腕には自信がありそうだ。

「名代ではなにをいってもしようがない。これだけです。後は山谷の地獄道場へ行って、直接鷲十郎にいって聞かせることにしよう」

「うぬッ、抜けっ」

「わしは人を斬るのはきらいだ。この天秤棒でいい」

太郎は右手で天秤棒を前へ突き出してわらっている。

「斬れっ、やっちまえ」

六人は一せいに抜刀した。

「よせばいいのになあ。怪我をするだけだ」

あわれむようにいった時、

「えいっ」

真ん中の白根がだっと斬って出た。

「馬鹿ッ」

びゅんと太郎の天秤棒が空にうなりを生じて、がっと白根の一刀を払いあげる。

「あっ」

白刃は空に飛んで、

「とうッ」

かえす天秤棒がびしりっと白根の左肩のあたりを横なぐりにしていた。

「ううっ」

朽木倒しに打っ倒れて行く白根。

「それ、やった」

「叩っ斬れ」

残る五人は夢中で刀を振りかぶったが、

「えいっ、――とうっ」

片手なぐりの天秤棒は火のように左右へ飛んで、刀を叩き落される奴、どこかを痛打されて悲鳴をあげる奴、そのあたり一陣のつむじ風が黒い渦をまいたと見る間に、四人はそこへ打ちのめされ、二人は逸散に逃出して、もうあっさり勝負はついていた。

「馬鹿な奴等だ」

太郎は見向きもせずに、そのまま川っぷちのほうへ歩いて行く。

目の前に隅田川が満々と潮をたたえ、対岸はずっと向島土手だった。

のっそり河岸に立った太郎は、なぜか胸が重い。江戸には人が多すぎるのだ。しかもこせこせと悪賢い奴等が目につきすぎる。

――海が恋しい。

太郎はしみじみとそんな気がした。

七つの亡霊に約束した七人のたずね人、一日も早くたずねあてて約束を果してやりたいと、大きな希望を持ってまず出てきた江戸だったが、その江戸はなんといういやらしい汚いところなのだろう。

あまりにも腹の立つことが多すぎる。

――いや、そうじゃない。その裏から見れば、あまりにも気の毒な人が多すぎる。

そういうことにもなるんだ。

お弓がその一人だと思うと、太郎は涙さえ出てきそうになる。

ふっと背後に殺気を感じたとたん、
だあん。

すぐそこで銃声がおこり、

「あっ」

背後の奴がかすかにうめきながら、ばたばた原っぱの中へ逃げ出した。

振りかえってみると、抜刀をさげた浪人者らしい。

うしろから忍び寄って斬りつけようとするのを、誰かが短筒《たんづつ》で助けてくれたのだろう。

短筒の主は人目を用心しているらしく、まだ姿を見せようとはしない。

——ありがとう。

太郎はその人に心の中で礼をいいながら、また川のほうを向いた。

さて、これからどうしたものかと、又してもお弓のことを考える。

この足でいきなり吉兵衛の家へ踏みこんでやろうか。それとも天明堂の言葉を信じて、九つまで待ってみようか。

待つとしたら、どこで待ったものか。

誰か静かにうしろへ歩みよってきたようだ。短筒の主が、もうあたりに誰もいないと見て、こっちへ出てきたのだろう。意外にも女の足音のようだ。

「御助勢、どうもありがとう」

振りかえってみると、目深にお高祖頭巾《こそずきん》をかぶって、目のあたりだけしか見えない若い女のようだ。

「余計な真似のようでしたね」

その声音にも、にっと微笑をふくんでいるきれいな目にも、たしかに見おぼえがある。天明堂白蘭に違いない。

そして、はっとした。その目は誰かに似ている。たしかに三木文次郎の目だ。

――そうか。そうだったのか。

太郎はひたとその目を見入りながら、じいんと目頭が熱くなってきた。

白蘭がお弓。

それなら看板だって、命だって賭けられるはずだ。

が、知っていて名乗ろうとしなかった。なにか悲しいわけがあるに違いない。

これはお弓が自分から名乗る気になるまで、知らん顔をしていてやるほうがいい。

太郎はとっさにそう考えて、必死に涙を瞼でおさえていた。

白蘭がふっと目を逃げて、

「まいりましょう」

と、川ぞいに下《しも》のほうへ歩き出した。

何気ないふりをして、涙をふいている。

しばらく肩をならべて黙って歩いた。

「川を眺めて、なにをぼんやり考えていたんですの」

もう物しずかな声になって、そんなことを聞いてくる。

「海のこと。――それから、お弓のこと」

太郎もさばさばとそう答えた。

「あんなにぼんやりしていらして、川獺《かわうそ》に引きこまれはしないかと、心配でした」

「いや、水の中なら、わしは鯨と相撲を取った男だから」

「海ってそんなにいいところなんでしょうか」

「行ってみたければ、いつでもつれてってあげるよ」

「七人のたずね人をさがしてからでございましょう」

ふ、ふと白蘭が小娘のようにわらう。

「ああそうだった。それを忘れちゃいけなかった」

太郎ものんびりと答えながら、いつお弓が名乗ってくるかとそれを気長に待っている。

名のらぬお弓

一

「江戸はこせこせしていて、いやなところだな」

黒潮太郎はひとりごとのようにいいながら、ふらりとまた川っぷちへ立止った。

そのこせこせしている町中へ出てしまっては、人が鼻につかえそうで話がしにくい。

夜風は少し寒いが、空に月があって、前に広々とした隅田川が流れているこの草っ原は、なんとなく夢のようで太郎の心をやわらげてくれる。

「寒いかね」

太郎はお高祖頭巾の女白蘭に聞いた。

「寒いわ」

白蘭は両袖を胸のあたりであわせて、はっきりと答える。

「そうか。風邪をひくといけないな」

「太郎さんはここが気に入ったようですね」

「うむ、町の中は鼻がつかえそうなんでね」

「少しぐらいなら、寒いけれど、おつきあいしてあげてもようござんす」

「ありがとう」

太郎はそこの草の上へどっかり腰をおろして、両足を投出した。

「あんたも坐るといい」

「いやっ、そういちいち指図なすっちゃ」

怒ったようにいいながら、しかし白蘭は少し離れたところへしゃがみこむ。

気が強くなければ、こうして生きてこられなかったのだろう。男に負けまい負けまいとする心が、ついそんな憎まれ口になって出るらしい。

「海というやつはねえ、機嫌のいい時はばかにおとなしくて、まるでこの隅田川みたいなんだがねえ」

太郎はかまわず話し出す。

「それが一度怒り出したとなると、まるで手のつけられない暴れ方をするんだ」

「さっきの太郎さんのようにでしょ」

白蘭は揚げ足をとって、くすくすとわらい出す。

「なあに、人間の暴れ方なんて高の知れたもんさ。どう暴れてみたところで精々五十年、まさか六十、七十になっちゃ天秤棒も振りまわせないからねえ」

「そりゃ天秤棒は高が知れてますけれど、人間にはなまじ悪智恵ってものがあるでしょ。海より恐いんじゃないかしら」

「そうだなあ、人間の悪智恵なんて別に恐くはないが、いやらしいにはいやらしいな」

「ただいやらしいだけですむかしら」

「それは心の持ち方一つだろうねえ。わしは十年前にその悪智恵というやつに、海へ突き落されたことがあるんだ。しかも、ばかに海が機嫌の悪い夜だった」

「恐かったでしょう」

白蘭は一度いい出したからには、どうしても恐いといわせたいらしい。

「いや、恐いどころじゃなかった」

「死の苦しみ——?」

「いや、その時はただ無我夢中さ」

「後で思い出してどうでした」

「浅ましいなあと思っただけだ」

「ふ、ふ、太郎さんも案外強情なのねえ」

「本当は恐かった」

「そら、ごらんなさいまし」

「やっと気がすんだかね」

太郎がにこりとわらってみせると、

「女をからかうような人のほうが、余っぽどいやらしくありませんかしら」

急に底意地の悪い冷たい目になってぷいと外方《そっぽ》を向いてしまう。

「あは、は、わしは海へ突き落されてから、かなり人が悪くなった。人間は多少人が悪くないと、ひどい目にあわされるんでねえ」

「あたくし少し夜風が寒くなってきました」

白蘭はわざともう帰りたそうな風をしてみせる。

「よろしい。では手っ取り早く話をかたづけよう。わしはもと西国《さいごく》某藩の、これでも前途有望な青年だった。十年前に藩船で荷物を江戸へ運ぶ途中、紀州沖で突然暴風雨《あらし》にあい、その時さっきもいうとおり友達に海へ突き落されてしまった。突き落されてからよく考えてみると、わしはその廻船の役をすませてこんど国もとへ帰ると、家老の娘と祝言することになっていてねえ、つまりわしを海へ突き落した奴は、わしの幸運の横取りをしたかったんだな。それでもわしは余っぽど命運《いのちうん》があったと見え、一晩一日板切につかまって黒潮に流されている中に、海賊船に助けあげられたんだ」

「海賊船？——」

「うむ。海賊船といったって、別にほかの船を襲って、人のものをわが物にするあれじゃない。鎖国の掟《おきて》をくぐって、南蛮から抜荷《ぬけに》を廻船してくる命がけの船なんだ」

「それで太郎さんは、その仲間になったんですね」

「うむ、なった。どうせ一度海で死んだ命なんだからね、生れかわった気で海の男になってやれと思った」

「その太郎さんを海へ突き落した男ってのはどうしました」

「自分の悪智恵どおり家老の娘を嫁にもらって、出世しているらしいな」

「あたくしが今朝、八人目は敵だといったのは、その男ということになりますね」

「いや、わしは別にその男はさがそうとも考えちゃいない」

「口惜しくはないんですか、お嫁さんまで取られてしまって」

「わしはねえ、口惜しいなんていう感情を通り越すような荒っぽい目に、その後何度も出あっているんだ。もうその男のことなんか忘れている。たまに思い出すことはあっても、浅ましいなあという気がするだけだ」

「負け惜しみじゃないかしら。あたくしが太郎さんなら、仕返しをせずにはおかないんだけれど――」

白蘭はわざと蓮《はす》っ葉《ぱ》にいいながら、じっとこっちの目を見すえている。

「嘘をいったところで、あんたはその方の名人なんだから、わしの胸の中まで見とおしじゃないのかね」

「ふ、ふ、ここにいるのは天明堂の女占者じゃありませんもの」

「そうか。あんたは強情で、子供の時から一度いい出したら人のいうことなどなかなかきかなかったそうだねえ。三木がそういっていたよ。――そうそう、わしが文次郎に逢ったのは、いま話した海賊船に助けあげられた時で、三木もまだ海賊の仲間に入ったばかりの新米だといっていた。新米二人はすぐに仲がよくなって、どっちも命知らずだから、二人でよく暴れまわったもんだ。こっちの船を狙ってきた海賊船へ、二人で斬りこんだこともあるし、広東《カントン》というところで夷人《いじん》の水夫たちと大喧嘩をした時も二人だった。六年前にわしらの船が大暴風雨にあって難破して、高砂島の沖の無人島へ流れついたのはたった八人だったが、その八人の中に三木もわしもいた。わしはその無人島でとうとう文次郎の死水を取るようになってしまったんだ」

「わかったわ。その無人島から生きて帰ってこられたのは、太郎さん一人だけだったのね」

「うむ」

　太郎は急に黙ってしまった。それは白日夢のようなあまりにも生々しい現実で、いまここにこうして夜の隅田川を眺めている自分のほうが嘘のような気がしてくる。太郎の目には、真夏の燃えるような太陽がぎらぎらと光っている下の、見わたすかぎり真っ青な海がはっきり見え、磯うつ波の音さえ聞えてくるのだ。

来る日も来る日も三年の間、そうして毎日海ばかり見て暮してきた。その三年の間に七人の友達が一人、二人と死んで行って、最後に二人だけになり、ついには自分一人になって行く酷《むご》たらしい島の日と月が、一瞬太郎の脳裡をまざまざとかすめて行く。そして、

——わしはよく生きて帰れた。

と思うにつけても、それは死んで行った七人の誰もが思いこがれていた切なる夢だけに、その七人の亡魂《ぼうこん》を今もわが身にしっかりと背負ってきていることを、胸に痛いほど意識せずにはいられない。

「寒くなったかね、お蘭さん」

太郎はふっと我にかえって、白蘭に聞いた。

いつの間にか自分も草の上へ坐って、ひっそりと伏目になっていた白蘭が、

「三木って人、強盗も働いたって、本当かしら」

と、ぽつんとひとりごとのようにいう。

「なんだって——」

太郎はびっくりして白蘭を見なおす。

白蘭はうなだれたきり、身動き一つしない。石のように体中をかたくしているよう

だ。

「おかしなことをいうなあ、あんたは。三木は若気の至りで沢田という男を斬ったことさえ、死ぬまでひどく後悔していた。そのくらい良心のある男が、強盗など働くはずはないじゃないか」

太郎はそういいながら、はてなと思った。三木にそんな濡衣をきせたとしたら、それは聖天町の吉兵衛に違いない。お前の兄は強盗を働いたと、妹のお弓を脅迫し、身動きのできないようにしておいて、どこかへ売り飛ばす。それだ。そういう旧悪があるから、吉兵衛はお弓をさがしている自分が煙たくて、今夜のような小細工をするのだ。

そして、白蘭には兄が強盗を働いているという引目《ひけめ》があるから、半信半疑ではあるが、自分にあたしがお弓だと名乗りかねているに違いない。

しかし、それならなぜ白蘭はそんな吉兵衛などのいる浅草へ戻ってきて、家を構える気になったのだろう。天明堂白蘭がお弓だとわかれば、脛《すね》に傷を持つ吉兵衛が黙って放っておくはずはないことぐらい、気のつかない白蘭ではなかろう。

――復讐をする気だな。

女の一生をだいなしにした憎い岡ッ引、勝気な白蘭としては恨みに燃えるのは当然だ。

「あたくし、もう帰ります」

白蘭はふいに立上った。

「そうか、じゃそこまで送ってあげよう」

「いいえ、一人で帰れますから」

「まあいい。人には礼心というものがある。さっき助勢してくれたおかえしだ」

太郎はわらいながら肩をならべる。

白蘭はまだどうしても自分がお弓だとは名乗りたくなさそうだ。意地の強い女である。それだけ人知れぬ苦労もしてきているのだろう。

「三木の濡衣は、わしがきっと晴らしてみせる。話はそれからにしようなあお蘭さん」

なにを拗《す》ねてしまったか、白蘭は返事をしようとしない。

「考えてみると、わしはちょうどいいところへ帰ってきたようだ。もう少し江戸へ出てきようがおそいと、取りかえしのつかないことになっていたかも知れない。これからはあんた一人で軽はずみな真似はしないように、これだけはたのんでおく」

「太郎さん、あたくしさっきも申上げておきました。人にいちいち指図されたり、同情されたりするの、嫌いなんです」

これはまたひどく手きびしい厭がらせである。

「我がままなんだなあ、あんたは」

「生れつきなんですから、しようがありません」

「よろしいよろしい。では今のは、わしのひとりごとということにしておく」

太郎は別に逆らおうとはしない。

やがて、原っぱをぬけて今戸橋へ出てきたが、奴等の待伏せがあるようにも見えなかった。

二

そのころ――。

藪ノ内の鶴屋では、太郎が出て行くと間もなく、聖天町の吉兵衛が入ってきて、例の切り落しの座敷を占領してしまった。

――さあいけねえ。いよいよ剣難の相だ。

おとぼけ仙太がこそこそと土間の店のほうへ逃げ出そうとすると、

「おい、おれの顔を見て逃げなくてもいい。そこにいな」

と、吉兵衛は意地の悪いことをいう。

「へえ。今晩は、親分」

仙太はしようがないから片寄せてある台をなおし、座布団をすすめているところへ、

「あら、親分、いらっしゃいまし」

うるさい客だからお鶴も如才なくすぐ顔を出す。

「お鶴、お前もちょいとここへ上ってくんな」

「おや、お調べなんですか親分」

「お調べってわけでもねえが、お前たちに少し聞いておきたいことがあるんだ」

「どんなことでござんしょう」

「ほかでもねえが、昼間からここへ黒潮太郎っていう大男の浪人者がきていたそうだな」

「ええ、きていました」

人を喰っているお鶴はにやにやわらっている。

「その野郎、ここでなにか話していなかったか」

吉兵衛は案外まじめな顔つきである。

「話していましたよ、ずいぶんいろいろなことを」

「そいつをすっかり話してみてくれねえか」

「すっかりって、忘れちまったこともありますけれど、――そういえば、親分とあたしとはずいぶん長いおなじみですねえ」

「うむ、もう十年からになるだろうな」

「早いもんですねえ、あの時分あたしはまだ十八だった。親分はそこの六軒町に住んでいた時分で、この店へ三木さんていう若い浪人さんがよく呑みにきたのを、おぼえていませんかしら」

あれあれうまく持ちかけて行くもんだなあと、仙太が感心していると、

「おぼえているとも、沢田っていう浪人と二人でお前を張りあいやがって、とうとう今戸河岸で果し合いになり、三木は沢田を斬ってその夜のうちに江戸をずらかりやがった。これでも十手をあずかっているおれだ、忘れちゃいねえ」

と、吉兵衛はちょろりとお鶴の口車にのってきたようだ。

「三木さんにお弓さんという十四になる妹がいたでしょう」

「それだ、黒潮太郎って男はそのお弓って妹をさがしに、江戸へ出てきたんだ。ここでもお弓のことを聞きやしなかったか」

「聞いてました」

「教えてやったか」

「いいえ、あたしはそのお弓さんていう妹に逢ったこともなかったし、お弓さんがあの翌日長屋を出たっきり帰ってこなかったって話も、ずっと後になって聞いたくらいで、お弓さんのことはなんにも知らないんです」

「そうか」

吉兵衛はじっとお鶴の顔を見ている。

「親分はどうして、そのことをあの男に話してやらなかったんです。わざわざたずねて行ったのに、三木兄妹なんておぼえがないといって、あの男を帰したんですってね」

「それにゃ少しわけがあるんだ」

「どんなわけなんです」

「実はあの晩、つまり三木が沢田を斬って江戸をずらかった夜、森田町の大川屋っていう質屋へ二人組の浪人強盗が入って、主人をおどかし、五十両という金を強奪して行っているんだ。その一人のほうがたしかに三木だ。江戸をずらかるには金がいる。野郎やぶれかぶれになって、仲間をさそい、二人で大川屋へ押込みをやったに違いない。あれから十年たった。三木は四年前に九州のほうで死んだそうだが、今日になってその妹をさがしにきたとなると、あの男はその時の押込みの三木の相棒に違いないと、おれは一目で睨んだのよ」

「まあ」

お鶴は目を丸くしたが、仙太もあっと吉兵衛の顔を見ずにはいられない。

――本当かなあ。

名人といわれる天明堂の先生も、太郎旦那に盗みの相があるとはいっていなかった。けど、旦那が柄にもなく三百両って大金を持っているのは本当なんだからなと、なんだか半信半疑になってくる。

「おい、お前はたしか仙太っていうんだな」

吉兵衛がじろりと仙太のほうを見る。

「へえ」

「お前戸沢長屋の天明堂白蘭とかいう女易者の客引をしているって、本当か」

「そのとおりでござんす」

「どんな女だ」

「二十三、四の、いい女でござんす」

「易はよく当るようか」

「へえ、名人のようでござんす」

「あそこへ越してきてから、半年ほどになるって話だが、その前はどこに住んでいたんだ」

「そいつはまだ当人の口から聞いたことはありやせんが上方《かみがた》のほうから来たんじゃないかと思いやす」

「上方のほうな。江戸に親類とか、知合いとか、そんなのがたずねてくるようなことはないか」

「ありやせん。江戸にゃ親類もなにもないようでござんす」

「当人の口から聞かねえで、どうして上方のほうから来たってことがわかるんだ」

「易を立てる時、官女のような風をするんでさ。白羽二重に緋の袴をつけやしてね、もっとも巫子《みこ》もあんな恰好だが、なにしろ女がいいんで、とても似合うんでさ」

「いい女だってのは一度聞きゃわかる。ほかに上方だろうって証拠は――」

「よくあっちのことを知ってやす」

「お前今日、黒潮太郎をその女易者のところへつれて行ったそうだな」

「へえ」

「野郎はなにを観てもらいに行ったんだ」

「たずね人です。つまりお弓さんのことを観てもらいに行ったんです」

「白蘭はなんていっていたんだ」

「今日中に逢えるだろうといってやした」

「なにッ、今日中に逢える」

「へえ、今日中ってのは今夜の九つまでが今日中なんですってね」

「そうか。天明堂って女も相当な喰わせ者らしいな」

吉兵衛の顔へちらっと冷笑がうかぶ。

「どうしてです、親分」

「おれにさえ皆目《かいもく》行方のわからねえお弓が、今日中に出てくるもんか」

「じゃ、親分もお弓さんをさがしてるんですか」

　そばからお鶴が口を出す。

「別にさがしちゃいねえが、あの翌日どこかへ姿を消しちまった。大川屋の押込みのこともあるし、あれ以来気にかけてはいるんだ」

「親分、天明堂は賭をしたんですぜ」

　あんまりあっさりくさされると、仙太もついむきになりたくなる。

「なにを賭けたんだ」

「今日中に太郎旦那がお弓に逢えなかったら、明日から天明堂の看板をおろすっていうんでさ」

「明日おろして、また明々日《あさって》かければおんなじことだろう」

　吉兵衛は茶化すようにいって、

「たとえばお弓がこれから出てきたって、あの男は今ごろもう叩っ斬られているだろう」

　と、うっかり口がすべる。

「あら、どうしてです。親分」

お鶴が聞きのがさずに突っこんで行く。

「野郎、いくらかくそ力のあるのを鼻にかけて、難波先生の門弟に喧嘩を売ったらしいんだ」

「違うんです、親分。その喧嘩はここで起ったんですから、あたしたちよく知ってますけれど、あの人が本当に大川屋に押込みの片割れだとすると、親分は斬らせてしまってもいいんですか」

「いいってこともないが、これも自業自得でしようがないだろう」

吉兵衛はけろりとして、そんな乱暴なことをいう。

「親分、太郎旦那は斬られませんぜ」

「どうしてそんなことがわかる」

「天明堂がいってやした。あの人には剣難の相はあるが、今夜はきっと助かるって」

「当るも八卦、当らぬも八卦というからな」

吉兵衛がせせらわらった時、入口の油障子が手荒くあいて、

「親分はいやすか」

と、子分の一人が駈けこんできた。

「松、おれはここだ。どうした」

「えらいことになりやした」

松は切り落しのところまで走り寄って、

「野郎が今戸河岸で、白根先生はじめ六人も行った難波組を、天秤棒一本であっという間に叩きのめしてしまったっていうんです」

と、声をひそめて告げる。

「なんだと――」

さっと吉兵衛の顔色が変った。

「それで、野郎はどうしたんだ」

「さあ、どうしやしたかねえ。とにかく二人だけ道場へ逃げて帰って、それ今戸河岸へみんなでくり出せってんで、難波先生はじめ門弟たちが今支度の最中なんでさ」

「なんだ、まだ支度の最中なのか」

「どうせ野郎は一度は鶴屋へ寄るだろうから、あわてることはない。鶴屋を見張ってろっていうんでね、それなら親分が行っているはずだからって、あっしが飛んできたんでさ」

「ふうむ。さすがは難波先生だな。やることが念入りだ」

吉兵衛は苦笑しながら、

「お鶴、野郎はここへ帰ってくるといって出かけたのか」とお鶴に聞く。

「うちの天秤棒を持ってったんですから、きっとかえしにくるでしょう。田舎者は律儀ですからね」

「そうか。松、早く帰ってこっちも人数を集めろ。おれも後からすぐ行く」

「へえ」

松は素っ飛ぶように帰って行く。

「親分、やっぱり当った八卦になったようですね」

お鶴がそんな皮肉を口にする。

「なあに、これからが勝負だ。九つまでは今日の中《うち》だからな。まあ見ているがいい」

吉兵衛はぬっと立上って、

「邪魔をしたな、お鶴」

と、半分は負け惜しみもあるのだろう、ゆっくりと土間を出て行く。

店の客は吉兵衛がきた時からもうみんな浮腰で、今はほとんど帰ってしまっていた。

「厄病神ってありゃしない」

お鶴が舌打ちをする。

「姐御、もう六つ半（七時）はまわったころかなあ」

「どうしてさ」

「太郎旦那に早く知らせてやりてえと思うんだが、おれにも剣難の相ってやつがあるから六つ半まではここが動けねえんだ」

「男のくせになにさ、しっかりおしよ。けど、太郎旦那は本当に強いんだねえ」

「惚れやしたか、姐御」

「惚れてやってもいいけど、観音さまに叱られると恐い」

「そのことそのこと――。太郎旦那にゃ七人のたずね人っていう大望があるんですからね」

「おとぼけさん、天明堂さんてそんなにいい女なの」

「あれえ、張りあう気かね姐御」

「あら、じゃ天明堂さんも太郎さんに変なの」

「そうれ目の色が変った。けど、安心なせえ、天明堂はそんな浮気っぽい先生じゃありやせん。なにしろ神がかりですからね」

「ふ、ふ、じゃあたしは浮気っぽい女だっていうの」

「それより姐御、太郎旦那が大川屋の押込みの片割れだってのは本当かなあ」

仙太はそれが気になってしようがない。

ちょうどその時、吉兵衛が明けっ放しで出て行った入口から、のそりと黒潮太郎が天秤棒を突いて入ってきた。

三

「あっ、旦那、大変ですぜ」

太郎の顔を見ると、仙太はいきなり店の土間へ飛びおりて行った。

「なにが大変なんだね」

太郎は入口の障子をしめて天秤棒を持ったままゆっくりとそこの空いた樽へきて腰をかける。

「旦那は十年前にも一度、江戸にいたことがあるんですかい」

「まあお待ちよ、おとぼけさん、ふいにそんなこといったってわかりゃしないじゃないか」

仙太をかきのけるようにして、お鶴が太郎の隣の樽に陣取ってしまう。

「やあ姐御さん、天秤棒をありがとう。おかげで助かった」

「太郎さんは奴等をみんな叩き伏せてしまったんですってね。強いなあ」

お鶴は熱ぼったい目をして、しみじみと太郎の顔を見あげる。

「なあに、みんなきっと夕飯前で、本当の力が出なかったんだろう」

「旦那、旦那、それどころじゃねえんでさ。いまここへくる時、その辺に怪しい奴がうろついてやしませんでしたか」

仙太は気が気でないようだ。

「うむ、変な奴等がうろうろしていた」

「そうらね、もう手がまわっちまったんだ。旦那には十年前の押込みの疑いがかかっているんですぜ」

「わしにか――」

「おとぼけさん、あたしがわかるように話すんだから、黙っておいでよ」

お鶴は仙太を睨みつけて、

「さっきここへ吉兵衛の奴がきたんです。太郎さんのことを根掘り葉掘り聞いてから、十年前に三木さんが沢田さんと斬合いをやったおなじ晩、森田町の大川屋さんて質屋へ二人組の浪人強盗が押込んで、五十両持って行ったっていうんです」

と、声をひそめて一気にしゃべりはじめる。

「ふうむ、大川屋って質屋へね」

「その一人が三木で、今ごろその三木さんの妹をさがしにきた太郎さんは、きっとその時の相棒だったに違いないっていうんです」

「そこへ吉兵衛の子分の奴があわあくって飛びこんできやがって、旦那が六人を叩き伏せたって知らしたもんだから、吉兵衛の奴青くなって、すぐに人数を集めろということになったんでさ。どうしても旦那を召捕る気なんですぜ」

仙太が又してもそばから口を出す。

「あいつは太郎さんが召捕りたいんじゃなくて、本当は殺しちまいたいのよ、難波鷲十郎をたのんだくらいですもの。あの時お弓さんをどこかへ売り飛ばしたのは、吉兵衛にちがいないんです」

「ありがとう。それでだんだん様子がわかってきた」

太郎の目がなんとなくきびしい光をおびてくる。

「そういえば旦那、まだお弓さんの手がかりはなんにもつかめやせんか」

「うむ」

「天明堂もなんだか少し当にならなくなってきたかな。もっとも九つ（十二時）までにはまだちょいと間がありやすからね」

「そんな人のことどころじゃないじゃありませんか。どうするのよう、太郎さん」

お鶴は太郎の膝をつかまえて、わがことのように身をもんでみせる。

がらりと表の油障子があいた。

あっと仙太とお鶴は思わず息をのむ、そこに二人の門弟をしたがえて、頭を総髪にした難波鷲十郎がぬっと立っていたからだ。四十年輩の目のぎょろりとした、いかにもごろつき剣客らしい凄味のきく男である。

「おい、黒潮太郎というのは貴公か」

門弟の一人が敷居ぎわまで進んで、横柄に聞いた。

「黒潮太郎はわしだが、貴公は誰だね」

太郎はまだ空樽に腰かけたままそっちを向く。

「ここにおいでになるのは、貴公が叩き伏せなければ承知できないとほざいた山谷橋の難波鷲十郎先生だ。先生が直接挨拶をしてやるとおっしゃっておる。黙って表へ出ろ」

「よろしい、挨拶をうけることにしよう」

太郎はのそりと立上る。

「大丈夫、太郎さん」

お鶴が青くなって、小声で聞いた。

「姐御、この天秤棒もう少し借りるよ」

太郎はにっこりわらってみせながら、無造作にすっと表へ出て行く。

「さあ大変だ。えらいことになりやがった」

仙太は呆然と立ちすくんでしまった。

二人の門弟をしたがえて、悠々と山ノ宿通りへ出て行く鷲十郎の後から、太郎は横丁を出ながら、

──これは油断ができない。

と、ひそかに目を見はった。

すでに宵をすぎようとして、人通りもとだえ勝ちな表通りのそこにもここにも、襷《たすき》鉢巻に身をかためた難波の門弟、といってもほとんどが食詰《くいつめ》浪人のごろつき剣客共が、四、五人ずつ一かたまりになって、道の上手下手から路地口まで、こっちの逃げ道をすっかりふさいで、待機しているようだ。

その中には無論吉兵衛が集めた長脇差組もまじっているだろうが、人数にして少くとも三、四十人はいるだろう。全く物々しい手配りである。

「この辺でよかろう」

鷲十郎は往来の真ん中あたりで立止って、くるりとこっちを向いた。

「おい、支度をするがいい」

そういいながら羽織をぬいで門弟の一人にわたした鷲十郎は、もうちゃんと襷がけになっている。

「わしはこのままでいい」

太郎は下駄だけをぬいで足袋跣《たびはだし》になった。

襷をかけるには、一度天秤棒を下におかなくてはならない。相手はこんな大袈裟な手配りを外聞もなくやる奴だから、どんな卑怯な抜き討をかけてこないともかぎらないのだ。絶対に油断は禁物なのである。

鷲十郎はじろりとこっちを見ながら、袴の股立を取り、鉢巻をしめる。わざとゆっくりやっているのは、もう袋の鼠だぞということを十分に知らせて、こっちの恐怖心をあおろうという下心があるからだろう。

太郎は天秤棒を右手で突いて、のんびりと相手の支度のできるのを待っている。

遠巻きにしている門弟たちの目は、じっとこっちに集って、ひどく緊張しているようなのが、しいんと鳴りをしずめているのでもわかる。

それは全く無気味な一瞬のしずけさだった。黒々と家並を描き出している春の月かげさえ、いまはなんとなく青ざめて見える。

「黒潮太郎、抜け」

こっちが案外おどろいていないとわかると、鷲十郎は突然威嚇するように叱咤して、さっと抜刀した。

「おうっ」

海で闘ってきた太郎の声もそれに負けず、夜気をふるわして、ぐいと天秤棒を青眼に取る。

その天秤棒が箸の棒ほどにも見える堂々たる体軀だが、動作は急に敏捷になって、しかも何物をも恐れぬ不敵な気魄が全身にあふれている。

難波鷲十郎も悪党ながら江戸では知られた剣客だが、凄味や威嚇が少しも通用しない相手ではいささか勝手が違うらしく、そう無造作には斬って出られないようだ。

「えいっ」

「とうっ」

太郎の野太い気合は、あきらかに鷲十郎を圧倒して行く。

事実太郎は難波の剣になんの恐怖も感じていない。刀より天秤棒のほうがずっと長いのだから、来るならきてみろ、叩き伏せてやると、頭からのんでかかっている。

道場剣術でこそ段位が物をいうかは知らぬが、何度か経験してきた乱戦の場合は、ただ力にまかせて暴れまわる、それでいいのだ。腕力の早く尽きたほうが負けるだけの話で、負けるということは殺されるということなのだから、そこに自然必死の刀法が生れてくる。面だの籠手《こて》だのと小技巧を弄するより、右へ払って左へかえす、ただそれだけのことをすばらしい速度でくりかえせば、力のつづくかぎり絶対に負けはしない。

そのつもりでかかっている黒潮太郎なのだから、実力よりはむしろ凄味をきかせて人をおどかしつけてきた鷲十郎には、どうにも思い切って踏みこんで行けないものがあった。

「えいっ」

「おうっ」

来なければ行くぞと、太郎の気合がようやく白熱してきた時、門弟の一人が足音をしのばせながらするすると太郎の背後へしのびよっていった。

「えいっ」

だっと一刀をふりかぶって拝みうちに出たとたん、気配でそれと悟った太郎の天秤棒が、

「とうっ」

身をしずめざまびゅんとうしろを薙《な》いだので、

「わあッ」

卑怯な敵は強《したた》か胴を打ちこまれて横っ倒しになって行く。

「おうっ」

その体勢のくずれへ、前の鶩十郎が得たりと上段から斬りこんで行ったが、当然そうくるだろうと予期していた太郎の天秤棒が、つばめがえしに、

「えいっ」

疾風のごとく前を払っていたので、ふりおろす鶩十郎の一刀よりわずかに早く、

「ううっ」

左胴を強打された鶩十郎は、がくんとそこへ両膝をついてしまう。

太郎は見向きもせずに、花川戸のほうの敵に向って、のっしのっしと歩き出す。

「わあっ」

取りまく人数が一度に恐怖にも似た鬨《とき》の声をあげた。

「それッ、やっちまえ」

「叩っ斬れ」

背後の敵は急に強くなって、抜刀をふりかざしながら太郎を追う。

「わあっ」

前の敵は夢中になって刀をふりまわしてきた。

「えいっ、――とうっ」

こういう乱戦にはなれているから、太郎は天秤棒をびゅんびゅんと左右に叩きつけて、わき目もふらず前へ、前へと進む。腕力に物をいわせて容赦なくふりまわす火の出るような天秤棒だから、一つ当ったら最後、骨はくだけ、刀は折れてしまう。

「わあッ」

前の敵はたちまち左右に飛び散り、逃げおくれた者は悲鳴をあげて薙ぎ倒されている。

が、敵は相当の人数を用意してかかったことだから、一団が飛び散ると、また一団の新手が取りまいてくる。

「それッ、叩っ斬れ、敵は一人だ」

「誰か梯子《はしご》を持ってこい。梯子攻めにしろ」

太郎を中心にして、血眼になった敵の人数が口々に叫びあいながら、人の渦をまいている。

「えいっ、――とうっ」

太郎は前へ前へ進みながら、決して限度は忘れてはいなかった。腕力に疲れがきてからではおそすぎるので、かなり前進してから、もうよかろうと見て、目についた左手の路地口へさっと身をひるがえす。

果してその辺の路地には、もう敵の手くばりはなかった。吉兵衛も難波も、まさかこんなところまで戦が長びくとは思わなかったのだろう。

「それ、逃げた」

「逃がすな」

わあッと敵は一度にその路地口へ殺到してきたが、二人並んでは歩けない路地である。といって、誰しも一人で真っ先には飛びこみかねるから、

「どうしたどうした。早くしねえか」

「なにをぐずぐずしているんだ」

そこでまた一《ひと》しきり敵が渦をまいているうちに、太郎は迷路のような路地を足にま

かせていくつか曲り、ひょいとどこかの寺の土塀のあるところへ出てきた。

——はてな。

さっき送ってきてやった白蘭の家の前にも、こんな土塀があったがと、右へ土塀にそって二、三軒歩いてみると、たしかに見おぼえのある玄関が目についた。

——なあんだ、やっぱり白蘭の家か。

すると、ここは戸沢長屋の一廓《かく》ということになるから、土地なれた敵はもう路地の出口出口をかためてしまったに違いない。

どぶ板を踏み鳴らして走りまわっている人数の足音がはっきりと耳につき、それがだんだんこっちへ近づいてくるようである。

あいにく、すぐそこが馬道《うまみち》へぬける横丁になっているから、ぐずぐずしているとそこもふさがれてしまいそうだ。

四

「しようがない、観音さまへでも立てこもるか」

ここの雨戸を叩けば、一時かくまってくれないこともなかろうが、なるべく人には迷惑をかけたくない太郎である。

思い切って軒を離れようとすると、うしろの雨戸がすっとあいた。

「あっ」

お高祖頭巾のお蘭がこっちを見て、びっくりした目をする。

「やあ、どこへ出かけるんだね」

「しっ」

お蘭の白い手がのびて、いきなり太郎の腕をつかみ、土間へ引っぱりこむ。

手早く雨戸をしめて桟《さん》をおろし、そっと格子をひいてしまう。

中は真っ暗だ、熟《う》れたような甘い女の匂が闇によどんでいる。

「追われているの、太郎さんだったのね」

「うむ」

「しっ」

ばたばたと雨戸の外へ数人の足音が近づいてきて、

「おい、そっちはもう通りだぞ」

「わかってらあ。足があるんだから、通りへ出られねえとはかぎるめえ」

「けど、あの通りへはもう親分が出張《でば》っているはずだぜ」

これは吉兵衛の集めた子分たちの組らしく、どんどん横丁のほうへ走りぬけて行く。

「敵はやっぱり吉兵衛なの」

顔は見えないが、白蘭は太郎の腕のあたりをつかまえながら声をひそめてきく。

「うむ、難波と吉兵衛の組が両方で追いかけまわしているんだ」

「ふ、ふ、太郎さんは野良犬のように逃げまわったってわけね」

「あんたはどこかへ出かけるところだったんかね」

「そうよ。表がごたごたし出したんで、ひょっとしたら太郎さんじゃないかなと思ったんです」

「ああそうそう、十年前に大川屋へ入った強盗は、やっぱり三木じゃないとわかったよ」

太郎はふっと思い出したので、そう教えてやる。

「どうして、どうしてそんなことがわかったんです」

「あの十年前の夜、三木といっしょに大川屋へ押込みをやった二人組強盗の相棒は、この太郎だと、吉兵衛は今になって急にいいふらしているそうだ。あいつは自分に都合の悪い人間を口先一つで殺す悪党なんだ」

こっちの腕をつかんでいる白蘭の手が、わなわなとふるえ出す。燃えあがってくる激しい怒りを、じっと胸でこらえているのだろう。

「あいつはそういう罪を、ほかにもいく度かかさねている奴に違いない。もうすぐ恐しい天罰をうけて、自滅するだろう。黙って見ていてやればいいんだ。いいか、お蘭さん、間違ってもあんな奴と、自分の大切な命を取りかえっこするような、かるはずみな真似はいかんぞ」

太郎はおだやかにいって聞かせる。

白蘭は返事をしなかった。顔は見えないが、白蘭はまだ体中で怒り狂っているようである。

悪党の口車一つで、大切な娘の青春を無残にも踏みにじられてきたとしたら、その傷の痛みは到底しのびがたいものがあるに違いない。我慢しろとは、それは他人のいえることで、当人の身になったら、相手を八ツ裂きにしてもあきたらないものがあるだろう。

その気持は太郎にもよくわかる。吉兵衛という奴は子供の手を捻《ね》じあげて、その泣き叫ぶのを平気で見ていた奴なのだ。いや、その泣き叫ぶ人の生身《なまみ》を喰物にしてきた悪どい奴なのだ。

ばたばたと通りのほうから、またこの路地へ数人の足音が駈けこんできた。その足音がふっと雨戸の前あたりで立止って、

「親分、ここですぜ、天明堂って女易者の家は」

と、一人が教えている。

「そうか、かまわねえから叩き起してみろ」

たしかに吉兵衛の横柄な声だ。

「こっちへ来て——」

白蘭がいきなり太郎の腕を引っぱって、家の中へ誘いこもうとする。

「いや、いい折りだから、わしが悪党をこらしめてやろう」

太郎は動こうとしない。哀れなお弓のために、むらむらッと怒りがこみあげてきたのだ。

「いけない。お願いだから、——お願いですから、かくれて」

白蘭は太郎の胸へむしゃぶりついて、体ごと上り口のほうへ押して行く。

「今晩は——。天明堂さん、今晩は」

どんどんと一人が雨戸を叩き出した。

「許さん、憎い奴」

「いやっ、いやっ、かくれて」

「あんた、あんなに怒っていたくせに」

太郎はふっと苦わらいが出る。

「もういいの、——怒らないから。もういいんです」

どんどんどんと前よりも強く雨戸を叩きつけて、

「天明堂さん、今晩は。もう寝たんかね。今晩は——」

と、声を張りあげる。

「御用の者だといってみろ、女ばかりだっていうから、恐がって用心しているんだろう。まだ寝る時刻じゃねえ」

「へえ。――今晩は、天明堂さん、御用の者なんだ。ちょいとここをあけてくれねえか。御用の筋で聞きてえことがあるんだから」

「はい、ただ今――」

白蘭が茶の間の襖をあけて、返事をした時には、太郎は土足袋《つちたび》をぬいで手に持ち、ともかくも二階の階段をあがっていた。

茶の間から玄関へ行燈《あんどん》の灯が流れている。

「婆や、お客さまのようですから、出てみてください」

そういいつけて白蘭は逆に茶の間へ入って行く。

「はい」

婆やが玄関へおりて行って、雨戸をあけたようだ。

「どなた様でございましょう」

「御用の者だって、さっきからいってるじゃねえか。天明堂さんに、ちょいとここへ顔を出すようにいってくんな」

子分の奴が突樫貧《つっけんどん》にいう。

「まあいいや。お前たちは表を見張ってろ」

吉兵衛がのそりと土間へ入ってきたようだ。

「あの先生、御用のお方だそうでございますけれど」

「そう」

白蘭はお高祖頭巾を取って袂《たもと》へ入れ、静かに玄関へ出て行った。

「いらっしゃいまし。あたくしがここの女主人《あるじ》でございますが、どんな御用でございましょう」

逆光線をうけた白蘭の顔は、陶器のように白く冷たい。

「おれは聖天町の吉兵衛という御用の者だが、夜中騒がせてすまねえ」

「どういたしまして」

「お前さんは天明堂白蘭という女易者の先生だそうだね」

「はい」

「今朝、ここの客引きで仙太という男が、黒潮太郎という大きな田舎侍をつれてきたって話だが、そうかね」

「はい、つれてまいりました」

「その男はなにを観てもらいにきたんだね」

「たずね人でございます」

「たずね人ねえ——。どんな人間をたずねているんだね」

「失礼でございますが、この稼業の者は人さまの秘密は口外できないことになっておりますので」

物静かだが、あくまでも冷たい声音だ。

吉兵衛はあきらかにむっとしたような顔をして、

「なるほどねえ、もっともな話だ。しかし、その黒潮太郎って男が、もし強盗を働いた天下のおたずね者だったら、どうするね」

と、皮肉ったらしく逆襲してくる。

「あの方は本当にそんなおたずね者なのでございますか」

「そうらしいねえ。お前さんはこのごろの人で知るまいが、今から十年前森田町の大川屋っていう質屋へ、二人組の浪人強盗が押込んで、五十両の金を強奪して行った。その時の片割れがあの男なんだ。ああいう大男だから恰好ですぐわかる」

「お相撲さんはみんな大きいようでございますね」

「お前さん女のくせに、なかなかしゃれた口をきくねえ、じゃ、いって聞かせるが、その時の相棒は三木という浪人者だった。あの男はもう十年たったから、いいかげんほとぼりも冷めたろうと高をくくって、こんどその三木という相棒の妹をさがしに出てきているんだ。これでもまだおれの目が狂っているといいなさるかね」

「その片割れは三木という名前までわかっているのでございますか」

「わかっているとも、当時三木文次郎という浪人者は、妹といっしょに聖天町の裏長屋に住んでいたんだ。それが一人の女のことから、恋敵の沢田っていう浪人者を、今戸の原で斬った。高飛びをするには金がいる。そこで黒潮太郎という奴といっしょに、大川屋へ押込みをやったんだ」

「三木という人は顔をつつみもしないで、大川屋へ押入ったのでございましょうか」

「そりゃ顔はつつんでいたろう。しかし、あいにく三木という奴は大川屋へ質物を入れに行ったことがあるんで、番頭は声でわかった。悪いことはできねえものだ」

「それならたしかでございますね。親分はその番頭さんからお聞きになったのでしょうから」

「まあそれがおれたちの稼業なんだから、しようがない」

「質屋というものは、ずいぶん古い帳面でもとっておくものだそうですが、本当でしょうか」

「そりゃとってあるだろう。どうしてだね」

吉兵衛はなにかどきりとしたようだ。

「そういうちゃんとした証拠まであっては、お気の毒ですが、黒潮太郎という人はもうのがれられないと思いまして」

白蘭はそれとなく痛い釘を一本、吉兵衛の胸へ打ちこんでおく。

五

「そこでなあ天明堂さん、おれたちはいまその黒潮太郎って奴をこの路地へ追いこんだんだが、野郎この辺で急に姿が見えなくなってしまったんだ。お前さんを疑うってわけじゃないが、野郎が家の様子をよく知っているのはここしかない。どうだろうな、おれの念晴《ねんばら》しに一度だけ家の中を見せてもらいたいと思うんだが」

吉兵衛はぬけぬけとそんなことをいい出す。

白蘭はまじまじと吉兵衛の脂《あぶら》切った顔を見すえながら、

「親分さん、ここはあたくしと婆やの二人暮しなんです。おことわりするわけには行かないんですか」

と、一応は冷淡に突っぱねてみる。

「なあに、この目で二階と下の座敷をちょいとのぞきさえすれば、それでおれの気がすむんだ。そう手間暇のかかることじゃない。なまじ痛くもない腹をさぐられるより、お前さんだってそのほうが世話なしじゃないかね」

そんなおためごかしをいいながら、吉兵衛はあくまでも図太く押しつけてくる。

「本当にすぐすむんですか」

「おれは二枚舌は使わねえ男だ」

「では、ごらんになってください」

どうせことわっても素直に引きあげるような毒虫ではない。二階に黒潮太郎がいてくれるのだし、その太郎がどう出るか、いっそ逢わせてみようと白蘭はとっさに肚をきめて、

「ここが茶の間なんです」

と、少し身をひいて、まず襖のあいている茶の間を見せた。

「なるほど、誰もいねえな」

のこのことあがりこんできた吉兵衛は、もっともらしい顔をして、六畳の真ん中へなまめかしい置炬燵《おきごたつ》のある女くさい茶の間をじろじろ見まわしている。

「こっちが婆やの部屋です」

玄関の間の左手の襖をあけると、そこは三畳で、茶の間からもそこからも出られる台所につづいている。

「うむ、たしかに見とどけた。ここにもいねえ」

「婆や、手燭をつけておくれ」

台所におろおろしている婆やにいいつけ、手燭の用意ができると、

「二階は六畳一間きりなんです」

と、白蘭は説明しながら、先に立って右手の階段をあがって行った。

手燭の黄ばんだ灯がゆらゆらと揺れて、二階の廊下が見えてきたが、太郎の姿は見えない。たぶん座敷にかくれているのだろう。

その座敷の障子をあけようとしたとたん、

「あっ」

うしろからついてきた吉兵衛がいきなり踊りかかって、右腕を白蘭の頸《くび》にからみ、ぐいと胸の中へ抱えこむようにしめつけてきたのだ。

たぶんそんなことだろうと白蘭も覚悟はしていたが、思わずからんと手燭を取り落したから、灯が消えて、一瞬に真っ暗になる。

「おい、おとなしくしねえと、このましめ殺すぜ」

吉兵衛の濁った声が耳もとへ吹きこむようにいう。

無駄に反抗すれば息が苦しくなるだけのことだから、白蘭はわずかに身もがきしながら、もう観念したというように、ぐったりと体中から力をぬいてみせる。

「そうだ、そのほうが利口というもんだ」

「許して――」

「小娘のようなことをいいなさんな、おれに見こまれたが因果とあきらめて、まあおとなしくいうことをききねえ」

「あたくしを、おもちゃになさるんですか」

「お前が小利口な口さえきかなけりゃ、おれもこんな気にゃならなかった。大川屋の帳面がどうの、三木がどうのと、余計なことをいうから生かしておけなくなるんだ」

「殺さないでください。お願い」

「だからよう、素直におれの妾になれといってるじゃねえか。黙っておれのいうことさえきいていりゃ、命までとろうとはいわねえ」

息のできるほどに力はぬいているが、まだ用心深く右腕をしっかりと頸にまきつけ、左手で障子をあけて、手さぐり足さぐりで座敷の中へつれこんで行く。

「大川屋の強盗ってのは嘘なんですか」

「そんなことは気にしなくてもいいや。おれを敵にまわすと恐しい男だが、なあにこれでも味方にはとても親切な男なんだ。いいか、声を立てるなよ、変にじたばたすると、本当にしめ殺すぜ」

ぐいともう一度頸をしめて脅しつけてから、じんわりと捻じ倒そうとする。

「助けて」

「殺されてえのか、おれに」

急に兇暴になって、こんどは両手で喉をしめつけようとしながら、

「あっ」

その手がふいにこっちを放して、ばたばたとこんどは吉兵衛が足をばたつかせる。

「だ、誰だ」

「黒潮太郎――」

「う、うっ」

吉兵衛はもう声も出ないようだ。

「太郎さん、殺さないで――」

白蘭はぺたりとそこへ坐ったまま、大きく肩で息を切っていた。

外は月夜だから、雨戸を洩れるあかるみがあるらしく、闇に目がなれてくると、物の形だけが黒々と見えてくる。

どうやら太郎は吉兵衛を膝の下へ組み敷いて、手拭で口を縛りつけているようだ。

「う、うっ」

吉兵衛は喉の奥でわずかにうめきながら、手足はもうぐったりとなって、身動き一つできないらしい。

「憎い奴だ。――憎い奴だ」

太郎はどうしてくれようというように、その前へあぐらをかいて、腹の底から燃えたぎる忿怒《ふんぬ》の声を嚙みしめているようだ。

「殺しちゃいけない、太郎さん」

なだめるように白蘭はその膝のほうへにじり寄って行った。

「ただでは殺さぬ」

太郎はひょいと白蘭の体を膝の上へ抱きあげて、横抱きにしながら、

「吉兵衛、よく聞いていろ。貴様は十年前に三木文次郎を大川屋の強盗だとこしらえて、かわいそうな三木の妹を脅迫し、口のきけないようにして女衒《ぜげん》の手へ売り飛ばしたろう。貴様は三木の妹だけではなく、おなじような卑劣な手で、弱い女を脅迫しては、十人、いや二十人とあわれな娘たちを地獄へ沈めてきたんだ。憎い奴、娘たちはさぞ世を呪い、人をうらんで、一生浮びあがれぬ地獄で、罪もなく泣き苦しんでいることだろう。かわいそうに、おれにはその姿が目に見えるようだ。かわいそうに、おれはかわいそうでたまらん」

太郎は白蘭の肩、背中を撫でさすりながら、ぽろぽろと涙をこぼし、言葉が跡切れたと思うと、う、うっと子供のようにむせび泣きの声がもれてきた。

「太郎さん」

白蘭はたまらなくなって、太郎の逞《たくま》しい胸へしがみついて行く。涙がとめどもなく流れてきた。そして、その涙が枯野の中へ一人で放り出されてすっかりいじけ冷えきってしまった心を少しずつあたためほぐしてくれるような気がしてくる。

「憎い奴、――わしはその地獄にいるあわれな女たちの一人一人の恨みを、いまこの男に思い知らせてやらなければ承知できん。聞いているか、吉兵衛」

太郎はまた新しい怒りがこみあげてきたらしく、そっと膝の上の白蘭をおろそうとする。

「いやっ、いやだ太郎さん」

白蘭はどうにも太郎のあたたかい胸から離れたくなかった。

「なあに、この男の仕置はすぐすむんだから」

いとしそうに太郎はもう一度白蘭の背中を撫でてやりながら、

「いいかお蘭さん、わしがいま天にかわってこの憎い男の仕置をしてやるから、昔のことはもうみんな忘れるんだぞ。お蘭さんは天明堂白蘭という人に生れかわったつもりで、これからは一生しあわせに暮すんだ。わかったな、わかったな」

と、耳もとへ吹きこむようにいう。

「あたし、きっと忘れます。あたしよりもっとこの男にひどい目にあって、まだ泣いている人があるかも知れないんだもの、それから思えばあたしはまだしあわせなのかも知れません。あたしには太郎さんがついていてくれるし」

顔の見えない暗闇だけに、一層そんな素直な気持になれたのかも知れない。白蘭はなにか子供のころにかえったような、たまらなく人なつこい淋しさを感じて、そっと太郎の頬を両手で撫でてみる、太郎の頬はまだ涙で濡れていた。

「拭いてあげるわ」

白蘭は袂で太郎の顔を拭いてやりながら、そんな子供じみた真似のできる自分が、一瞬うれしいなあと思った。

「さあ、この憎い男をかたづけてしまおう」

「どうするの。殺しちゃいやよ」

自分はいつか吉兵衛を殺してやらなければ気がすまないと思っていたくせに、太郎を人殺しの咎人《とがにん》にするのはいやだった。

「殺しはしない。まあ見ているがいい」

太郎は白蘭を膝からおろして、

「吉兵衛、地獄へつれて行ってやるから来い」

と、左手で襟髪を引っつかんでぐいと立上った。

「う、うっ」

吉兵衛は恐怖におびえたようなうめき声をもらして、両足をわずかにばたつかせたが、太郎は事ともせず、ずるずると引きずって廊下へ出る。

「どこへ行くの、太郎さん」

「番屋へ突き出してやるんだ」

階段をどすんどすんと引きずりおろして、玄関へきた。

表で待っている吉兵衛の子分たち五、六人は、また親分の悪い癖がはじまったと、手間のとれるのも気にせず、くすぐったい顔を見あわせていたが、ふいに太郎が左手でその親分の襟髪を引きずり、右手に天秤棒を持ってぬっと出て行くと、

「あっ、この野郎」

「いたぞう、みんな来い」

一度に血相をかえて、ぱらぱらっと後へ飛びのく。

「騒ぐな。お前たち聖天町の悪岡ッ引吉兵衛の子分共か」

「なにを――」

「この吉兵衛はいま女を手ごめにしようとしたから、このとおりわしが引っつかまえてきたのだ。これから番屋へ突き出してやる。吉兵衛はこれまで十手の裏にかくれて娘をさらって女衒に売り飛ばしていた悪党だ。お前たちもその手伝いをしていたのか」

近所中にひびくような大きな声でどなりつけると、子分共はもう二の句がつげない、日ごろ吉兵衛の悪どいのは、多少ともみんな知っているからだ。

太郎はそのまま吉兵衛を引きずって、路地から往来へ出る。そこにもまだ吉兵衛の集めた子分たちが七、八人かたまっていたが、

「聖天町の悪岡ッ引吉兵衛は、娘をさらっては女衒に売り飛ばしていた鬼だ。町の衆、みんな出て、この鬼の顔を見てやってくれ」

太郎は大声に触れながら、横丁から花川戸通りへ出る。

さっきまでその辺を駈けまわっていた浪人共は、もうみんな引きあげてしまったらしく、一人も見あたらない。まだうろついているのは、吉兵衛の子分たちばかりのようだ。いや、多少浪人組も残っているかも知れないが太郎の触声《ふれごえ》を聞くと、さすがに顔が出せなくなってしまったのだろう。

子分たちのほうも、二人おくれ、三人離れ、だんだん遠巻きになって、もう誰も吉兵衛を取りかえそうとする者はない。

町中はみんな表戸こそおろしているが、まだ寝るには早い時刻だから、太郎の変った触声を耳にすると、あわてて飛出してくる者もあって、山ノ宿の自身番へ着くまでには、相当の弥次馬がぞろぞろと後からついてきていた。

それは全く奇妙な見物《みもの》だった。六尺豊かな大の男が片手で天秤棒をつき、片手で人間一人をぼろっきれでもさげるように軽々と引きずって、月夜の町をその男の世にも悪どい罪を高らかに触れて歩くのである。吉兵衛の日ごろを知っている者は、いい気味だと思ったろうし、或る者は空恐しいと身ぶるいをしていたかも知れぬ。

そして、太郎は山ノ宿の自身番の前で、もう一度吉兵衛の罪をあばき立ててから、

「この鬼の罪は当然町奉行所が裁いてくれるはずだ。わしはこの鬼をここへすてて行くが、もしこの鬼を助けて行くような者がいたら、その男もこの鬼の同類だと思って、町の衆はよくその男の顔を見おぼえておくことだ」

と、釘を一本さしておいて、どさりと吉兵衛をそこへ投出し、さっさと弥次馬の中へまぎれこんでしまったのである。

第二番目の女

一

翌朝――。

おとぼけ仙太が天明堂をたずねてみると、いつも玄関に出ている看板が、今朝はまだ出ていなかった。

――あれえ、じゃ昨夜黒潮の旦那はとうとうお弓に逢えなかったんだな。

仙太はなにかどきりとして、玄関へ入って行き、

「先生。お早うござんす」

と、恐る恐る声をかけてみた。

「おとぼけさんですか」

いつもの茶の間から白蘭の声が聞く。

「へえ」

「取次には出ませんから、お上りなさい」

「へえ、ごめんなすって」

　茶の間へ入ってみると、白蘭はふだん着のままぼんやりと置炬燵に膝を入れていた。

「先生、今朝聖天町の吉兵衛が御用になったのを知ってやすか」

「いいえ、初耳です」

「じゃ、昨夜の大騒動も知らねえんですか」

「どんな大騒動があったのです」

　白蘭はあんまり驚いた顔をしない。

「こいつは驚いたなあ、あんな大騒動を本当に知らねえんですか」

「存じません」

「昨夜黒潮の太郎旦那が、山谷橋の難波鷲十郎組と、吉兵衛組に取りかこまれて、山ノ宿はまるで火事場のような大騒ぎだったんでさ。太郎旦那はそいつらと天秤棒一本で闘いやしてね、強いのなんのって、とうとうどこかへ消えてしまった。それからが大騒動なんでさ。間もなく、どこでつかまえたか太郎旦那は吉兵衛を引っつかまえて、襟髪をつかんで町中をずるずる引きずって歩きながら、この悪岡ッ引は娘をさらっては女衒《ぜげん》に売り飛ばしていた鬼だ。顔を見たい奴は出てみろと、どなって歩いたんです」

「おとぼけさんはそれを見ていたんですか」

「いいえ、あいにくあっしは鶴屋にいやしてね、実は太郎旦那の帰りを待っていたんですが、近所の者が、大変だ、吉兵衛がこれこれでいま山ノ宿の番屋の前へすてられてうなっていると知らせてくれたんで、すぐに飛んで行ってみたんでさ」

「お鶴さんもいっしょですか」

白蘭の目がじっとこっちを見すえる。

「へえ、お鶴姐御はなにしろ太郎旦那に天秤棒を貸しているんですからね」

「太郎さんは昨夜、その天秤棒を鶴屋へかえしに行きましたか」

「それがおかしいんでさ、姐御と二人で吉兵衛が自身番の前でうなっているのを見物して、別に手足は縛られちゃいないんですがね、なんだっておとなしくころがっているんだろうと思ったら、右手と右足を一本ずつ折られているんでさ。しかも手拭で口を結えられているから、それをいうことができねえ。番太郎が聖天町の家へ知らせてやったんで、若い妾が子分をつれてきて、やっと戸板へのせて家へ運んだんです。けど、野郎の悪事は太郎旦那がすっかり触れて歩いたんで、もう町中みんな知っている、お上でもすてておけなくなって、今朝御用にして行ったそうでござんす」

「天秤棒をですか」

「御冗談で——。天秤棒なんか御用にしたってしようがありやせんや」

「あたくしは太郎さんが昨夜、天秤棒を鶴屋へかえしに行きましたかと、うかがっているのですけれど——」

「ちげえねえ」

仙太ははっと思い出して、この女易者はいうことが時々皮肉でいけねえと苦わらいをしながら、

「そいつがおかしいんでさ、姐御と二人で吉兵衛が山ノ宿の自身番の前でうなっているのを見物——」

「そこまではもうさっきうかがいました」

「なるほど、そうでしたっけね。じゃ、山谷橋の難波鴬十郎が太郎旦那に肋骨を三本天秤棒で折られて、うんうんうなって寝ているってのも話しやしたかねえ」

「いいえ、あたくしはその肋骨を三本折った天秤棒を、太郎さんがかえしに行ったかどうかをうかがっているのです」

「ちげえねえ。それがその、姐御と二人で番屋から帰ってみると、たった今、太郎旦那が天秤棒をかえしにきて、礼をいって帰ったところだと、女中がいうんでさ。さあお鶴姐御がかんかんになっちまいやしてね」

「では、おとぼけさんも太郎さんが昨夜どこへ泊ったか知らないんですか」

「知りやせん。旦那も人が悪いや、人が散々心配して待ってるのに、置いてけ堀って

のはひどすぎまさ」

「お鶴さんもそういって怒ったんですか」

「怒ったのなんのって、こんど顔を見たらただはおかないって半分べそでござんしてね」

「ただはおかないって、どうする気なんでしょう」

「先生の前ですがね、あの姐御は太郎旦那を長火鉢の前へ坐らせる気でいるんです」

「ほ、ほ」

白蘭が世にもあかるい顔をしてわらった。いつも冷たく取り澄しているのに、こんなに女らしい甘い顔を見せるのは珍しい。

「あれえ、先生わらいやしたね」

「あたくしだって、人間ですもの。おかしければわらいます」

「なあるほど――。そういや犬や猫はわらいやせんね」

「犬や猫はおかしいことがわからないからでしょうね」

「時に先生、今朝は玄関に天明堂の看板が出ていやせんね」

「今日は気分がすぐれませんの」

「うまくおっしゃるなあ。本当は太郎旦那が昨日中に三木の妹ってのに逢えなかったからじゃないんですか」

「いいえ、それはたしかに逢えたはずです」

にっこりわらってみせる白蘭だ。

「本当ですか先生」

「天明堂は名人ですもの。間違いはありません」

「だって先生、まだ太郎旦那からお弓さんに逢えたと聞いたわけじゃないんでしょう」

「聞かなくても、あたくしにはちゃんとわかっています」

うぬぼれの強い女だなあと、仙太は呆れて白蘭の見識ぶった顔を眺めながら、

「すると先生、太郎旦那は昨夜そのお弓さんと、どこかへいっしょに泊ったということになるかも知れやせんぜ。うまくやってやがるなあ」

と、こっちも与太っ八を飛ばして、わざとにやにやしてみせる。

「なにがうまくやっているんです」

「だって先生、十年前にその妹ってのは十四だったんでしょう。すると、今年は二十三か四で年増盛りってことになりまさ。太郎旦那はああして命がけでさがしている女だし、その妹のほうだって兄貴の遺言をとどけてくれた男だと思いや、満更悪い気持はしねえでしょう。一つ宿に泊って話がはずみゃ、そこは遠くて近きはなんとやら、つい手がさわり足がさわり、むらむらっと変な気になるなあ、これ人情でござん

しょう」

「ほ、ほ」

白蘭が又しても機嫌よくわらって、しかもぽうっと顔が桜色になったのである。

畜生、いい女だなあと、仙太はちょいと見とれながら、

「なにがおかしいんです、先生」

と、わざと突っかかって行く。

「もしおとぼけさんのいうとおりだと、どこかのお鶴さんて方がお気の毒になりやしませんか」

「ちげえねえ、こいつは可哀そうなことになりそうですぜ」

「お鶴さん世をはかなんで、巡礼にでも出るでしょうか」

「なあるほど、お鶴は巡礼ときまってやすからね。けど、それにしちゃ太郎旦那も案外恩知らずだなあ」

「どうしてです」

「いってみりゃ先生のおかげで、そのお弓って三木の妹に逢えたようなもんでしょう。昨夜はおそいからしょうがねえが、今朝はさっそく礼にくるのが本当だと、思うなあ」

「それはそうですね」

「わかった、太郎旦那まだそのお弓さんと朝寝をしながら、でれついているのかも知れねえ。けっ、隅におけねえや」

ふっと白蘭の顔が冷たくなって、目を伏せてしまう。それはもう用はないから、お帰りなさいという時の顔なのだ。

――あれえ、なんで急に機嫌が悪くなったのかなあ。

気難しい女だぜとは思ったが、こんな時変な口をきくと、こんどは露骨にいやな顔をされるので、

「先生、お邪魔しやした。またまいりやす」

と、仙太は早々に立上った。

「あ、先生、今日は客引はいいんですね。本当にお休みなんですね」

これだけはどうしても聞いておかなくちゃならない。

「ええ」

白蘭の返事は素っ気ない。

――けっ、勝手にしやがれ。

仙太はすっかり興冷めて、わざとどかどかと玄関へ飛び出す。

とたんにのっそりと格子の外へ黒潮太郎の大きな図体が立って、

「やあ、おとぼけうじか」

と、わらいながら格子をあけた。

「あれえ、旦那、一人でござんすか」

「どうしてだね」

「だって旦那は昨夜お弓さんにめぐり逢ったんでしょう。その礼に先生んとこへきたんじゃねえんですか」

仙太は、てっきりそれだと思いこんでしまったのだ。

「ああそのことか。それならたしかにめぐり逢ったよ」

「けっ、昨夜いっしょに宿屋へ引っぱって行ったんでげしょう」

「まあ、そういうことになるかな」

「そんなに照れなくたっていいや。遠くて近きはなんとやら、どうしてお弓さんもここへいっしょにつれてこなかったんです」

「おとぼけさん、誰方か玄関にお客さままでございますか」

茶の間から険のある白蘭の声が聞きとがめてくる。

二

「先生、太郎旦那が昨夜のお礼にきやしたよ。もっともお弓さんは恥しがるんで、っれてこなかったようです」

おとぼけ仙太が襖《ふすま》越しに、六畳の茶の間のほうへ返事をする。

「どうぞこちらへお上りくださいと、おっしゃっていただきます」

白蘭の声は切り口上だ。あんまり機嫌のいい時の声ではない。

「おかしいなあ。ついさっきまでは機嫌がよかったんだがなあ。――まあ旦那、お上んなすって」

仙太が首を傾げながらいう。

「そうか。じゃ失礼する」

黒潮太郎がわらいながらのっそり上ってきたので、仙太はいそいで茶の間の襖をあけてやった。

「先生、お早うござる」

太郎は襖ぎわへ行儀よく坐って、炬燵の中の白蘭に挨拶をした。

が、白蘭はちらっと太郎の顔を見ただけで、黙って外方《そっぽ》を向いてしまったのだ。

――あれえ、横柄な顔をしているぜ。

太郎の大きな図体が襖ぎわをふさいでいるので、仙太は茶の間へ入ることができず、そこへ突っ立ったまま呆れていた。

「実は先生、今日はまた観てもらいにあがったのだが、ここでよろしいでしょうかなあ」

「今日は気分がすぐれませんの。表に看板が出ていなかったでございましょう」

「なるほど、そうでしたかなあ」

太郎旦那は気の毒なほど素直である。

「旦那、旦那、昨夜お弓さんに逢えた礼を早くいわねえから、先生は臍《へそ》を曲げているんだ。どうしていっしょにお弓さんをつれてこなかったんです」

仙太は気をもみながら注意をしてやる。

「ああそうか。気のつかないことをしたなあ。実はそこまでいっしょにくるにはきたんだが」

「なんですって——。どうしてそれを早くいわねえんだろうなあ、ちょいと迎えに行ってきやす」

「いや、それには及ばん」

「そんなことというもんじゃありません。そりゃ早いとこ乙な仲なんかになっちまうから、お弓さんにすりゃ少しきまりが悪いだろうが、世間にないことじゃなし、あっしが行ってよく話してきてやりやす」

仙太はあたふたと草履を突っかけて、玄関から飛出して行った。

「お蘭さん、本当にどこかかげんが悪いのか」

太郎がまじめに聞く。

「ええ、気分がよくないんです」

「そりゃいかんな。昨夜あんまりびっくりしたせいだろう」

「太郎さんは昨夜鶴屋へ天秤棒をかえしに行ったそうでございますね」

「うむ、稼業物を借りっ放しというのは悪いからね」

「どうして、その足で、家へもこれこれだったたって、知らせに寄っていただけなかったのでございます」

「ああそれで臍を曲げているのか」

なあんだというように、太郎の目がわらい出す。

「昨夜はどこへお泊りになったのでございます」

「すぐそこの角の中村屋という旅籠屋へ泊ったんだ。図体が大きいもんだから、旅籠屋の布団は足が出ていつも困る」

「そんなところへきていたんなら、目と鼻の間じゃありませんか。太郎さんてそんなに冷淡な人なのかしら。人があんなに心配して待っていたのに」

「すまんすまん。本当は門口まで来てはみたんだ。玄関の雨戸はしまっているし、もうおそいから、明日また話せばいいと思って――」

「いやっ、いやっ、それでは気に入りません」

白蘭は駄々ッ子のように身をもんでみせる。癇《かん》が強いと見えて、目の色がすっかり青ざめている。

「やれやれ、それでは気に入らんか。困ったなあ」

「夜ですもの、雨戸はしまっているにきまっています。どうして声をおかけにならなかったのです」

「うむ、声はかけた。お蘭さん、ゆっくりお休み。もう悪い奴は誰もうろついていないようだから、また明日来るよと、雨戸にちゃんと挨拶をして帰ったんだ」

「本当――？」

まじまじと白蘭は太郎の顔を見すえている。

「本当さ。三木だってちゃんと天から見ていたに違いないんだ」

「じゃ、もう勘弁してあげようかしら」

どうやら癇はおさまったらしく、霧がはれたように明るい顔になる。

「旦那、旦那――」

がらっ、ぴしゃっと格子があいて閉《しま》って、仙太が飛びこんできた。

「お弓さん、どこにもいやせんぜ。表通りのほうまで行って、方々さがしてみたんですがねえ」

「そうか。御苦労だったなあ、おとぼけうじ。ことによると、お弓は一人で故郷《くに》へ帰ったかも知れない」

「へえ、どこなんです。その故郷ってのは」

「少し遠いんだ。阿波の徳島なんだがね」

「けっ、からかっちゃいけやせんや」

仙太はぷっとふくれっ面をする。

「おとぼけさん、嘘だと思ったら鶴屋へ行って聞いてごらんなさいな。お鶴さんもいっしょかも知れません」

そばから白蘭が口を出して、ほ、ほと凄く色っぽいわらい方をする。

――あれえ、いつの間に機嫌がなおりやがったんだろう。

と、仙太はあきれて白蘭の顔を見ていた。

「先生、そこでどうだろう、一つぜひ観てもらいたいことがあるんだが」

黒潮太郎が改めて切り出す。

「今日はいや――。気がすすまないんだもの」

「そうかなあ」

「気がすすまない時は、自分でもたよりなくて、ちっとも当らないような気がするんです。いやになっちまうわ」

口のきき方まで小娘のように甘ったれているのである。

「そうか。そういう時は少しも勘が働かないのかね」

行儀よくきちんとは坐っているが、太郎の声音にもあふれるような愛情がにじみ出ているようだ。

仙太はなんだかぽかんとせずにはいられない。

「そんなことないわ。勘だけはいつだってひとりでに働いているんです。太郎さんは第二番目のたずね人のことが聞きたいんでしょう」

きらっと白蘭の目が光り出す。

「うむ、そうなんだ」

「女の人ね」

「当った」

「こんどは亡霊の姉さんかしら」

「驚いたなあ」

「口から出まかせよ。今日は感心したって駄目。あたしもう今日はやめる」

なにか急にそわそわしながら、白蘭は炬燵の上を撫でまわしはじめる。白々とした手、腕で、それにまつわる浅黄の襦袢の袖口が目になまめかしい。

「お蘭さん、わしはわしは妙に胸さわぎがしているんだが、気のせいかなあ」

太郎がさそわれたようにいい出す。

「本当、太郎さん」

「うむ、わし、逢えるだろうか、その姉さんに」

「いやだなあ、あたし思い切っていっちまう。その姉さんねえ、可哀そうだけれど死にかけているんじゃないかしら、なんだかそんな気がするんです」

「やっぱりそうか」

「そんな心当りがあるの、太郎さん」

「いや、別に心当りなどなにもないんだが、今朝目がさめて、さあ今日から第二番目だと思った時、すうッとその姉さんの顔が見えるような気がした。ひどく青いやつれた顔で、はてな患《わずら》っているんじゃないかなと、その時そんな気がしたんだ」

「きっと患ってるわ。そして、いじめられている」

「よし、じゃこれからすぐ行ってみる。助かるものなら助けてやりたい」

「南西の方向のようだけど、どこにいるかわかっているんですか」

「藤沢なんだ、東海道の。もとのところにそのままいれば、茶屋旅籠の藤屋という家で、そこの姉娘のお冬さんていうのだ」

「藤沢の藤屋」

白蘭の顔に激しい動揺の色が走る。

「お冬さんの弟に庄太郎という男がいて、これが無類の無鉄砲者だった。藤屋の父親が死んだのは姉のお冬が十九、弟の庄太郎が十五の時だったそうだが、姉がしっかり者で娘のまま店をあずかり、庄太郎が二十になったら嫁をもらって藤屋をゆずるつもりだったらしいんだ。ところが庄太郎は十七ぐらいの時分から博奕をおぼえて、賭場《とば》へ出入りし出したんだな。お冬がとうとう怒ってしまって、というより見せしめのために勘当ということになったんだが、乱暴者だから当人は一向平気で、十九の時、親分の賭場で大喧嘩をして、だいぶ怪我人を出してしまった。もう藤沢にもいられないんで、そっと姉に逢って別れを告げて、そのまま上方へ走った。持ったが病で堺の町で暴れているところを三木が助けて我々の船へつれてきたんだ」

白蘭は聞いているのかいないのか、じっとうなだれたまま顔をあげようとしない。

「たしか三木より一つ年下だったが、兄貴兄貴といって三木のいうことはなんでもよく聞いていた。縁というかなあ、島へついても一番元気者だったのに、三木が死ぬとがっかりして、三日目に三木の後を追って行った。それが島での第二の犠牲者だったんだ」

「太郎さん――」

白蘭が屹《きっ》と顔をあげた。

「早く行っておあげなさい。きっとそのお冬さんに逢えます」

「そうか逢えるか」

「気になることがたった一つあるんです」

「どんなことだね」

「それとは全く別に、太郎さんはいま南西へ足を向けると、大きな災難が待っているんです。たとえば底なしの泥沼へ足を突っこんだようなもので、なかなかその災難から抜けきれない。本当はもうしばらくそっちへ足を向けないほうがいいんだけれど、そんなことをしているとお冬さんに逢えなくなるかも知れない」

「よし、すぐ行こう。わしはこれでも災難の中でも一番大きな災難に二度までぶつかって、十年がかりで自分の命と運をきり開いてきた男なんだ。たいていなことには負けやしないから大丈夫さ」

逞しい黒潮太郎の面魂である。

「こんどはその三度目の大難なんですから、決して油断をしてはいけません。――おとぼけさん、太郎旦那を藤沢まで送ってあげてください」

「あっしがですか、先生」

ふいをくらって、仙太は目玉をぱちくりやっている。

「おとぼけさんは南西へ行くと、とてもいい運を拾いますよ」

「本当かね、先生」

「天明堂を疑うと、罰があたります。早く支度をしていらっしゃい」

「へえ、かしこまりやした。いい運と聞いちゃのがせやせんからね。――旦那、ちょいと家へ行って支度をしてきやす」

　仙太はまたしても玄関から飛出して行く。

「藤沢まで江戸から十二里ちょっとですから、今から行けば、男の足だし、宵すぎには着けるんじゃないかしら」

　白蘭はしきりに指を折っている。

「お蘭さん、三木からあずかっている金が千両ほどあるんだ。いずれそれは後からとどけるとして、これだけ取りあえずおいて行くよ」

　太郎はふところから重い袱紗包《ふくさづつみ》をつかみ出して、無造作に炬燵の上へおいた。二十五両包が四つほど入っているようだ。

「あたしお金なんかいらない」

「そんなこといわないで、せっかく運んできたんだから、取っておいてくれよ」

「だってあたし、ほかにもっとほしいものがあるんだもの」

　白蘭は今にも泣き出しそうな顔になる。

「なにがそんなにほしいんだね、金で買えないものなのか」

「いわない。今はいわない。太郎さんが藤沢から帰ってきたらいう」

「そうか。じゃ、藤沢から帰ってきたら聞こうな。では、行ってくる」

　太郎はのっそりと立上った。

「太郎さん、藤沢の用がすんだら、真っ直ぐ家へ帰ってきてくれるんでしょう」

いそいで立上った白蘭が、太郎の背中へ飛びついて行く。

「うむ、真っ直ぐ帰ってくる」

太郎は白蘭を肩へぶらさがらせたまま、ゆっくり玄関のほうへ歩き出した。

三

間もなく太郎は、道中差を一本腰にさした旅支度のおとぼけ仙太と肩をならべて、並木町通りをぐんぐん蔵前のほうへいそいでいた。歩幅が違うから、仙太は絶えず小走りになって追いつかなくてはならない。

「ねえ旦那、あっしにはどうしてもわからねえんだがなあ」

「なにがだね」

「旦那は昨夜、本当に三木の妹ってのに出逢えたんかね」

「うむ、逢えた。逢えたから、こんどは第二番目のたずね人に逢いに行くんだ」

「そりゃまあそうでござんしょうが、旦那は昨夜、吉兵衛の奴を山ノ宿の番屋の前へすてて行きやしたね」

「うむ」

「吉兵衛とは昨夜、どこでぶつかったんです」

「わしはな、昨夜、浪人共に追いかけまわされて、いつの間にか戸沢長屋の路地へ逃げこんでいたんだ。ひょいと見ると、そこがあの天明堂の玄関の前なんだ。追手の足音は近いし、ままよと雨戸に手をかけてみると、うまく開いた。しめたと夢中で暗い二階へ駈けあがってしまったんだ」

「へえ、白蘭先生はなんにもいいやせんでしたか」

「どなたといって、びっくりしていたようだったが、二階へ追いかけてくる暇はなかったんだ。後からすぐ吉兵衛の奴が、子分共をつれて玄関へ押しこんできたんでね」

「なあるほど――」

「吉兵衛の奴は、いまここへたしかに黒潮太郎が逃げこんだ。家さがしをさせろといっている。さすがに天明堂はそれと察しがついたらしく、いいえ、誰もきやしませんとしばらく頑張ってくれたが、そんなことぐらいで黙ってひきさがる奴じゃない。とうとう白蘭に案内させて、二階へあがってきたんだ」

「あぶねえあぶねえ」

「いや、あぶなかったのは天明堂の先生だったんだ。吉兵衛の奴はわしがあそこへ逃げこんだのを、本当に見ていて押しこんできたわけではなく、家さがしをさせろというのも家さがしが目的じゃなかった。だから、二階へあがってくるとすぐ白蘭先生のうしろから襲いかかっていきなり頸《くび》をしめあげ、おとなしくいうことをきかないと、締殺《しめころ》すぞとおどしつけたんだ」

「驚いたなあ。悪い野郎ですねえ」

「うむ、考えただけでも腹が立ってくる悪党だ。わしはもう我慢ができなかったんで、襟髪を引っつかんであの番屋の前へすてに行ったんだ」

「旦那は今朝、吉兵衛がお縄になったのを知ってやすか」

「うむ、聞いている」

「おかしいなあ。あっしが今朝それを天明堂へ知らせに行ったら、先生は昨夜の大騒動なんか少しも知らないって、白を切っていやしたぜ」

　仙太は急にきょとんとした顔になる。

「それはなあ、おとぼけうじ、そう白を切っておかないと、天明堂はかかりあいになってお白洲へ呼び出されなければならない。迷惑だから、白を切っているんだろう。まあおとぼけうじも今の話は聞かないことにしておいてやってくれ」

「なあるほど、そりゃそうですね。ようござんす。あっしも男だ。今の話は忘れちまいやす」

「それがいい」

「ところで旦那、旦那はそれから鶴屋へ天秤棒をかえしに行きやしたね」

「うむ」

「お弓って女にめぐり逢ったのは、それからのことになるんですか」

「そのとおりだ。鶴屋を出ると間もなく、もしと呼びとめる女がある。わしかねといって振りかえってみると、二十三、四の巡礼姿の女でな、あたくしは吉兵衛に恨みのある者です。その恨みを晴そうと思って、こうしていま江戸へ着いたばかりなのですが、いまあなたさまのなすったことをずっと見てきて、やっと胸が晴れました。ありがとうございますと礼をいうんだ」

「なあるほど――。それが三木の妹のお弓だったってわけなんですね」

「名前を聞いてみると、たしかにそうだったんだ」

「うまくできてやがるなあ。まるで話のような話じゃありゃせんか」

「世の中は広いようで狭い」

「それからいっしょに旅籠屋へ泊って、つい手がさわり足がさわり」

「いや、わしはそんな行儀の悪い男じゃない。まだこれから六人のたずね人を持っている体なんだからな」

「わかった、旦那。わかりやしたぜ」

仙太がふいに素っ頓狂な声を出す。やがて浅草見附をすぎようとして、往来の者がびっくりしてこっちを見ていた。

「なにがわかったんだ、おとぼけうじ」

「あっしがさっき表へお弓さんをさがしに行って帰ってくると、天明堂の顔がころりと上機嫌になってやがった。つまり旦那が、その行儀のいい男だってのを話したんで、安心したってわけなんでしょう。天明堂は旦那に気があるんだ。そうに違いねえ。つまりやきもちをやいていたんだ。けっ、馬鹿にしてやがらあ」

仙太はちょいと口惜しそうである。

「それも、まるで話のような話だなあ」

太郎は澄してわらっている。

「とぼけたって駄目でさ。旦那を見る時の天明堂の目を見なせえ、とろんとなりやがって、――そういやあお鶴のあまだってそうだ。旦那のどこがよくって、二人ともあんなにのぼせあがっちまったのかなあ」

「つまり、わしは女に行儀がよくて、親切だからだろう」

ずばりといい切られて、

「なあるほど――」

仙太は一瞬しゅんとなってしまった。

黒潮太郎はたしかに親切で、女には行儀がいい。それは仙太もみとめざるを得ない。

天明堂はともかくとして、お鶴は昨夜太郎を真っ向からくどいていた。女に行儀の悪い男なら、今ごろきっと長火鉢の前へ坐って脂《やに》さがっていたに違いないのだ。

「ねえ旦那、旦那はどうして七人のたずね人なんかをさがして歩かなくちゃならなくなったんです」

「わしといっしょに苦労してきた七人の仲間が、七人共順々に死んでしまった。その七人の遺言をあずかっているからだ」

「どこでいっしょに働いていたんです」

「竜宮だ」

「乙姫さまの番人を八人でやっていたんですかい」

「まあそんなところかな」

「一番先に死んだのが三木って人で、その次がこれから行く庄太郎って人なんですね」

「そのとおりだ」

「三人目はなんて人なんです」

「三人目のことは庄太郎のほうがすむまで考えないことにしている。二兎《にと》を追うもの一兎をも得ずということがあるからな」

「こいつは理窟だ」

「おとぼけうじも、お鶴のほうか、天明堂のほうか、どっちか一疋にきめて追えばいいのに両方へ色目をつかうから追い切れないんじゃないかね」

「けっ、そんなんじゃありやせんや。あっしはあの両方ともあんまり好きじゃねえ」

「そのほうが無事だな。天明堂は気が強いし、お鶴は我がまま者だ。どっちを女房にしても、亭主は尻に敷かれる」

「旦那こそお気をつけなせえ」

「わしは大丈夫だ。わしは七人の亡霊をしょっている男だから、わしを尻に敷く女は亡霊にとり殺されてしまうんだ」

「ああわかった。それで旦那は女に行儀がいいんですね」

「まあそういうことになるかな」

「ねえ旦那、三木って人は友達を斬って江戸を逃げ出したんでしょう」

「うむ」

「こんどの庄太郎って人も、喧嘩で人を斬って土地を売っている。二人共兇状持ちですね」

「うむ」

「旦那も誰かを斬って竜宮へ逃出した組じゃありませんか」

仙太は一度でいいから、なんとかして太郎をぎゅうといわせてみたいのだ。

「いや、わしは殺されそこなったほうだ」

「本当ですか」

「正直にいうとな、わしに恋人があった。二人はもう祝言するばかりになっていたんだが、その恋人を横奪りしようとたくらんだ男がいてな、大暴風雨の夜その男が船からわしを海へ突き落したんだ」

「へえ、ひどい奴もあったもんですね」

「うむ、ひどい奴さ。しようがないから、わしは竜宮へ行って、乙姫さまの番人にしてもらったんだ」

「その男はどうしやした」

「望みどおりわしの恋人を嫁にして、出世しているよ」

「あれあれ、口惜しくありやせんか、旦那は」

「もう口惜しくないなあ。わしはそんなことよりもっと辛い苦労を、いくつもしてきている男なんだ。いまも話したろう、八人いた仲間が七人まで次々に死んで、しまいにはわしがたった一人になった。誰も話相手がない。わしは毎日七人の墓をまわって歩いて、墓と話をしながら一年ほど一人で暮してきた。人間というやつはそういう目に逢うと、慾なんてものはすっかりなくなってしまうんだ。物慾なんてものは詰らないものだなあという気になる、ただ思い出すのは人の情、人と人との真心、これがたまらなくなつかしい。墓になった七人の仲間は、みんなそういう真心を持っていた連中なんだ」

「そんなもんですかねえ」

仙太には太郎のいうことがよく呑みこめない。そんなもんかなあと、思うだけだ。それでいて、黒潮太郎という男には、なにかぐんぐん心をひきつけられるものがあるからふしぎである。

藤沢の宿

一

黒潮太郎とおとぼけ仙太が品川で早目の中食をすませ、東海道へ踏み出して、品川から川崎へ二里半、川崎から神奈川へ二里半、浅草からだとすでに八里の道を足にまかせていそいで、神奈川の台の茶屋の見晴しへかかったのは、やがて七つ（四時）に近い時刻であった。

仙太も決して足の弱いほうではないが、歩幅の違う太郎が遠慮せずにぐんぐん歩くので、さすがにだいぶまいってきたらしく、もうあんまり無駄口をきかなくなってきた。

「おとぼけうじ、ちょいとくたびれてきたようだぞ」

太郎がわらいながら冷かすようにいうと、

「御冗談でしょう。あっしの足はこれで一日に二十里は楽に歩ける足なんでさ。旦那、くたびれたんならお附合に、その辺で一服やって行ってもようござんすぜ」

と、それでも負け惜しみは強い。

空っとぼけてはいても、あわよくば白蘭をうまくくどき落して物にしてやろうと狙うくらいの、小悪党ぶったところは持っている男なのだから、絶対に弱音は吐きたくないのだろう。

「そうか。なあに、わしはまだ一服やるには及ばない。江戸へ帰って天明堂に、太郎旦那は案外足が弱いなどといいつけられると、それこそ男の恥になるからな」

「天明堂といやあ旦那、出がけに妙なことをいってやしたねえ。あっしは南西へ足を向けると思わぬ幸運がひろえるが、旦那は藤屋のこととは別に、ひどい大難にぶつかりそうだって心配していたでしょう」

「そういえばそうだったな。なあに当るも八卦当らぬも八卦というから、おとぼけうじの幸運は当ることにしておいて、わしの大難は当らないことにしておこう」

「そいつは旦那、少し虫がよすぎまさあ。あれで天明堂はちょいと機嫌買いなところはあるが、易のほうはやっぱり名人ですからね」

「しかし、今日は気分が勝れないから、当らないかも知れないといっていたじゃないか」

「それがあの女の手なんでさ。ひょっと外れた時に天明堂でも当らない時があるなんていわれちゃ名前にかかわる。つまりその時の用心なんです。あれでなかなか利口者ですからね」

「馬鹿じゃなさそうだな」

「いまだにあっしによくわからねえのは、あの女の前身なんですがねえ。ひどくお上品ぶったところがあるかと思うと、急に下世話にくだけて、痛いような小憎らしい口をきくこともある。育ちがいいんだか悪いんだか、どうもあっしには見当がつかねえ」

「別に女房にするわけでもないのだから、そんなことはどっちでもよかろう」

太郎があっさりいってわらうと、

「そうは行きやせんや。これでも男と女ですからねえ。どんなことから、どんなひょんな仲にならないとはかぎらねえ」

と、仙太は十分そんな野心を持っているようだし、またそれだけの自惚れもあるようである。

台の茶屋までのぼり切ってくると、ここからは西に富士が見え、東に本牧から鎌倉の海が一望のうちに見晴らされて、なかなかいい景色だ。

「こりゃすばらしい眺めだ」

仙太は景色より足のほうをいたわりたくて、ちょいと立止りかけたが、少しでも先をいそぐ太郎は黙ってずんずん歩いて行く。

――けっ、勝手にしやがれ。

仙太がふてくされたように、しばらくおくれてぶらぶら歩いていると、その留守へ、

「お武家さん、――もし、旦那」

横合から声をかけて、いかにも旅人といったきりっとした身なりの長脇差が、ひょいと太郎と肩をならべてしまった。

「わしかな」

太郎は気軽に返事をしながら、相かわらず足をゆるめようともしない。

「いいお天気でござんすねえ」

旅人は図々しくも平気でいっしょに歩いて行く。これは年中旅なれているらしく太郎に負けない軽い足どりだ。

――さあいけねえ。旦那のふところを狙いやがったな。野郎、きっとごまの灰に違いねえ。

はっとした仙太は、思わず足を早め出した。

「お武家さんは今夜、藤沢泊りの腹づもりでござんしょう」

「うむ、そのつもりだが、どうしてそれがわかるな」

「歩き方でそうじゃないかと思った。この辺から戸塚までは三里とちょっと、旦那の

足なら暮六つまでにはそういそがなくても着ける。それを大股にいそいでいなさるのは、もう一丁場のばして藤沢泊りにしたいつもりがあるからだと見たんでさ」

なかなかうがったことをいう男である。

「貴公も藤沢泊りのつもりかね」

「あっしもそういうことにきめやす。というのは、気を悪くしちゃ困るんだが、あっしは戸塚泊りにしようか、藤沢泊りにしようかと散々迷いやしてね、こんどくる人でそれをきめてやろうと思って、あそこで一服やっていたってわけなんです」

「ふうむ。どうしてどっちへ泊ろうかと、散々迷う必要があったんだね」

「それがまた馬鹿馬鹿しい話なんでさ。聞いてくれやすか。旦那」

「うむ、聞くだけなら聞いてやってもいいな。どうせ今のところは空いてる耳だ」

「あっしはごらんのとおりの旅烏で、年中気の向くほうへ飛んで歩いてるんですが、去年の秋、藤沢へ一晩泊ったことがあるんでさ。ちょいとばかりふところが温かかったもんだから、どうせ泊るんなら女を抱いて寝てやれと思いやしてね、あそこに藤屋っていう茶屋旅籠がある、そこへあがったんでさ」

「藤屋ねえ」

これは耳寄りな話だと思って、

「たしか主人は博徒の親分だそうだな」

と、太郎は何気なく聞いてみる。

「藤屋を知っているんですか、旦那は」

「いや、行ったことはない。ただ話に聞いたことがあるだけだ」

「あっしの話は藤屋の親分常五郎の悪口が出てくることになるんだが、旦那が藤屋になにか引っかかりのある人なら、悪いからやめやす」

「心配するな。別にそんな者じゃない」

「じゃ話しやすが、後で無礼な奴だなんて怒りっこなしですぜ」

「うむ、決してそんなことはない」

「藤屋常五郎って奴は、親分稼業で目明しをつとめている、俗に二足の草鞋《わらじ》をはいている凄い野郎でしてね。藤屋は親の代からの茶屋旅籠だった。なんでもその親が死んで、娘が弟と二人で代をついでいたころ、その娘に常五郎が目をつけて、うまく弟のほうを兇状持ちかなんかにして追っ払って、それを枷《かせ》に娘をせめ落し、とうとう入聟《いりむこ》になってしまったっていう悪どい野郎なんだそうです」

「わしもちらっとそんなことを耳にしている」

「あっしが去年の秋そこへあがった時ぶつかった女は、お町という二十三になる年増だったが、こいつがひどく拗《す》ねたような女でしてね、いい器量だが馬鹿に客あつかいが荒っぽい。いやならおよしよといった調子で不貞腐れてばかりいるから、お前どうしてそうつんけんするんだ、そりゃ好きでなった稼業じゃなかろうから、おもしろくないのは当り前だが、どうせ取らなくちゃならない客なら、そうつんけんするより、顔でだけでも笑っていたほうがお前の徳じゃないのかといってやると、あたしは博奕打ちが嫌いなんだ、博奕というものに恨みがあるんだと、青い顔になりやしてね」

「すると、その女は博奕の抵当《かた》にでも取られてきた女なのかね」

「まあそうなんです。大工の清吉というのといい仲になって、江戸を駈落して、戸塚で世帯を持っていた。その清吉のたった一つの悪い癖が手なぐさみで、常五郎の賭場で負けて、というよりいかさまに引っかかったんでしょうね、五十両の借金の抵当に取られて、こんな女にされてしまったっていうんです。藤屋につとめている女の半分は、みんなその手で賭場の借金の抵当なんだっていうから、常五郎って野郎は余っぽど凄い悪党にできているんですね」

「ひどい男だなあ」

「ひどいなんてもんじゃありやせんや。聞いてみると、藤屋の家つきの娘の女房が労咳《ろうがい》にかかると、三年前から早く死ねよがしに物置へ放りこんでしまって、一度も見舞ってやらねえ。手前はお絹っていうこれもどこからか抵当にとってきた人の女房を妾にして、藤屋の長火鉢の前へ坐らせているっていうんですから、全く人間放れのした野郎でさ」

「ふうむ、物置になあ」

それがたずねるお冬に違いないので、太郎はむらむらっと激しい怒りがこみあげてくる。

「あっしがお町に、亭主の清吉はいまどこにいるんだって聞きやすとね、江戸で稼いでいる、一年たったらなんとか金をこしらえてきっと迎えにくるという約束だが、まあ駄目だろうって、わらっていやあがる。どうしてだねって聞いてやると、高の知れた大工の手間で一年に五十両の金はむずかしい。そんな金をこしらえるのは賭場で儲けるか、盗人になる以外にない。あの人はまさか盗人にもなれまいから、一両もたまれば賭場へ走って取られてしまう。またためる。また取られるで、一生博奕と駈けっこをして暮してしまうのが落だろうって、あきらめているようだ」

「気の毒になあ」

「だからあっしが、よし半年待て。おれがきっとその五十両賭場でこしらえて、お前を亭主のところへ送りとどけてやるといいやすとね、そんな気休めはおよしなさい、お前さんだって一生博奕と駈けっこをして、草の肥《こや》しになっちまうくだらない人間じゃないかと、気の強い女でね。ずばりと吐《ぬか》しやがった。そして、いうことがいい。あたしにくだらない人間だっていわれたのが口惜しかったら、そんな股旅《またたび》稼業はおやめなさい、博奕で五十両こしらえてきてくれるより、あたしにはそのほうが余っぽどうれしいって、目に涙をためてやがった。旦那の前ですが、ちょいとこいつは胸にこたえやしたね」

しんみりとした声音になる旅鳥だ。

「しかし、貴公はまだ博奕とは縁が切れないようだな」

「お恥しゅうござんす。あいにくあっしは能なしでござんしてね、こいつと縁を切ると、盗人になるか乞食になる以外は、食って行けない、全くくだらない人間なんですね」

「それで、どうして今夜は藤沢泊りにしようか戸塚泊りにしようかと迷っていたんだね」

「この半年の間、なんとかして賭場で五十両勝ってやれと、これでも男の意地だから方々飛びまわってみました。おかしなもんで、そうなるとお町のいい草じゃありませんが、まるで博奕と駈けっこで、やれ三十両になったかと思うと、けろりと取られ、あと五両だと、そこまで漕ぎつけると、またけろりと取られてしまう、どうしても五十両とまとまらない。うかうかと今日はここまできてしまったが、お町に逢ったものか逢わねえものか、逢って久しぶりに毒づかれてみたい気もするしと迷っていたんです」

「そうか、それで辻占いをやる気になったんだね」

「まあそんなわけです。それが藤沢と出たのもなにかの縁なんでしょう、お町に逢って少しばかり小遣をおいてきてやりましょう。突っかえされるかも知れやせんがね」

旅烏は自分で言って、苦わらいをしている。男前もきりっとしているし、人間は決して悪くはなさそうだ。

「わしは黒潮太郎という浪人者だが、貴公はなんというんだね」

「親から貰った名は沢田銀次郎、いまは旅烏の銀次、まことに下らない人間です」

「どうだ銀次うじ、わしもそのお町という気の毒な女に小遣を少しやりたいが、今夜いっしょに藤屋へつれて行ってくれぬか」

太郎はうまく持ちかけてみる。

「旦那、旦那、ここにあっしという道づれがあるのに、そんなこと一人できめちゃいけやせんや」

うしろから仙太が急にしゃしゃり出て、旅烏とは反対側へ肩をならべてきた。

「ああそうだったな。銀次うじ、これはおとぼけ仙太といって、江戸の浅草では相当の顔の男なんだが、藤屋にこの男に向く女がいたら、今夜一つ取りもってやってくれ」

「のん気だなあ、旦那は。江戸を出る時、天明堂から大難があるっていわれてきたのを、もう忘れちまったんかね」

仙太はどうしてもこの旅烏を怪しいと睨んでいるようだ。

「いや、わしの大難は忘れはしないが、お前は藤屋で幸運を拾うかも知れないぞ、もし女房にしてもいいような女があったら、わしが身うけをしてやってもいい」

「置きなせえ。そんな女を身うけするくらいなら、そちらの親分さんにお町って女を身うけしてやったらどうです。だいぶ御執心のようだからね」

「おとぼけさんは浅草の生れかね」

旅烏は仙太の皮肉など一向に通じないという顔で、のんびりと聞く。

「そうだよ。それがどうしたね」

「浅草の藪ノ内ってところに、鶴屋っていう一杯飲み屋があったが、今でもあるかなあ」

「旅人さん、鶴屋を知ってるのか」

「ずっと昔一度行ったことがある。そのころお鶴っていうきれいな女がいたが、古い話だから、もういねえだろうなあ」

なにかなつかしそうに、そんな妙なことをいい出す旅烏である。

二

「お鶴ならまだあそこにいるよ。旅人さんはお鶴を知っているのか」

仙太は思わずせきこむように聞いた。

「ふうむ、まだいるか。その時分十八だとかいっていたから、もう二十七、八になるはずなんだが」

「うむ、たしか年はそのくらいだ」

「そうか。その女がもしおとぼけさんのなんかだったら気にしないでもらいたいが、おれの知っているお鶴って女は、おれにゃずいぶんすれっからしに見えた。もっとも十年も前の話で、その時、おれはまだ十七だった。しかも田舎からぽっと出の山猿だったから、相手にしなかったんだろうがね」

「ふうむ、旅人さんお鶴をくどいたのか、その時」

「いや、くどいたのはおれじゃない。おれの兄貴だった」

「兄貴――？」

「その時分、おれは故郷《くに》で留守番をしていたんだが、両親が死んでしまうと兄貴は、なんでも江戸で出世するんだといって一人で江戸へ出てきていた。兄貴だっておれとおなじ田舎育ちの山猿だから、お鶴がまるで弁天さまのように見えたんだろう。毎晩のように鶴屋へ通っていたそうだ。すると、もう一人のおなじお鶴を狙っている山猿がいて、三木なんとかいう浪人者だったそうだが、とうとうこれと鞘当《さやあ》てをして、今戸の草っ原で斬られてしまったっていうんだ」

そうか、この男は三木に斬られた沢田の弟だったのか、そういえばさっき親から貰った名は沢田銀次郎と名乗っていたと、太郎はその奇遇にひそかに目を見はらずにはいられない。

「その話ならおれも聞いている。おれは沢田って人にも、三木って人にも逢ったことはないが、——なあんだ、お前さんはその沢田って人の弟さんだったんか」

仙太はそっと太郎の脇腹を肘《ひじ》で小突きながら、びっくりしたようにいっていた。

「うむ、まあそんなわけでね、後から知らせてくれた人があったんで、それじゃ兄貴の敵討《かたきうち》をしなくちゃなるまいと思い、おれは親爺が残していってくれた少しばかりの田地田畑を金にして、江戸へ出てきた。鶴屋へ行ってお鶴に話を聞いてみると、あいにくお鶴はその時だいぶ酔っていたようだが、この山猿め、なにを一人でのぼせていやがるんだというような顔をして、たしかにそんなことはあったようだが、あたしの知ったことじゃない、三木って人も、沢田って人も、あたしのほうは別になんとも思っちゃいないのに、一人で勝手にうぬぼれて、勝手に果し合いをやったんだもの、馬鹿馬鹿しいってありゃしないと、ぽんぽんとやられちまってね、かわいそうにぽっと出の山猿め、ぽかんとあいた口がふさがらなかった」

「そうだろうなあ。あの時分のお鶴ときたら、わいわい男にさわがれるんで、全くのぼせあがっていたからねえ」

「それから三木って男の家を聞いて、そっちへ行ってみると、なんともひどい裏長屋で、三木も妹も夜逃げをしてしまって、どこへ行ったかわからないって話だ、そうなると敵討もなにもあったもんじゃない。男って馬鹿なもんだなあと思う一方では、女とは恐いもんだという気が山猿の身にしみこんでしまったんだな。田舎の家は片づけてきてしまったんで、もう帰る家もない。とうとうこんな旅鳥になり下って、いつの間にか十年になる。もうこうなっちゃ一生旅鳥で、お町のいい草じゃないが、しまいにはどこかの空で草の肥しにでもなるのが関の山だろう」

「じゃ、敵討はあきらめちまったんかね」

「うむ、あきらめちまった、仏にゃ気の毒だが、死んでまで女にわらわれるような兄貴じゃ、死んだ奴のほうが命運《いのちうん》がなかったんだと考えるよりしようがない。それに、相手の三木とかいうあわて者も、どうせろくな生き方はしちゃいないだろうと思うんだ」

「旦那、どうしやす」

ちょっと仙太が太郎の顔を見た。三木の話をしてやらないのかと、うながしているような目つきだ。

「銀次郎さんとかいったねえ」

「さんづけはいりませんや。どうせ人間の屑ですからね」

銀次郎は自嘲《じちょう》するようにわらっている。

「どうだ、藤屋のお町をわしが五十両で身うけしてやろうか」

「そいつはありがてえ。清吉って亭主がきっとよろこびますぜ」

「ああそうか。お町には亭主があったんだな」

「あっしはねえお武家さん、亭主がなければお町には惚れたかも知れません。どうにもならない身の上を、自分で散々拗ねちゃいるが、お絹って妾に睨まれて、誰もそばへ行かないようにしている物置のおかみさんを、平気で世話をしているなああの女一人でさ。それもお町の口から聞いたんじゃない、あっしは朋輩の女の口から聞いたんだ。ちょいとうれしい話でさ」

「そうか。ふうむ、そうか」

太郎もじいんと目頭が熱くなってくるような気持だった。

「銀さんがお町に小遣をやりに行く気持、それでわかったぜ」

仙太もどうやら敵愾心《てきがいしん》をすっかり棄てたようだ。

「そいつがなあ、おとぼけさん、こっちはその気でも、へたをすると突っかえされる。博奕の金なんか手にするのも汚いっていいやがる。気の強い女さ」

銀次郎はたのしそうにわらってから、

「お武家さんは藤沢へなんの用でいそいでいるんですね」

と、思い出したように聞いた。

「わしもな、実は藤屋へたずねる人があるんだ」

「へえ、誰をたずねるんです」

「それはな、向うへ行ってお町という女に逢ってから、ゆっくり話すことにしよう」

「なにかわけがありそうだなあ、お武家さんには」

「大ありさ。いまにおもしろい芝居を見せてやるから、黙ってついてきなせえ」

仙太が引き取って、ちょいと見得を切ってみせる。

神奈川から程ケ谷へ一里九丁、程ケ谷から戸塚へ二里九丁、その辺で春の日が暮れて、戸塚から藤沢へ一里三十丁、旅鳥の銀次郎が一人加わった三人旅は、案外道がはかどって、藤沢の宿へ入ると、銀次郎の案内で真っ直ぐ藤屋へ行って草鞋をぬいだのは、まだ五つ（八時）少し前の時刻だった。

藤屋は先代から売りこんだ茶屋旅籠だけあって、なかなかがっしりとした店構えだった。

銀次郎は顔なじみで、しかもお町というお名ざしがあるのだから、三人はすぐに二階の十畳の座敷へ通される。

まず顔を出したお町という女は、背のすらりとした、なるほど癇《かん》の強そうな女で、

「銀さん、身うけのお金できたの。うれしいねえ」

と、のっけからいやがらせをいいながら、別にそばへ行こうともしない。

「面目ねえが、そいつが駄目だった。お前のいったとおり博奕と駈けっこでな、入ったと思うと取られ、こんどこそしめたと思うと、また取られる」

銀次郎は苦わらいをしながら、正直にぶちまける。

「たぶんそんなことだろうと思った。別にあたしは当になんかしていないんだから、もうそんな下らない駈けっこはおやめよ」

「どうだ、清の字のほうもおんなじことか」

「あの人はねえ、あんまり下らない駈けっこに精根を疲らして、この正月おだぶつになってしまった」

「なんだって――」

「かわいそうだけれど、持って生れた星なんだからしようがありやしない。当人にしてみたら、かえって気が楽になったんじゃないかと思うわ」

まるで人ごとのようにいってわらってから、

「こちらはお宅の用心棒さんなの」

と、太郎のほうをちらっと見ながら聞く。

「冗談いっちゃいけねえ、黒潮太郎とおっしゃる江戸の旦那で、この藤屋へ誰かたずね人があるっていうから、いっしょに案内してきたんだ」

「あら、ごめんなさいお武家さま、お連れさんが悪いもんだから、あたしつい間違え

るぞ」

「なあにかまわぬ。実はわしはたずね人があってきたんだが、どうだろうな、貴公の計いでここにいる女たちをみんな呼んでみてくれぬか。無論祝儀もつけるし、馳走するぞ」

「つまり首実検をしようっていうんですか」

「まあそういうわけだ」

「うちの女たちの中に、そんな御落胤のお姫さまがいるかしら。あんまりお上品なのは一人もいないようですけれどね」

お町は疑わしそうに、じろじろと太郎の顔を見ている。

「氏より育ちというからな。人が見たんではわかるまいが、わしが見れば一目でわかるんだ。とにかくたのむ」

太郎がまじめに持ちかけると、

「じゃ、とにかく集めてみましょう。少しお金がかかってもようござんすね」

と、これも案外まじめに引っかかってきたようだ。

「金は百両ほど用意してきている。貴公にあずけておこうか」

無造作にふところへ手を入れる太郎だ。

「お武家さんはまさかこれのほうでもなさそうだし——」

お町は人差し指をちょいと曲げて見せてわらいながら、

「じゃ、あたし、お帳場へ行ってきます」

と、すらりと立上る。

三

たとえ相手が盗人にもせよ、詐欺師にもせよ、ふところに百両という大金を持っていて、女を総揚げにしよう、なんでも好きなものを馳走するというのだから、藤屋にとっても、女たちにとっても、こんないい客は滅多にない。

黒潮太郎はたちまちお大尽ということにされて、二階の座敷は飲めよ歌えよの大騒ぎになった。

おとぼけ仙太も旅烏の銀次もなかなかの芸人で、酒がまわってくるとすっかりうれしくなってしまったらしく、人にはかまわず自分勝手にうかれ出す。

床柱をしょったお大尽の黒潮太郎は、盃をなめるようにしながら、人の好い顔をしてにこにこと一座のどんちゃん騒ぎを眺めている。

「お大尽はちっとも唄わないんですねえ」

さっきからひそかに太郎の様子に目をつけながら、そばを離れずに酌をしているお町がわらいながら聞いた。

お町の客は銀次ときまっているのだから、本当は銀次のそばについていなければならないのだが、妙なまわりあわせで帳場からこの座敷の責任者のようにされてみると、お大尽の機嫌をとるというより、そこは女だけに、こんな大袈裟な遊びをやっておいて、ひょっと逃げられでもしたらと、目が放せなくなってしまったのだろう。

「わしは調子っぱずれで、唄は駄目なんだ」

「そんな遠慮はいりません。どうせ素人なんだもの。調子が外れていたって、うまいうまいってほめてあげるわ」

お町は相かわらず口が悪い。

「いや、わしは聞いているほうがたのしい」

「嘘ばっかし――。あんたたずねる人がこの中にいないんで、本当はがっかりしているんじゃない」

お町の目がさぐるように、きらっと光る。

「うむ、この中にはいないようだな」

「いなくたって、泊るんなら相方《あいかた》だけはさがしてくれなくちゃ困るのよ。どの子にするお大尽」

「そうだなあ」

太郎はそれでも一わたり女たちの顔を見わたしてから、

「姐さん、ちょいと顔を貸してくれ」

と、のっそり立上った。

「なかなかお大尽は気むずかしいんですね」

お町は近くにいる女たちと顔を見あわせて、にやりとしながらついて立つ。

「みんな、わしにかまわずに賑かにやっていてくれ」

太郎は太鼓を叩いて騒いでいる銀次たちのほうへ声をかけておいて、座敷を出ると先に立って裏階段をおりて行った。

そこに暗い小部屋のあるのを、さっき用たしに立って見ておいたのである。

「ここをしばらく借りてもいいかね」

「いやだなあ、ここはおねんねの部屋じゃないか。おかしいわ、二人きりで入っちゃ」

「障子をあけておいても駄目かね」

「一体、なんの用なんです」

お町はがらがらと障子をあけてしまい、まだ床はのべてはないが、廊下の灯が薄暗くよどんでいるような寒々とした四畳半の端近《はしぢか》へ坐る。

「姐さん、今夜ここの親分は留守かね」

太郎は行儀よくきちんと坐って、何気なく聞いた。

頭の上のどんちゃん騒ぎは、女たちもまきこまれて、いよいよ気ちがいじみてきたようである。

「親分はまだ賭場から帰らないけれど、おかみさんならいるわ。妾のおかみさんがね」

「姐さん、わしのたずねる人というのは、妾のほうではない、本当のここのおかみさん、お冬さんなんだがなあ」

「なんですって――」

「正直にいうと、わしはお冬さんの弟庄太郎の死水を取った友達なんだ。お冬さんはなんでも三年前から労咳で、ここの納屋へ寝かされているそうだが、わしは庄太郎の遺言を持ってきているんで、息のあるうちにそれを耳に入れてあげたい。聞けばあんたは、いつもそのおかみさんの面倒をよく見てくれているそうだ。お礼をいいます。ありがとう」

太郎は膝に両手をおいて、心から頭をさげる。

「まあ、あんたは庄太郎さんて人のお友達だったの」

さすがにお町はぽかんとなって、太郎の顔を眺めている。

「正面から常五郎にそう名乗ってたのんだんでは、自分にうしろ暗いことがあるから、常五郎はなんのかんのと逢わせぬ小細工をしたがるだろう。お冬さんはだいぶ容態がよくないそうだから、ぐずぐずしているうちにひょっと生きて逢えなくでもなると、せっかくここまできて、心のこりだ。後でどんな面倒が起ってもそれはわしがきっと責任を取る。姐さんの計いで、ほんのしばらくでいい、わしをそのお冬さんのいる納屋へそっと案内してくれないか。どうだろうな」

太郎は事情をうちあけてたのみこんでみた。

「黒潮さんはいま、庄太郎さんの死水を取ったっていいましたね」

「うむ」

「じゃ、庄太郎さんは死んだんですね」

「死んだ。三年前に遠い海の向うの島でな」

「三年も前になんですか」

「うむ」

「可哀そうにっていってあげたいけど、庄太郎さんも博奕という鬼にとりつかれていたんだから、どんな死にようをしたって自業自得です。可哀そうなのはその弟さんの生死を、自分が死にかかっているのに、自分のことを考えずに、いまだに毎日心にかけているここのおかみさんのほうです」

お町は意地の悪い目をして、博奕を呪うようにいう。

「そうか、姐さんのご亭主もこの正月江戸で死んだとかいう話だったな」

「あたしは死水なんていうまでもないこと、まだ墓まいりさえしてやれずにいます。自分の女房をこんな境涯へ突き落した亭主なんだもの、どんな死に方をしたってしようがありやしない」

お町は棄鉢にいってから、

「ようござんす。おかみさんのところへ案内してあげます。ただことわっておきますがね黒潮さん、おかみさんの寝かされている納屋というのは、元はここの女たちの責場につかわれていたところなんです。ここの女たちは誰も好き好んで自分からこんなところへ落ちこんできたんじゃありません。みんなそれぞれの因果をしょわされてきて、苦労しているんです。その女たちが、客あつかいが悪いといっては責場《せめば》へつれて行かれ、稼ぎがすくないといってはそこへつれて行かれて責められる。病気にでもなったが最後、もう助からないと見ると、その納屋へ投げこまれて、早く死ねよがしにお粥《かゆ》さえ満足に入れてはくれない。そういう恐しい納屋なんですから。覚悟して行ってくださいね」

と、あらかじめ念を押す。

「うむ、わかった」

「ふ、ふ、その顔つきじゃどうだかなあ。もう一度いっておきますよ。あたしが今夜あんたを、そこへ案内したということがここの鬼に知れると、あたしは責場へつれて行かれなけりゃならない。それを承知で案内するんだから、もしきたないの臭いのといって、おかみさんの前で顔一つしかめたらただはおかない。ようござんすかと、念を押しているんです。わかりましたか」

「ありがとう。このとおりだ」

太郎はなにかぐっと胸へこたえるものがあって、我にもなくもう一度頭をさげている。そして、そんなひどいところへお冬を投げこんでおくのかという怒りが、むらむらっと胸へこみあげてきたが、それだけはじっとのみこんでしまった。

「じゃ、いらっしゃい。案内するわ」

冷たくいって、お町はすっと立上る。廊下へ出ると、あたりを見まわして、曳いていた裾を褄《つま》をとってたくしあげるなり、素早く跣《はだし》で庭へひらりと飛びおりる。白々とした素足が痛々しくも妙になまめかしい。

太郎も足袋跣のまま黙って後につづく。

塀と羽目板の間の狭い道をぐるりとまわって行くと、店二階の騒ぎは次第に遠のいて、やがて油障子に灯のあかるい台所の前へ出た。

お町は人目のないのを見さだめてから、足早にそこを通りぬける。

その台所の横に、炭俵や薪をつんでおく広場があって、その一方に大きな納屋が立っている。その納屋を二つに仕切って、一方には物を入れ、一方がいわゆる責場になっているようだ。お町はそこの灯のもれているほうの雨戸をあけて、ついてこいというように太郎を目で招く。

入ったところは土間になっていて、正面に三畳ほどの板じきの床を作り、茣蓙《ござ》をしいて、枕もとを小屏風でかこい、病人は木綿の布団の中に寝かされている。

薬くさいにおいがまずぷうんと鼻を打ってきたが、誰彼がかくれては面倒を見にきているらしく、あたりは案外小ざっぱりと掃除が行きとどいている。が、調度などというものはなに一つない納屋なのだから、寒寒と殺風景で、これが元は藤屋の家つきの娘が寝かされているところかと思うと、あまりにもみじめすぎて太郎は言葉もなくただあたりを見まわすだけだった。

「おかみさん、具合はどうです」

お町は枕元の土間に立って、そっと声をかける。別人のような女らしい声音だ。

「ああお町さんか。いつもありがとう」

細々とした静かな声だ。

「あの、今夜のお客さん、なんですか庄太郎さんをよく知っている、ぜひおかみさんにお目にかかりたいというもんですから、そっとおつれしたんですけれど」

「まあ、庄太郎を御存じだとおっしゃるんですか」

「ええ、黒潮太郎さんておっしゃるんです。――黒潮さん」

お町が少し身をずらしながら呼ぶ。

「やあ、ありがとう。——おかみさん、わしは黒潮太郎という者です」

太郎は病人の枕元へ進んで、あかるく声をかけた。

お冬は多少面やつれこそしているが、この病人の常で、白々とした美しい面立がどこか庄太郎に似て、うるんだ瞳がじっと太郎を見上げながら、

「あの、横になったままで失礼でございますが、庄太郎を御存じでございましょうか」

と、波立つような感情をやっとおさえているようだ。

「おかみさん、気を落着けて、ゆっくりお話しにならないと、体にさわりますよ」

そばからお町が心配そうに注意した。

「そうします、なんですか、このごろはすっかり涙もろくなってしまって」

「それがいけないんです。お気をしっかり持たなくちゃ」

お町は手拭でそっと病人の涙を拭いてやってから、

「黒潮さん、あたしは座敷へ帰っていますから、あんまりおかみさんの気にさわらないように、静かに話してあげてくださいね」

「うむ、心得ている」

「じゃ、おかみさん、またまいりますから」

と、挨拶をして土間から出て行った。

「あの人は親切だなあ、おかみさん」

たぶん見舞いにくる者がいつの間にか持ち込んだのだろう。太郎はそこにおいてある空樽に腰をおろしながら、まずそんな風に話しかけて行く。

「はい、本当によく心にかけてくれますので」

お冬もすっかり気がしずまってきたらしく、そういって感謝するように微笑した顔が、淋しいながらに神神しいものさえ感じられる。

——もう死期が近いんだ。

太郎は早くも見てとって、じいんと胸が迫ってきた。

四

「黒潮さん、庄太郎はもう生きていないのではありませんかしら、あたしはなんだかそんな気がしているのですけれど」

お冬が澄んだ目をして、おだやかに切り出してきた。

「そのとおりです。三年前にわしが死水を取りました」

それを知らせにわざわざたずねてきたのだから、太郎も思い切って答える。

「やっぱりそうだったんですね。あの子はよくあたしの夢枕に立つんです。どうしたのと聞いても、なにか物いいた気にしながら、一度も口をきいたことがありません。たぶん死んだんだろうと思っていました」

「庄太郎はあんたにずいぶん苦労をかけたそうで、死ぬまでその話をしていた。眠るとよくあんたの夢を見たらしい。姉さんと時々大きな声で呼んでいることもあった」

「あの子はどこで死んだのでしょう」

「はじめから話さないとわからんだろうが、我々は南蛮と日本との間を船で交易品を運んでいた、いわば海の男だった。わしは十年前にその船に助けられて仲間入りをしたんだが、仲間に三木文次郎という浪人がいてね、これは江戸で間違いをおこして、わしより一足早くその船へ逃げてきていた。これが九年前の正月、泉州堺の港町で大勢を相手にたった一人でいさましく啖呵《たんか》を切っている庄太郎を助けてきて、仲間に入れたんだ。たしかその時二十だといっていたから、この藤沢を飛出してから間もなくだったんだろうと思う」

「あの子が草鞋をはくようになったのは十九の秋で、もう霜がおりるようになってからでした」

お冬はさっきから胸の上で合掌しているようである。

「我々は海が相手の仕事だから、ずいぶん苦労もしたし、辛いこともあったが、そのかわり日本とは違う知らない国々をまわって歩くんだから、たのしみも多かった。庄太郎はよくおれはいまにどこかの島の王さまになって、日本から姉さんを呼んでびっくりさせてやるんだと、そんな冗談をいって、とてもたのしそうだったし、元気もよかった。そして、こんど日本へ帰ったらとどけてやるんだといって、南蛮の珍しい織物や珠などを買って持っていたようだが、それが今から四年前の秋、我々の船は高砂島の沖で大暴風雨にあって、残念ながら難破してしまってね、或る無人島へ流れついた時は、わしを入れて八人の仲間しか生き残っていなかった」

「四年前の秋だったんですね」

「うむ、その八人の中に三木もいたし、庄太郎もいた。我々は自分たちの持っているものは、船といっしょにみんな失くしてしまったが、そのかわりその島の海の底から大きな宝物をさがしあてた。つまり夷国《いこく》の船がそこで難破して、その船の積んでいた宝物の箱がそのままそこに残っていたんだな。それを八人で引きあげて、船さえあれば日本へ帰っても大金持になれると、みんなでたのしみにしていたんだが、いつまで待っても船は通らない。そのうちに、三木が一番先に病気にかかって死んだんだ。すると、三木とは兄弟のようにしていた庄太郎ががっかりして、一番年も若くて一番元気だったのに、おなじような熱病にかかって、呆気《あっけ》なく後を追って行ってしまった」

「あの子は鼻っぱしは強いくせに、根はさびしがり屋で、子供の時から人なつこい性分でしたから」

「たしかにそんなところがあったようだ。庄太郎、しっかりするんだ。せっかく金持になれたのに、今ここで死んでしまうと日本へ帰れないぞ。お前は姉さんに散々苦労をかけたから、こんど日本へ帰ったらきっと姉さんに孝行をするんだと、いつもいっていたじゃないか。船はきっとくるんだ。自分からもう駄目だなぞと、絶対に考えちゃいかんと、わしはできるだけ力をつけてやっていたんだが、一度病気になると、医者はない、薬はない、粥をこしらえてやりたくても米がない、水でさえ雨水をためておいて大切に使うという始末だから、どうしてやることもできない。太郎さん、たった一つだけたのまれてくれ、もし太郎さんが無事に日本へ帰れたら、姉は今でも藤沢にいるはずだから、庄太郎は死ぬまで姉さんのことは忘れていなかったと、たった一言伝えてやって下さい、おれは日本人の見られないような国々を見てまわったんだから、決して不しあわせじゃなかったということもと、これが最後の遺言だった。いまたしかにお伝えします」

太郎はそういってから、ちょっと瞑目した。庄太郎、約束を果したよと、亡友に告げてやりながら、これでやっと二人だけすんだと思うと、我ながら感慨無量なるものが泉のように胸へあふれてくる。

「黒潮さん、ありがとうございました。さぞ弟がお世話になりましたことでしょう」

お冬は静かに礼をのべて、口のなかで唱名をとなえながら、その目に涙が光ってくる。

「黒潮さんはよく日本へ帰れましたね。ずいぶん御苦労をなすったのでしょう」

しばらく間をおいてから、お冬が改めて聞いた。

「わしはねえお冬さん、その島にいる足かけ四年の間に、とうとう仲間七人の死水を取って、七つの墓を作り、半年ほどはたった一人で暮すようになってしまったんだ。やっと船が通ってくれて、こうして無事に日本へ帰ってきてみれば、それは昨日の夢としか思えないようなものの、しかし島で暮した四年の間に、ことにたった一人になった半年ほどの間に、人間がすっかり変ってしまったようだ。じゃ、どう変ったんだと聞かれると困るんだが、あまり慾がなくなったことと、たいていのことには驚かなくなったことだけはいえるような気がする」

「そうでしょうねえ。あたしもこの三年ほど、人の情でこんな納屋の中に生きていて、やっぱり人間が変ってきました」

「なるほど、そういえばお冬さんの顔には少しも激しいものがない。わしは大体の話は聞いてきているんだが、どうしてこんな安らかな気持でいられるんだろうと、さっきからふしぎでたまらなかった」

太郎はじっとお冬の顔を見なおす。

「はじめはあたしも、こんなではありませんでした。不しあわせといえば、あたしも弟も決してしあわせな姉弟とはいえないと思います。正直にいえば、あたしは半分は弟のために好きでもない人と無理に夫婦にならなくてはなりませんでした。そして、その男に生血まで吸われて、こんな納屋へ投げこまれました。はじめは口惜しいと思いましたが、その中《うち》にそんな男の顔を見ないで暮せる、声も聞かないですむ、どうせ長い命ではないのだから、このほうが静かに死ねると思うようになりました」

お冬の目に生々としたものが出てきたのは、そうはいっても内心感情が少し昂《たかぶ》ってきたからだろう。

「そのうちに、あたしはふっと気がついたことがあるのです。あたしのいま寝ているこの納屋は、女たちの責場につかわれていたことがあるのです。この稼業は父の代からで、考えてみるとこのくらい罪な稼業はありません。それは女たちはお金で買われてくるので、そのお金さえ体で稼いでかえせば、足をぬくことはできるのですけれど、ここへ身を落して泣かない女なんて、一人だってあるはずはありませんものね。そういう父の代からの深い罪を、あたしはいま自分の身にしょって、罪ほろぼしをさせられているのだ。ここへ落ちてきた何十人という女の一人一人の辛さは、いまのあたしなどよりはるかに深いものだったに違いないと、そう気がついてから、口惜しい、憎い、うらめしいという気がだんだんなくなってきました。――負惜しみではないんです」

「わかる、お冬さん。わしにはよくわかる気がする」

太郎はなんとなく目頭が熱くなってくる。なるほど自分がその覚悟だから、こんなひどい目にあわされながら、今日まで生きてこられたのだろう。本当に立派なものだとは思う。

だからといって、お冬をここまで冷酷に苦しめた常五郎という男は許せない。

「でもねえ黒潮さん、たった一つの心配は兇状持ちにされて草鞋をはいた庄太郎の安否でした。今ごろどこで苦労しているかと思うと、可哀そうでもあるし、親の罪はこうしてあたしがみんなしょっているんだから、もういいではないかと、そんな気さえするんです。でも、三年前に死んだと聞いて、安心しました。可哀そうな子でしたけれど、あたしももう長くはありません。あの世へ行ったら、決して人はうらまないようにと、あたしからよくいい聞かせてやりましょう。あたしは勝気な姉だったものですから、姉弟二人きりになってからは、あの子を叱ってばかりいたんです」

「いや、庄太郎は死ぬまで、あんたに叱られてばかりいたことを、とてもなつかしがっていた」

「そうでしょうか」

「ところでなあ、お冬さん、わしはみんなは持ってこられなかったが、庄太郎の財産を多少あずかってきている。あんたさえよければ、今夜にもこの家を出て、わしがおぶって行くから、どこか好きなところでゆっくり養生をしてもらいたいと思うんだが、どうだろうな」

太郎はたとえ一日でもいいから、お冬をどこかへつれて行って、庄太郎のかわりに看病した上、死水が取ってやりたかった。

「ありがとうございます。でも、あたしはもう駄目でしょう。安心したせいか、急に力がなくなってしまって」

「そんなことをいっちゃいかんな。わしはまだ庄太郎の話をみんなしちゃいないんだ。どんなに庄太郎が我々の仲間の人気者だったか、もっとゆっくり話してあげたいんだ。しっかりしてくれなくちゃ、せっかくこうして生きてかえってきたわしががっかりするじゃないか」

「縁ですねえ、黒潮さん。姉弟二人があなたに死水をとっていただけるなんて」

しっとりと微笑さえたたえて、なつかしそうな、そして世にもあかるいお冬の顔なのである。

がらりと入口の戸があいて、

「黒潮さん、早く逃げて。常五郎がいまここへくるようです」

と、お町が駈けこんできた。

「なにッ、常五郎が」

「はい、お刀――」

内所にあずけておいた大小を持ってきていて、いそいでわたしながら、

「後はあたしが引きうけます。あっちの二人にも、そっと逃げるように耳打ちをしておきました。常五郎は悪どい奴ですから、とにかくここは逃げてください」

お町は太郎の腕をつかんで、無理にも引っ張り出そうとする。

「待ってくれ。お冬さんの様子が変ってきたようだ」

「えっ」

見ると、お冬は軽く目を閉じて、少し口をあけ、それは安らかな寝顔のようにも見えるが、たしかにひっそりと息絶えた顔なのである。

「あっ、おかみさん」

お町はびっくりしたように、そっちへ飛びついて行く。

「たった今まで、口をきいていたんだが」

太郎は茫然と立ちつくしてしまった。

墓まいり

一

――かわいそうに、やっぱり駄目だったか。

見ると枕もとの盆の上に、半分口のかけた水差しがのっていて、茶碗がそえてある。

「お町さん、これは水だな」

「ええ、あたしが夕方取りかえておいたばかりなんです」

「そうか、ありがとう」

太郎はもう一度空樽にかけて、茶碗に水をつぎ、ふところから懐紙を出して細長くいくつにも折って、その先を水にひたし、お冬の唇を濡してやった。まだ生きているような唇である。

「お冬さん、とうとうわしが死水を取るようになってしまったね。このわしの手は三年前に、こうしてやっぱり庄太郎の死水を取ってやった手だ。たった今その話をしていたばかりだのになあ。南無阿弥陀仏南無阿弥陀仏」

お町がうウッと嗚咽《おえつ》しながら、袂で顔をおおっている。

「さあお町さん、あんたにもずいぶん世話になって、おかみさんはとてもよろこんでいたんだ。もうこれが最後だ。口を濡してやってくれないか」

「は、はい」

太郎は立上って、お町に懐紙をわたす。

「おかみさん、それでもあんなに気にしていた弟さんのことがわかって、ようござんしたね。——この安らかそうな顔」

「うむ、このひとは本当に立派だった。自分がこんな目にあうのは、親の代からこういう罪深い稼業をしてきたからで、何人、何十人と家の店で泣いてきた女《ひと》たちの悲歎苦労にくらべれば、まだ自分のほうが楽かも知れないと、ちゃんと覚悟ができていたようだ」

「あたしも、あたしもそのことは度々聞かされています」

「そうか。しかしなあお町さん。このひとはなんのために世の中へ生れてきたんだろう。本当にたのしい日なんてものが、このひとにはあったろうか」

太郎の目に大粒の涙があふれてくる。

「でも、おかみさん、これでやっと楽になれたんじゃないかしら。これ見てあげて、

「黒潮さん」

　お町がそっと胸の掛布団をはいでみせた。お冬はちゃんと自分で両手を組みあわせているのである。

「わしの来かたが一日おそかったんだ」

　たとえ一日でも看病してやれたらと、太郎は今さらのようにそれが心残りだった。

　がらりと納屋の戸が乱暴にあいた。

　見ると、対《つい》の縞物を着て長脇差を一本さした四十がらみの脂《あぶら》切った男が横柄に立ちはだかって、じろりとこっちを睨んでいる。これが常五郎という奴なのだろう。うしろに用心棒らしい浪人者が一人と、子分らしい奴が三人ばかりついていて、どいつもこいつも山犬のように目を光らせている。

「おい、お前《めえ》さんは誰だね。誰にことわっておれの女房のところへ勝手に入りこんでいるんだね」

　常五郎がそんな厭味ったらしい口をきく。

「藤屋常五郎というのはお前か」

　この冷酷な無法者が藤屋を乗っ取って、姉と弟をみじめに死なせた奴かと、太郎の怒りは新しく全身にみなぎってくる。

「やいやい、大きな口をたたきやがって、手前《てめえ》は誰だと聞いているんだ。誰にことわっておれの女房のところへ入りこんでいるんだと聞いているんだ。ここはおれの家だぞ。そこに寝ているのはおれの女房だぞ。おれに黙って入りこみやがった盗人、不義者にして、ふん縛って問屋場へ突き出しても、文句はいえねえんだぞ。承知だろうな。おい」

「お冬は貴様の女房だというのか」

「なにを空っとぼけやがる。おれが藤屋常五郎で、お冬はおれの女房だってことは、問屋場へ出てもちゃんとわかっているんだ」

「その家つきの女房お冬が病気になると、三年前からこんな納屋へ放りこんでかえりみず、自分は妾とぬくぬくと母屋へ寝ている、藤沢の問屋場ではそのことも知っているのか」

詰問《きつもん》する太郎の声が激しい憤怒にふるえている。青ざめた頰が我にもなくびくびく痙攣《けいれん》していた。

　常五郎はそれを恐怖のためとでも見て取ったか、

「おい、他人が余計なお節介を焼くもんじゃねえ。病人が静かなところがいいといって、自分からここへ入ったんだとわかったらどうする。お冬に聞いてみろ」

　と、せせらわらってみせる。

「そうか。そのお冬はたった今息を引き取った。女房なら一目死顔を見てやれ」

太郎は底意地強くお冬のほうばかり見て突っ立っているお町を、ぐいと自分の背にかばいながら、仏の顔が見えるように、わきへどいてやる。

「なにッ、お冬が死んだと」

さすがに常五郎はどきりとしたように、つかつかとお冬の枕元へ寄る。

「ふうむ、死んだか」

その死顔を一目見て、いそいで目をそらし、

「おい、手前がお冬を殺したんだな」

と、太々《ふてぶて》しい顔を太郎のほうへ向ける。

とたんに太郎の左手がさっと伸びて、常五郎の右腕を鷲摑みにした。

「な、なにをしやがる」

振り切ろうとしたが、まるで万力《まんりき》にかかったようで、びくともしない。

「政、辰、この野郎をふん縛れ。なにをまごまごしてやがるんだ」

「静かにしろ、仏の前だぞ」

低くたしなめながら、太郎の手にじわじわと力が入ってくる。

「あ痛っ――」

常五郎の顔にはじめて恐怖の色がはしって、

「先生、富山先生、かまわねえ、この野郎を叩っ斬ってくれ」

と、用心棒のほうへ悲鳴をあげた。

「おい盗人、表へ出ろ。富山作十郎が相手になってつかわす」

「やいやい、表へ出ねえと、そこで叩っ斬るぞ」

「辰、早くみんなを呼び集めろ」

子分共も顔色をかえて殺気立ってきた。

「静かにしないか」

太郎はじろりと戸口のほうを睨んで、

「富山先生、貴公は痩せても枯れても武士ではないか。この悪魔のような男が、おのれの女房を、いや、この藤屋の家つきの娘だったお冬を、病気になったからといって、こんな納屋へ放りこみ、奉公人が見かねて世話をしようとすれば、それさえ叱りつける。しかも、ここは女の責場だったという。貴公たちはそういう常五郎の鬼のような残忍な行為を、三年間も自分の目で見てきて、涙一つ出なかったのか。いや、まだこんな男を親分と呼ばなければ生きて行けないほど、情ない人間になりさがっているのか」

と、大きな声は仏に遠慮しながらも、一言一言に怒りがこもって、その度に常五郎の腕をつかんでいる手に力が入る。

「う、うっ」

常五郎の醜悪な顔は苦痛に歪《ゆが》んで、脂汗を吹き出し、もう声さえ立てられず、ただ呻《うめ》くばかりだ。

さすがに富山作十郎は恥じて、じりじりと後ずさりし出す。

「常五郎、お前お冬の顔がまともに見られるか」

太郎は少し手の力を抜いてやる。

「うぬッ、放せ。——おい、誰か、早く問屋場の役人を呼んでこい」

「わざわざ呼ばなくても、いまわしが問屋場へつれて行ってやる。——さあ、お冬に最後の別れを告げるがいい」

「な、なにを吐しやがる、おれはお上から十手捕縄をあずかっている藤屋常五郎だぞ」

「馬鹿、その十手捕縄でこんどはお前が縛られるんだ。ここに長居をしては、お冬の成仏《じょうぶつ》のさまたげになる。いっしょに来い」

「う、うっ」

つかんでいる手に力が入ると、常五郎はへなへなとそこへ両膝をついてしまった。

「お町さん、わしはこの仏を迎えにすぐ引きかえしてくる、しばらくたのむよ」

「はい」

太郎はあいた右手で仏を片手拝みにして、常五郎をぐいと引っ立てながら、納屋から出た。

「それ、出てきた。やっつけろ」

「畳んじまえ」

「富山先生、たのんます」

そこへ七、八人集っていた子分たちが、口々に掛声だけはいさましく、たちまち太郎を遠巻きにする。

が、日ごろ腕力とくそ度胸を自慢にしている親分常五郎が、無造作に左手で腕をつかまれただけで、どうしようもなく苦痛に顔中を歪め、今は声さえ立てられずに身をよじっているのだから、その凄い怪力に恐れをなして、誰も自分から斬って出ようというものはない。

「旦那、へえ、天秤棒」

物かげから走り寄ったおとぼけ仙太が、心得顔に天秤棒をさし出してくれた。これももうちゃんと身支度をして、一度に酒もさめてしまった顔つきである。

「おとぼけうじ、あぶないからどいていろ」

太郎はうけ取った天秤棒に二、三度びゅんびゅんと素振をくれてから、

「おい、お前たちはどうしてそうわからないんだ。この男は問屋場の役人を呼んでこいといっているから、呼んでくるまでもない、わしがつれて行って、白い黒いをつけ

てやろうというんだ。わしは別にこの男を斬ろうとも殺そうともいっているんじゃない。乱暴をせずに道をあけなさい」

と、子分共にいって聞かせる。

「ならねえ、親分を放せ」

「面倒だ。富山先生、この野郎を叩っ斬っておくんなさい」

「そうだそうだ、そのほうが早い。たのんます先生」

子分共にそういわれてみると、用心棒も後へばかりさがってもいられなくなったのだろう。

「よし、心得た」

と、前へ出てきた。

「おい、そっちの理窟はどうあろうと、拙者は一宿一飯の恩義によって、貴公を斬るからそう思ってくれ」

作十郎は必死な面構えで、さっと抜刀した。

「馬鹿ッ。貴様はおのれの女房をいじめ殺したこんな鬼のような悪党の恩義しか感じられないのか、貴様もまたこんな極悪人といっしょになって、世の中の善人たちを泣かして歩いた外道《げどう》浪人だったんだな。許さんぞ」

せめて仏のいるこの家を出るまでは血は流したくないと自制していた太郎も、とうとう我慢できなくなってきた。

図体が大きいから、怒り出すと太郎は声も大きい。近所中へひびけるような大声で面罵された富山作十郎は、

「くそッ」

半分はやぶれかぶれで、だっと火のように斬りこんでくるやつを、

「外道、推参」

同時にこっちからも踏みこんで、片手なぐりの天秤棒がびゅんと横に飛ぶ。

「わあッ」

右腕のつけ根のあたりを痛打された作十郎は、一たまりもなく横っ倒れに大地へ叩きつけられ、そのまま気を失ってしまったようだ。まるで犬ころあつかいである。

「お冬さん、枕もとを騒がせてすまなかったなあ」

太郎はまだあけっ放しの納屋の戸口のほうへ律儀に頭をさげて、

「さあ、行け」

常五郎を引っ立てようとする。

が、いまの天秤棒の一打で、常五郎の腕をつかんでいる手にも思わず力が入ったらしく、腕の骨が折れたか、常五郎もぐったりと気を失っているようだ。

「悪党のくせに、なんだこの態は」

太郎は一度つかんでいた腕を放して、改めて襟髪を引っつかみ、ぼろきれでもさげるようにずるずる引きずって、台所口のほうへ歩き出す。

「た、たすけてくれ」

やっと意識を取り戻した常五郎が、うめくようにいう。

「許さん。お冬が死ぬまで苦しんだ苦しみを貴様も自分の体で苦しんでみろ。人が助けてくれという度に、貴様はおもしろがってその人間をなぶり殺しにしてきたんだ。今さら弱音をはくな」

子分たちも今は手の出しようがなく、茫然と太郎を見送っている。

二

時刻はやがて四つ（十時）に近かった。

町筋はどの家ももう大戸をおろして、人足はばったり絶えているが、空には冴えかえったような月があかるい。

「それ、逃すな」

「叩っ斬ってしまえ」

「強盗だあ。強盗をつかまえろ」

藤屋の横丁から子分共があふれ出してきて、黙って見のがしてもおけないと考えたのだろう、口々にわめきながらついてくる。

町中がびっくりしたように、急にがたぴしとくぐりや雨戸をあけて、みんな恐々と往来をのぞき出す。

「町の衆、間違えてはいかんぞ。わしは藤屋常五郎という博徒の極悪人をつかまえて、これから問屋場へ行くのだ。常五郎がこの日ごろ十手を笠に被《き》てどんな悪いことをしてきたか、町の衆はみんな知っているはずだ、悪党常五郎の子分共のいうことなど、信用してはいかん」

太郎は左手で常五郎を引きずり、右手で天秤棒をついて、大声でゆっくりと触れながら歩く。

通りすぎる家々の軒下へ、みんな人が立ちはじめた。

悪党常五郎の子分共といわれる度に、身におぼえのある子分共は町の人々の目が恐くなって、一人減り三人減り、そのかわりに物好きな弥次馬共が三人、五人と後につづき出した。

問屋場は本陣の筋向いにあって、この辺には二、三軒旅籠屋がかたまっている。

無論問屋場の表も雨戸を一枚だけあけて、あとはしめきっていた。太郎はそのあいた雨戸の油障子の前に突っ立って、

「問屋場の役人衆に物申す。ここへ同道した当宿の藤屋常五郎は博徒で十手捕縄をあずかっている者だそうだが、この者の女房で家つきの娘お冬は、今夜労咳のため物置にて附添人もなく息を引き取り申した。お冬は三年前から常五郎のために病身を納屋へ放りこまれ、見かねて奉公人が見舞ってさえ、この常五郎ならびに妾お絹は叱りつけて、病人に医薬さえ与えなかったという。かかる人間にあるまじき非道を当宿の問屋場の役人衆は三年もの長い間少しも知らずにおられたのか。ただそればかりではない、この極悪人常五郎は、賭場で金を貸してはその抵当に人の女房、娘を強奪してきて客をとらせている。かような人非人を放っておいては問屋場役人の面目にもかかわり、当藤沢の宿の迷惑にもなることと存じ、天にかわって引っ立ててまいった。わしは旅の者ゆえ、常五郎をこの軒下へすててまいるが、願わくは善良なる諸人のために、問屋場役人の責任を果していただきたい。おたのみ申す」

もう往来にあふれるような人だかりだったが、しいんと水を打ったようになって、誰も口をきく者はなかった。

太郎はどさりとそこへ常五郎を投出して、問屋場のほうへ一礼すると、すっとその軒下を離れる。

投出された常五郎は右腕と左足が折れているらしく、ただうめき声をもらしているばかりだ。

「大きな男ですねえ。天狗でしょうか」

「さあねえ。しかし、悪いことはできないもんでさ」

「常五郎とかいう奴は、そんなに悪い奴なんですかねえ」

人だかりの中には旅の者もまじっているらしく、ようやくそんな話声がそこでもここでもし出したころには、太郎はもう大股に藤屋のほうへいそいでいた。

「旦那、旦那、とうとうやりやしたね」

うしろから追いついてきたのは、おとぼけ仙太である。

「おとぼけうじか。——わしの来ようは一日おそかったようだ」

太郎が月を見あげながら、悲し気にいう。

「だってしょうがありやせんや。昨夜は吉兵衛の野郎の番でしたからね」

「うむ」

「吉兵衛もひどい奴だったが、今夜の常五郎もあきれた悪党でしたね。うぬの女房を三年もあんなひどい物置へ放りこんでおくなんて、あっしはあの物置を見てびっくりしちまった」

「姉といい、弟といい、余っぽど因果な星の下に生まれてきたんだな」

三木の妹のお弓はどうやら救ってやれたが、お冬はとうとう救ってやれなかったと思うと、太郎はいっそう不憫《ふびん》な気がしてならない。

「銀次はどうしたんだね」

「後へ残りやしたよ。あの男はお町って女に首ったけですからね。納屋へ子分の奴等が押しかけるといけねえ、おれは納屋の番をするってね」

「そうか、それはよく気がついてくれた」

「けど、ふしぎな縁ですねえ。あの男が三木って人に斬られた沢田の弟だなんて——。当人もあっしがその話をしてやると、悪いことはできねえもんだって、一度に酒がさめたような顔をしていやしたっけ」

「いそごう、おとぼけうじ。お町に間違いがあってはならん」

お町もまた不しあわせな女なのである。飛んだ飛ばっちりを喰わせては、それこそお冬が浮かばれまいと気がついたので、太郎の足は急に早くなり出す。

が、裏木戸から台所の前をぬけて、納屋の前の広場へ駈けつけてみると、そこにひっそりと集っているのは、店の女たちばかりである。

「ああお大尽が帰ってきた」

「黒潮の旦那がきてくれたわ。よかったわねえ」

目ざとくこっちを見つけた女たちの白い顔が一せいに太郎のほうを向いて、みんなほっとしたようだ。

「やあ、黒潮さん、お帰んなさい」

納屋の横からいさましい喧嘩支度の銀次が、いそいで飛出してきた。

「どうした、銀次うじ。お町姐御は無事だろうな」

「無事ですよ。妙なことがありやしてね」

「妙なこと――」

「あっしは子分の奴等がお町に八ツ当りをするといけねえと思って、そこにかくれて番をしていたんだが、案の定、妾のお絹ってあまが二人ばかり子分をつれて、お町がそんな男を納屋へ手びきをしたから、こんなことになったんだ、お町を片輪にしてやると、出刃庖丁なんか持ちやがって、ああなるとまるで鬼女でさ」

「ふうむ、やっぱり押しかけてきたか」

ぴくりと太郎の太い眉がけわしくなる。

「あっしも相手が女じゃ、刀もぬきかねる。もし子分の奴等がお町に手出しをするようなら叩っ斬ってやろうと、そっと見ているると、鬼女のお絹があっといって、納屋の戸口から二間ばかり離れたところで棒立ちになりやがった。納屋の戸はお町が中から心張棒をかって、黒潮さんがくるまでは、誰がきたってあけないといって頑張っていたんです」

「銀さん、なんだってお絹はそんなところで棒立ちになったんだね」

そばから仙太がもどかしそうに聞く。

七、八人いる女たちは、みんな一ところへかたまって、じっとこっちを見ているようだ。
「納屋の軒へふわりと人魂がういたんだ」

「な、なんだって――」

「お絹のあまと、子分の野郎も、真っ青になりやがって、奴等にはそれが人魂でなく、おかみさんに見えたんだね。――あっおかみさんだというと、じりじりと後じさりをしながら、たまらなくなったように、とうとう逃出してしまいやがった」

「それで銀さん、その人魂はどうした」

「おれがもう一度そっちを見た時は、もう消えていて、お町の御詠歌の声がもれていた」

太郎はつかつかと納屋の戸口へ寄って行く。

「お町さん、黒潮太郎だ。いま帰った」

中へ静かに呼ぶと、

「はい、ただ今」

お町の立ってくる気配がして、

「黒潮さんですね」

と、もう一度念を押す。

「うむ、太郎だ。もう大丈夫だ」

「いま開けます」

心張棒を外す音がして、中から戸があいた。

「心配をかけたなあ、お町さん」

「いいえ」

「お絹がさっき子分をつれてこの前まで押しかけてきたそうだが、知っていたかね」

「さあ、なんですかそんな気もしましたが、あたしはお経を知らないんで、一生懸命おかみさんに、うろおぼえの御詠歌をうたっていてあげたもんですから」

お町の目は涙であらわれたように、きれいにすんでいる。

「そうか、ありがとう。おかみさん、さぞよろこんだろう」

土間へ入ってみると、お冬の顔にはもう手拭がのせてあった。

――さて、お冬をどこへつれて行ったものか。

こんな家へは一刻もおいておきたくない。

「どうだろうなお町さん。この仏をつれて行っても、泊めてくれるような旅籠はこの辺にないだろうか」

「さあ――」

お町もちょっと当惑したようである。

「旦那、どこへ行くより、おかみさんを母家の座敷へ移してあげたらどうでしょう。お絹も子分たちも、もうみんな逃出してしまってここはからっぽなんです」

「たとえば、誰が帰ってきたって、ここはおかみさんの生れた家なんですもの、あたしたちみんなで頑張って、ここでお通夜をして、ここから野辺の送りをしてあげたいと思います。——ねえ、お町姐さん」

戸口へ集ってきた女たちが、口々にそんなことをいい出す。

「そうか、悪魔共はもうみんな逃出したか」

「ええ、残っているのは店の奉公人たちばかりなんです。この土地にはおかみさんの親類もいますし、無法者たちがいなくなれば、きっとみんなきてくれると思います」

「よし、じゃみんなで座敷の支度をしてくれ、生れた家で、みんなに通夜をしてもらえば、おかみさんもきっとうれしいに違いないからな」

「あたしたちだって、そのほうが気がすみます。——さあ、みんな、大いそぎで支度だよ」

女たちはいさみ立つように、ばたばたと母家のほうへ走り出す。

「お冬さん、せっかくみんなが親切にああいってくれるんだし、もう誰にも気がねはいらないんだ。やっぱり家へ帰ることにしような。いいだろう」

太郎は相談するようにいってから、まだいくらかあたたかみの残っているお冬の体を、大切そうにそっと抱きあげ、あかるい月の庭へ出た。

「ようござんしたねえ、おかみさん。三年ぶりなんでしょう」

後からつづくお町がそういいながら、くすんと洟《はな》をすすりあげていた。

三

その夜、黒潮太郎はお冬の通夜一切は旅鳥の銀次とおとぼけ仙太にまかせて、自分はなるべく人目につかないように、わざと宿外《しゅくはず》れの安旅籠で一夜をあかした。

お冬のためにと用意してきた二百両は、これで妓《おんな》たちの身をみんな自由にしてやればこれに越した仏への供養はないと思ったが、これは藤屋の親類中がなんというかわからないので、銀次によく相談してみてくれるようにたのみ、とにかくこの二百両はお冬の葬式がすんだら妓たちに等分にわけてくれるようにと銀次にあずけてきた。

「なあに、あっしがきっとうまく話をつけてみやす。ここの妓たちはたいてい博奕のかたに取られてきたんだし、それをやった常五郎は二度と娑婆の日の目は見られない。藤屋の血筋は姉も弟も死絶えた。もし親類の中に慾の皮の突っ張った奴でもいて、藤屋をわが物にしたいというような理窟でもこねたら、こんどはあっしがそいつを問屋場へ突出してやりまさ。なあおとぼけの兄貴」

銀次はそうきっぱりといい切って、

「御もっとも――。銀さんにゃお町姐御っていい女がついているからね」

と、仙太に冷かされていた。

常五郎はあからさまにその非を大勢の前であばかれてみると、家つきの女房お冬を納屋で虐待していた事実は宿中で誰知らぬ者もないことだし、問屋場でも棄ててはおけず、翌朝早く駕籠で代官所へ送られることになった。

無論藤屋の子分たちはうっかりした真似をすると自分たちの身があぶなくなるから、それっきり藤屋へは近づこうとしない。

翌日、お冬の葬儀は急を聞いて駈けつけた親類中と、藤屋の妓たちの手でねんごろにいとなまれ、町外れの菩提寺へ埋葬されたのはもう夕刻だった。すでに昨夜の騒動が宿中にひろまっているので、お冬の哀れな死を悼《いた》む町の人々はみんな門口まで出て、野辺の送りを見送ってくれたという。

太郎はその日一日中旅籠に引きこもって、一足も表へは出なかったが、ともかくもこれで一応お冬の後始末はついた。後のことは銀次と仙太にまかせておけばいい。昨夜あれだけ宿中を騒がせているのだから、問屋場へ対しても遠慮がある、自分だけひそかに一足先に江戸へ帰ることにきめ、日の暮れるのを待って旅籠を立つことにした。

その足で太郎はまず藤屋の菩提寺をたずね、夕方仙太からよく聞いておいたお冬の墓へ、こっそり別れを告げに行った。

――はてな。

やがて人気のないそこの墓地の小径へ入って行くと、真新らしい墓標の前へしゃがんで、青い月かげに濡れながらひっそりと合掌している若い女がある。たしかに仙太に聞いてきたお冬の墓に違いないのだ。

――誰だろう今ごろ。

これも日の暮れるのを待ってそっとおまいりにきた女《ひと》なのだろうから、邪魔をするのは本意ないと、太郎が思わず立ち止ってそばへ行くのをためらっていると、

「太郎さん、遠慮しなくてもいいのよ」

と、女のほうから声をかけてきた。

「やあ、お蘭さんじゃないか。どうしたんだね」

太郎はびっくりしてそばへ寄って行った。

江戸にいるとばかり思っていた天明堂白蘭が、どうしてこんなところへきているのか、いや、お冬にどんな縁があるのか、太郎にはなんとも腑に落ちない。

「お冬さん、とうとう駄目だったのね」

白蘭はしんみりといいながら立上った。

「うむ、駄目だった」

「でも、太郎さんは死水だけは取ってあげられたんでしょう」

「やっぱりあんたのいうことを聞いて、昨日すぐ江戸を立ってきてよかった。しかし、お蘭さんはいつ藤沢へきたんだね」

「昨日太郎さんたちが立つとすぐ、あたしも江戸を立ってきたんです」

「一人でか」

「ええ」

「途中で日が暮れたろう。よく無事に藤沢へ入れたなあ」

乱暴な真似をするもんだと、太郎は目を見はらずにはいられない。

「途中ずっと問屋場から駕籠を乗りついできたから大丈夫です。あたしも急にお冬さんに逢ってみたくなってしまったもんですから」

白蘭はちらっと白い墓標のほうへ目をやってから、

「太郎さん、あたし本当は十年前に一度、お冬さんと逢っているんです」

と、思い切ったようにいって、急に顔が青ざめてくる。

「ふうむ、十年前にね」

これはまた意外なことをいい出す。

が、太郎にはすぐぴんとくるものがあった。恐らく白蘭がまだ三木の妹のお弓だった昔、悪岡ッ引吉兵衛に強盗の妹という悪どい枷《かせ》をかけられ、女衒《ぜげん》の手にわたって初めて売られて行った先が藤沢の藤屋だったということになるのだろう。

そして、白蘭は自分がそんな商売女だったということは誰にも知られたくない。まして太郎にはどうしても打ちあけかねるものがあるので、いまだに自分の口からは一度もお弓だと名乗らずにいる。

「わかったよ、お蘭さん。ふしぎなまわりあわせだなあ」

「あたしは藤屋に半月ばかりいました。その間中泣いてばかりいて、そのころはまだおかみさんではないお姐さんだったお冬さんに、ずいぶん親切にしてもらいました。正直にいうとあたし、そんなところにいた女だったのかと太郎さんに思われるのはいやだったんですけど、うけた情の礼もいえない女だと思われるのはなおいやだと考えなおして、せめてお冬さんの息のある間にと、思い切って出てきたんです」

白蘭の目からすうっと涙が一筋頰へあふれてくる。

「一足おそかったようだな、お蘭さん」

「ええ、藤沢へ着いたのはちょうど太郎さんが常五郎を問屋場へ引きずってきた時だったんです」

「そうか、そうだったのか」

「あたしそれから一度旅籠へ着いて、改めて藤屋へ通夜に行って、死顔だけに逢ってきました。ですから、おとぼけさんと銀次さんから、すっかり話は聞いています。お町さんというひとにも逢ってきました」

その仙太には夕方逢っているが、白蘭のことは一言も口にしていなかった。たぶん白蘭から口どめされていたのだろう。

「じゃ、銀次が沢田の弟だってことも、もう知っているんだね」

「ええ、あたし人の世の因果というものがつくづく恐しくなりました」

「この仏もこのごろはそれを悟っていたようだ。だから、なんのために、生れてきたかわからないような不しあわせな一生だったが、臨終はとても安らかだった。——どれ、わしもおまいりをしょう」

太郎は墓前へ進んで合掌して、改めてお冬の安らかだった死顔を瞼におもいうかべる。

「自分の現在の苦しみを、妓たちの上にしのんで、甘んじて我慢しとおした。立派だったよ、お冬さん」

ほめてやらずにはいられない太郎だった。

うしろで称名をとなえながら、白蘭がすすりあげている。自分の辛かった半生が思い出されて、お冬の歩いてきた苦難の道がまざまざと胸に迫るおもいなのだろう。

苦難の道を歩いてきたという点にかけては、太郎もまた決して人後におちない体験を持っている。だからこそ、人の生血を吸っているような悪に直面すると、思わず血がたぎってくるのである。

「さあ、出かけようか、お蘭さん。藤沢にはもう用はないんだろう」

立上った太郎が、いたわるようにいう。

二人はお冬の墓に別れを告げて、菩提寺を出た。

「あたしねえ太郎さん、もうもとのお弓にかえろうと思います」

宿外れを戸塚の宿のほうへ肩をならべて歩きながら、白蘭が思い出したようにいった。

「あたしもお冬さんのように、持って生れた因果というものを素直にうけて、いさぎよく自分の道を歩いて行こうと覚悟したんです」

「うむ、それがいい。お冬さんと違ってあんたにはまだこれからの人生があるんだ。苦しみもあるかわりにたのしみもある。苦しみは自分でこらえ、たのしみは人にわかつ、そういう道を歩くことだ」

「そんなの、あたしいやだな」

「いやか——。じゃ、どんな道がいいんだね」

「苦しみは太郎さんにしょってもらい、たのしみはあたし一人のものにする、そういう道にします」

「あは、は、虫のいいことを考えたな。時にな、お蘭さん」

「もうお蘭じゃありません、お弓です」

「いや、当分お蘭さんでないと、わしの都合が悪い」

「わかったわ。また三人目の占いをしろっていうんでしょう」

「さすがに天明堂白蘭先生だなあ」

「おだてたって駄目。第一、こんな往来中で失礼じゃありませんか」

つんと澄して見せて、もうすっかりいつもの白蘭にかえってきたようだ。

藤沢から戸塚へは一里三十丁、藤沢を出外れると千本松という長い松並木道へかかる、月があかるいから提灯はなくても足もとには困らなかった。

三人目は男

一

「寒くないか、お蘭さん」

梅は散りかけているが、夜風はまだ肌身にしみる季節である。

「あんまりあたたかくはござんせん」

「御機嫌もあんまりよくないようだなあ」

「太郎さんがちっとも機嫌をとってくれないからよ」

「ああそうか。じゃ、お世辞を使ったら三人目のたずね人の占いをしてくれるかね」

「駄目よ。あたしはその前に心配ごとがあるんですから」

「心配ごと——」

「江戸を立つ時そういったでしょ。こんどの太郎さんの道中には、全く別ななにかの大難が待っているって、そっちがすまないうちは、三人目の占いどころじゃありません」

　そういえばたしかに江戸を立つ時に、そんなことをいわれていた。

「それならそう心配してくれなくたっていい。その時もいったように、わしは二度まで大難に逢って、どうやらその大難を自力で切りひらいてきた運の強い男なんだ。たいていのことには驚きもしないし、負けもしないよ」

「そうかしら——。でも、こんどは三度ですからね。生やさしい災難じゃないようなんだけれど」

　白蘭は本当に心から心配しているようだ。

「かまわんかまわん。苦しいことはどんなことでもわしは一人で我慢してしまうことができる男だ。そのかわりたのしいことは、お蘭さんにもわけてあげるよ」

「あたしにわけてくれられるようなたのしいことが、太郎さんにあるかしら」

「なるほど——。そういえばそうだなあ。わしの一番のたのしみといえば、後五人のたずね人をさがし出すことだ。これはなかなか苦労のいることだから、お蘭さんにわけてもしようがない」

「おっしゃるわ。そのたずね人の苦労は、あたしも半分しょわされているようなものよ。忘れちまっちゃ困ります」

「まいった。お冬の死水が取れたのもあんたのおかげだった。忘れちゃ罰があたる。

どんなお礼をしたらいいだろうな、お蘭さん」

「そうねえ」

礼などをもらわなくても、太郎が一人一人たずね人をさがしあてて行くことは白蘭にとってもこの上もないよろこびである。いや、太郎と二人でこうして夜道をいいたいことをいいあって歩けるたのしさ、今までの白蘭の歩いてきた道には全くなかったことだ。

それだのに、白蘭はもっと我がままをいって太郎を困らせてみたい。

「あたし、本当はほしいものがあるんだけれど、今夜はいいません」

「どうしてだね」

「太郎さんは狡《ずる》いから、あたしをお礼で釣っておいて、さあこんどは三人目の占いをたのむっていいたいんでしょ」

「そう図星をさしてはいかんな。どうだお蘭さん、くたびれたろう。少しおぶってやろうか」

「あぶないあぶない。その手には乗りませんからね」

そのあぶないがなにかの前じらせだったように、行く手の松の木のかげから、ぬっと大きな男が出てきて、こっちを見ながら往来の真ん中へ立止った。

「出たわ、太郎さん」

白蘭はどきりとしたように、太郎の腕につかまる。

「うむ、出たようだなあ」

太郎は別に足をゆるめようとしない。

「追剝《おいは》ぎかしら」

「心配しなくもいいよ。なんでもほしいものはやるといえば、無事に通してくれるだろうからな」

「じゃ、もしあたしの体をよこせといったら、やっちまうの」

怪しい曲者を前にして、そんな口がきけるくらいだから、白蘭も決して弱い女ではなかった。

「そりゃことわるさ、そんなのは追剝ぎではなくて、痴漢という奴だからね」

太郎は例によって曲者の一人や二人、物の数とも思っていないようだ。

二人はとうとう大男の前まできた。上背は太郎より少し低いようだが、それでも六尺はあるだろう。がっしりとした骨組で、年ごろ二十七、八、剣客風といった男で、どうも追剝ぎを働くような人柄には見えない。

「貴公、大きいなあ」

こっちが立止ると、その男はいかにも感心したように浴せかけてきた。

「そういう貴公も小さいほうじゃない。わしになにか用かね」

太郎の顔に思わず親しみ深い微笑がうく。

が、相手はその微笑には乗ろうとせず、

「その貴公のつれの婦人は、貴公の家内かね」

と、妙なことを聞く。

「いや、家内というわけじゃない。今のところ妹同様と思ってもらえばいい」

太郎が正直に答える。

「妹同様というと、血筋からいえば赤の他人には他人なんだな」

「まあそういうことになるかな」

「それを聞いて安心した。拙者は御徒町《おかちまち》の伊庭の門下で五十嵐《いがらし》半蔵といい、目下剣法修業のため諸国をまわっている者です」

「申しおくれた。わしは浪人黒潮太郎といいます」

「いや、貴公のことは昨夜知っている、藤沢の宿でだいぶ暴れていたようだからな」

「これは恐縮――」

「そこで貴公にたのみがあるんだ、わしは口べただだから率直にいうが、ここで貴公と試合をして、自分の腕がためしてみたい」

「それは困る、わしは剣術はあまり得意ではないほうなんでな」

「いや、そうでもなさそうだ。たとえ剣術は知らなくても、相当の腕力と見た。わしは貴公に斬られて死んでも、決して不服はいわない。ぜひ貴公のような勇士を向うにまわして、わしという男一匹の力がためしてみたいんだ。真剣勝負でたのむ、まげて承知してくれ、男のたのみだ」

五十嵐半蔵はもう一人ぎめにして、さっさと下緒《さげお》を取って襷《たすき》にかけ出す。

見たところ狂人とも思えない。狂人ならつれの婦人は家内かなどという心づかいは出ないはずだ。

しかし、見も知らぬ人間をつかまえて、いきなり真剣勝負を挑み、たとえ斬られて死んでもいいなどと放言するのは、正気の沙汰とは思えない。つまり武芸熱心のあまり、いささかおのれの腕に慢心して、その点多少常軌を逸しているのだろうか。

「いかん、貴公、真剣勝負などわしは迷惑だ、かたくことわる。やめてくれ」

太郎はあわててことわりながら、呆れてじりじりと後へさがり出す。

「いや、わしはどうしてもやる。ここへ通りかかったのが、貴公の不運とあきらめて、相手をしてくれ」

半蔵はちゃんと鉢巻までして、必死の面構えになりながら、もう一刀の柄に手をかけて詰め寄ってくる。

「逃げましょう。太郎さん。気ちがいらしいわ」

白蘭がいそいで太郎の袖をひいた。

「なにッ、気ちがいだと——許さん、こやつ」

まるで油に火をつけたようなもので、半蔵はぎらりと抜刀するなり、悪鬼の形相さながら大上段に振りかぶる。

「あっ」

白蘭は思わずうしろへ飛びのく。

逃げる暇はないと見た太郎は、とっさに柄に手をかけて、鯉口をきり、斬って出るようならもうしようがない、抜きうちに躍りこんで胴を払う気で、ぐっと腹に力を入れる。

「うぬッ」

半蔵の全身に殺気がみなぎってきた。剣客としては相当以上の腕前らしく、これが竹刀での試合なら太郎は造作もなく面を一本取られていたろう。

が、一撃一刀で生死のきまる真剣勝負では、そうは簡単に行かない。

太郎の目はまだ水のように静かだが、底知れぬ闘魂を深沈とたたえて、いわば平然と首の座へなおったという不敵な面魂なのだ、うっかり仕かければ抜きうちが恐い。

「とうッ」

半蔵は気合で脅すように、大声を発しながらじりじりと間合を詰めはじめた。

太郎は無言で、岩のように動かない。まるで相手の激しい気合を残らず吸いとってけろりとしている大岩のようにも見える。

——うぬッ。

その深い静けさに圧倒された半蔵は、我にもなく足が進まなくなっていた。

無気味な沈黙の大岩は、気のせいか一呼吸ごとに黒黒と大きくなってくるようだ。

「えいっ」

半蔵は又しても必死の気合をふりしぼらずにはいられない。

二

——無理に斬りこんで行けば相打になる。

皆伝以上の実力を持っている五十嵐半蔵には、それがはっきりとわかったに違いない。

が、自分のほうから我武者羅《がむしゃら》に真剣勝負をいどんでおいて、一合もまじえずに手をひくのは男の面目にかかわる。

くそッ、これまでの命とあきらめて死んでやれと、五十嵐は度胸をきめたらしく、

「おうッ」

死物狂いになって斬って出ようとした。

その出ばなを、まだ柄に手をかけたままの黒潮太郎が刎《は》ねっかえすように、

「あぶない、やめろ半蔵さん」

と、鋭く叱咤しながら、はじめてじりじりと少し後へさがっていた。

あきらかに出ばなを挫《くじ》かれた五十嵐は、思わずはっと怯《ひる》んだとたん、無理に踏みこんで行けば同時に火のような抜打をくって、所詮はない命ときまっているのだから、無駄死をしたって詰らないという反省が急によみがえってきたのだろう。

「まいった、わしの負けだ」

「いや、負けたも勝ったもない。わしは刃物三昧は嫌いなんだ。こんな馬鹿気たことは、たのむからやめにしてくれ」

太郎はほっとした顔つきである。

「そうか、わしだって狂人ではないから、無闇に刃物三昧を好むものじゃない」

五十嵐は刀を鞘におさめて、襷鉢巻を取りながら、

「つかぬことを聞くが、黒潮うじは誰からか深い恨みのようなものをうけているおぼえはないかね」

と、妙な質問を持出す。

「さあ、わしは刃物三昧が嫌いなくらいで、無論喧嘩口論は好まない。またもう十年からの浪人ぐらし。それもほとんど海の上で暮していたんだから、人に遺恨をうける

ようなおぼえはないはずだ。もっとも昨夜のような悪人からは、多少恨まれているかも知れないな」

「つまり逆恨みというやつだな」

「うむ、恨みをうけているとすれば、たぶんそれだろうと思う」

太郎はそういい切れる自信を持っているつもりだ。

「じゃ、恐らくそれかも知れんな。わしは或る人物から、真剣勝負に事よせて貴公を斬ってくれとたのまれた。その男はちゃんと理由を話していたが、絶対に他言は無用という約束だからそれはいうまい。しかし、貴公にはそういう敵がいるということを、念のために耳に入れておこう。これが今夜無法な勝負を挑んだわしの謝罪の言葉だ。では、これで別れる。失礼した」

五十嵐は行儀正しく一礼すると、そのまま大股に藤沢の宿のほうへ去って行く。

「おかしな人ねえ」

いささか呆気に取られている太郎のそばへ、白蘭が寄りそってきていった。

「うむ、しかし、あれは悪人じゃなさそうな男だな」

「あんまり善人だともいえないわ。いくら人にたのまれたからって、いきなりあんな無法な真剣勝負を押しつけてくる人がありますか。正気の沙汰じゃありません」

白蘭はびっくりさせられただけに、まだ腹の虫がおさまらないらしい。

「とにかく、無事にすんでよかった。さあこっちも出かけるとしよう」

太郎は白蘭をうながして、戸塚のほうへ歩き出す。

「ああわかった、あたし」

「なにがだね」

「これがあたしのいっていた太郎さんの大難なんです。無事にすんだんじゃなくて、太郎さんの大難はこれからはじまるんです」

白蘭は太郎の左腕へしっかりとからみついてくる。

「おどかさないでくれよ、お蘭さん」

「おどかしているんじゃないわ。あの男に太郎さんを斬ってくれってたのんだのは、あたしが一番はじめにいった八人目の男なんです。おぼえてるでしょう、太郎さん」

「うむ」

「十年前にあなたを海へ突き飛ばして、許婚《いいなずけ》を横奪りした男、その男が昨夜藤沢のどこかで、太郎さんを見ていたんです。死んだとばかり思っていた太郎さんが生きている、きっと青くなったに違いないわ。生かしておいては自分の身があぶない。だから、なにか自分勝手な理窟をつけて、いまの五十嵐という男に斬ってくれとたのんだんです。その男は太郎さんが死なない間は、自分が安心できないんで、これからもきっと執念深く太郎さんの命を狙うんです。恐しい執念だわ」

白蘭は急にそんな神経が昂ぶってきたらしく、うわごとのように口走りながら、恐しそうに身ぶるいをしている。

「そんなに心配しなくても大丈夫だよ。八人目の男のことはわしはもう忘れている」

「太郎さんは忘れていても、その男は忘れられないんです。太郎さんが恐いんです」

「いや、わしがなんにもしなければ、いつかは恐くなくなるだろう」

「でも、それがわかるまでは自分の罪におびえて、執念深く太郎さんを狙います」

「いくら狙っても、その男はわしをどうすることもできない。わしには七人の亡霊がついている。二人だけはどうやらさがし当てたが、まだ五人の人をさがし出さなくては、わしのつとめは終らない。わしのつとめが終るまでは、七人の亡霊がきっとわしをまもってくれる。この命をわしは自分のものとは思っていないんだ。島で死んだ七人の友達の遺言を果すために、七人の亡霊がわしだけを生かして、この日本へ帰してよこしたんだ。邪《よこしま》な心で誰がどんなことをたくらんでみたところで、たぶんわしの命はどうすることもできないだろう」

太郎は尖った白蘭の神経をいたわりしずめるように、おだやかにいって聞かせるのである。

月のあかるい街道はやがて千本松を出外れて両側が青麦畑になってきた。からりと視界の広い青麦畑は、太郎に海の上をおもい出させる。

「そうでしたね、太郎さんには七人の亡霊がついているんですものね」

「うむ。七人共みんな生きて日本の土を踏むつもりでいた。毎日毎日、日本の話の出ない日はなかった。それが一人ずつ病に倒れて、もう日本へは生きて帰れないとはっきりわかると、このわしの手を握って、日本へ帰ったら一番先にたずねたい人のことを、一人ずついい残して行ったんだ。三木は妹のお弓のことを、庄太郎は姉のお冬のことを——」

「三人目のたずね人は男ね、太郎さん」

白蘭はうっとりと太郎の逞しい肩へよりかかって歩きながら、誘い出されたようにふっとそんなことをいい出す。

「うむ、こんどは男なんだが、これはちょいと難しいだろう」

太郎の声がなんとなく沈んでくる。

「でも、その人はきっと生きてるわ」

「そうか、生きているか。どんなに苦労をしていても、生きていてくれさえすりゃなあ」

視界がさっと薄暗くなったのは、月に雲がかかったのだろう。

「いやだなあ。あたしにもその人のことはなんにもわからない。ただその人、いまたいへんな濡衣《ぬれぎぬ》をきせられているかも知れないわ」

「濡衣をねえ」

「でも、当てにならないかも知れない。あたし天明堂白蘭をやめようと思った時から、心の鏡にすっかり雲がかかっちまったんだもの」

「そういわずに、もう少し白蘭先生でいてもらいたいな。そら、また月が出てきたぞ」

「駄目よ。月は月、あたしはあたし、こうして目をつむって歩いてると、とても楽だわ」

　白蘭はすっかり太郎にもたれかかって、眠そうな声になっている。

「そうか。やっぱり親に棄てられるような薄幸の子だから、白蘭先生に見放されてもしようがないかも知れないな」

「あら、それ子供なの」

「うむ、十四年前に七つだった」

「じゃ、今年は二十一ね」

「そうだ、無事に生きていればな」

「どうして親に棄てられたの」

「遠州の浪人で高梨《たかなし》助左衛門というのが、その子の父親だ。母親の名が民江というんで、伜の名は民太郎とつけた。男の子は普通父親の名の一字をもらうもんだが、助左はそれだけ女房思いだったんだろう。おれにはすぎた女房だったと、死ぬまでいっていたから、きっと良妻賢母だったんだろう」

「その良妻賢母が、その子の七つの時死んだってわけなの」

白蘭はさすがに察しが早い。

「うむ、助左の心の駒はそれから狂った。世の中が詰らなくなって、つい酒ばかりのむようになる。もともと良妻賢母がいたから、どうにか親子三人が食いつないでいられたというような浪人暮しだから、三七忌がくる時分には、もう屑屋に売るものもなくなってしまっていた。ふっと昼寝からさめてみると、枕もとにしょぼんと坐っていた伜が、お父ちゃん、おれ腹がすいたといったそうだ」

「その人あんまり子供のほうは可愛くなかったのね」

「いや、恋女房に死なれた悲歎のほうが大きかったんだろう。気がついてみると、その日は朝飯も昼飯も満足に食わせていなかった、だから腹が空いて外へ遊びにも出られずに、しょぼんと枕もとへ坐って父親の目のさめるのを待っていたんだな。母親に似て、とても我慢強い子だったそうだ。さすがに助左も可哀そうにという親心が、腹の底からわいてきた。が、この伜をつれていたんでは、足手まといになってなにをすることもできない。いっそ棄ててしまえば、誰かが拾ってくれるだろう。もう馬にも牛にも踏まれる年じゃないと決心したというんだ」

「男って、どうしてそう手前勝手にできているのかしら。うちの兄さんだってそれだった」

白蘭はいつの間にかしゃっきりと歩きながら、怒ったように呟《つぶや》いていた。

「おれは鬼だった。やっぱり心の駒が狂っていたんだと、助左もいっていたが、とにかく腹一杯なにか喰わしてやろうと思って、外へつれて出たんだそうだ。なにが喰いたいというと、うどんが喰いたいといったそうだ。貧乏人の子の望みは、こんなにも小さいものかと、やっぱり涙がこぼれたそうだ」

「だってその人、子供にうどんを食べさせるお銭《あし》だってなかったんでしょう」

「うむ、子供も背中でそれを心配したそうだ。そこで、目についた古道具屋へ寄って、脇差のほうを二束三文で売り払い、そら、金はできた、安心しろといって、紙につつんで伜のふところへ捻じこんでやった。それからまたしばらくおぶって浅草の駒形へ出て、そこのそば屋へ入ったんだ。さすがに酒をのむ気にはなれない。お父ちゃん、お酒はいいのかと、ふしぎそうに聞いたそうだ」

「いじらしいわねえ」

「子供が二つ目のうどんに手をつけた時、助左は心を鬼にして、さっきの古道具屋へ忘れ物をしてきたから、ちょっと待っておれといって、そのそば屋を出た。どうにもそのままは立ち去りかねるので、路地口にひそんで見ていると、しばらく経ってから子供がしょんぼりとそば屋から出てきた。もう夕方であの辺は人通りが多い。ずっとおぶって歩いていたから、子供は古道具屋の道がわからないらしく、道端に立って一生懸命往来の左右を見ている。そのうちに子供心にも薄々と棄てられたことがわかってきたんだな。がくりとうなだれて、時々涙を拭いていたが、人に泣顔を見られるのはいやだったんだろう、やがてとぼとぼと駒形堂のほうへ歩き出したそうだ」

「住んでいた長屋はどこだったんです」

「下谷車坂だったそうだ」

「じゃ、とても家の見当はつきませんね」

「うむ。子供もそれはあきらめたらしく、川に突きあたると、そこへしゃがみこんで、両腕の中へ首を突っこむようにして、肩で泣いていたそうだ」

「わあッとは泣かなかったのね」

「侍の子だからな。死んだ母親によくいい聞かされていたんだろう」

「もうその話はたくさん、可哀そうに」

白蘭は怒ったようにいうと、急に物の化《け》にでも憑《つ》かれたようにさっさと歩き出した。

「そうか、もうたくさんか」

太郎は決して逆らわない。

三

本気になって歩き出すと、白蘭の足は男なみより少し早いようだ。太郎が大股に歩いてちょうどいいくらいである。

ふっと気がついてみると、白蘭は口の中でなにかしきりに経文を誦《ず》しながらわき目もふらず歩いているようだ。

――ああ行《ぎょう》に入ったのだな。

太郎にもそれがわかったので、もう口はきかないことにした。

「太郎さん、今夜はあたしがもういいというところまでいっしょに歩いてくださいね」

白蘭が一言そういったのは、やがて戸塚の宿へかかってからである。

「よかろう。気のすむところまでいっしょに歩こう」

時刻はすでに五つ半（九時）近かったろう。

戸塚から程ケ谷までは二里九丁ある。そこで泊るのかと思うと、白蘭は少しも足をゆるめずに、さっさとそこを通りぬけてしまった。

程ケ谷から神奈川へ一里九丁、そこを通りぬけたのはもう九つ（十二時）すぎだ。

神奈川から川崎へ二里半、白蘭は口の中で経文を誦しながら、とうとう川崎まで歩きつづけてしまった。藤沢からだと八里半あまり歩いたことになる。

川崎の宿を出外れたところに六郷川があって、ここは、明六つ（六時）にならないと渡し舟が出ない。

白蘭はそこの河原まで行って、やっと立止った。すでに真夜中だから、あたりに人目などあろうはずはない。十日あまりの月はやや西へかたむいて、川幅一杯に青く冴えわたっている。

「太郎さん、あたしここで水垢離《みずごり》を取りますから、しばらく目をつむっていてください」

白蘭がまじめな顔をしていうのである。

「そんな真似をして大丈夫かね、水はまだ冷たいぞ」

冷たいどころではない。二月半の夜風はこうして河原に立っていてさえ寒々と身にしみてくるのだ。太郎は不安の目を見はらずにはいられない。

「大丈夫です。これでもあたし毎年寒行をして滝にうたれているんですから」

白蘭はわらいながら草鞋の紐を解き、さっさと帯を解きはじめる。

「行ならとめはしないが、気をつけてくれよ、ここは流れが相当早いからな」

太郎は目をつむった。

しかし、白蘭がさっと着物をぬいで、河原を踏む跣《はだし》の音が耳につき、ざぶざぶと川へ入って行く水音を聞くと、そっと目をあけた。万一の時は有無をいわせずに、飛びこんで助けなければならないからだ。

ちょうど白蘭は一糸もまとわぬ白々とした裸身の背を見せて、いま膝から股、腰へと大胆にも深みへ進み沈んで行くところだった。

そして、たちまち肩のあたりまで進むと、白蘭はそこで月に向って立つ。合掌しながら改めて経文を誦す声が、せせらぎの間にかすかに耳についてきた。

かなり早い清流が青く濡れた喉のあたりで二つにわかれ、小さな渦をまきながら波立って、月かげに光り流れて行く。

白蘭は瞑目して合掌しているのだろう。その少し前へかたむいた白い横顔を太郎はじっと凝視しながら、思わず息をつめる。少しでも沈む気配が見えたら、即座に飛びこんで行かなくてはならない。

それはかなり長い間の荒行《あらぎょう》であった。

――もういい、白蘭。

太郎は何度かそう思った。絶えず清流に洗われている白蘭の裸身は、もう骨の髄まで冷え切ってしまっているだろう。一つ石につまずいて水に沈んだが最後、知覚を失っている体は自力では起きあがれないに違いないのだ。

森閑とした真夜中のあかるい月光は、いつか太郎の胸の奥までしみとおってくる気がした。太郎もまた白蘭といっしょに清流の中にいるような神秘におそわれてくる。

諸々の不浄は去った。白蘭は神女にかえったのである。十四の年に兄に棄てられた時の悲しみが、いま七つで父に棄てられた民太郎の悲しみと一つになって、白蘭は心から泣いているに違いない。それこそ神女の慈悲の涙なのだ。

太郎は我にもなくそういう白蘭に対して合掌している。

助左衛門の死顔が太郎の瞼《まぶた》にはっきりと浮かんできた。

「おれはなあ太郎、おぬしがあの子の生きているのを見とどけてくれるまでは、成仏はしない。無理なたのみとはわかっているが、どうかたのむ。おぬしの目で民太郎が生きている姿をぜひ見とどけてやってくれ」

助左衛門はそういって死んで行った。愚かな父ではあったが、十年間、いや、助左にすれば十一年間、子を棄てた罪を後悔しぬいてきた親心なのだ。その親心だけは、なんとか民太郎をさがし出して伝えてやりたい。

ざぶざぶと水の音がして、白蘭がこっちへ歩き出した。肩、腕、胴が青い雫《しずく》に濡れながら、たちまち月光の中へ浮び出す。

太郎は静かに目をつむった。

「寒い」

白蘭は歯をがたがたさせながら眩いて、いそいで体を拭き出したようである。

「お蘭、背中を向けろ、拭いてやる」

太郎は右手でふところの手拭を取って、左手で白蘭の肩をさぐりつかんだ。まるで氷のように冷え切っている。

太郎は目をつむったまま、白蘭の肩から背へかけて、かなり強く手拭で何度かこすってやった。

「もういいわ」

白蘭はがたがたふるえながら、手早く着物を着出したようである。

「ああ寒かった」

「来い、抱いてやる」

身支度がすっかりできるのを待って、太郎は白蘭を軽々と胸の中へ横抱きにして、強く抱きしめてやった。

夜があけるまでにはまだ間があるが、いまごろ川崎へ引きかえしても、旅籠を起すわけには行かない。

太郎は土手のところまで引きかえして、なるべく風をよけながらそこの草の上へ腰をおろした。こうして夜明けを待つほかはないのである。

しばらく胴ぶるいをしていた白蘭も、やがて、ほかほかと体温がかよい出すと、やっと人心地がついてきたようである。

「眠ると風邪をひくぞ、お蘭さん」

ふるえがとまると、ぐったりとなって子供のように胸の中へ顔をうずめているので、太郎は注意した。

「大丈夫よ。——その子ね、太郎さん、いま江戸にいるんじゃないかと思うわ」

白蘭がふっと顔をあげていう。

「ふうむ、江戸にいるか」

いま水垢離の荒行を見せつけられたばかりだから、太郎もその言葉を疑う気はしない。

「花の咲くころまでに、きっと逢えます」

「すると来月だな」

「その子はいま誰かに追われているんです。追われたから江戸へ出てきたのかも知れないわ」

「やっぱり濡衣をきせられているのかね」

「ええ、どの道いまはしあわせな身の上じゃないようです」

「そうか、困ったなあ」

「太郎さんにめぐり逢わなければ、その子の災難は救われないかも知れない」

「一体どうすればその子に逢えるだろうな」

「それがわからないんです。一生懸命に祈っていると、きらきらと刀が光り出して、追われているのはいつの間にか太郎さんになってしまうんです」

白蘭の顔が悲しそうになって、まじまじと男の目を見あげながら、

「太郎さん、あたしのそばを離れちゃいやだわ」

と、その目にふっと一途なものが燃えてくる。

「わしはお蘭さんのそばを離れそうかね」

白蘭はいそいでかぶりを振ってみせる。

「それならそれでいいじゃないか」

「きっとですよ」

「うむ、きっとだ」

先のことは自分にもわからないが、そういう宿命があるなら、太郎はその宿命にしたがってもいいと思う、ただしそれは七人のたずね人をさがし出して、島での誓を果してからのことである。

「うれしいわ、あたし」

急に情熱的になった白蘭は、いきなり熱い頬を頬へよせてきた。

「あと五人ね」

「うむ、あと五人だ」

「一生懸命さがしましょうね」

「うむ、そうしようなあ」

月はもうすでに西へ落ちようとしていた。

まだ夜明けには間があるのに、ふっと土手の向うをあがってくる人の足音が、ひたひたと耳につき出した。一人ではない。二人のようだ。

「今ごろ、誰かしら」

ぎょっとしたように、白蘭はそっちへ目をやる。ここは渡し場へ行く道から少しそれた草の土手なので、じっとしていれば目につかないですむ。白蘭は太郎の膝からおりようとはしなかった。

「侍のようだね」

土手の上へ姿をあらわしたのは、旅支度の侍二人だった。どっちも若いようだ。しかも、二人の体中になんとなく殺気がみなぎっているようである。

先頭の背の高いほうが、つかつかと先へ河原へおり立って、

「半之丞、この辺でいいだろう」

と、土手の上の若侍を見あげながらいった。その白皙《はくせき》な顔に、どこか冷酷なものを持っている男だ。

半之丞と呼ばれた男は、無言で土手をおりてきた。やや青ざめてはいるが、こっちはきりっとした美男である。

「おい、もう一度聞くが、貴公はどうしてもおれと、房枝さんを張合う気なんだな」

冷酷な顔をしたほうが、詰《なじ》るように念を押す。

「張合うんじゃない。そういうことは見苦しいとわしは忠告しているんだ」

「そうか、ただ見苦しいだけか。すると、貴公は房枝さんに対して別になんの関心も持っていないというのか」

半之丞は苦々し気に相手を睨みながら返事をしない。

「もし貴公が房枝さんをなんとも思っていないなら、ここで別々になろう。房枝さんの後見はおれ一人でたくさんだ。いや、おれが後見をしてやらなければ、房枝さんは親の敵《かたき》が討てない。中津川は貴公の手におえるような相手じゃないんだ。貴公はこの敵討には、いてもいなくてもいい人間なんだ」

相手はずけずけと半之丞を侮辱するような放言をあびせかける。

四

「左久馬、我々の役目は房枝さんを助けて、中津川兵太郎を討つことにあるんだ。房枝さんを張合うとか、張合わぬとか、そんなのんな気な旅じゃない。第一不謹慎きわまる。言葉を慎しめ」

半之丞と呼ばれた青年は、腹にすえかねるようにたしなめた。どっちもまだ二十を出たばかりという年ごろだが、半之丞のほうが左久馬と呼ばれた相手の侍より一つ二つ年下のようだ。

「おれは不謹慎だの、のん気だのと、そんな世間態は気にしない男だ。中津川はきっとおれが討ってやるから、貴公は安心してどこへでも行けといっているんだ。どうせ貴公の腕では中津川は討てない。おれにまかせろといっているんだ」

左久馬はけろりとしてそんな口をきく。

「よし、それなら貴公こそ一人で勝手な行動を取れ。わしは親戚一同を代表して、あくまでも房枝さんをまもってやる責任があるんだ」

「わからん男だな。貴公には中津川は討てぬ。いいか、三人で向っても、結局中津川を討つのはこの牛島左久馬なんだ。その左久馬一人の助太刀で討った敵討の手柄を、なんの役にも立たなかった貴公にまでわける必要がどこにあるんだ。ましてこの敵討には、二人のうちどっちかが塚田家の養子になって房枝さんといっしょになるという果報が賭けられているのだ。働きもしないでその果報だけさらって行こうなどとは、少し図図しすぎるぞ、半之丞」

事情を知らぬ第三者が聞いても、これはあきらかに相手を軽蔑しきった暴言である。

「問答無益、抜けっ左久馬」

若い半之丞はもう我慢ができなくなったらしく、一足退って刀の柄に手をかけた。

「止せ止せ、貴公なんかにわしが斬られるもんか」

左久馬はわざとじらすようにせせらわらってみせる。

「行くぞ」

「馬鹿だなあ。そんなにおれに斬られたいのか。もっとも、中津川に出逢えばどうせ返り討にされる命だからな」

「うぬッ」

半之丞は真っ青になって抜刀した。

「しようがねえ。それなら来い」

抜きあわせた左久馬の顔は見る見る冷酷な面がまえに変って、全身に妖《あや》しい殺気がみなぎってくる。

「太郎さん、助けてあげて――。あの人斬られちまうわ」

白蘭が怒ったように立ちあがった。

「うむ」

黒潮太郎も見るに見かねるものがある。

青眼に相対峙《あいたいじ》した半之丞のほうは、体中をかたくして歯をくいしばっているが、左久馬の構えには面憎《つらにく》いほどのゆとりがあって、相手をどう料理してやろうかとたのしみなぶっているような残忍ささえ見えるのだ。

「お蘭さんはここで待っているがいい」

太郎が大股にそっちへ歩き出した時、土手の上からふいにばたばたと駈けおりてきた武家娘らしい旅姿の娘が、

「お二人とも、お待ちになって――。お願いです」

と、必死に叫びながら傍目《わきめ》もふらず二人のほうへ走り寄って行った。十七、八とも見える品のいい娘である。

「あぶないぞ、房枝さん」

それと見た左久馬は、邪魔が入らないうちにと思ったらしく、すっと一刀を青眼から上段に振りかぶった。

「ああ待って、左久馬さま」

房枝は足がすくんでしまったように、夢中でそこへ跪《ひざまず》きながら拝むように両手をあわせてしまう。いじらしい姿だ。

「やめぬか、馬鹿者」

太郎はつかつかと二人のそばへ寄るなり、大声で一喝した。胸に怒りがあるから、

びいんと河原中へひびきわたるような声である。

その不意の一喝で思わず必殺の気合を外された左久馬は、

「誰だ、貴公は――。馬鹿者とは誰のことだ」

一足退って、太郎のほうへ狼のような眼を向けてくる。

「詰《つま》らん私闘はやめなさい。武士のすることじゃない」

「貴公こそ、余計なお節介はやめてくれ。他人のでるところじゃない」

「いや、貴公の言動には他人が聞いていても暴言暴挙が多いようだ、慎んではどうか」

「いうな。素浪人ごときの知ったことじゃない。あまり大口を叩くとただではすまんぞ」

今にも斬ってかかりそうな傲慢《ごうまん》な面がまえである。

「貴公はまるで人間の言葉が通じない山犬だな」

「うぬッ、許さん」

左久馬はだっと踏みこみざま、凶暴な横薙をかけてきた。

十分その一太刀できまったものと左久馬はうぬぼれていたろうが、太郎の大きな図体はいざとなると人一倍敏捷になる。ひらりとあざやかに飛びのきざま、

「えいっ」

いつ手にしていたか手ごろの礫《つぶて》が、さっと左久馬の右肩目がけて飛んだ。

「あっ」

この奇襲に、左久馬はよけることもかわすこともできず、まともに右肩に礫をうけて、その激痛に思わずよろめきながら、第二の攻撃を封じられてしまった。

太郎が柄に手をかけて、じっと敵の出ようを見すえているからである。

「畜生、おぼえておれ」

到底かなわぬ相手と見たか、左久馬は蛇のような執拗な目を光らせて、そんな棄てぜりふを残すと、くるりと踵《きびす》をかえし、河原の上のほうへ大股に歩き出した。

東の空がようやく白々と明けかけてきたようである。

「半之丞さま」

房枝が飛び立つように走り寄って行った。

「房枝さん、すまん」

半之丞はわびるように頭を下げて、刀を鞘へおさめ、改めて太郎のほうを向いた。

「ただ今は御助勢、かたじけなく存じます」

「いや、余計なお節介かとも思ったが、あの男があまり常軌を逸しているように見えたので、つい口出しをしてしまった次第です。悪しからず」

「お恥しゅうござる。あれはおのれの腕に慢心して、道中目にあまる振舞が多く、我々もまことに当惑していたのです」

「敵討の旅のようですな」

「はい」

「わしは黒潮太郎という浪人者ですが、これから江戸へ帰るところです、よろしかったら、江戸まで御同道いたそう」

「ぜひお願いいたします。我々は江戸は初めてなので、心細く思っていたところなんです」

こっちも女づれと見て、安心したのだろう、房枝も半之丞のうしろからいそいでおじぎをしていた。

「これはわしの妹で、お蘭といいます。わしは田舎者でだめだが、妹は江戸なれているから、なんでも聞いてください」

太郎はそういって白蘭を二人に引きあわせた。

「あんなことをいって――。あたしだってほんの下町のほうしか知りやしません」

白蘭はわらいながら前へ進み出て、二人に挨拶をしていた。

六郷の渡しの一番舟が出るまでには、まだ少し間がある。四人は土手へ腰をおろして休むことにして、半之丞は自分のほうから敵討に出た仔細を打ちあけてきた。

それによると、房枝は丹波篠山《ささやま》藩六万石の目付役塚田清左衛門のひとり娘で、父清左衛門はこの正月の中ごろ近郷の知人のところへ年賀に行った帰りに何者かにうしろからふいに一太刀浴びせられて、息絶えていた。

供をしていた中間《ちゅうげん》の金助という老人の話によると、下手人は黒い頭巾をかぶった若い侍で、たしかに家中の者に違いない、体つきに見おぼえはあるが、誰かわからないという。

すると、そのおなじ夜、徒士《かち》組の中津川兵太夫という者の伜兵太郎が、親にも無断で脱藩していることがわかった。

兵太郎は江戸の桃井道場《もものいどうじょう》で修業をしてきて、年は若いが近く藩の師範役の助手にあげられることになっていた。しかし、人材登用もいいが、いかにも身分が低いし、年も若すぎる。もう少し様子を見てはどうかと反対する者もあって、実現を見あわせている折からだった。

剛直な清左衛門はむしろ人材登用を是としている組だったが、その夜清左衛門は風よけ頭巾をかぶっていたので、兵太郎は反対派の誰彼と間違えて斬ったのではないかということになった。

なによりの証拠は、たった一太刀で斬ったその手口が、相当の腕前の者でなければできない業だし、

「金助、お前の見た目はどうだ」

と、親類中から激しく問い詰められると、

「わしにははっきりとわかりませんが、兵太郎さんではないということもいい切れません」

と、老中間は当惑するばかりだ。

一方、父の中津川兵太夫も、

「それは決して倅ではありません。倅は別に助教授になりたがってはおりませんでした」

と、断言はしても、では、なぜ兵太郎は脱藩をしたのかと突っこまれると、

「たぶん江戸へもう一度出て、この上の修業がしたくなったのでしょう」

と、いう以外には、はっきりとした返事ができない。

藩ではついに下手人は一応中津川兵太郎ということにして、兵太郎には脱藩という重い罪もあるのだから、その召捕方を娘房枝に仰せつけることになった。つまり、敵を討てという申し渡しなのである。

そこで、親戚中から選んだ後見人は清左衛門の甥《おい》にあたる山部半之丞だったが、これはいずれ塚田家へ養子に入る話がきまりかけていたのだから当然だとしても、もう一人仕置家老峰岸弥太夫の好意で助太刀につけられたのが、弥太夫の甥牛島左久馬だった。

その理由は、藩としても房枝を返り討にされるようなことがあっては面目が立たない。半之丞一人では心もとないし、弥太夫は兵太郎の登用を反対していた一人で、ことによると兵太郎は自分と間違えて清左衛門を斬ったのではないかという疑いさえある。するとこの責任の一半は、自分にもあるのだから、ぜひ甥の左久馬を助太刀につけることにしようと、表から見るとまことに好意のある計らいに取れる。

が、峰岸弥太夫は仕置家老という職権を利用してとかく専横の振舞いが多く、才にまかせて城下の御用商人などと醜聞の絶えない人物である。しかも、一度甥の左久馬を塚田家の養子にと話を持ちかけて、清左衛門から体よくことわられている事実さえあるのだ。

「そんなわけで、我々は迷惑だとは思ったのですが、あからさまに左久馬の助太刀をことわる理由もありません。止むなくいっしょに国もとを立ってきたのですが、だんだん江戸が近くなるにつれて常軌を逸した言動が多くなるんです。房枝さんが恐がって、わしのかげへばかりかくれようとするんで、左久馬はいよいよ意地になる。昨夜も一度争論になって、その時はまあ無事におさまって枕についたんですが、それが真夜中すぎになって、半之丞話があるからいっしょにきてくれと起き出して、さっきのような醜いところをお目にかけるような羽目になってしまったんです」

半之丞の話はざっと以上のようなものだった。

「その中津川の父親のほうは、いまどうなっているんだろう」

太郎は念のために聞いてみた。

「事情判明するまで、親類預けということになっています」

「なるほどね、伜の兵太郎というのは、一口にいってどんな人柄かね。落着いているほうか、軽々しいほうか、真実のある男か、ない男か」

「微禄者ですが、助教授にと目をつけられるくらいですから、人物も落着いているし、物の役に立つ男です」

「おかしいなあ、そういう男なら、中間でさえ下手人をはっきり目撃しているくらいなんだから、斬る相手を間違えるはずはないと思うがなあ」

「わしもそんな気がします」

半之丞も賛成のようだ。

「むしろ、いま聞いた話の様子からわしが判断すれば、左久馬という男のほうが房枝さんの父上を斬りたい理由が十分あると思う」

「しかし、どうしておなじ夜、兵太郎が脱藩したか、その説明がわしにはつきません」

それさえわかれば、半之丞もまた左久馬が臭いと睨んでいるのだろう。

「なぜ兵太郎がおなじ夜、脱藩しなければならなかったか、それは兵太郎だけが知っている秘密かも知れないな。どうもわしには考えようがない」

これだけは太郎にも全く見当がつかなかった。

こうして太郎と白蘭は、六郷の渡しから思いがけない男女二人をひろって、江戸へ帰ってきた。そして、江戸なれないこの若い二人を、品川で放り出すというのもなんだか心配になって、ともかく浅草の白蘭の家へつれて帰り、当分宿を貸すことになってしまった。

「そのかわり、若い二人の監督は太郎さんが自分でしてくれなくちゃ」

いい口実ができたので、白蘭は太郎まで家へ引きとめ、男たちは二階、女たちは下という、妙な生活がはじまったのである。

五

いっしょに暮してみると、房枝も半之丞も素直で行儀正しく、いかにも育ちのいい人柄だった。しかも、二人は親の敵を討たなければ家名が立たないし、国もとへ帰ることもできない気の毒な身の上なのである。

「白蘭先生、二人はいつごろ本当の親の敵にめぐり逢えるだろうな」

翌朝、下の茶の間で四人で朝飯をすませた後で、太郎は白蘭に聞いてみた。

「駄目よ、太郎さん。あたしもう天明堂だなんて大それた看板はおろしちまったんだもの、占いはいや」

白蘭はきっぱりといってわらっている。

「そんな意地の悪いことをいわないで、今日だけは特別というわけに行かんかな。二人は敵討がすまなければ、国もとへ帰れないんだ。気の毒じゃないか」

「あら、まるで、あたしが房枝さんにも半之丞さんにも同情していないようなことをいうのねえ、太郎さんは」

「だから、観てあげてくれよ。わしは白蘭先生をとても信用、いや崇拝しているんだ」

「それが駄目なんです。まるっきり他人なら、なんでも思い切っていえるけど、こうして家の人みたいになってしまうと、身びいきが起るっていうのか、迷いが出るっていうのか、自分で自分の勘が信じられなくなってくるんです。もし間違ったら大変だっていう心配だってあるでしょう」

そういわれてみると、太郎にもその気持はよくわかる。だからこそ白蘭は昨日から、予言めいたことは一言も口にしないで慎んでいたのだろう。

「わかったよ、お蘭。そうだったなあ」

太郎はむしろそういう衒《てら》いのないお蘭を好ましいと思った。

お蘭はお蘭で、自分のいうことをなんでも素直にうけて、ちゃんと理解してくれるおおらかな太郎の目を見ていると、なんだか安心で、つい我がままがいってみたくなる。

「太郎さん、あたしがなにをいってもわらわない」

「うむ、わらわない」

「じゃ、あたしのいうこと、なんでもはいはいといってきく」

「はい」

「じゃあね、あなたは今日から二十一日の間、半之丞さんのお供をして、江戸中を見物させておあげなさい」

「かしこまりました」

「その二十一日目にきっとなにかおこります」

冗談ではなく、お蘭の目はうっとりとなって、なにかを見つめているようだ。

「房枝さんはどうすればいいんだね」

「房枝さんはあたしと家にいるんです。一歩も外へ出ちゃいけません」

なるほど、房枝は牛島左久馬に狙われている体と見なければならない。そして、左久馬も昨日中には江戸へ入っているはずなのだ。

「わしたちは二十一日の間、どこでも好きなところを見物して歩けばいいのかね」

「そうです。——あら、また刀がきらきら光り出してきたわ」

お蘭は美しい眉をひそめながら、ふっと我にかえってきたようである。

「そうか。わしの三番目のたずね人も、桜の咲くころまでに逢えるはずだったね」

太郎の瞼に、ふっとあの六郷川で水垢離をとっていたお蘭の裸身が白々とおもい出されてくる。

「太郎さん、あなたはいつも刀に狙われているんですからね。油断しちゃ駄目よ」

お蘭はひどく心配そうである。

「大丈夫だよ。わしは七人の魂をあずかっている男だ」

「半之丞さん、なるべく太郎さんのそばを離れないようになさい」

「承知しました」

半之丞も房枝もまだそういう白蘭にはなれていないので、なにか体中をかたくしているようだ。

とにかく、その日半之丞をつれて江戸見物に出た太郎は、まず両国の盛り場へ足を向け、そこを見物してから京橋へ出て、浅利河岸の桃井道場をたずねてみた。

道場の主桃井春蔵は鏡心明智流《きょうしんめいちりゅう》の宗家で、千葉周作、斎藤弥九郎と並んで江戸の三名人といわれた人である。

「ほう、あなた方も中津川兵太郎をたずねていられるのか」

太郎が桃井に逢って来意を告げると、温厚そうな春蔵は心なし眉をひそめて、

「実は今朝一人丹波篠山藩の者だという若い仁がたずねてまいって、しきりに兵太郎

のことを聞いた。兵太郎は国もとでなにか不都合なことでもあったのだろうか」

と、心配そうに聞いた。

察するに左久馬もここへ目をつけて、まずたずねてきたが、なにも事情は話さずに帰ったらしい。

そこで太郎は、かくす必要のないことだから、事情のあらましを耳に入れ、

「事の真相をはっきりさせるためにも、ぜひ一日も早く兵太郎に逢わなくてはならないので、先生をおたずねいたしました」

と、自分たちの立場を告げた。

「それでよく相わかった、兵太郎は律儀な性分だから、江戸へ出てくれば必ず一度は道場へ挨拶にきます。まだ顔を見せないところをみると、江戸へはまいっておらんのでしょう」

その一言で春蔵がどれだけ兵太郎という門弟を信頼しているかがわかるから、もうくどいことを聞く必要はないと思い、

「いずれ数日たちましたら、また門口まで立寄らせていただきます」

太郎はそういって桃井道場を辞した。

「黒潮さん、中津川はまだ本当に江戸へ出てきていないんでしょうか」

外へ出てから半之丞が腑におちないというように聞いた。

「そうだなあ、桃井先生の言葉を信用すれば、そういうことになるねえ」

「しかし、中津川になにかうしろ暗いことがあれば、江戸へ出ていても恩師の門はくぐりにくい、そんな風には考えられないでしょうか」

「なるほど、それも一理あるねえ。しかし、また別のほうから考えて、左久馬がしきりに兵太郎を自分の手で討ちたがっている、貴公を出しぬいて手柄が立てたいからだろうか」

「無論そうだと思います」

「左久馬という男は、そんな単純な男じゃなさそうだぞ。むしろ、黙っていれば貴公のほうが兵太郎の返り討ちになる、それから自分の手で兵太郎を討つ、そのほうが万事思う壺だぐらいに悪智恵の働く男だと思う」

「なるほど――」

「それを貴公がまだ兵太郎にめぐり逢わないうちに、自分の手で兵太郎を片づけたいと思っているように見える。つまり兵太郎の口を早くふさいでしまう必要があるんだとは考えられないかな」

「そういえばたしかにそう考えられますねえ」

半之丞はあくまでも素直で、おっとりとしているようだ。

「貴公の見た目で、腕前はどっちが上なんだろう」

「正直にいえば中津川のほうが少し上かも知れません。左久馬のほうが上なら、兵太郎の助教授登用という問題は起らなかったはずです」

「そうだろうなあ。どうも左久馬という男は臭いとわしには思える。とにかく兵太郎に逢ってみなければ、事の真相はわからんのじゃないかと思う」

「お蘭どのは二十一日目だといっていたようですが、二十一日たてば本当に中津川にめぐり逢えると信じてもいいのでしょうか」

半之丞はまたそんな無邪気なことを聞く。

「さあ、わしにもそれは断言はできないが、あれはそんな神がかりになれる修行をしてきていることは事実なんだ」

話の出たついでだから、太郎は自分と白蘭との関係をかいつまんで説明しておいた。いきおい太郎が七人のたずね人を持っていて、すでに二人までめぐり逢っている話が出ると、半之丞はたしかにびっくりしたらしく、

「黒潮さんにはそんな身の上があったんですか、驚いたなあ」

と、何度もそれをくりかえしていた。

そして、

「わしは中津川一人をさがすために、こんなに苦労しているのに、黒潮さんはまだ五人の人をさがさなくてはならない。それにくらべると、わしの苦労など苦労の中には

入りませんね」

と、心から感心もしていた。

「まあ気を長く持って、二十一日目をたのしみに待ってみることだ」

「いや、二十一日がたとえ五十日百日になっても、わしは勇気が出てきました。きっと事の真相はあきらかにしてみせます」

「それがいい。その勇気さえあれば大丈夫だ」

こうしてその第一日目は終った。

そして、第二日目は上野から本郷、飯田町、牛込のほうまでまわって、やっぱりなんのうるところもなく家へ帰ってみると、おとぼけ仙太と旅烏の銀次が藤沢からお町をつれて帰ってきていたのである。

「やあ、みんな無事に帰ってきたか。藤屋の後始末はうまくついたかね」

待ちかねていた太郎はまずそれから聞く。

「おかげで旦那、話はみんなうまくつきやした。こうして銀さんとお町姐御がうれしそうな顔をならべているのを見ても、大方の察しはつきやしょう。あっしなんかかまるで当てられ通しでさ」

おとぼけ仙太はすこぶる上機嫌のようである。

「黒潮さん、その節はいろいろお世話さまになりまして」

お町はわらいながら、改めてそこへ両手をつく。

「旦那、とうとうお町をつれてくることになりやしたが、当てたなんてのは嘘ですぜ。正直にいえば、あっしはあれからずっとお町に叱られ通しなんでさ」

銀次は銀次でうれしそうに頭を掻いている。

「そうそう、そういえばおとぼけうじは、こんどの旅でなにか幸運を拾ってくるはずだったが、どんないい拾い物をしてきたな」

「それがねえ旦那、品川まで帰ってきてひょいと気がついたんだが、別に拾ったものはなんにもない。はてなと思ってよく考えてみたら、こんどの旅ぐらいうれしい人情をたくさん見たことはない、こいつが一番の拾い物だと思いやしてね、その上の慾はかかねえことにしやした」

仙太がもっともらしくいうのを、房枝と半之丞が片隅に行儀よく並んで坐って、ふしぎな世界でも見るように慎しく眺めている。

悪の果て

一

江戸の街はそろそろ花の噂で浮き立つ季節に入ってきた。上野、浅草、両国などの盛り場は毎日おびただしい人出である。

藤沢から帰ってきた銀次とお町は、あれからおとぼけ仙太の口利きで、藪ノ内の鶴屋へ、お町は女中、銀次は板前の下働きに住みこむことになった。この二人は銀次が一人前の板前になれたら、どこかへ小さな縄のれんの店を持とうと約束しているのだ。

お鶴が二人を引きうけてくれたのは、仙太の口利きではあるが、無論そのかげに黒潮太郎が糸をひいているからだった。

「旦那、お鶴姐御が怒っていやしたぜ。旦那はあれっきりちっとも顔を見せねえ、義理知らずにも程があるってね」

二人を鶴屋へ送りこんで帰ってきた時、仙太はにやにやしながらそっといった。

「そうか、なるほど少し義理知らずかも知れないな」

「なあにね、本当のことをいうと姐御はそれより、旦那がこの天明堂の二階へ居候をきめこんでいるのが気に入らないんでさ」

「いろいろなことが気に入らないんだな」

「時に、旦那のたずね人もあと五人でござんすね」

「いや、また六人になった」

「なあるほど――。房枝さんの親の敵って奴をさがしてやらなけりゃなりやせんね。白蘭先生がっかりだなあ」

「どうして――」

「旦那はたずね人がみんな見つかったら、白蘭先生をおかみさんにするっていう約束があるんでげしょう」

仙太がちょいと狡《ずる》い山をかけてくる。

「さあ、そんなことはその時になってみなければわからんことだ」

「罪だなあ旦那は。白蘭先生はもう天明堂の看板までおろしちまって、早く旦那のおかみさんになれる日を待っているんでさ。これ以上たずね人はあんまりふやさねえほうがようござんすぜ」

そういう仙太は天明堂の客引きという仕事がなくなってしまったので、このごろは暇さえあれば鶴屋のほうへ、遊び半分に手伝いに行っている。

ともかくも白蘭から二十一日と日を切られている太郎は、毎日半之丞をつれて正直に江戸中を足にまかせて歩きまわった。広いとはいっても江戸の街は四里四方で、二十日も歩きまわればもう見物するところもほとんどなくなってくる。

「黒潮さん、今日はどっちへ行くんです」

今朝もつれ立って家を出ると、半之丞は人ごとのように聞いた。

「そうだなあ」

戸沢長屋を出た太郎の足は自然に随身門のほうへ向いている。

今朝みんなで食膳に向った時、そのことは誰も口にしなかったが、今日は白蘭が二十一日と日を切ったその日にあたるのである。恐らく半之丞も房枝もちゃんと気はついていたが、肝腎の白蘭が忘れてしまったように一言もそれに触れようとしないので、二人共遠慮してしまったのだろう。

太郎もまた白蘭の予言は予言として尊重はしているが、しかし頭からそれにすがりつこうとする気持は毛頭ない。だから、もし白蘭が本当にそれを忘れてしまっているようなら、今日から新たに振出しに戻った覚悟で、もう一度出直す必要がある。そんな気持で足がつい観音堂のほうへ向いているのだ。

「黒潮さん、我々はお蘭どのの予言を信用していいのだろうか」

若い半之丞はとうとうたまりかねたように、それを口にしてきた。

「そう、お蘭の予言が当っているとすれば、今日はその二十一日目だな」

「どうでしょう。我々は今日中に中津川兵太郎に逢えるでしょうか」

「逢えるかも知れない。しかし、逢えないかも知れない。逢えなかったら、また次の二十一日目を目的にしてさがす、それでいいんじゃないかね」

「なるほど、それよりしようがありませんな」

半之丞はちょっとがっかりしたようである。

「世の中は広いようで狭いという。その一面また狭いようで広いともいえるんじゃないかな。我々はもう二十日も江戸中を歩いている。或は一度ぐらい中津川に逢っているかも知れない。或は一足違いでおなじ道を歩いていたかも知れない。ただ縁がなくて逢えなかった、そういうことだってあると思う」

「すると、縁がなければ生涯中津川に逢えずにしまうことだって、あるわけですね」

「ないとはいえないだろうな」

「もしそうなった場合、我々は一体どうなるんでしょう」

「房枝さんも貴公も、親の敵を討たなくては国もとへは帰れない。そういう侍の家へ生れたのが身の不幸とあきらめるほかない。では他の誰よりも一番不しあわせな人間かというと、そうばかりもいえないんじゃないかな。現にわしはまだ五人のたずね人

を持っている。一生かかってさがし出せるかどうか、やってみなければ誰にもわから
ない。しかし、わしは自分が不幸な人間だとは決して思っていない。むしろそういう
毎日毎日に生甲斐を感じている。平ったくいえば、この二十日ばかりはなんとかして
一日も早く中津川という男をさがしてやりたいと思って、こうして半之丞さんに協力
してきた。これもわしの甲斐の一つだと思っている」
「そうかなあ、しかし、一生かかっても中津川にめぐり逢えなかったとなると、わし
たちはやっぱり不幸な人間ということになりやしませんか」
「それは目的は達したほうが、達しないよりはずっとしあわせなのはいうまでもない。
わしのいいたかったのは、万一目的は達せられなくても、そのために最善をつくした
一生なら決して悔はないはずだといいたかったんだ」
「予言なんてものは、あまり当てにしないほうがいいんですかね」
半之丞はお蘭が二十一日と日を切った今日に、必死にすがりついているようである。
若いから無理はないと思うが、それだけに今日が外れた時の心の動揺が恐しい。
「半之丞さん、神仏は敬うもので、たのむものじゃないと、宮本武蔵はいっているそ
うだね。予言などもそれとおなじで、ただそれだけにすがってはいけないと思う。た
のむのはたゆまぬおのれの努力、ただそれだけだ」
「結局そうなんでしょうねえ」

「まあ今からそう悲観するのはまだ早いようだ。話が万一というほうへ外れてしまったから、その時の心構えという話になってしまったが、たとえ今日が無駄足に終っても、中津川という人間をさがし出す方法はいくらもある。人間という奴はどこへでも勝手に行けるようでいて、全く縁のないところへは決して行かないものなんだ。だからその人間の縁故関係を根気よくたぐって行けば、自然に立ちまわり先はわかってくる。早い話が、中津川は江戸へ出てきさえすれば、桃井道場へ顔を出すという事実を我々はすでに突きとめているんだからね」

「たしかにそうでした。どうでしょう黒潮さん、今日はこれから桃井道場をもう一度たずねてみては」

半之丞は急に元気が出てきたようである。

「よかろう。ではまず桃井道場へ足を向けることにして、とにかく境内へ入ってきたのだから、一応観音さまに敬意を表して行こう」

太郎がわらいながら観音堂の正面へ進み、階段をあがろうとすると、

「黒潮さん、我々はただ敬意を表するだけなんだから、ここからおじぎをして行ったってよかあありませんか」

と、半之丞の心はもう桃井道場へ飛んで行っているようである。

「いや、どうせここまできたのだから、まあお堂へあがってみよう。道は一歩一歩、

あせってはいかん」

太郎は階段をあがって、明るい表から入ると急に薄暗くなる本堂へ進み、諸人といっしょに堂の奥の御燈《みあかし》のほうへうやうやしく礼拝した。

さて、再び明るい廻廊へ出てきて、正面を少し避けたところへ立って見ると、仁王門から流れこんでくるおびただしい老若男女の群が目の下に眺められる。その群衆の大部分は本堂へはあがろうとせずに、ちょっとこっちへ頭を下げただけで、奥山の見世物小屋のほうへ流れて行く。そっちから人の気持をいやが上にも浮き立たせるような三味線笛太鼓の音が、賑かに囃《はや》し立てているのだ。

太郎は一と月前に初めてここへ立った時のことを思い出し、なんとなくなつかしい。あの時はおとぼけ仙太に逢ったのが縁で、天明堂白蘭にめぐり逢うことができた。

――今日もなにかそんな奇蹟がおこるんじゃないかなあ。

太郎は自分が南の孤島から奇蹟のように助かってきているだけに、人間の奇蹟を疑わない。そういう心がいつか白蘭にひきつけられているのも事実だ。

「出かけましょうよ、黒潮さん」

おつきあいだからしようがないというようにそばに立っていた半之丞が、待ちきれなくなって苛々《いらいら》とうながした。

「うむ、出かけようかね、そうそうは柳の下にいつも泥鰌《どじょう》がいるとはかぎらないからな」

太郎がそういって苦笑した時、

「山部さん、――半之丞さんじゃありませんか」

ふっと半之丞のうしろに立って声をかけた若い侍がある。身軽な旅支度で、手に深編笠を持っている。きりっとした男前で、見るからに快闊そうな青年だ。

「おお、兵太郎じゃないか」

半之丞は愕然《がくぜん》としたように棒立ちになる。

やっぱり奇蹟はおこったのだ。

「やあ、妙なところで逢いましたな。いつ江戸へ出てきたんです」

人なつこそうにいう兵太郎の顔には、みじんもうしろ暗いところはなさそうだ。

「わしは、わしは貴公をさがしに江戸へ出てきたんだ」

「わしをさがしにですか」

「そうだ。貴公は塚田清左衛門どのを闇討ちにしたろう」

「なんですって――」

さっと兵太郎の顔色が変った。

「待て、半之丞さん」

太郎は半之丞を制しておいて、

「中津川さん、わしは山部のつれで黒潮太郎という浪人者だが、これにはいろいろ仔細がある。ここでは人目に立つから、とにかくわしといっしょにそこまでまいってくれまいか」

と、おだやかに兵太郎に申入れる。

「承知しました。どこへでもまいります」

若い二人の声が高かったので、もう物見高い弥次馬が三、四人集りかけている。太郎は二人を誘って、いそいで階段をおりた。どこへ行くというより、こうなったら一度家へ引きかえすのが一番いいと考えたのだ。

「わしはこれをかぶらせてもらいます」

階段をおりると、中津川はそういって深編笠をかぶった。脱藩という罪をおかしているのだから、そのくらいの用心は当然だし、そうすることが主家へ対しても遠慮ということになる。

太郎は二人を先に立たせて、自分はうしろから万一に備えて歩きながら、

――お蘭の予言はやっぱり当っていたんだなあ。

と、今さらのようにふしぎな気持だった。

二

「兵太郎、正直にいってくれ。貴公は清左衛門どのを斬ったから、その足で国もとを出奔したんだろう」

　半之丞は随身門を出ると、待ちきれなくなったように、もう一度深編笠の兵太郎にあびせかけた。

「いや、わしはそんな不埒《ふらち》は働きません。第一、わしは清左衛門どのを斬らなければならないような意趣遺恨は、なんにもありませんからな」

　兵太郎はきっぱりと答える。

「じゃ、貴公はなぜあの夜無断で国もとを出奔したんだ。その仔細を聞こう」

「清左衛門どのはわしが国もとを立った夜、誰かに斬られたんですか」

「そうだ。正月十六日の夜、近村の知人をたずねての帰り、城下外れの一本松のあたりで背後《うしろ》からいきなり袈裟がけにやられたんだ。時刻は四つ（十時）ごろ、供をしていた中間金助はその下手人を見かけている。覆面をしていて顔はわからなかったが、たしかに家中《かちゅう》の若侍に違いないといっている」

「下手人は旅支度だったんですか」

そこまでは聞いていないらしく、半之丞はちょっと返事ができない。

「家中の者と見るくらいだから、旅支度じゃなかったんでしょうな。わしはあの晩日が暮れるとすぐ、城下を立っています」

「そんなことはちゃんとした証人がいないかぎり言訳にはならん。おなじ夜に貴公が脱藩している。父親の兵太夫にもその理由がわからないとなると、一応下手人は兵太郎だときまるのは当然だ」

「それで半之丞さんが敵討を仰せつけられたのですか」

「いや、敵討をするのは房枝どのだ。わしは親戚中から後見役をいいつけられて、牛島左久馬と二人で房枝さんについてきたんだ」

「あなたの後見役はわかるが、牛島は少し筋違いのようだな」

「貴公には清左衛門どのを斬る理由がない。ことによると峰岸弥太夫どのと間違えて斬ったのではないかという説もあって、左久馬は弥太夫どのがつけてよこしたんだ」

「なるほど、それでおよその様子はわかりました。牛島さんはいまどこにいるんです」

「左久馬とは不埒なことがあって、六郷の渡しで別れたきりになっている」

「不埒なことというと、半之丞さんを邪魔にする、そうとってもかまいませんか」

「正直にいうと、わしには貴公は討てないというんだ。左久馬はむしろわしを斬ってしまいたかったんだろう」

半之丞は吐きだすようにいってから、

「兵太郎、脱藩の理由を聞こう」

と、急に立止った。

この辺は両側とも寺つづきで、割りに人通りも閑静である。たずね人にめぐり逢って昂奮している若い半之丞は、兵太郎が下手人なら負けても勝ってもここで勝負を決する気だったのだろう。

「半之丞さん、その前に一言おたずねしたいが、父兵太夫はいまどうしているでしょう」

「事の真相がわかるまで、親類あずけになっている」

「すると、命には別条ないですな」

「無論だ」

「それを聞いて安心しました」

兵太郎はほっとしたような声音で、

「実は、あの十六日の朝、わしは或る重役に呼ばれて、その名は他言をしないという誓約があるので遠慮しますが、その重役から刺客をたのまれたんです」

と、意外なことをいいだす。

「なにッ、刺客――、誰を斬れとたのまれたんだ」

「その名を聞いてしまってはおしまいです。その重役はわが藩に不埒をたくらんでいる獅子身中の虫がいる。どうだ、これをひそかに退治してくれぬか。何事も殿さまへの忠義のためだ。もしそれが成功したら、わしもまたお前を藩の助教に推挙しようというんです。つまりわしは微禄者の伜なんで、恩賞で釣れば善悪にかかわらず二つ返事だと甘く見ていたんでしょうな」

「ことわったのか」

「その場でことわれば命がありません。敵はちゃんとそのくらいの用心はしてかかっている奸物です。わしは待ってくれといいました。ともかくも人一人斬る仕事なのですから、万一の場合親に迷惑がかからないように、勘当してもらってきます。それからくわしいお話をうかがいますといって、座を外してきました」

「しかし、よくそんなことぐらいで帰してよこしたなあ」

「斬る相手の名を聞いていないうちなので敵もちょっと油断したんでしょう。しかし、こうなってはもう長居は無用です。帰って父によくわけを話し、いっしょに江戸へ出てくれるようにとたのみましたが、父がいうには、いっしょではかえって追手をうける心配がある。ここはお前一人でまず江戸へ出る。こっちは、伜は無断で家出をしたということにして、わしは当分残って様子を見よう。そのほうが安全だろうという意見でしたので、わしは日の暮れるのを待って国もとを立ってきました。道はわざと東海道を避け、木曾街道をとってきたんですが、高崎まできて風邪を引きこんでしまい、もう江戸も近いので、半月ばかりゆっくり静養していたために、今日やっと江戸の地を踏んだというわけなんです」

「そうか。嘘じゃないだろうな兵太郎」

「嘘じゃありません。わしは微禄者の伜ではあるが、奸物などに利用されるために剣法の修業をしたんじゃありませんからな。口はばったいことをいうようですが、わしは恩師桃井春蔵先生に、剣で父一人ぐらいどこへ行っても養って行けるだけの腕に仕こんでもらっている男です。第一、わしに少しでもうしろ暗いことがあれば、さっき観音堂でわしのほうから半之丞さんに声はかけないはずです」

兵太郎のいうことはちゃんと筋が通っているので、半之丞もどうやら納得するほかはないようだ。

そのころ――。

天明堂の玄関へは意外な訪問客が二人、女駕籠を持って房枝を迎えにきている。

応対に出ているのは白蘭である。

二人の客は丹波篠山《ささやま》藩の上屋敷からさし向けられた使者だと名乗り、その口上は、昨日中津川兵太郎が藩の手で召捕られたについて、ぜひ房枝と対決させなければならないことがおこってきた、直ちに上屋敷まで出頭してくれるようにというのである。

「失礼でございますが、お屋敷のほうではどうして房枝さんがここにいるとおわかりになったのでございましょう」

白蘭は念のために聞いてみた。ここに房枝がいることは誰も知るはずはないし、あれ以来こっちでは用心して房枝を一足も家から外へは出していないのである。

「拙者どもは使者のことで、どうして房枝どのがここに御厄介になっていると屋敷で知ったかは、わかりかねます。しかし、御当家に房枝どのがいられるのは、たしかなのでしょうな」

「はい、それはたしかにおあずかりはしています」

「しからば、ただ今申上げたことを、房枝どのにお取次ねがいたい。我々は藩命をうけてお迎えに出向いたものです」

「お迎えをうけるのは、房枝さんお一人なんですか」

「そうです」

「房枝さんには後見人の方が国もとからついておいでになっているんですが」

「そのことは我々は聞いてきていません。ただ房枝どのをおつれするようにと申しつけられてきたのです」

これは怪しいと、白蘭ははじめから睨んでいた。

「お話はよくわかりました。ただ今国もとからついてまいりました後見人の方が他出中でございまして、夕方には戻ることになっております。戻りましたら、その方といっしょにこちらからお屋敷のほうへ出向くようにいたさせますから、ここは一まずお引取りのほどを願います」

「それはいかん。我々は今もいうとおり藩命でまいっているのだ。第一、一応房枝どのに取次もしないで、あんたが一存でそんなことわりをいうという法はあるまい」

使者の一人がむっとしたように難詰してくる。

「お言葉ではございますが、あたくしには房枝さんをおあずかりしている責任がございます。たとえ房枝さんに取次いで、房枝さんがまいりたいと申しましても、後見人の承諾のないうちは、あたくし一存で房枝さんはお渡しいたしかねるのでございます。どうぞあたくしの立場もお察しくださいまし」

「ならん。よく考えてみるがいい。房枝どのは丹波篠山藩の家来なのだぞ。さすれば藩命には絶対にしたがわなくてはならんつとめがあるのだ。とにかく、房枝どのにここに出るように取次ぎなさい」

相手は威猛高《いたけだか》になって喚き立てる。

「失礼ですが、あなた様はいま中津川兵太郎を藩の手で召捕ったと申されましたね」

「うむ、いった」

「召捕ったのなら、逃げるような心配はないのでございましょう。夕方まで待っていただいても、別にさしつかえはないと存じますがねえ」

一度いい出したら梃子《てこ》でも動かない強情な白蘭なのだ。

「わからん奴だなあ。だから、これは藩命だと申しておるではないか」

「わたくしは篠山藩の家来ではございません」

「なにッ」

「ここはあたくしの家でございます。別にあなた方のいうことをきかなければならないという法はないと思います。とにかく一応お引取り願います」

「うぬッ、女だと思ってやさしく出ていれば憎い広言、許さんぞ」

「それならおうかがいいたしますが、あなた方は本当に篠山藩の御家来衆なんですか」

「なんだと――」

「房枝さんは一人で親の敵討に国もとを立ってきたのではございません。ちゃんと国もとのお重役から二人の後見人をつけられて出てきているんです。いくら江戸と国とは遠く離れているからといって、そんなことぐらい江戸のお重役が知らないはずはないでしょう。しかもその敵と大切な対決をするのに、後見人をのぞいて房枝さんだけを迎えによこすなんて、少し理窟があわないじゃありませんか。一度お帰りになって、その江戸のお重役によくわけを聞いてから、出直してくださいまし」

さすがに痛いところを衝かれたらしく、二人の使者は思わず顔を見あわせている。

とたんにぬっと開けっ放しの格子口から入ってきたのは牛島左久馬だった。

「白蘭先生、その後見人の一人はわしだ。房枝さんを渡していただきたい」

「あなたはたしか牛島左久馬さんでしたね」

「さよう、この度の敵討の後見人の一人です。わしもいっしょに今日江戸藩へ呼ばれている。それなら異存はないはずだが」

ぬけぬけといってわらっている左久馬だ。しかもまだ格子の外には何人か味方をつれてきているらしい。

「おことわりいたします。あなたに房枝さんはおわたしできません」

「それはまた何故だね」

「あなたがついていて、房枝さんを中津川兵太郎と対決などさせるはずはありません。中津川が藩の手で召捕られたというのは、たぶんあなたのこしらえた作りごとでしょう。本当にはいたしかねます」

白蘭はぴしゃりといってのける。

三

「白蘭先生、そんな手前勝手な大口をたたくと、あんたのためにならんのだがなあ」

牛島左久馬は冷たい微笑をうかべながら、そろそろ尻っぽを出してきたようである。

「そうでございましょうねえ。牛島さんは、昼間はここは女ばかりとちゃんと調べておいて、こんな大それたことをたくらんできているんでしょうからね」

白蘭も負けてはいなかった。

「おい、あまり不埒なことをいうと、お前もいっしょに藩邸へ召捕って行くぞ」

「左久馬さん、お江戸の真ん中で山賊の真似はおよしなさい。あなたの背中で血だらけになっているお年寄りがわらっていますよ」

「なにっ」

思わずぎょっとしたように左久馬がうしろを振りかえる。

「あなたの手には血がついています。お気の毒ですが、あなたの命はもうそう長くはございません」

どこか神がかっているような妖しい目《ま》ざ《な》しに屹《きっ》と見すえられて、

「うぬッ、吐《ぬか》したな」

左久馬は嚇《かっ》となって刀の柄に手をかけたが、さすがに思いかえしたらしく、

「おい、この気ちがい女を縛ってしまえ」

と、二人の連れのほうへいいつける。

「縛るんですか、左久馬さん」

二人の藩士はちょっとためらったようだ。

「かまわん。後の責任はわしが取るから、縛ってつれて行け」

「房枝という娘のほうはどうします。駕籠は一挺しか用意してきていないんですがなあ」

「馬鹿、そこいらへ行って町駕籠を雇ってくればいいじゃないか――」

「なるほど――」

二人はまだ顔を見あわせている。左久馬にたのまれたからこうしてついてきて、悪どい芝居の片棒をかついでいるようなものの、二人とも腹から悪党にはなりきれないのだろう。

「おい、白蘭先生、聞いてのとおりだ。詰らん目にあわないうちに、おとなしく房枝どのを渡したらどうなんだね」

「では、もう一度うかがいますが、あなた方は本当に篠山藩の御家来で、藩からいいつけられて房枝さんを迎えにきたんですか。そうじゃないんでしょう。その牛島さん

にたのまれて、房枝さんをさらいにきたんでしょう」

「許さん、こやつ」

破れかぶれになった左久馬は、いきなり白蘭に躍りかかろうとした。

「乱暴はやめなさい」

がらりと茶の間の襖があいて、意外にも黒潮太郎がのそりとそこへ出てきた。

「あっ、貴様は――」

「牛島さん、あんたは嘘のかたまりのような男だな」

「黙れ黙れッ。貴様こそこの女とぐるになって、娘をさらってきては女衒《ぜげん》を働いているんだろう。房枝を出せ、どこへ房枝を売り飛ばしたんだ」

左久馬は近所へ聞えよがしに急に喚き出す。

「いいたいことがあるなら、もっとどなったらどうだね。あんた方の逃げ道がなくなるだけの話だ。ここは野っ原と違うからな」

太郎は突っ立ったまま、冷然と土間の左久馬たちを見おろしている。

「馬鹿なことをいえ。我々がなんで逃げる必要があるんだ。貴様たちこそこんな裏町へ地獄宿をかまえて、わが藩の娘をつれこみ、喰物にしているんだ、怪しからん奴等だ。叩っ斬ってやるから表へ出ろ」

腕ではとてもかなわぬと、この間の六郷の渡しでの勝負でわかっている相手だから、左久馬はどうやら逃げを打ってきたようだ。

「そこの御両所はやはり丹波篠山藩の御家来方だそうだな」

太郎はかまわず連れの二人のほうへ聞く。

「それがどうしたというんだ」

「貴公方は中津川兵太郎が藩の手でつかまった、房枝さんと対決させる必要があるから、藩命で迎えにきたといわれたそうだが、たしかにそうなのかね」

「我々は上役からそう聞いてきている」

「念のためにその上役のお名前をうけたまわっておきたい」

太郎が隙《すか》さず突っこんで行くと、

「女衒などを相手に問答無益、表へ出ろ、表へ」

と、そばから又しても左久馬が喚きたてて、つと土間から出て行こうとする。

「待て、左久馬」

その格子の外へすっと立ったのは中津川兵太郎と半之丞であった。

「あっ」

左久馬は愕然として一足うしろへ退った。黒潮太郎が帰宅したからには、山部半之丞もいっしょだろうと察してはいたろうが、まさかここへ中津川兵太郎がきあわせるとは夢にも思いおよばなかったのだろう。

二人の藩士たちも唖然《あぜん》として顔色を変えていた。

「左久馬、貴公は相かわらず悪どい芝居ばかりやりたがるようだな」

「黙れ兵太郎、脱藩は重罪だぞ」

図太い左久馬はたちまち相手の弱味をあばき立てようとする。

「脱藩より人殺しのほうがもっと重罪じゃないのか。正月十六日の夜塚田清左衛門どのを闇討にしたのは貴公のはずだ。貴公には清左衛門どのを斬りたい理由が十分ある」

「いうな、清左衛門どのを斬ったのは貴様だ。それでなければあの晩その足ですぐ脱藩するはずはないじゃないか」

「よし、その黒白は藩邸へ出てつけよう。わしはちゃんと動かぬ証拠を摑んでいるんだ」

「なにッ」

「野上、藤田、貴公たち二人は、すまんが今日の証人になってくれ。たのんだぞ」

「はあ」

藩邸へ出れば二人ともお咎めはまぬがれない。が、こうして現場をつかまれてしまっては、今さら逃げるわけにも行かないから、二人とも悄然とうなだれてしまう。

「くそッ、――えいっ」

絶体絶命のどたん場へ追いこまれた左久馬は、ともかくも一旦この場をのがれての上のことだと、とっさに覚悟したのだろう。左久馬はふいに格子の外の兵太郎に火のような抜打をかけた。

が、たった一坪の土間で、相手は格子の外にいるのだから、これはあきらかに無理だ、切先はあいている格子のふちを切って、だっと玄関の柱へ深く切りこんでいる。

と見た兵太郎は、さすがに桃井道場の俊才だった。ひらりと土間へ躍りこみざま、思い切った体当りに出て、

「えいっ」

同時に鳩尾《みぞおち》へ当身が入っていたらしい。

「う、うっ」

左久馬はくずれるようにそこへ両膝を突いてしまう。

「野上、藤田、見てのとおりだ。左久馬は多少逆上気味だから、仮縄をかけて藩邸へ同行することにするから、含んでおいてくれ」

兵太郎はちゃんと二人にことわってから、気を失っている左久馬の両肌をぬがせ、下緒《さげお》で両手をしっかりと前で縛って、肌を入れる。外から見るとふところ手をしているような恰好にして、

「ちょっと手を貸してくれ」

二人の藩士に手伝わせ、玄関前におりている駕籠へ乗せる。これは左久馬が房枝を乗せて行くために用意してきた駕籠なのだ。

「まあ、中津川さん――」

やっと茶の間から出てきた房枝は、あまりにもてきぱきとした兵太郎のやり方に、ただ目を見はるばかりである。

「房枝さん、御尊父は飛んだことでした。わしに下手人の嫌疑がかかっているそうですが、その黒白はこれから上屋敷へ行って明らかにしてもらいます。半之丞さんといっしょに、御同行ください」

兵太郎のいうこと、することはあくまでも筋が通っている。

こうして問題の中津川兵太郎があらわれた以上、黒潮太郎はもう表へ出なくてもいい人間だったが、今までの行きがかりがあるので、とにかくこの一行が無事に日比谷御門内の篠山藩の上屋敷へ入るまで、蔭ながら見送って行くことにした。

それが白蘭の予言したとおり、ふしぎにも二十一日目の朝のことだったのである。

「白蘭先生は全く名人だねえ。このまま天明堂の看板をおろしてしまうのは、惜しい気がするなあ」

日比谷まで一行を見送って、八つ（二時）ごろ家へ帰ってきた太郎は、白蘭の顔を見るなりいった。太郎のはお世辞ではなく、本気でいっているのが、その邪心のない子供のような目の色でもわかる。
「みんな無事にお屋敷へ入りましたか」
置炬燵に膝を入れている白蘭は、今朝のあの意地の強い目と違って、どこかうっと
りと眠そうにさえ見える。
「うむ、みんな無事だ。半之丞も房枝さんも、いずれ改めて挨拶には出るが、どうか
白蘭先生にくれぐれもよろしくと、いっていた」
「兵太郎さんて人は、とてもしっかりした人でしたねえ」
「年は若いが、あれは人間ができている、半之丞などと違って、微禄者の伜だから苦
労のしかたが違うんだな」
「脱藩の罪に問われるようなことはないかしら」
「ちゃんとした理由があるんだから、まず大丈夫だろう。仕置家老の峰岸弥太夫とい
うのが曲者で、目付役の塚田清左衛門が邪魔になる。なにか不正の証拠を握られたん
で、兵太郎を刺客に抱きこもうとした。というより、若い兵太郎をおだてて清左衛門
を殺害させ、こんどは甥の左久馬を使って、下手人として兵太郎を討たせて口をふさ
ぐ、そういう肚だったのを、兵太郎はちゃんと見抜いてしまったんで、脱藩という手
をつかうほかはなかった。そうすれば弥太夫も少しは反省するだろうと考えたんだね。
つまり、そこが微禄者の悲しさで、なまじ家老の非をあばいても、逆にいいくるめら

れると、かえってこっちが非に落されないとはかぎらない、そこを考えての脱藩だったのだから、その辺の事情がわかってくれれば、大した罪にもなるまいと思う」

「左久馬の手先に使われていた、あの二人はどうなるかしら」

「あれも微禄者の悲哀で、左久馬に話を持ちこまれればいやだとはいえなかったんだろう。しかし、兵太郎の口一つで、気ちがいに騙されたんだということになれば、叱りおくぐらいですむんじゃないかな」

「左久馬という男はやっぱり気ちがいなんですね。自分の手で親を殺害しておいて、その娘を狙うなんて、常人ではちょっと考えられないことですもの」

「そうだなあ。しかし、早くあの二人の事の真相がわかって、わしも助かった。わしには人の敵討より高梨の伜民太郎をさがさなくてはならない仕事があるんだからな」

　敵討のほうはおよそ見当のついてるさがし人だったが、民太郎のほうは全く雲をつかむようなたずね人なのである。

　しかし、このほうも白蘭の予言があたっているとすれば、花の咲くころまでにはめぐり逢えるはずである。その江戸の花はもう咲きそめているのだ。

「ふ、ふ、あたしを名人だ名人だってさっきほめていたのは、その催促だったの太郎さん」

　白蘭は明るくわらい出す。

「いや、催促ってわけじゃないんだが、花はもう咲き出しているんでねえ、少し気がもめてきたんだ」

「大丈夫よ。この花が散ってしまうまでにはまだ日があります」

「そういえばまあそうだが、三日見ぬ間の桜かなで、花はすぐ散り出すからな」

とても三日や五日ではさがし出せるとも思えないたずね人なのだから、太郎も心細かった。

四

翌日から太郎は一人で、当てもなくまた江戸中を歩きまわらなければならなかった。人間、当てもなく歩きまわるということほど張合いのないことはないので、太郎は朝家を出るとまずその足で駒形堂へ礼拝に行くことにした。

そこの駒形河岸は今から十四年前、民太郎が七つの時、父親に棄てられて、しゃがんで泣いていたところだと聞いているからである。

民太郎の手がかりといえばただそれ一つきりで、父子が最後にうどんを喰ったというそば屋も、まだそこに残っている。

そういう因縁のある駒形河岸なので、神仏をたよるというわけではないが、太郎は朝出がけと、夕方帰りがけに駒形堂へ礼拝して行くことにきめたのである。いってみれば、それがただ一つの心のたよりなのであった。

それから五日目の夕方、太郎はその日も一日中江戸を歩きまわって、駒形堂まで帰ってきた。

――もう江戸の桜は散りかかっているんだがなあ。

今年の花が散ってしまうと、来年の花まで待たなければならなくなるんじゃないかと、太郎は重い気持で駒形堂へぬかずき、いつものとおり河岸っぷちを吾妻橋のほうへ歩き出すと、そこの夕闇に立って、賑かな花見帰りの舟をぼんやり眺めている旅支度の若い侍がある。

近づいてみると、意外にも中津川兵太郎だった。

「やあ、兵太郎さんじゃないか」

「あれえ黒潮さん、妙なところで逢いましたねえ」

兵太郎もびっくりしながら、たちまち人なつこい微笑が顔中にひろがってくる。

「どこへ行くんだね、旅支度のようだが」

「実は半之丞さんたちと明日国もとへ立つことになったんで、これからお宅へ挨拶に行こうと思って出てきたところなんです」

「ふうむ、じゃ敵討の始末はついたんだね」

「つきました。この度はいろいろお世話になりまして、――半之丞さんたちは一足先にお宅へお礼にうかがっているはずです。わしは桃井先生のほうへ顔出しにまわってきたものですから」

「そうか、半之丞さんたちも家へ行っているのか」

「たぶんもうお邪魔していると思うんです」

どっちからともなく、二人は川っぷちを歩き出している。

「房枝さんは敵討をやったのかね」

「いや、左久馬はあの日すぐ江戸の親類あずけということになり、その晩腹を切ってしまったんです。気が狂っての自殺ということになっているんですが、多分親類中で詰腹を切らせたんでしょう。表立って事件を取調べられることになると、迷惑が一門にも及びますからね。藩としても、なるべく表沙汰にはしたくない肚なんでしょう」

「それで、国もとの仕置家老のほうは――」

「弥太夫は仕置家老を取りあげられ、押込め隠居ということになりました。そのかわり、無論塚田の家名は房枝さんに養子を迎えて立てることになります」

「兵太郎さんの脱藩の罪はどうなったな」

「わしは自分から改めて浪人を願出ました。それにも及ぶまいといってくれた人もありますが、事件を一切不問に付すとなると、わしの脱藩は国もと中へ知れていることですし、そのままでは一藩のしめしがつかないことになります」

「そうか。つまりあんた一人がこんどの犠牲者になったわけだな」

「なあに、かまいません。浪人は父も承知の上なんですから。こんど房枝さんたちを国もとまで送って行って、その足で父を江戸へつれてきて、それだけの親孝行はするつもりでいます」

　この青年はどこまでも快活な性分らしい。

「兵太郎さんなら大丈夫だ。あんたは一生丹波でくすぶっているような男じゃない。わしが太鼓判を押してもいい」

「ありがとう、黒潮さん。わしが浪人して江戸へ出てきたいのには、もう一つわけがあるんです」

「ふうむ」

「黒潮さんは七人のたずね人を持っているんだそうですね。半之丞から聞きましたよ」

「うむ、くわしくいえばあと五人、二人だけはもうたずねあてたんだ」

「わしにもたずね人が一人あるんです」

「誰をたずねるんだね」

「本当の父親です。わしはねえ黒潮さん、さっき駒形河岸にぼんやり立っていたでしょう。今から十四年前、七つの時——」

「なにッ」

太郎は思わずどきりとして、そこへ立止ってしまった。目の前に見える吾妻橋が、もう薄暗に黄昏《たそが》れてきている。

「どうしたんです、黒潮さん」

太郎のおどろき方がちょっと異常だったので、兵太郎が不審そうに聞く。

「兵太郎さんは、もしや助左、——高梨助左衛門の倅民太郎じゃないのか」

「おどろいたなあ。どうして、どうしてわしの実の父を知っているんです」

「そうか、じゃやっぱり民太郎さんか」

太郎はしっかりと兵太郎の手を握って、

「助左はな、民太郎さん、こうしてわしのこの手を握って、三年前南の孤島で、わが子のことばかり心配しつづけて死んで行ったんだ」

今こそその民太郎の手を握っている、約束どおりこんなに立派に成長した民太郎を、ちゃんとこの目で見とどけたんだから、これで助左も成仏できるだろうと思うと、太郎は我にもなく涙が頬へながれてくる。

「じゃ、父は死んだんですか」

「うむ、わしの目でぜひ民太郎の生きている姿を見つけてくれ、それまでは成仏はしないってな。棄てた子がかわいそうでかわいそうでたまらなかったんだな」

「やっぱり死んでいたのか。逢いたかったなあ、わしも」

兵太郎はがくりとうなだれてしまう。

「民太郎さんは、助左をうらんじゃいないようだな」

「うらんでなんかいるもんですか。わしは今の父にあの時駒形河岸でひろわれて、父もその時わしとおない年の子を亡くしたばかりだったんで、わしはその子の兵太郎という名前をついだんです。その時、いまの父がいいました。棄てた父をうらんではならん、棄てられた子より、棄てた父のほうがどれだけ泣いているかわからない。その辛さは一生心に残るだろう。お前は今日からわしの子兵太郎になって、立派な人間にならなければいかん。それが一番の実父への孝行なんだと、よくいい聞かされたんです」

「そうか。兵太夫さんはまことの武士だったんだな」

「わしは今日までしあわせでした。ですから、今の父の恩は恩として、一度本当の父に今の姿を見せて、安心してもらいたかったんです。わしは二度とあの悲しいうどんは口にすまいと心に誓って、実の父をさがしていたんです。あれっきりの縁だったんだなあ、やっぱり」

今はむしろわが子を棄てた哀れな父の姿が瞼に残って離れない兵太郎なのだろう。

たまらなくなったように、握拳でじっと涙をおさえている。

「さあ、行こう。もう一人あんたを待っている人がいるんだ」

太郎は気をかえるようにいって、歩き出した。

「誰です、それは」

一度歩き出すと、兵太郎はなにもかにも腹の中へたたみこんでしまったように、もう明るい顔になって聞いた。

「白蘭先生なんだ。あれもわしのたずね人の一人でねえ、第三人目は男の子だ、花咲くころまでにはきっとめぐり逢えると占ってくれたんだ」

「あの人の予言はよく当るそうですねえ。半之丞も房枝さんもびっくりしていました」

「うむ、全くよく当るんだ」

その当るまでには、あの深夜氷のような六郷川へ身をさらして、苦行している。口には出さなかったが、太郎はその白々とした裸身を尊く瞼に思いうかべながら、こんどの兵太郎だけは本当に白蘭のおかげでめぐり逢えたのだと、感謝せずにはいられない。

「黒潮さんには、まだ四人たずね人が残っているんでしょう」

「うむ」

「こんどはわしも手伝います。いや、ぜひ手伝わせてください」

「いや、あんたには今の父上がいる。その父上への孝行がまず第一だ」

「大丈夫です。これでもわしは親孝行のほうでしてね、親父はとてもわしを信用していてくれるんです。たとえばわしがなにか人のためにいいことをするんだといえば、いっしょになってよろこんでくれるんです」

兵太郎はうれしそうに自慢するのである。

「そうか——。あんたはずっとしあわせだったんだなあ、いい父親にひろわれて」

「しあわせでしたとも、自分がしあわせだと思えば思うだけ、わしは時々実の父のことを考えていました。変な話ですけれど、実の父がかわいそうでたまらなくなってくるんです。駒形のそば屋でわしにうどんを喰わせてくれた時、あんなに酒好きだった父が、酒も取らずに、なにかきょとんとした目をしてわしの顔ばかり見ているんです。あの時はさぞ辛かったんだろうと思うと、わしはいまだにうどんを見ると悲しくなってくるんです」

「そうだろうな」

聞いたか助左と、太郎は又してもじいんと胸の中が熱くなってくる。

「黒潮さん、今度はどっさり腹一杯父の話が聞けますねえ」

「うむ、腹一杯聞かせよう。それに助左からの土産もどっさりあずかっているんだ」

「うれしいなあ、お土産まであるんですか」

「あるとも――」

「まさか、うどんじゃないでしょうね」

「違う違う」

わらいながら答えて、この子のあかるい性格は母親ゆずりのものだろうか、それにしてもよくこんなに素直に育ったものだと、わがことのようにうれしい。

花川戸へかかってくると、どこから散ってくるのか、散りいそぐ桜の花びらが時々肩へかかってくる。

白蘭の家はもうすぐそこだった。

第四人目は娘

一

「太郎さん、第四人目のたずね人は女の人ですか」

その日黒潮太郎が民太郎の中津川兵太郎と、房枝、半之丞たちの帰国の旅を、品川まで見送って帰ってくると、機嫌よく出迎えた白蘭が茶をいれてくれながら、珍しく自分のほうから切り出してきた。

「当った。女です」

これまで白蘭の予言は一度も外れたことがないので、太郎は大きな体を神妙に坐りなおしながら、

「こんどのは国も所もちゃんとわかっているんだから、すぐに逢えると思うんだが、どうでしょうな、先生」

と、まじめに聞いてみる。

「そうは行かないかも知れません。その人はもう元のところにはいないようです」

「はてな、するともうどこかへお嫁に行ったのかな」

「いいえ、それはまだのようです」

白蘭の白い顔になんとなく曇りが出てきたようである。

「おかしいなあ。お嫁に行かなければ、ちゃんと家にいるはずなんだがなあ」

「その人はいま山路で日が暮れて、提灯の灯一つをたよりに歩いていますが、その提灯の灯が消えると、道を間違えて谷底へ落ちるか、狼に襲われるか、どっちにしても無事にはすみそうもありません」

「それは大変だ。つまりその提灯一つが命の灯というわけだ」

「そうです。その女の人は島で亡くなった人のお嫁さんになる人だったんですか」

白蘭はもういつもの顔になっていた。

「うむ、こんどの話は正之進のほうに少し無理があるんだ」

「どんな無理があるんです」

「太田正之進というのは土浦の藩士で、同藩の宮島嘉右衛門の娘八重というのと、子供のころから親同士の間で許婚の約束があった。この許婚というのが考え物なんだな。無事に行けば男はどうせ女房を持つんだし、女は一度はお嫁に行くものなんだから問題はないが、男にも女にも好き嫌い、合性《あいしょう》というものがあるし、人にはそれぞれ持って生れた運というものもある。正之進は十五の年に父を失って百石の家名をついだ、間もなく母親にも死別したそうだから、あまりしあわせなほうとはいえない。一方宮島のほうはそのころ江戸詰になって、理財の道に長《た》けている才人のほうだったから、年とともに抜擢され、それから七年目に郡奉行《こおりぶぎょう》に出世して、ふたたび国へ帰ってきた。正之進が二十一、八重が十七の時だったそうだ」

「そのお八重さんていうのはきれいな人だったんでしょう」

白蘭は微笑しながら聞く。

「うむ、美人だったそうだ。もっともきれいな娘でなければ、別にこんな問題もおこらなかったろうからな。正之進は許婚の約束があるんだから、当然先方から祝言の話を進めてくるだろうと、正直に待っていた。ところが、宮島のほうからはいつまで待ってもなんの挨拶もない。そればかりでなく、八重は重役の伜から縁談がかかっているという噂さえ出てきた。正之進という男はひどく気の強い意地っ張りだったから、とうとうたまらなくなって、自分で宮島の家へ掛合いに行ったんだそうだ」

「ことわられたのね、かわいそうに」

「そのとおりだ。先方は世なれているんで、昔茶呑み話にそんな話がないでもなかった。しかし今は時勢も違ってきているし、こっちはついうっかりしていたが、まあもう一度よく考えておこうと、当たらず触らずの挨拶だった。しかし、先方にその気のないことはこれではっきりわかる。正之進にも意地があるから黙って引き退れない。あなたは百石の侍から三百石に出世された。今は身分違いだからそんな約束は水に流そうといわれるのですかと、あからさまに逆襲したんだそうだ。先方も意地になったらしく、親からの百石を百石のままで守っていたのでは、それが一人前の武士だとはいえても、一人前以上の武士とはいえない。今どきの若い者はどうも惰眠をむさぼりすぎていはしないかなと、皮肉に一本きめつけてきたそうだ」

「売り言葉に買い言葉というところね」

「はじめにおとなしく引き退ってしまえば、先方を軽薄武士と内心軽蔑して、それでもすませたんだが、こう話が露骨になってしまっては、もうそうは行かない、そこで正之進は、よろしい、それでは三年のうちにあなたより出世して、一人前以上の侍になって改めて出直すから、その折りは必ず約束どおりお八重どのを妻に申しうけたいと、押しかえした。いや、そんなに待てないとはいい切れないものが先方にもあるんで、よかろう、では三年だけ待つことにしようと、承知したそうだ」

「三年待って、もし正之進さんが出世しないと、お八重さんのほうは二十になってしまいますね」

「そこなんだ、後で正之進がいうには、ただそれだけで帰ってきてしまえば、なあに宮島は相当の狸親爺だから、そんなことは娘の耳に入れずに、平気でどこかへ嫁にやってしまったろう。そのほうがむしろ罪を作らなくてよかったんだが、こっちはつい若気の至りで、その席へわざわざ娘を呼んでもらい、もう一度三年の約束をさせてしまった。八重はなかなかしっかりした娘だったそうで、そういうことでしたら、三年でも五年でもきっとお待ちしていますと、きっぱりと誓ったそうだ」

「わかったわ、太郎さん、だからその娘さんはいまだにどこへもお嫁に行かずに待っているんです。かわいそうに」

「今年はたしか二十七のはずだ。正之進はそれから江戸へ出世の修業に出たが、いくら意地になっても三年や五年で出世などということは、まあ夢のような話だ、半分はやけ気味で、とうとう我々の船へ乗りこむようになってしまったが、この男の遺言は、ことによると八重はまだ一人で待っているかも知れぬ、ぜひ一度土浦をたずねて、約束を取消し、なんとかしあわせな結婚ができるように力になってくれというのだった。これだけは土浦へ行きさえすれば、すぐ逢えるはずだと思っていたんだがなあ」

　実は明日の朝にでも、太郎は江戸を立つつもりだったのである。

「いいえ、そんなにすぐには逢えません」

「どうしても提灯をつけて、山路に迷っているのかね」

「そうだと思うわ」

「提灯が消えると、狼が出るんだろう」

「狼は提灯の灯の消えるのを待っているのかも知れない」

「そりゃいかん、なんとかならんものかなあ白蘭先生」

太郎は今さらのように気が気ではなくなってくる。男の意地のたった一言から女一生の運命を縛られて、しかも今は危険にさらされているという八重という娘が、なんとも気の毒でたまらない。

「太郎さんは人のことばかりで苦労させられるのね」

白蘭はふっと淋しそうな顔になる。

「しようがないさ。わしはそういう苦労をするために、生きて島から帰ってきたんだ。いいかえれば、わしにそういう苦労がしてもらいたいから、七人の仲間の魂がわしの命を守って島から救い出してくれたんだと思う」

「詰《つま》らないわ、太郎さんはこのごろあたしのことなんか少しも考えていてくれないんだもの」

「そんなことはない。わしはお蘭さんのことも、お冬は死んでしまったからしようがないが、兵太郎のことも、どうかしあわせであるようにと、いつも考えている」

「あたし、しあわせになんかなれないわ。太郎さんがあたし一人のものになってくれないうちは」

お蘭は燃えるような目をかくそうともせず、そんな我がままをいい出す。四人目のたずね人がお八重という娘だけに、太郎があんまり真剣に心配し出すと、妙に不安になってくるのだろう。

「お蘭さんは時々駄々ッ子みたいなことをいい出すなあ。そんなことはその時さえくれば、自然にそうなるものだ。今からやきもきすることはない」

「その時ってのは、後四人のたずね人をみんなさがし当てた時のことね」

「そうだ」

「じゃ、その時がきたらきっと太郎さん、あたしをお嫁にもらってくれますか」

「いいとも――たしかにお嫁にする」

太郎はおだやかに微笑している。

「安心したわ、あたし」

口ではいったが、白蘭は本当かしらというように、まだ太郎の目を見すえている。が、太郎は決して嘘をいうような男ではないとわかっているし、女だてらにあまりにも押しつけがましかったと気がつくと、白蘭は急に顔が赤くなってきた。

「ごめんなさい。あたし命がけだったんですもの」

「いや、あんたはいつでも命がけになれる女だ。この間も兵太郎のために、六郷で水《みず》垢《ご》離《り》をとってくれた。わしは感謝しているんだ」

「水垢離は行《ぎょう》のうちですもの、なれているんです」

「そこでな、自分たちのしあわせはその時までそっとしまっておくとして、わしは明日の朝、ともかくも土浦へ行ってみてこようと思うんだが、どうだろうな」

　太郎が改めて切り出す。

「そうねえ、無駄じゃないかしら」

「無駄かねえ」

「それより一度、土浦藩のお上屋敷へ行って、誰かに宮島嘉右衛門という人のことを聞いてみたらどうなんです」

「なるほど——」

　郡奉行までつとめた人物なのだから、これは上屋敷へ行って聞いてみれば、今どうしているかぐらいのことはわかるはずである。ひょっとして親戚の者でもいてくれれば、なお手っ取り早い。

「よし、土浦家の上屋敷は小川町だ、すぐにたずねてみよう」

　思い立つと太郎は気が早い。

「今からですか」

　なぜか白蘭は浮かない顔である。

「まだ八つ（二時）をすぎたばかりだから、今からなら明るいうちに行って帰ってこられる。提灯の灯が消えてしまってからでは、山路に迷っている娘さんがかわいそう

ようがないんだけれど」

「なんだかあたし、今日は出かけると太郎さんの身に災難がおこりそうな気がしてしようがないんだけれど」

「大丈夫だ。わしは災難だらけの男なんだ。たいがいの災難にはおどろかないことにしている」

太郎はわらいながら立上った。

「でも、気をつけてくださいね。夜までにはきっと帰ってきてくれなくちゃ」

白蘭はいそいで玄関まで追って出ながらなにか落着かない気持である。

二

花はしきりに散りいそいでいるが、江戸の町はまだ花にかこつけて浮き立ち、どこへ行っても賑かだった。

太郎は東本願寺の前から上野へ出る道をとって、大股にいそいでいる。今朝品川までの三里の道を往復してきているが、少しも疲れたということを知らない健脚である。

——四人目の八重だけはすぐわかると思ったんだがなあ。

八重は前の三人と違って、親がついているのだし、しかも家庭は土浦藩の歴《れき》とした上士《じょうし》なのである。ことによると正之進が心配するまでもなく、もうどこかへ嫁に行っているのではないかとさえ考えて、安心していたくらいだった。

が、白蘭の予言が当っているとすれば、その不幸は前の三人に劣らないものがある。いや、良家に育っているだけに、一層あわれ深いものがある。

上野から御成街道へ出て、筋違橋《すじかいばし》の手前を右へ切れ、昌平橋をわたると小川町はもうそこである。

こんどのお蘭の予言は外れているんじゃないかな。

ふっと太郎はそんなことを考える。お蘭は今日、第四人目は八重という娘だとわかるとやきもちを妬いていた。心気が乱れていては、正しい勘が働くはずはない。白蘭先生でいる間の予言は信用できるが、お蘭になってしまってからの予言はどうもあぶないような気がする。

——すると、一縷《いちる》の望がなきにしもあらずということになるぞ。

太郎はそんな希望を取り戻しながら、間もなく土浦家の表門へ立った。門番足軽に姓名を告げて、

「実は仔細があって、先年郡奉行をつとめたことのある御当家の御家来で宮島嘉右衛門どのの近況をうかがいたいと存じ、不躾《ぶしつけ》ながらおたずねしたものですが、誰方《どなた》かご存じの方はないでしょうか」

　と、鄭重に聞いてみると、すぐに門番小屋から初老をすぎた年配の士分の者が出てきてかわり、

「先年郡奉行をつとめた宮島さまでしたら、数年前に少し事情があって、当家を浪人されました」

　と、教えてくれる。

「そうですか、浪人されたのですか。すると、その後のことはなにもわからんでしょうな」

「くわしいことはわかりませんが、その後江戸へ出てこられて、嘉右衛門どのは間もなく死去されたように聞いています」

「たしか御子息と娘さんがあったはずだが――」

「わかりませんなあ、今はどうされているか」

「御当家に縁者などはおられないのでしょうか」

「さあ、国もとにはいるかも知れませんが、元々国詰の方だったんで、江戸ではわかりませんな」

　これ以上聞いてもしようがないと思ったので、太郎は門番の士《さむらい》の親切を感謝して門を離れた。

　――浪人したとは意外だったな。

しかも、嘉右衛門が数年前に死んでいるとなると、たとえ土浦へ行って縁者をさがしてみても、恐らくこれという答は出てこないのではないか。

太郎はがっかりしてしまった。しかし、がっかりしただけですませてはいられない太郎なのである。ほかに手がかりの求めようがないとすれば、無駄でも一度は土浦へ出向いてみるほかはない。

「やっぱり明日の朝、江戸を立つことにしよう」

帰りは八辻《やつじ》ヶ原から佐久間町河岸へ出て、浅草橋の袂《たもと》へ出ることにした。さすがに気に張合いがなくなってくると、足が重い。

茅町通りから天王橋へかかるころ、長い春の日もいつか暮れかかって、町に灯が入りはじめていた。

――兵太郎たちは今夜は程ケ谷泊りのはずだ。

今朝が早かったから、もう旅籠へついているはずである。若い者たち三人、ともかくも事がおさまっての、たのしい帰国の旅なのだから、さぞ話がはずんでいることだろう。

そっちは考えても気が楽だが、八重のほうは今ごろどんな山路に踏み迷っているのか、太郎の気苦労は絶えない。

「わあッ、――卑怯」

天王橋の向うで、ふいに絶叫といっしょに白刃が火花を散らすような無気味な音が耳を打った。

見ると、黒い人かげが三つ四つ渦をまくように往来の真ん中でもつれあって、ぱっと別れると、一人と三人になり、一人のほうが橋の袂の柵を小楯に取って身がまえたが、すでに肩先へ一太刀あびせられているらしい。

三人のほうがそれを追って、たちまち逃さじと必殺の剣陣を作る。いずれも若侍たちで、一人のほうは旅支度だ。

まだ宵に入ったばかりで、しかもここは目抜きの蔵前通りへ入ろうとするところだから全く人通りが絶えるという時刻ではなし、物奪りにしては少し大胆すぎる。

一気に橋をわたった太郎は、

「狼籍者、しずまれ、ここは江戸の町中だぞ」

と、一喝しながら大胆にも白刃の間へ割って入って、とっさに手負の一人のほうを背にかばった。

「退《ひ》け。我々は藩命によって不埒者を成敗するのだ。無用のとめだては迷惑だ」

「いや、理由はともかく、相手はすでに重傷をうけている。敵討《かたきう》ちなら知らぬこと、力つきた者を斬るという法はない。それとも強《た》って町中で斬りすてろという藩命かな」

三人はちょっと返事に詰ったようだが、

「ええ邪魔だ、斬れ斬れ」

「なんだ浪人者のくせに」

「やっちまえ」

と、口々に殺意を露骨にしてくる。

「馬鹿者ッ、そんな乱暴な放言があるか。貴公たちはいずれの藩中の家来か」

太郎は柄に手をかけながら、油断なく相手を睨みまわす、六尺豊かな大男だから、こういう時はひどく睨みが利く。

「くそッ」

藩名も名乗らずに、一人がいきなり斬りこんできたのは、三人のほうに名分のない暗殺と見ていい。

「来るか」

太郎が抜打ちざまに引っぱらうと、普通の力ではないから敵の白刃は火花を散らして、ぽきりと中ほどで折れてけし飛んでしまった。

「うぬッ」

残る二人も同時に一刀を振りかぶったが、太郎の火のような気魄に圧倒されて、どっちからともなく、ばたばたと蔵前のほうへ逃出している。

そろそろ弥次馬が遠まきにしてき出したので、彼等はその人目も恐かったのだろう。

「貴公、どうした。しっかりなさい」

一人のほうはすでに力つきて、そこに尻餅をつき、やっと両手で体を支えている。左の肩口から血があふれて、恐らくもう命を取りとめることは難しいだろう。

「お願い、お願いでござる」

手負《ており》は必死に蒼白の顔をあげたが、もう目は見えないようだ。

「よろしい。なんでもうかがおう」

「あなたを、あなたを武士と見て、お願い」

「弓矢八幡、武士として必ずお役に立ち申す」

太郎は手負をしっかりと、うしろから抱きかかえてやりながら、その耳へいった。

「かたじけない。手前は丹波亀山藩、西村三平、ふところに密書が、油紙につつんで、それをお取りくだされたい」

「よろしい」

手早くふところをさぐってみると、たしかに油紙につつんだ書状ようのものが、胴巻の中から出てきた。

「これをどこへ、とどけろといわれるのか」

「水、――水を――」

童顔にかえって、今にもこと切れそうである。

「しっかりするんだ、三平うじ、大切な使者の途中だぞ」

「は、はい。今夜は川崎泊り、これをその人の手へ、浦路どの、お浦どのです。それから、それから」

「浦路、お浦、女だな」

「一人旅です。あぶない。奥方さまから、お言葉が、たのむと、――わしは、わしはもう駄目です」

「これ、しっかりするんだ。もう他にいうことはないのか」

若者の魂を呼びもどすように、体をゆすってみたが、

「かたじけない」

それも言葉にはならず、がくりと首を落してしまう。

――かわいそうに。

大切な使者に行く途中、刺客にやられたのだ。さぞ心残りだろうと思うと、太郎は涙があふれてきた。

――あんたの使命は、きっとわしがうけついであげる。安心して、成仏してくれ。

太郎は三平の死骸をそっとそこへ横たえ、心から合掌した。

それは島で死んだ仲間の一人一人にしてやった誓いの合掌とおなじことだった。

殺した奴等が憎い。一人を三人でこんな風に殺すようでは、必ず殺したほうに非があるに違いない。

太郎はすっと立上った。

「一同、この若者は西村三平といって、丹波亀山藩の侍だということだ。すまんが、番屋へ届けて、しかるべく始末をしてやってくれ。たのむ」

太郎はまわりを取りまいてきた人立ちの方へ、そういって頭をさげると、さっさと蔵前通りのほうへ歩き出した。長居をして町役人にでも引きとめられると、今夜中に川崎へ行けなくなる恐れがある。

人々は呆気に取られて見送りながら、幸い誰も引きとめようとする者はなかった。

「川崎泊り、浦路のお浦、一人旅、奥方のお言葉」

太郎は一言、一言を嚙みしめるように、胸の中でくりかえしてみる。

丹波亀山の上屋敷は一ツ橋外だから、西村三平は上屋敷から出てきたのではなさそうだ。

奥方の密使で浦路という女中が今日国もとへ立った。今夜は川崎泊りとわかっているところをみると、たぶん午《ひる》から立ったのだろう。

その後で奥方は、なにか浦路に告げておきたいことができて、女一人の旅では心もとない。そこで、こんどは西村三平に密書を持たせて、浦路の後を追わせて、いっしょに国もとへ行かせようとしたのだろう。

その三平があそこで敵の刺客にやられたとすると、浦路のほうへも、敵は手をまわしているのではあるまいか。

——事情はとにかくとして、死人と約束をした以上、その約束だけは果さなければ、弓矢八幡に誓った武士の面目が立たないことになる。

太郎は一度白蘭の家へ帰って、すぐ川崎へ夜旅をかけるつもりだった。

八重のほうはまた後まわしになる。

出がけに白蘭が、今日は災難がおこりそうだとしきりに気にしていたが、どうやらその予言も当ってしまったようである。

——しようがない。わしはどうしても人のことで苦労するようにできているんだが、白蘭がまた駄々をこねるんじゃないかな。

太郎はそれもちょっと心配になる。

空に春のおぼろ月がある宵だった。

——はてな。

雷門から仲見世へ入った太郎は、たしかに誰か尾行しているらしい気配を感じた。

さっきの三人かも知れぬ、ふところの密書を狙っているのだろう。

困ったなあ。尾行がついていては、うっかりお蘭の家へは帰れない。

白蘭までこんな血なまぐさい事件に、まきこみたくないからだ。

太郎は当惑しながら、ぐんぐん仁王門の方へ近づいて行く。

三

翌朝、太郎は明け六つ（六時）の一番舟を待ちかねて、六郷の渡しをわたった。できれば昨夜のうちに川崎へわたりたかったのだが、渡しは暮六つに終ると翌朝の六つまでは出ないのである。

しかし、たずねるのは一人旅の武家娘なのだから、そう早立ちはしないだろう。これから川崎を通りぬけて、宿外れで待っていれば、たぶん間にあうと太郎は見当をつけているのだ。

舟が出ようとすると、

「おうい、待ってくれえ」

一足おくれて、あわてて河原を走ってくる男があった。道中差を一本さした旅支度の小商人らしい男である。

「やれ間にあったか」

身軽に舟へ乗りこむと、そこへしゃがみこんでもう腰の莨入《たばこい》れを取出していた。

相客はその男を入れて四人、あとの二人は土地の者らしく、船頭を相手にのんびりと世間話をはじめている。

——こいつは臭い。

太郎はわざとその男のほうは見ないふりをしていたが、すぐにそう気がついていた。

昨夜、仲見世を通りぬける時、たしかに後をつけているらしい男の姿をちらっと見た。だから用心して、随身門《ずいじんもん》から浅草寺の境内をぬけると、白蘭の家のほうへは足を向けずに、真っ直ぐ藪ノ内の鶴屋へ行った。そこで夕飯をすませて、おとぼけ仙太に白蘭への伝言《ことづけ》をたのみ、そのまま品川へ向ったのである。

昨夜は大森泊りにしたが、それから今朝まで、一度も怪しいと思うような奴は見かけなかった。

——なんだ、後をつけられていると思ったのは、気のせいだったのか。

つい今し方まで太郎はそう思って、忘れるともなくそんなことは忘れていたが、この小商人風の男はどうも油断ができないようだ。

それにしても、これが本当に敵のまわし者だとなると、太郎はちょっと困ったことになる。

太郎は今朝一人旅の浦路という娘に、西村三平から託された密書を手わたしすれば、それで用はすむのだから、すぐに江戸へ引きかえすつもりで、白蘭にもそう伝言をたのんでおいた。しかし、その密書にこんな送り狼がついているとなると、果してこの密書を娘一人の身で国もとまでまもり切れるかどうか、それが心配になってくる。

——わしもいそがしい体なんで、まさか丹波亀山まで娘を送ってやるわけにはいかんしなあ。

といって、見す見す狼共に狙われている娘を、一人で放り出すわけには行かない。弓矢八幡、武士の面目にかけてこの密書は浦路の手にとどけてやると、死んだ西村三平に誓ったのは、密書が浦路という娘の手で無事に国もとへとどくことまで含まれているのだ。途中で敵の手にわたってしまうような密書なら、なにも弓矢八幡まで引きあいに出して、ここまで運んでやる必要はなかったことになる。

——偉いことになったぞ。

太郎がいささか当惑しているうちに、舟は川崎へ着いてしまった。

小商人風の男は真っ先に舟をあがると、さっさと河原から土手のほうへ歩いて行く。旅なれていると見えて、ひどく達者な足だ、それに、一度もこっちを振りかえってみようともしない。

疑えばきりのない話だが、そのさり気ない様子がいよいよ臭いと太郎には思えてくる。

が、太郎がまだ静かな朝の川崎の町を通りぬけるころには、もうその男はどこへ行ったか影も見せなかった。

太郎は宿を出外れて、これから畑道になろうとする道端の、庚申堂《こうしんどう》の縁を借りて、一人旅の武家娘を待ってみることにした。

ようやく春の朝日が明るくのぼってきたが、大体川崎の宿は中間の宿駅で、江戸からきても、小田原からきてもここへ泊る者はほとんどないから、旅人らしい者はまだ一人も通らない。

と見ているうちに、宿のほうから四人づれの旅の侍が目についてきた。先頭の二人は男だが、後へつづく二人は女のようだ。

——はてな。

どうやら男のほうは昨日の朝品川で別れた中津川兵太郎と山部半之丞のようである。すると、うしろの女づれ二人のうちの一人は房枝ということになりそうだ。

普通で行けば昨夜は程ケ谷から戸塚泊りということになるはずだが、どうして今ごろこんなところを歩いているのだろうと見ているうちに、向うでも道端へ立って行ったこっちをすぐに見つけたらしく、

「やあ、黒潮さん、どうしたんです」

兵太郎がびっくりしたように走り寄ってきた。

「あんたたちこそどうしたんだ。昨夜は川崎へ泊ったのかね」

「そうなんです。房枝さんが昨日ちょっと腹痛をおこして、大森でしばらく休んだものだから」

「そりゃいかんな。もういいのかね、房枝さん」

太郎が思わず肩をよせて聞くと、

「はい。御心配をかけて申訳ございません」

と、房枝は顔を赤らめておじぎをしながら、どうやらもうすっかり元気を取りかえしているようである。

「なあに、ほんの食当りだったようです。早くもどしたんで、よかったんですが、一時は江戸へ引きかえさなくちゃならないかなと、ずいぶん心配しました」

やがては妻になる房枝のことだから、半之丞がそう説明して、いたわるように房枝のほうを振りかえっていた。

その房枝より二足ほどさがって、こっちの邪魔にならないように待っているのは二十三、四とも見える武家娘で、娘というにはだいぶ薹《とう》が立ちすぎてはいるが、それだけにしっとりと落着いて、人目に立つような美貌の持主である。

「房枝さん、あの方は――」

もしやと思ったので、太郎は房枝に聞いてみた。

「あの、昨日、大森から道づれになりましたの」

その娘は黙ってこっちへ目礼をする。

「失礼ですが、あなたはもしや丹波亀山藩の浦路どのではありませんか」

「はい」

娘ははっとしたように目を見はる。

「すると、西村三平という仁を知っていられるはずだが」

「はい、存じております」

もう間違いはないと思ったので、

「わしは黒潮太郎という浪人者だが、その西村さんから奥方の密書というものをあずかって、あなたの後を追ってきたものです」

と、太郎は名を名乗ってから、

「立話は人目につく。歩きながら話しましょう。――兵太郎さん、わしは小商人風の旅の男につけられているようだ。うしろから気をつけていてくれないか」

と、呆気にとられている兵太郎にたのむ。

「承知しました」

「半之丞さんと房枝さんには先頭をお願いしよう」

「心得ました。なんだか妙なことになったようですね、黒潮さん」

「うむ、まさか浦路さんがあんたたちと道づれになっているとは、わしも意外だった」

「でもあたくし、黒潮さまにまたお目にかかれてうれしい」

房枝は無邪気にいいながら、半之丞とならんで先に立つ。

次は浦路が緊張した面持で太郎と肩をならべる。

しんがりは兵太郎だった。

街道の両側は明るい青麦畑で、空には絶えず雲雀《ひばり》がさえずっていた。

「浦路さん、我々はみんな気心のよく知れた仲間同士だから、その点信用してもらってもいいと思う」

「はい、昨夜からお噂はよくうけたまわっております」

「実は、昨夜まだ宵の口に、わしが蔵前の天王橋を通りかかると、若い旅支度の侍が一人、三人の刺客に取りかこまれて手負になっていた。それが西村三平です」

「まあ」

「刺客共はどうやらわしが追い散らしたが、西村うじは間もなく絶命しました」

「あの、死んだのでございますか」

「残念ながら手当てのとどかぬ深手でした。その折り、わしに武士と見こんでたのみたいといって、あなたが昨夜川崎泊りのことを告げ、ふところに奥方から託された密書があるから、それをとどけてもらいたい、道中があぶないから、気をつけるようにと奥方からいいつかって、あなたを追うところだったたと、そういう意味のことをいうので、よろしい、密書はたしかに浦路どのにとどけてあげると誓って、わしはすぐ江戸を立ってきました。これがその密書です」

太郎はふところから油紙につつんだ密書を取り出して、浦路の手にわたす。

「ありがとうございます」

浦路はそれを押しいただいてから、油紙の紐を解き、手早く中をあらためる。

「無論、わしは中はあけてはいないが、たしかに間違いはないでしょうな」

「はい、奥方さまのお筆に相違ございません」

浦路はそういいながら、なにか小首を傾げている。

「どうかしましたか」

「いいえ、この密書は奥方さまから国もとの城代家老成瀬監物《けんもつ》さまにあてたものでございますが、あたくしにはどうもわかりかねることがございます」

「といわれると——」

「あの、西村三平を斬った刺客というのは、どんな者たちだったのでございましょう」

「名は名乗らなかったが、三人共同藩の若侍じゃないかと思います。わしが出て行くと、退け、我々は藩命によって不埒者を成敗する者だと、はっきりいっていたから」

「すると、奥方さまの敵ということになりますね」

浦路は妙なことをいい出す。

「そういうことになるはずだが、あなたには心当りはないんですか、わしはまたあなたもおなじ敵に狙われているんじゃないかと、実は心配してきたんだが」

「その敵というのが、あたくしにはどうもはっきりしないのでございます」

「しかし、あなたは奥方の内密の御用で、こうして一人で道中へ出てきたんじゃないんですか」

「はい、それはそうなのですけれど。――その御用といいますのが、正直に申しますと他愛のないことなので。この月はじめに殿さまがお国入りのため江戸をお立ちになりました。もう二、三日で国もとへお着きのことと存じますが、そのお留守中に奥方さまが三晩つづけて、鶴が死んだ不吉な夢を見ましたとかで、昨日突然あたくしに殿さまの後を追ってくれるようにと、お申しつけになったのでございます」

「すると、御用はお言葉だけですか」

「はい。その夢と申しますのが、番《つがい》の鶴が沼のほとりの松の枝に翼を休めていて、そのうちに雄のほうが沼へ餌をあさりにおり、なにか小魚をのみこんだと見る間に、羽根をばたばたさせながら苦しみ出す。雌のほうはそれを助けに行こうとしますが、どうしても体がきかない悲しい夢で、それが三晩つづけておなじ夢を見たのだそうでございます。こんなことは誰にもいえないが、もしや殿さまは何者かにお命を狙われているのではないだろうか、そのことを直々に殿さまにお目にかかって、あたくしからお耳に入れ、どうぞ召上り物にお気をつけていただくように申上げてきてくれと、いいつけられてまいったのでございます――」

「なるほど――」

聞いてみると、全く他愛のない話のようにも思える。

四

「お家になにかそんな悪人がいるという心当りは、少しもないんですか」

太郎は念のために聞いてみた。

「いいえ、全くございません。もっとも奥方さまは昨年秋越後村上の内藤家から亀山の松平能登守さまのもとへお輿入《こしい》れあそばしたばかりで、あたくしはその奥方登世姫《とせひめ》さまについてまいった者ですから、まだ亀山家のことはくわしく存じておりません。奥方さまもその御遠慮がございますから、ほかの者には内密にあたくしをそっと出してよこしたのでございます」

「上屋敷からぬけ出してこられたのか」

「いいえ、昨日は本所小梅のお下屋敷に奥方さまをおなぐさめするお花見がございまして、そちらからぬけ出してまいりました」

「なるほど——。すると、あなたが出てきた後で、奥方はなにかそれらしいたしかな証拠を耳にされた。そこでこんどは西村三平にその密書をわたして、あなたの後を追わせたということになるんでしょうな。西村という若侍もお里方からついてきた者ですか」

「はい、雑用の小侍としてついてまいった者でございます」

「その西村が天王橋で同藩の者に襲われたとなると、奥方の見られた夢は満更あとかたのない夢とはいえないことになってくる。いや、事実そういう陰謀が亀山家にあると見なければならない」

「この密書を見れば、なにかわかるとは存じますが、それはできません。あたくし一度ここから引きかえして、奥方さまにお目にかかったほうがよろしいのではございませんでしょうか」

浦路は思い迷っているようだ。

「さあ、それができればそれに越したことはないが、あなたはすでに悪人に狙われている体だと見なければならない。今江戸へ引きかえすのは、求めて火の中へ飛びこんで行くようなものだ」

「でも、奥方さまのことも心配になりますし、このままなにもわからずに国もとへまいるというのも、不安でございます」

そういわれてみると、それももっともな話である。

「こういう時白蘭でもいてくれると、助かるんだがなあ」

太郎は思わずひとりごとのようにいう。

「ああ天明堂先生のことでございますね。あたくし昨夜それを皆さまからうかがって、江戸を立つ前でしたら、さっそく奥方さまの夢を占ってみていただくのだったのにと、本当に口惜しゅうございました」

若い者たちは気楽な旅なので、もうなにもかも浦路の耳に入れてしまっているらしい。というより、おたがいの間に江戸での思い出話が、それからそれへとつきないのだろう。

「黒潮さん――」

兵太郎がふっとうしろから叫ぶ。

「なんだね」

「横からこんな嘴《くちばし》を入れるのもどうかと思うが、よかったらわしが一走り江戸へ引きかえして、白蘭先生に夢占いをしてもらってきてあげてもいいんですがねえ」

と、そんな人の好いことをいい出す。

「いや、兵太郎うじにはほかに用がある」

「どんな用です」

「まあ待て――」

太郎はわらいながら、しかし、さてどうしたものかと当惑せざるを得ない。ここまで浦路の話を聞いてしまうと、後はあなたの好きなようにとはいえなくなってきたのだ。

「よし、こうしよう。――半之丞さん」

太郎は前へ呼んで、つと半之丞と肩をならべた。

「なんです、黒潮さん。苦しい時はおたがいなんだから、わしたちにできることはなんでもいいつけてください」

半之丞もこんどは命がけの苦労をしてきただけに、それがいえるような男になったようである。

「ありがとう。しかし、半之丞さんたちは主持ちの体だ、他藩のことのために身を危険にさらすことは極力避けなければならん。あなた方はかまわず二人で帰国をいそぐことです」

「それは黒潮さん、できません。知らないうちならともかく、見す見す人の難儀を見ていて、それを避けたとなると、わしの武士が立ちません」

「いや、そのあんた方のかわりに、わしと兵太郎さんとで浦路さんのことは引きうけるんだ。安心して先へ行っていただこう。今日まで苦労してきた房枝さんのことも考えてあげなければいけない」

「しかし、わしとしてはそれでは心苦しい」

「いや、こんどのことは強《た》ってわしの言にしたがってもらう。約束しましたぞ、半之丞さん」

太郎は無理に押しつけるようにいってから、浦路のところへ戻り、

「兵太郎さん、こっちへ肩をならべてくれ」

と、うしろの兵太郎を呼んだ。

「はい」

「貴公はすでに主家を浪人したのだ、しばらく浦路さんを助けてやってもらいたい」

「承知しました」

「そこで浦路さんだが、あんたはこのまま国もとへいそぐことだ。その密書を城代家老に見せれば、一切のことはわかる、ここは奥方のいいつけ通りに、迷わずに進むべきだと思う」

「はい」

「ただし今夜神奈川泊りにする。その間にわしが江戸へ引きかえして、できれば屋敷

の様子をさぐって、明日の夕方までにはわしが行くなり、誰かを使によこすなりして、事情を知らせてあげる。亀山藩の誰に逢えば一番よく事情がわかるだろうな」

「死んだ三平の父親西村善太夫と申す者が、奥方さま附になっております」

「なるほど、やっぱり里方からついてきた人ですな」

「はい」

「よろしい。できるだけその仁に逢えるように骨を折ってみよう」

「御好意におすがりいたします」

「そこでな兵太郎さん、浦路さんには必ず敵のまわし者がつきまとって、密書を狙っていると見なければならん。それをまもり通すのが貴公の役目なんだから、油断は禁物だし、旅籠についたらなるべく外へ出てはいかん、わかったね」

「きっとそうします。神奈川には今夜と明日の晩の二晩泊ることになりますね」

「うむ。旅籠は羽沢屋《はねざわや》ときめておこう。万一明日中にわしからたよりがとどかなかったら、わしの身になにか間違いがおこったと見て、明後日の朝かまわず国もとへ出発するがいい。どっちにしても相当の危険が迫っていると覚悟して、くれぐれも用心しなくちゃいけない」

「よくわかりました」

「じゃ、かまわず行きたまえ。わしはここから江戸へ引きかえすから」

太郎はそういってそこへ立止る。川崎から神奈川へ二里半、ちょうどその中間の生麦村あたりへかかったころだ。

「黒潮さん、いろいろお世話になりました。では、我我はお指図にしたがいます」

半之丞がそばへ寄ってきて、きっぱりと挨拶をした。

「あたくし、なんだかお名残り惜しくて――」

房枝はまたしても泣き出しそうな顔になっている。

「よろしいよろしい。みんな元気で、それぞれの道へ進むんだ。丈夫でいさえすれば、またいつか逢える時があるんだから、体だけは大切にしたまえよ。じゃ、さようなら」

太郎はくるりと踵《きびす》をかえして、川崎のほうへ大股に引きかえし出す。わざと一度もうしろは振りかえらなかった。

――半之丞と房枝まで犠牲にすることはない。

その第一の目的はどうやら納得させることができた。

兵太郎は身びいきではないが、腕前からいっても思慮分別からいっても、十分浦路をまもり切れる男だ。

――そっちは両方ともひとまず安心だが。

それにしても、とうとう偉い事件にまきこまれてしまったものだと、太郎は我ながら苦笑が出る。

大名の家のお家騒動などというやつは、どっちへころんだって今の自分にはそうかかわりのある問題ではないが、その飛ばっちりをうけて罪もない善人が悪人のために命まで奪られたとなると、太郎は人間として黙っていられなくなる。

――とにかく、わしは浦路という娘さえ助けてやればいいんだ。

そのつもりで太郎は道をいそいでいた。この辺から品川まではおよそ六里、浅草まではは九里近くになるから、どういそいでも夕方近くになるだろう。

――白蘭が心配しているだろうな。

太郎は白蘭のすねた時の白い顔を思い出すと、なにか心あたたまる気がしてくる。散々不幸な目にあってきた女だけに、今はすくなくともそれよりしあわせになっているらしいのが、太郎としてもうれしかった。

――はてな。

ようやく六郷の渡しまで引きかえして、そこの土手を越えようとすると、目の前の河原に一杯の人立ちがしている。

三人の旅の侍を相手になにかいっているのは、これも旅支度の若い女で、意外にもたしかに白蘭なのだ。そのうしろにおとぼけ仙太がついていて、老人の旅の武士を背にかばいながら、うろうろしているようだ。

「ならんならん、女の分際で無用の留めだて、強って邪魔をいたすと手はみせぬぞ」

侍たち三人のほうはもう殺気立って、いまにも刀を抜きかねまじき見幕である。

「どうした、白蘭」

太郎は人垣をわけて、つかつかと白蘭の前へ出て行った。

「ああ旦那、いいところへ――」

仙太はおどりあがらんばかりに声をかけてきたが、白蘭はちらっとこっちを見ただけで、意地強く三人のほうを睨みつけている。

「やあ、貴公たちは昨夜の天王橋の御仁たちじゃないか。妙なところでまた出逢いましたなあ」

旅支度にかわってはいるが、その三人は紛《まぎ》れもなく昨夜西村三平を斬った刺客たちなのだ。

「くそッ、貴様か」

三人の顔色がさっと変って、一人が吐きだすようにいった。

「貴公たち、今日は誰を狙っているんですな」

「太郎さん、その人たちこの御年寄を待伏せしていたのよ。なんですか、同藩の者で不埒を働いたおいぼれだから、藩命によって成敗するんですって。本当かしら」

白蘭も太郎がきてくれたので安心したのだろう、訴えるようにそんな憎まれ口をきく。

「さあ、この方々は昨夜もそんなことをいって、若侍を一人斬ったが、貴公たちはよく人殺しの藩命ばかりうけるんだなあ。一体、どこの御藩中かな」

今日は太郎も頭から高飛車に出る。

天の声

一

「うぬ、やっちまえ」

狼藩士三人のうち、気の早い一人がさっと抜刀した。

まわりを取りまいている見物人たちが、そら抜いたというように、顔色をかえて後ずさりする。

「貴公たち、ここで血を流してもいいのか。すぐそこに川役所があるぞ」

黒潮太郎は平然として一本極めつける。

川役所には役人が詰めているから、たとえ藩命で人を斬っても一応は取調べをうけなければならない。しかも、太郎の腕前は昨夜でよくわかっているので、

「北浦、やめろ」

三人の中でも頭立った一人が、ここでやっては不利と見たか、いそいで仲間を制し、

「おい貴公、いずれ貴公には改めて挨拶をするから、そのつもりでいてくれ」

と、太郎のほうへ凄《すご》んで見せて、土手のほうへ歩き出す。

「おぼえておれ、女」

一人は白蘭のほうへそんな棄てぜりふを残して行く。

「ふん、一度見たら忘れられないおかしな顔さ」

仙太がそのうしろ姿へ冷かすように浴せかけていた。

「お蘭、そのお年寄は――」

太郎はもういつもの顔になって、旅姿の白蘭に聞いた。

「今朝品川を出るころから、御いっしょの道になって、あたしたちも先をいそいでいますし、お武家さまもおいそぎのようで、ただなんとなく世間話などしながら、ここまできたんです」

別に道づれになろうと約束したわけではなく、年寄の足に女の足、どこまで行ってもつかず離れずなので、いっしょに歩いてきたというほどの仲なのだろう。

「ただ今は当惑のところをお口をきいていただき、まことにかたじけのうござる」

老人はそれへ出て、ていねいに太郎に挨拶をした。供の者もつれずに、こうして一人で歩いているくらいだから、そう身分のある侍ではないようである。

「失礼ですが、あの連中は藩命によりというようなことを口にしていたようだが、同藩の者たちですか」

「はい、たしかに顔に見おぼえのある者たちです」

「先をおいそぎのようですな」

「はい」

まだ自分から名を名乗ろうとしないのは、迂闊《うかつ》に名乗りたくない理由がなにかあるのだろう。

太郎は思いあたる節があるので、

「とにかく、その辺までお送りいたそう」

と、老人をうながし、白蘭と仙太についてくるようにと目くばせして、川崎のほうへ引きかえすことにした。

土手を越えると、もう弥次馬もついてこようとはしなくなったようである。

「御老人、わしは黒潮太郎という者ですが、昨夜仔細《しさい》あって浅草天王橋で丹波亀山藩の西村三平という若侍から密書というものをたのまれている。あなたはなにかそのことについて心当りのある方ではないかな」

太郎はあたりに人の耳のないのを見定めてから、そう切り出してみた。

「おっしゃるとおり、実は三平の父西村善太夫と申します。先きほどちらっと耳にしていましたが、伜三平を昨夜天王橋で斬ったのは、やっぱりあの三人の者たちだったたのでござろうか」

　老人はたぎってくる感情をじっと押しこらえているようである。

「これは奇遇だ。ここで三平どのの父御にお目にかかれようとは思わなかった」

　太郎はわざとそれだけの間をとってから、

「すると、御老人は浦路さんを追っているんですな」

と、話をそっちへ持って行く。

「はい」

「御安心なさい。三平どのが持っていた奥方の密書は、わしが今朝たしかに浦路どのにとどけました」

「かたじけない。ただただそれが心配で、手前は奥方さまにおことわり申上げ、江戸を立ってきたのでござる」

「御胸中お察しいたす」

　倅の死骸は引取ったが、肝腎の密書がなくなっている。万一敵の手にわたっているとなれば、浦路の身がいよいよあぶなくなるので、老人は奥方と相談の上、わが子の死を悲しんでいる暇さえなく、ともかくも浦路の後を追うことになったのだろう。

「三平どのは、失礼ながら立派な最期でした。ふいにあの三人に斬ってかかられたのだから、防ぎようがない。しかも、うしろからの卑怯な初太刀《しょだち》が深手だった。ちょうどわしが行きあわせて、どうにか三人を追い払うと、必死に深手をこらえながら、ふところの密書をわしに託し、川崎泊りの浦路どのにとどけてくれるようにと、はっきりいって、わしが武士の面目にかけて引きうけたと答えると、やっと安心して息を引きとられた。わしはその意気にうたれました。だからこそ、身をもって仏との約束を果す気になったのです」

「かたじけのうござる」

老西村は低く答えて、奥歯をくいしばっているようだ。人に涙を見せたくないのだろう。

そう思うとかえって太郎のほうが涙が出そうになって、しばらく口がきけなかった。うしろから白蘭と肩をならべてくる仙太も、さすがにいつもの無駄口が飛ばせないようである。

「御老人、浦路どのは今日神奈川の旅籠《はたご》に泊めてあります」

太郎が改めて切り出したのは、もう川崎の宿《しゅく》を出外れて、街道が青麦畑へかかってからであった。午にはまだちょっと間のある時刻である。

「浦路どのは奥方の鶴の夢のことで江戸を立ってはきたが、密書にどんなことが書いてあるのか、どうしてその密書を持った三平うじがあの三人に狙われたのか、とにかく奥方の心痛が杞憂《きゆう》ではなく、事実となってあらわれてきた。それだけはたしかなようだが、では、その敵の正体は何者なのかそれがわからない。いっそ一度江戸へ引きかえそうかというので、――それはあぶない、敵は三平うじを狙った以上、すでに浦路さんも狙われていると見なければならない。むしろわしが江戸へ行って様子を聞いてきてあげよう、誰に連絡を取ったらいいのか、それなら西村善太夫という人が三平の父親だから、この人に逢ってみてくれということになって、わしはさっき六郷の渡しまで引きかえしたところだったんだが、御老人はそれについてなにか御存じのことがおありだろうか」

「かさねがさね、お世話になります」

善太夫は又しても心から頭をさげて、

「世の中というものはまことに皮肉にできているものと見えましてな。実は浦路さまが小梅の下屋敷から奥方さまの御用でひそかに抜け出されてから間もなく、意外なことがわかってきました」

と、正直に打ちあけたのはこうであった。

丹波亀山十万石の松平能登守は、去年十八歳の春先君のあとをついで当主となったが、側室の腹に生れた同年の弟が一人あって、松平彦之丞といい、これは巣鴨の下屋敷へ若隠居させられている。

しかし、当主能登守に万一のことがあれば、無論次の跡目は当主に嫡子が生れないかぎり、彦之丞がつぐことになる。そこに恐しい陰謀が生れているとは、当主側は誰も気がつかなかったし、まして去年の秋輿入《こしい》れしたばかりの奥方が知るはずもなかった。

そして、当主能登守は封《ほう》をついで初めての国入りのために先日江戸を立ったのだが、着々と陰謀の手はずを進めていた巣鴨派は、身に引目があるから奥方の身辺に絶えず目を光らせて、用心を怠らなかった。それが、かえって陰謀発覚の因をなすことになったのだという。

西村三平は昨日奥方が、ひる前に小梅の下屋敷へ着いて間もなく、中臈《ちゅうろう》浦路がひそかに屋敷をぬけ出すについて、ふだん締切ってある裏木戸の近くの物置小屋で旅支度に着がえた。それを手伝って、裏木戸から浦路を外へ送り出し、後をしめて戻り、花見の宴の雑用のほうへまわっていたが、浦路のぬいで行った衣類が風呂敷包みにしてそのまま物置小屋の中へかくしてある。今日は上屋敷から足軽が大勢きて警固についているので、その物置小屋が妙に気になる。

もし足軽などにその風呂敷包みを発見でもされると騒動になるのでもう一度念入りにかくしなおしておこうと、人目をぬすんでその物置小屋へ入った。

この辺は外庭になっているし、近くの裏木戸は滅多につかわない非常口になっているので、警固の者もそう度々まわってくる必要のない場所だ。そういう場所だけに、人がまわってくればすぐ足音が耳に入る。

――誰かきたな。

三平は人の足音を聞いて、思わず息をひそめた。無論物置小屋の戸はしめてあるが、もし戸をあけられでもすると、一坪ほどの小屋だからかくれようがない。

足音はたしかに二人一組でしかも小屋の前へきて立止ってしまった。

「庄吉、やっぱり巣鴨へ知らせておくことにしよう。早いほうがいいだろう」

外の声はあたりをはばかっているように低い。

「かしこまりました。御用人さまにお知らせすればよろしいのでございますな」

「うむ。当然奥方のそばにいなければならん中臈浦路どのの姿がさっきから見えぬ。気分がすぐれないので、しばらく別室で休んでいるのだと、女中共はいっているようだが、どの座敷にもそんな気配はない。一応お耳に入れておきますとな」

「すると、木村さまのお考えでは、外へ出たというお見込みなのですか」

「そう見て手配をしたほうがいいと思う」

「と申されますと、行く先はお里方ということになりましょうか」

「それが第一、それでなければ国もとだ」

「しかし、まさか奥方がこんなことを勘づく、そんなことは絶対にあり得ないと思いますがなあ」

「いや、女というものは案外敏感だからな。用心するに越したことはない」

「それはたしかにそうです。順庵老をかたづけたのは、やっぱり少し過激すぎましたからな」

「庄吉、壁に耳ありだぞ」

「おっと、つい口がすべりました。では、すぐ巣鴨へ駈けつけることにします」

「うむ、十分気をつけろよ」

「心得ています」

三平は小屋の戸をあけて調べられはすまいかと、冷冷していたが、幸いそんなこともなく、木村は浦路が出て行った裏木戸から庄吉を送り出して、そのまま引きかえして行ったという。

二

「さあ、それからが大変です。木村というのは一番徒士《かち》組の組頭をつとめている木村広右衛門で、谷山庄吉はその組下の者です。順庵老とは長く松平家の典医をつとめている山下順庵で、これは半月ほど前に下谷車坂の寺町で、何者かに闇討にあっています。こうわかってくると、伜三平が物置小屋の中で聞いた密談が容易ならぬものと、黒潮さんにもおわかりでしょう」

　善太夫はそう説明して、ちょっと言葉を切る。

「なるほど、天に口なし、人をして言わしむという結果になったのですな」

「そうなのです」

「典医を闇討にしたのは、なにかそのかげに、毒薬がからんでいるのですか」

「まだはっきりそうだとはいい切れませんが、奥方さまづきの奥用人林富右衛門どのは、古くから順庵老と碁《ご》友達だそうで、伜から今の話を聞くと、たぶんあれではないかと申していました。まだ若いころ、順庵老は立てつづけに富右衛門どのに負かされた時、余っぽど口惜しかったと見え、憎い奴、おぬしを一つ気ちがいにしてやるかなと、口走ったことがあるそうです。一服盛って殺すという話は聞いたが、人間を気ちがいにする薬などというものがあるのかと、聞いてみると、ほい、しまった。詰らん口ぐそをたれてしまったが、総じて蘭方のほうの薬は余計のめば毒になる。匙《さじ》かげんで人間を気ちがいにするくらいは半月ともかかるまいと、話していた。闇討の下手人はその毒薬を手に入れたのではなかろうかということでした」

「ふうむ、人を気ちがいにする薬な」

　大名の家は当主が変死をすると、家名を断絶させられることがある。が、発狂ならば代替えで事はすむのだ。

「そこで、陰謀の張本人、首領の見当はついていますか」

「これもまだ証拠を握ったわけではありませんが、巣鴨の用人土崎大学は江戸詰次席家老柴田主馬どのの甥《おい》にあたるそうです。柴田さまはなかなかの切れものでしてな」

「さっきの三人、三平うじを狙ったのもあの三人だが、あれは巣鴨づきの家来たちということになりそうですな」

「そうに違いありません。恐らく軽輩から腕を買われて取りあげられ、土崎の手足になって働いているのでしょう」

「つまり奥方の密書にはそのあらましのことが書いてある。三平うじはそれを持って浦路さんといっしょに国もとの御家老のもとへ密使に立ったところを、あの三人に先まわりをされたということになる」

「そうです。そしてこんど手前が浦路さまの後を追うのを、またつけられたということになるのでしょう」

「浦路どののほうはどうだろう。やっぱりもう敵に追われていると見るべきだろうか」

太郎はちらっと今朝六郷の一番舟に乗った町人態《てい》の男を思い出してみる。

「さあ、それはどうでしょうかな」

老人はむしろ太郎に聞きたそうな顔だ。これは無理もない。

とにかく、さっきの敵三人がこっちの行く手に待っていることだけは事実だ。果して敵は今のところ、あの三人だけだろうか、これは十分考えてみる必要がありそうだ。その前に、太郎は白蘭と仙太の始末をつけておかなくてはならない。

「御老人、ちょっと失礼します」

太郎は善太夫に挨拶をして、うしろの白蘭と肩をならべた。

仙太は、心得て、つと一足あとへさがる。

「お蘭は、わしの後を追ってきたのか」

「ええ」

白蘭はうなずいてわらっている。

「仙太のことづけを聞いて、当分わしは江戸へ帰りそうもない、なにかそんな予感でもしたのかね」

「そうなの。あたし昨日あなたが家を出た時から、途中で思わぬことが起るような気がしていました。だから、昨夜おとぼけさんが知らせにきてくれた時、これは二日や三日では江戸へ帰れないと、ぴんときたんです。一人でやきもき心配しているくらいなら、いっそ後を追ったほうが気が楽だと思ったもんだから」

「それじゃ、ここから帰れといっても、おとなしくいうことはききそうもないな」

「きくもんですか」

「しかし、こんどの道中はひどくあぶないことになるかも知れないよ」

「そんなことは、天明堂先生のほうがよく承知しております」

「それもそうだったな」

太郎は観念するほかはない。

「浦路さんて方は、神奈川に待たせてあるんだっていいましたね」

「うむ、待たせてある。兵太郎といっしょにね」

「まあ、兵太郎さんと——」

これだけはいくら白蘭でも、ちょっと意外だったらしい。

「実はあの一行は、房枝さんが昨日大森で具合が悪くなって、一休みしたものだから昨夜は川崎泊りになった。その途中で一人旅の浦路さんといっしょになったんだそうだ」

「それで半之丞さんと房枝さんはどうしました」

「二人は先へ立たせた。他藩のことでまきぞえを食うような羽目になっては可哀そうだし、またその必要もないことなんだからな」

「よかったわ、そのほうが——。じゃ、あの二人は今夜藤沢泊りぐらいですね」

「たぶん、そういうことになるだろう」

太郎はそういってから、ふっと気がついて、

「どうだろうなあ、白蘭先生、我々はこのまま神奈川へ入っても大丈夫だろうかなあ」

と、念のために聞いてみた。ひょっとすると、敵の目をわざわざ浦路に結びつける結果になるのではないかと、それが気になったからである。

「これからあたしたちが神奈川へ着くと、ちょうどお午《ひる》すぎになりますね」

「うむ、神奈川で昼飯ということになるだろう」

「少しいそいでみましょう。浦路さんのことはわかりませんが、兵太郎さんは今日はお午から少し悪い星にかわる日です」

「そうか、そりゃいかん」

白蘭の予言は頭から信じることにしているので、太郎はもう大股に老人のほうへ肩をならべて行く。兵太郎は、自分がいいつけて、浦路の附人にしたのだから、間違いがあってはならないと、責任を感じるのである。

「先生、太郎旦那はまたあのお年寄を助ける気になっちまったようですね」

仙太がそっと白蘭に肩をならべてきながらいった。

「そうらしいわ」

「じゃ、丹波の亀山くんだりまで出かける気なんですね」

「そういう事になるかも知れません。でもおとぼけさんは、御迷惑ならここから江戸へ帰ってもよろしいんですよ、危い道中だっていいますから」

「けっ、旦那に逢ったからって、なにもそう急にあっしを邪魔にしなくたっていいでしょう。先生は現金すぎていけねえや」

どうやらおとぼけ仙太も丹波亀山までいっしょについて行く気でいるらしい。

そのころ——

神奈川の宿に入って、半之丞と房枝の組に分れた兵太郎と浦路は、まだ午には一刻あまりもあるし、若い男女の二人づれで今からまさか約束の羽沢屋《はねざわや》へ着くのもなんだかおかしい。

「少し海辺のほうへ出てみましょうか」

年上の浦路のほうからいい出して、二人は町の東側にある舟着場のほうへ出てみた、海は右に横浜村を眺め、左に遠く房総の山々が霞んで見わたせる晴々とした春の景色である。

が、胸に重い気がかりのある今の浦路には、景色はただ景色としか目にうつらない。

「兵太郎さん、あたくしのために飛んだ道草をおさせして、申訳ございませんね」

浦路は改めて兵太郎にそんな挨拶をした。

「いや、そんな心配はいりません、わしはどうせ道草を喰いに世の中へ生れてきたようなものなんだから」

兵太郎は明るくわらって答える。

「あら、それはどういうわけなのでしょう」

「わしは子供の時実の母上に死別れ、実の父に棄てられた。幸い養父母にあたたかく育てられたが、孝行をしようと思っているうちに、また養母に死なれてしまい、いまは養父が国に残っているきりです。しかも、こんど飛んだ敵役《かたきやく》の濡衣をきせられて、その養父のそばにもいられない。幸い濡衣はこんど晴れたが、考えてみると、わしは人の子として今日まで道草ばかり喰ってきたような気がするんです」

その話は昨日からの若い人たちの口ぶりで、およそ浦路にもわかってきていたが、兵太郎という若者はそれが性分なのだろうか、そんな話をしても少しも暗いところがないのである。

「あなたはずいぶん苦労なすってきたようですのね」

「苦労してきました。しかし、ずっと苦労しっ放しで、苦労でない生活ってのをあんまり知らないんだから、これが本当の苦労なんだかどうか、自分にはわからない」

「ほ、ほ、おもしろいことをおっしゃる」

浦路は思わずわらってしまった。

「浦路さんはどうなんです。ずっとしあわせだったんでしょうね」

「さあ、どうでしょうか。兵太郎さんにはどうお見えになります」

浦路は砂浜へ坐りながら、試すように弟のような兵太郎の顔をちらっと見る。

「そうですなあ。本当のことをいうと叱られそうだなあ」

兵太郎は並んで足を投出しながら、汀《みぎわ》をすべるように飛んで行く鷗《かもめ》のほうをまぶし気に見ている。

「叱りませんから、なんでも正直におっしゃってごらんなさい」

「きっと怒りませんか」

「ええ、怒りません」

「じゃいってみようかなあ」

「おっしゃってみてください」

「浦路さんも、あんまりしあわせじゃなかった。違いますか」

はっきりとこっちを向くのである。まぶしいような澄んだ目をしている。

「どうしてあたくしがしあわせじゃないと、ごらんになりますの」

「本当のことをいってもいいですか」

「おなじことを何度も聞くのは、男らしくございませんわ」

わらいながらたしなめると、

「ああそうか、少しくどかったかな。浦路さんはすばらしい美人だが、面立のどこかにちょっと淋しいところがある。それに縁の遠いということは、男にしろ女にしろ、あんまりしあわせなことじゃないんじゃないかな」

「まあ」

最後の一言はぐさと浦路の胸へ突きささってきたが、年だけに微笑にまぎらせて、

「本当は兵太郎さん、御自分がまだ花嫁さまがないので、淋しいんでしょう」

と、やりかえして行く。

「一本やられたかな。半之丞組に散々当てられたからなあ」

兵太郎はおもしろそうにわらいながら、

「しかし、わしなどがそんな贅沢をいっちゃ申訳がない。黒潮さんはまだ四人もたずね人を持っていて、後何年かかるのか、人のためにばかり苦労しているのですからね。わしも発奮しなければならん」

と、きりっとした真顔になる。

「どう発奮なさるの」

「人間は自分ばかりのしあわせを考えちゃいけないんだ。人といっしょに自分もしあわせになる、そのためにはどんな苦労でも引きうけて闘う、それでなくちゃ本当のしあわせじゃないと思うんだ。まずわしのまわりを見まわしてみても、黒潮さん、白蘭先生、国のわしの養父、それから浦路さんも、みんな大きな苦労を持っている。わしはわしで役に立つことなら、その苦労の一つずつと闘って、みんなで早くしあわせに

なりたいと思うな」

兵太郎は自分にいってきかせるように、はっきりと海に向っていうのである。

三

神奈川の砂浜で春の日をあびながら、兵太郎と浦路は半刻あまり、のんびりと話しこんでいた。

それは午になるまでの時間つぶしのつもりだったが、ずっと御殿つとめをしてきた浦路にとって、誰になんの気がねもなく、こんなに伸々とくつろげる時は滅多になかったので、身も心もうっとりするほど、いい気保養《きほよう》になった。

いや、本当はそんなのん気なことはいっていられない場合なのだ。自分のふところには大切な奥方の密書があって、どうしても丹波亀山まで行かなくてはならない。それでなくてさえ女の一人旅はあぶないものとされているのに、浦路には主家《しゅか》に陰謀をたくらむ一味の者があって、その追手がかかっているらしい形跡さえある。いってみれば、命を狙われるかも知れない恐しい運命をしょっている身の上なのだ。

それはよく承知していながら、この明るくて純情な青年と話しこんでいると、いつか気持がくつろいできて、女が声に出してわらうのは端《はした》ないものといつもは慎しんでいるわらい声さえ、我にもなく口から出ている。

「兵太郎さんはこうしてお話していると、とても明るくて世の中がたのしそうですけれど、いつもそうなのですか」

「そうですねえ、人間があんまり利口にできていないんで、わしには気難しい顔なんてできないんですな。正直にいえば、わしは大抵の場合世の中がたのしい。ことに今日はたのしいです」

「あら、どうしてでしょう」

「わしは浦路さんのようなきれいな女《ひと》と、こんなに遠慮なく口をきいたことがない」

「じゃ、いつもは女の人の前では遠慮して口をきいているんですか」

「どうもそうらしいんです。きれいな女の人というものは、男がいつも遠慮しなければならないように取り澄していますからね」

「ほ、ほ、ではあたくしも人間があまり利口でないほうなんでしょう、きっと」

「いや、浦路さんは利口で、人間ができているから、わしのような者でも気が楽に口がきけるんだと思うな」

「そんなにほめられて、なにをさしあげたらいいかしら」

「ところが、わしはもらうほうでなくて、あいにくさしあげるほうなんです」

にっと兵太郎がわらいながらいう。

「まあ、あたくしにくださるの」

「あなたになら、よろこんでさしあげます」

「なにをくださるのかしら」

「いまにわかります。口でいってしまうと、なあんだといわれそうだから、いまはいいません」

「さあ、なにかしら」

浦路はちょっと真顔にならずにはいられなかった。まるっきり見当がつかないからである。

「そんなに気にしなくてもいいんです。もうその話はおしまい」

「だって、気になりますもの」

「はあてな、変な奴がこっちへくる、浦路さんの知っている人ですか」

兵太郎はわざと海のほうを見ながら聞いた。

浦路がちらっと振りかえってみると、どこかの藩士らしい旅支度の侍が三人、じっとこっちを見ながら大股に砂を踏んでくるのだ。

「あたくしの知らない顔ですけれど、もしかすると追手かも知れません」

浦路はどきりとして、兵太郎の顔を見ながらいった。

「わしもなんだかそんな気がするな。ああいう連中はこっちが恐がるとつけあがるから、なるべく平気な顔をしているほうがいいんです」

兵太郎はそんなことをいってわらっている。

——この人は若いから、つけ元気なのかしら。

そうは思ったが、顔色一つかえていないのが、浦路にはなんとなくたのもしく、さすがに男だなと思った。

こっちがわざと知らん顔をしていると、

「失礼だが——」

と、やがてそこまできた三人は立止って、一人が横柄に声をかけてきた。

「わしですか」

兵太郎がゆっくり立上る。

「貴公じゃない」

その男は若い兵太郎を小馬鹿にしたようにじろりと尻目にかけてから、つづいて立上った浦路のほうへ、

「あなたはたしか丹波亀山松平家の奥方さまお付中臈浦路どのでしたな」

と、はっきり図星をさしてきた。

「はい、あたくしは浦路でございますが、あなたさま方は——」

「拙者は松平家の徒士組の者にて大久保彦兵衛」

「おなじく鈴木文五郎」

「わしは北浦軍平」

「我々三人、藩命によってあなたを迎えにまいった者です」

「藩命と申しますと――」

「つまりですな、昨日奥方さまが本所小梅の下屋敷へおなりになられた。その折りあなたが突然姿をかくしたのは、誰かいいかわした男があって、その者と駈落をしたに違いない、すぐに取りおさえてくれるようにと、奥方さまから御用部屋へお申しつけがあったのです」

大久保がぬけぬけとそんな口から出まかせを平気でいうのは、場合によって斬ってもいいという悪人どもの命令をうけてきているに違いあるまい。

こういう相手ではまじめに応対したところで、話にならないと見たので、

「貴公たちあんまり柄《がら》のいいほうではないようだなあ」

と、そばから兵太郎が喧嘩を買って出た。どっちみち刀を抜かなくてはおさまらない相手なのだ。

「なんだ貴公は」

大久保もはじめからその気らしく、横柄に睨みすえてくる。

「わしは天下の浪人中津川兵太郎、浦路さんの用心棒だ」

「よせよせ、まだ嘴《くちばし》の黄色いひよこのくせに、女に色気を出すのは早い」

「そうかなあ。わしはこれでも年ごろのつもりだがねえ」

「おい、命が惜しかったら、今のうちに手をひいたほうが得だぞ」

大久保はあくまでも兵太郎を若年者と見くびっているようだ。しかも三人に一人なのである。

「あいにくそうは行かないんだ。ちょっとたのまれていることがあってね」

「その御婦人にか――」

大久保が下司《げす》な薄わらいをうかべる。

「貴公は浦路さんのことばかり気になるようだな。わしから見ると、貴公こそ女に色気を出す柄じゃないようだがねえ」

「なにッ」

「まあ待ちたまえ。昨夜浅草天王橋で西村三平を闇討にしたのは貴公たち三人だろう」

「なんだと――」

三人はあきらかに虚《きょ》を衝かれたようだ。

「わしはその西村三平に敵討をしてくれとたのまれているんだ。そのつもりで貴公たち、そこでゆっくり支度をしてくれ。わしもいま十分支度をするから」

兵太郎はあっさりといってのけて、

「浦路さん、ちょっと——」

と、浦路を呼び、十間ばかり彼等から離れたところへ誘った。

あまりにも平然たる物腰なので、三人共少し呆気《あっけ》にとられているようだ。

「大丈夫ですか、兵太郎さん」

自分のためにあの三人を相手にしなければならない兵太郎なのだから、すまない気はするし、浦路はもう必死な顔になっていた。

「浦路さん、わしがさっきいったこと、おぼえている——」

兵太郎は下緒《さげお》を取って、ゆっくりと襷《たすき》にかけながら、目に微笑さえ見せている。

「なんでしたかしら」

「あなたにならよろこんでさしあげたいものがあるといったこと」

「それなら、おぼえています」

「それはねえ、わしの命——」

兵太郎の顔がわずかに赤くなったようだ。

はっと浦路は目を見はって息をのむ。

「わしは浦路さんのためによろこんであの三人と闘うから、その間にあなたはうまくここをのがれるんです」

兵太郎の顔は花が咲いたように美しい。そして、その目は夢を見るような微笑をたたえて、じっとこっちの目を見ている。

「いいえ、あたくしは逃げやしません」

浦路はきっぱりといいながら、手早く銀の平打のかんざしを髪からぬき取り、自分の手拭に入れて鉢巻の形に折って、

「はい、これ」

と、兵太郎の手にわたしてやった。

「ありがとう」

「兵太郎さん、あたくしがここに見ているのですから、死んではいけません。あなたが負ければ、あたくしもここで自害しなければならなくなります」

姉のようにいって聞かせながら、その目は大胆にもちゃんと兵太郎の目へ女心を焼きつけている。

――いいのかしら、あたしはこんな心になって。

どこかにそんな反省がないでもないが、命までくれるというこの美少年の純情さに、激しく女心をうたれて、うれしいと思い、体中が火のように燃え狂い出している。

「死なない、わしは」

一瞬その女心をはっきりうけ取った兵太郎の目は、うれしそうに浦路の目に甘えな

がら、

「じゃ闘ってくる」

急にしっかりと鉢巻をしめなおして、いさぎよく三人のほうへ、さくっさくっと砂を鳴らして進み出す。

「兵太郎さん」

もう一度顔が見たいと、思わず呼んだが、兵太郎はもう振向かなかった。

――死なないで、兵太郎さん。

浦路は目がくらみそうである。いまは本当に心から愛しくなった男が、一足一足進んで行く先に、これもすっかり身支度をした兇暴な鬼が三匹、ぎらぎらと目を光らせて待ちかまえているのだ。

浦路は切なくて目がおおいたい。

四

「小僧、いつまで女に甘ったれているんだ」

兵太郎が三人のほうへ近づいて行くと、北浦軍平と名乗った短気そうな奴が、いきなり頭から噛みついてきた。

「そんなにうらやましがらなくたっていいじゃないか」

それが今は本気でいえるのが、兵太郎には胸がわくわくするほどうれしい。

昨日大森で初めて逢った時から、兵太郎は浦路にひどく心をひかれていた。好きということには理窟はないが、強いていえば兵太郎は実母にも養母にも縁が薄かったので、しっとりと落着いた年上の女を見ると、なにか甘えてみたいような気持にされる。

そういう目から見た浦路は、ちょっと近寄りがたいほどしっかりしていて、どこか奥行の深い淋しいものを持っているのが、たまらなく好きだった。

今はその自分の好きに、浦路もちゃんと好きを以て答えてくれたようなので、兵太郎は安心して敵に向える。しかもその敵は、好きでたまらない浦路を狙っている敵なのだ。見事に仆《たお》すことができれば、浦路が一番よろこんでくれるのである。

「貴様は余っぽどおめでたくできている奴らしいな」

うれしい感情をかくしきれないような兵太郎の顔を見て、大久保彦兵衛は全く呆れているようだ。

「貴様はあの女に、そんなに可愛がられているのか」

鈴木文五郎の目にはそう見えるらしい。

「うむ、まあな」

兵太郎は臆面もなく微笑した。

「くそッ、行くぞ」

こいつくみしやすしと見くびったらしい北浦が、さっと抜刀した。

「よろしい」

とっさに抜きあわせた兵太郎の顔から、すっと微笑が消える。

同時に大久保も鈴木も抜いたが、相手は若僧一人、たぶん北浦がうまく片づけるだろうという気があるらしく、まだ半分気合がぬけているようだ。

敵は三人だが、今のところは北浦一人ということになる。

「えいッ」

「とうッ」

北浦がじりじりと前に出てきた。腕を買われて刺客に選ばれるくらいだから、三人共相当の力量は持っているようだ。無論油断はできない。

が、兵太郎は桃井《もものい》道場で、敏捷の太刀と折紙をつけられた腕だ。しかも度胸のいいのは生れつきで、まだ子供のころ実父に棄てられた時でさえ、決して泣声は立てなかった男。

そのゆったりとした構えが、真剣勝負だけに、うぬぼれの強い北浦には面憎く見えたのだろう。

「おうッ」

いきなり一刀を上段に振りかぶって、一気に殺到しようとした。

「とうッ」

同時に兵太郎のほうからも砂地を蹴って、火のように飛びこんで行ったのである。

竹刀《しない》試合ならとにかく、真剣勝負でそんな真似をすれば、うまく行っても相打だから無傷ではすまない。そんな真似はできないのが本当だ。

北浦はあきらかにぎょっとしたらしく、振りかぶった太刀を必死に斬りおろしてきたが、そのぎょっとした一瞬、すでに振りあげた左の籠手を斬り落されて、

「わあッ」

思わず悲鳴をあげながら、前へ突んのめってきた。

「やったな」

「うぬッ」

血相をかえた大久保と鈴木が、両方から斬って出ようとしたが、早くも兵太郎は元の位置へ飛びのいて、青眼に立ちなおっている。

「えいッ」

「おうッ」

鈴木がじりじりと出た。

兵太郎は動かない。

大久保が少しずつ、兵太郎のほうからいえば、右へまわりこみはじめる。鈴木と太刀を合せる右側面から斬って出ようというのだろう。

もし兵太郎が大久保のほうへ向っても、こんどは鈴木が左側面から斬りこめることになるのだ。

しかし、兵太郎はまるで大久保など無視したように、じっと正面の鈴木に尖先をつけたまま動かない。いや鈴木の仕かけが恐くて動けないのかも知れない。

しめたと鈴木は思ったようである。完全に大久保が兵太郎の右側面へ出てしまえば、どうしても敵の神経は二分されるから、疲れも早いし、思い切った行動も取れなくなる。

それを待っているように、鈴木は軽く尖先を浮動させながら、狼のように跳躍の機会を狙っている。

二呼吸、三呼吸、五呼吸。

刻々に命をかける息苦しい時がすぎて、ざ、ざあっと寄せてはかえす波の音が兵太郎の耳で鳴っていた。

――死なないで、兵太郎さん。

懐剣の柄を握りしめて、兵太郎が仆れたら自分もここでない命と思いつめながら、生きた心地もなく兵太郎の逞《たくま》しいうしろ姿から目を放さない浦路もまた、熊のような大久保が兵太郎の側面へまわりこんだのを見て、もうだめだと脇の下へじっとりと脂汗を感じてきた。

——どんな顔をしているのだろう、あの人。

きっと歯をくいしばっているに違いないと思うと、愛《いと》しさが胸一杯に張りさけるように切なく、もう見てはいられなくなってくる。

——神さま。

この年になって初めてさずけられた恋しい男なのだ。いや、誰にわらわれようと罵られようと、今は可愛くてたまらない弟のようなあたしの恋人なのだ。

——どうぞ生きてもう一度あたくしにかえして。

浦路は急に涙があふれてきた。

「ありがとう兵太郎さん」

「いいんだ。わしもうれしいんだ」

血みどろになった兵太郎をしっかりと抱きしめている自分の胸からも血がこんこんと流れ出している、そんな断末魔の姿がはっきりと瞼にうかんできて、一瞬浦路はうっとりとなりかける。死んでも二人、とても満足なのだ。

——いけない、あたしは気が狂ったのだろうか。

ぞっとして白昼夢がさめる。目は燦々《さんさん》と春の日ざしが明るい砂浜で一条の白刃にかこまれた男のうしろ姿を、すぐそこにはっきりと見すえている。

「あッ」

一時に息がとまって、目から紫色の火花が散ったような気がした。

「えいッ」

正面の鈴木が目を引き吊らせて一刀を振りかぶったのだ。

「とうッ」

兵太郎が引きつけられるように、その太刀の下へ突進して行った。

「あぶないッ」

と見る間に、鈴木の刀がこっちの双手突きを力一杯引っぱらって、だっとうしろへ飛びさがり、そのまま尻餅をついた。

その兵太郎の右うしろから、熊の大久保が、

「おうッ」

と、拝み打ちに踏んごんで行ったのである。

「兵太郎さん」

必死に叫んだつもりだったが、舌が引き吊って言葉にはならない。

次の瞬間、兵太郎が片膝突きに身を沈めながら、きらっと刀身が日にきらめき、白《はっ》虹《こう》のようにうしろへ右片手薙をかけている。

「う、うッ」

大久保は踏みこんだ右の膝の上あたりを尖先にかけられたらしく、一度よろよろとよろけながら、がくんと踏み止って顔をしかめ、兵太郎がすっくと立上ると、急にばたばたと跛《びっこ》をひいて逃出している。

尻餅をついていた鈴木が、びっくりしたようにその後を追い、左手をしっかりと袖でおさえてうずくまっていた北浦が、よろよろと二人の後から走り出す。血がぽたぽたと砂の上へこぼれていた。

「ああ勝ってくれた」

浦路は颯爽《さっそう》たる兵太郎のうしろ姿を見て、へたへたとそこへ膝をついてしまう。全身から力がぬけてしまって、今さらのようにがくがくと胴ぶるいがしてくるのだ。

「どうしよう、あたくし」

うれしいにはうれしいが、なにかぽかんとした気持で、喉がからからになっている。

ちらっとこっちを振りかえった兵太郎は刀を拭って鞘におさめ、それはまだ硬ばったような微笑だったが、にっと白い歯を見せながらこっちへ歩き出す。

「あッ」

微笑をかえそうとした浦路は、はっきりと見た。兵太郎の右手から血がぽたぽたと砂へ落ちている。二の腕の袖が三寸ばかり鋭く裂かれて、ぱくりと口をあいているのだ。当人はまだ気にしていないらしい。

「死なずにすんだよ、浦路さん」

前までくると、子供のようにどすんとそこへ腰をおろして、両足を投出す、さすがに肩で大きく息をしながら、急にぐったりとした顔になる。

「怪我を、怪我をしましたね」

浦路はいざり寄るなり、兵太郎の右腕へ飛びついて行った。

「尖先でかすられたんだ。なんでもありゃしない」

兵太郎は目をつむって、ごろりとそのまま仰向けに引っくりかえってしまう。

「駄目、――早く手当てしなくては」

骨にまでは達していないようだが、二の腕にかなり深い傷がある。

ここではどうしようもないので、いそいで傷口へ懐紙をあてておさえて、

「痛くないの」

と、顔をのぞきこむと、

「うむ、痛くない」

と、目をつむったまま答える。

「その鉢巻の手拭を取って縛らなくちゃ」

それには答えずに、

「おれは勝った」

ぽつんといって、目尻へ涙がすっと糸をひいてくる。

「まあ、泣いたりして」

「うれしいんだ」

「それは勝ったんですものね」

「違う。おれはまだ闘えるんだ。命は浦路さんにあげるといったじゃないか」

浦路は片手で男の鉢巻の手拭をとって、黙って懐紙の上から傷口へしっかりと巻きつけて行く。

「浦路さんはよろこんでくれないのかなあ」

「うれしい、あたくし」

はっきりといいながら、しかし浦路はよろこび切れない宿命が身にあったことを思い出し、じいんと胸が痛くなってきた。

男は敏感にそれを感じたらしい。

「嘘だ。浦路さんはちっともよろこんでくれちゃいない」

「どうして、どうしてそんなことおっしゃるの」

浦路は泣きたくなってくる。

「いやだ。嫌いなら嫌いだと正直にいってほしい」

「もし、もし嫌いだといったら、あきらめるんですか」

「あきらめるもんか。こんどの闘いで、おれ死んでやる」

もうどうにも我まんができなかった。

「死なないで――」

堰《せき》を切ったように愛しさが全身にたぎり狂ってきて、横から男の顔へ身を投げかけて行きながら、誰か見ていはすまいかとは思ったが、そうせずにはいられないで、犇《ひし》と唇を寄せていた。

「まだあたくしを疑うの、兵太郎さん」

「もう疑わない」

「きっとね」

「うむ、きっとだ」

「じゃ、ちょっと坐ってください」

浦路は自分から身をおこして、兵太郎の項《うなじ》へ右手をまわし、ぐいと起してやる。

「いやな話なら、おれ聞きたくないな」

兵太郎は起されて、渋々目をあけながらいった。

「でも、一度は聞いておいていただかなくては」

浦路は真顔になって、きちんと坐りなおすのである。

幸い舟着場をずっと離れているので、近くには人目もないようだった。

女同士

一

黒潮太郎の一行は神奈川の町へ入るとすぐ、浜辺のほうでいま侍同士の斬合いがあったようだという噂を耳にした。

時を移さず浜辺へ急行してみると、ちょうど浦路が兵太郎の右腕の傷の手当てをしているところだった。

「そうか、――しかし、軽傷でなによりだった」

一通り話を聞いた太郎がほっとしたようにいうと、

「申訳ございません。あたくし」

浦路は心からすまなそうに、がくりとうなだれていた。

「いや、すむもすまないもない。闘いはこれからなんだから」

太郎はそう励ますようにいって、白蘭を呼び、浦路に引きあわせる。

その間に善太夫老人は兵太郎の前へ進んで、

「中津川さん、わしは西村三平の父です。あなたは伜の敵を討ってくだされた。ありがたい。なんともありがたい」

と、手を取らんばかりにして感謝する。

うれしかったのもうれしかったのだろうが、兵太郎の年恰好がわが子三平とおなじほどだったので、まるでわが子を見るような気がしたのだろう。

とにかく、やがて午もすぎている時刻なので、太郎は一同をうながして、予定のとおり羽沢屋で昼食をとることにした。

さて、こうして一同の顔がそろい、浦路の持っている奥方からの密書の内容も大体見当がついてみると、これから取るべき道も自然とはっきりしてくる。

丹波亀山の当主能登守を廃人にする毒薬はすでに敵の誰かの手で当主といっしょに国もとへ運ばれていると見なければならない。いまは一刻も早く浦路の持っている密書を国もとの家老成瀬監物《けんもつ》の手にとどけ、しかるべき善後策を講じてもらわないと、当主の身があぶない。つまり今は一日一刻を争う場合なのだ。

「浦路さん、ここから国もとまでは、どう女の足でいそいでみても十四五日はかかると見なければならない。わしが一人で行く分には一日に十五里歩いても八日あれば事が足りるのだ。その密書はわしがあずかって、明日といわず、今から先行しようと思うが、どうだろうな」

　昼食がすんだところで、太郎はそう切出してみた。

「で、我々はどうなるんです黒潮さん」

　真っ先に兵太郎が目を光らせながら聞いた。

「貴公たちは浦路さんを守って、後から普通の道中をつづける。ただし、敵はことによると新手の追手をよこすかも知れないから、その点は十分覚悟していなければいけない。ということは、また、敵の目を浦路さんにひきつけておくことにもなるから、それだけわしは行動が取りやすいということになるんだ」

「わしが黒潮さんのかわりに先行したんでは駄目ですか」

「正直にいうとな兵太郎さん、一番大切なのは密書で、浦路さんはその次ということになるんだ」

「ひどいなあ、じゃ浦路さんはもう敵につかまってもいいということになるんですか」

「だから、つかまらないように兵太郎さんが頑張らなけりゃいかん」

「一言もありません」

　兵太郎は頭を掻いて引きさがる。

「浦路さんの意見はどうなんだろうな」

太郎はじっと目を伏せて考えている浦路に意見を求める。いいえ、やっぱりあたくしがまいりますと浦路がいうようなら、強《た》って自説を押しつけるわけにもいかない太郎なのだ。

「善太夫どの、教えてください。あたくしは黒潮さまの御好意に甘えてもよろしゅうございましょうか」

浦路は顔をあげて、西村善太夫に相談した。密使の責任は自分にあるのだから、一人では決しかねるのだろう。

「さようでございますな、本来ならこの役は老人がつとめなければならぬものです。しかし、老人の足ではお中臈《ちゅうろう》さまと大してかわりはありません。一番大切なことは一日一刻も早くということですから、ここは黒潮さまの御好意に甘えてはいかがでしょう」

「そうですね」

「それに、その密書はすでに一度倅三平の手から黒潮さまに託されているのです。その黒潮さまの信義に改めてすがるということは、後で誰に聞えても決してお中臈さまの落度にはならぬと思います」

さすがに善太夫老人のいうことは筋がとおっている。

「よくわかりました」

浦路はそれで決心がついたように、

「黒潮さま、お言葉に甘えさせていただきます」

と、太郎のほうへ両手を仕えた。

「よろしい。きっと引きうけます」

太郎はそういってうなずいてから、

「お蘭、ちょっと——」

さっきから黙って控えている白蘭を呼んで座を立った。

廊下へ出ると昼間のことで、旅籠の座敷はどこもほとんどがらんとあいている。

「立話でもあるまい。しばらくここを借りよう」

太郎はそこの座敷を借りることにして、白蘭を誘った。

「お蘭、いま聞いてのとおり、わしは一人で亀山へ先行することにしたが、お前はここから仙太をつれて江戸へ帰るか、それともやっぱりあの人たちについて行ってやるか、どっちにするね」

いっしょに道中ができないくらいなら、白蘭としては江戸へ帰って待っていてもおなじことになりそうなので、もう一度念のために聞いてみた。

「いいえ、やっぱりいっしょに行きます。あたしでもなにかの役に立つかも知れませんん」

「そうか、そうしてやればあの人たちもよろこぶだろう。しかし、ことによるとみんなにも注意しておいたように、江戸の追手をうけるかも知れない。こんどは逃げさえすればいいのだから、なるべく無理をしないように、うまく指図をしてやってくれ」

「ほ、ほ、お中臈さまのほうが、あたしより年が上ですわ」

白蘭はいたずらっぽくわらっている。

「いや、世間の苦労はお蘭のほうがしている。太郎にだけ見せる甘えた目だ。

殿者によくあるような意地の悪さは持っていないようだから、きっとうまく行くだろう」

「そうですかしら」

「わしのいうことはそれだけだが、わしにいっておくことはなにかないかね」

「あります」

「聞いておこう」

「どこにいても、お蘭のことを忘れてはいやです」

「忘れるような顔をしているかな」

「ふ、ふ」

お蘭は少し赤くなって、

「あなたもあんまり無理はしないでくださいね」

と、真顔になっていう。

陰陽師《おんようじ》天明堂としての言葉は別になにもないようだ。ということは、こんどの先行は無事に目的が達せられると見ていいのだろう。

「土浦へ行くはずだったのが、まるっきり反対のほうへ行くようになりましたね」

別れぎわに白蘭がそういってわらった。

「なあに、いそがばまわれということもあるから」

人の難儀は黙って見ていられない性分なのだからしようがないと、太郎も苦わらいをしながら、そうと話がきまった以上、もう一刻も無駄にはしていられないので、即座に神奈川を立つことにしたのである。

この太郎の思いきった先行は、全く敵の意表を衝いていたらしく、途中なんの邪魔も入らず、予定のとおり八日目には無事に丹波亀山の城下へ着いて、家老成瀬監物に逢っていた。

これは後でわかったことだが、敵の密使が亀山へ到着したのはそれから二日後だったという。

浦路の一行は太郎に別れた日、神奈川から三里あまり歩いて戸塚泊りだった。

この日神奈川の浜辺で兵太郎のために思わぬ不覚を取った北浦たち三人は宿外れまで後退して、そこで手負の手当てをする一方、始終隠密《おんみつ》の役をつとめて浦路たちを尾行していた足軽山村勘七を江戸へ急行させて、こっちの敗北を巣鴨の用人土崎大学に知らせた。

　そこで大学は直ちに新手の追手五人を選び、勘七を案内役にして、真夜中に江戸を出発させた。

　翌日浦路の一行は小田原泊りになるはずだから、箱根を越えるまでにぜひ追いつくようにという厳命なのである。

　浦路たちはそういう追手を気にしながら、翌日は小田原へ泊り、その翌日は箱根八里を越えて三島へ泊った。

　一行は浦路、西村善太夫老人、兵太郎、それに白蘭とおとぼけ仙太が加わって、五人ということになる。

　いっしょに道中の泊りをかさねながら、白蘭がふしぎに思ったのは、あんなに快闊な性分だった兵太郎が、腕の傷でも痛むか始終むっつりしていることである。

　浦路との附合は昨今だが、これも口数の多いほうではなく、女は女同士ということがあるのに、妙に白蘭の目をさけようさけようとしている風が見える。

　だから、道中はいつも兵太郎が一人で先頭を歩き、次が浦路と西村老人、その後を白蘭が仙太と肩をならべて歩くようになる。

　西村老人は兵太郎がわが子のように思えて可愛くてたまらないらしく、腕の傷の手当てからなにまで一切自分が買って出て、黙っていれば草鞋《わらじ》の紐まで結んでやろうとするくらいだった。

「ねえ天明堂先生、こんなことといって叱られるか知れないが、兵太郎さんとお中臈さんはどうも性《しょう》が合わないようですね」

仙太にもそれがわかるらしく、そっといったことである。

「どうしてです」

「浦路さんがなんかいおうとすると、兵太郎さん時々睨みつけていることがあるんでさ」

「まさか――」

「ところが本当なんだからしようがありやせん。あっしは考えたんだが、兵太郎さんの腕の傷はいわばお中臈さまを助けるために負ってしまったんだ。その傷の手当てを西村さんにまかせっきりで、浦路さんはそばへ行ってみてやろうともしない。第一あれがいけねえと、あっしは思いやすね」

「おとぼけさん、お中臈さまにはまたお中臈さまの考えがあるのでしょうから、もうその話はよしましょう」

「そうでござんすか。なるほど、そういえばお中臈さまは考えこんでばかりいる。やっぱり黒潮の旦那の持って行った密書ってやつが心配になるんかな」

「そうかも知れません。大切なお使いなんですからね」

「そういやあ白蘭先生はこのごろ、あんまり黒潮さんの心配をしやせんね。もうあきちまったのかな」

「そんな口をきくと、ここから江戸へ帰ってもらいますよ」

それをわらっていえるようになった白蘭は、我ながらひそかにたのしかった。

二

それにしても、兵太郎の暗い顔は気になる。その兵太郎のために一度は六郷の川で水垢離《みずごり》まで取ってやったことのある白蘭だから、まるっきりの他人のような気はしないのだ。

昨日箱根を越える時、ちょうど二人きりで歩く機会があったので、

「兵太郎さん、腕の傷が痛むんじゃありませんか」

と、それとなく聞いてみた。

右の腕なのだから、痛むようなら今のうちになんとかしなくてはと、それも心配になったからである。

「なあに、こんな傷、もうなんでもありません」

思ったより元気な返事だった。

「そう、それならいいけれど、あなたもあたしも黒潮さんにたのまれて、浦路さんを亀山まで送って行かなければならないんですから、どうせ送ってあげるのなら、少しぐらい気に入らないことがあっても、我慢して、なるべく不機嫌な顔は見せないようにしなくてはね」

「わし、そんなに不機嫌な顔に見えるのかなあ」

「いいえ、不機嫌でなければそれでいいのです。ただ浦路さんはそれでなくてさえあたしたちに気がねをしているのですから、あんまり気をもませてはお気の毒です」

「わかりました。浦路さんにもそういっておきます」

兵太郎は照れたようにわらいながらそばを離れて行った。

その夜の泊りは三島である。

先頭の兵太郎は、宿の入口にある三島明神の境内へ黙って入って行った。

みんなも後からついてきた。そして、御手洗《みたらし》で手を清め、それぞれに拝殿へ向って礼拝をすると、すぐに街道のほうへ引きかえしはじめる。

兵太郎はなかなか合掌を解かなかった。

見ると、少し離れたところで浦路もまだ額《ぬか》ずいている。一行のうちでは二人が一番重い責任をしょっているのだから、礼拝が念入りになるのにふしぎはなかった。

「浦路さん、ちょっとこっちへきてくれ」

浦路の礼拝がすむのを待って、兵太郎はいきなりその腕をつかんだ。恐い顔で睨みつけていたに違いない。

「みなさまが、おかしく思いませんかしら」

「かまわない。用があるんだ」

兵太郎は浦路を引っぱって、ぐんぐん拝殿の横の森の前へまわって行った。もう黄昏《たそがれ》の色が濃くなって、あたりには誰もいない。浦路は男の目を逃げるようにうなだれている。

「顔をあげてくれ、浦路さん」

兵太郎は女の両腕をつかんで、怒ったようにゆさぶる。

浦路が黙って白い顔をあげた。なにか当惑しているような弱々しい目だ。兵太郎はそれが気に入らないのである。

「正直にいってくれ、浦路さん、あんたは神奈川の浜辺でわしと約束をしたことを、後悔しているんだな。そうだろう」

「そんな、そんなあたくし」

「嘘だ。あんたは後悔しているんだ。みんなといっしょの旅になってから、あんたはわしから逃げよう逃げようとしている」

「そんな無理おっしゃったって――。みなさまの前であまり馴々しくしては、あたくしにはお役目もございますし」

「理由はただそれだけか」

「それだけです。あたくしは年上ですし、あたくしが気をつけなくては、わらわれます」

「あんたの目は冷たい。いつもそうなんだ。本当のことをいってくれ、いやならいやだと。わしも男だ。二度とこんな恥しい真似はしやしない」

「許して――。機嫌をなおして。嫌いだなんてあたくし、うらみます」

浦路の目が嚇《かっ》と燃えてきたようだ。

「切ない、あたくし」

「じゃ、ここは神前だ、もう一度ここで誓ってくれ。きっと兵太郎の妻になると」

「誓いますあたくし、兵太郎さんに疑われるくらいなら、ここで血を吐いて死んでしまったほうがましです」

返事のかわりに、兵太郎はいきなり浦路の肩を力一杯抱きしめて、のしかかるように唇をあわせて行った。

「人が、人がきたら」

が、浦路はその口を男の唇でふさがれて、観念したようにおとなしく目をつむっていた。

「こんどこそ、きっと約束したよ」

「ええ。でも、あたくしの苦しい立場を少しは察してくれなくては」

「一度だってあんたは傷の手当てをしてくれやしないんだからな」

「西村さんが先にしてしまうんですもの。でも、これからは気をつけますわ」

「いや、話さえちゃんとわかっていれば、そんなことどっちだっていいんだ」

「もう気がすんだでしょう。一足先へいらして——。おかしいから」

浦路はいそいで髪に櫛を入れている。

「こんど冷たい目なんかしたら、みんなの前で本当のことを白状してやる」

「どうぞ——。もうどうなりと」

その甘い目に嘘はないようである。

兵太郎はやっと安心して、一足先に境内を出てきた。

みんなは街道端に立って待っていたが、怪しんでいる風は少しもなかった。

翌日は三島から蒲原《かんばら》の宿まで、八里あまりの道中である。

右手に美しい正面富士を眺めながら、原宿あたりからは海岸づたいの、終日のどかな道中だった。

先頭は相かわらず兵太郎、次が浦路と西村老人、しんがりは白蘭と仙太だ。

「兵太郎さんは今日は機嫌がいい。もっとも傷のほうも追々よくなってきましたからな」

善太夫がうれしそうにいうほど、兵太郎は今朝から明るくなって、時々ふりかえっては冗談口をきいていた。

——あたくしが悪かったんだから、しようがない。ごめんなさいね。

浦路は何度も心の中でわびていた。

昨日三島であんなことになるまで本当は浦路もとても辛かった。兵太郎とはことによると、どうしてもいっしょになれない宿命をしょっている浦路なのだ。

神奈川の浜辺でそれを打ちあけようとしたのだが、いやな話なら聞きたくないといって、兵太郎はこっちを向いてくれないし、事実いやな話なのだから、浦路もとうとういいそびれてしまったのである。

が、よく考えてみれば年もずっと上だし、やっぱり今のうちにあきらめてしまったほうがいいと、そんな理性がだんだん強くなってきて、わざと冷たい顔をするようにしていた。その度に兵太郎がむっとしたように睨みつける。

——あたしも本当に辛かった。

それに天明堂というひとは人の運命がちゃんとわかるその道の名人だというし、大切なお役目の途中で恋などをしていると見ぬかれてしまうのも恥かしくて、その目がとても恐かった。

しかし、昨日あんな約束を改めてしてしまったからには、もうしようがない。

――もしその時がきたら、あたしだけ黙って死んでしまえばいいのだ。

たとえ世間からなんといわれようとも、自分は兵太郎が好きなのである。生きていられる間だけ、兵太郎の妻になったつもりで恋に酔っていたい。

そう覚悟がきまると、浦路はもう外聞など少しも恐くなくなってきた。

といって、別に今までの慎みを忘れたわけではないけれど、時として燃えるような目になる兵太郎に、あたくしもおなじ心ですよと、愛情を偽らずに目でかえしてやると、兵太郎はそれだけで満足して、今日はすっかり機嫌がなおってしまったのである。

――可愛い人。

浦路もまた終日たのしかった。

たぶんそんな自分の恋心を白蘭が見ぬかずにいるはずはない。

あのひとだけには正直になにもかも打ちあけて、早く裁きをうけたほうがいいのではないかしら。それでないと、自分にかわって今ごろ昼も夜も亀山へ急行していてくれる黒潮太郎という人にも申訳ない。

浦路はそうも考えて、その機会を心ひそかに待っていた。

そして、やがて蒲原の宿が近くなる夕方ごろ、草鞋の紐をむすびなおしている白蘭のそばへ行って、ついに二人きりになる機会を得た。

「浦路さん、なにか御用ですか」

白蘭は顔も声音もやさしい。年はたしか一つ二つ下のようだが、相当苦労してきているらしく、浦路には姉のように思える。

「先生、あたくしの様子、今日は変っていませんでしょうか」

肩をならべて歩きながら、浦路はそんな風に口を切り出して、やっぱり顔が赤くなってしまった。

「そうですね。そういえば兵太郎さんも少し変っていますね」

白蘭はおだやかに答える。

もうちゃんと見ぬかれているのだと、浦路は思って、かえって度胸がきまってきた。

「あたくし、本当は黒潮さまにも先生にも、申訳ないことをしております」

「それはどういうことです」

「正直に申上げますから、お叱りくださいませ。この間神奈川の浜辺であたくし兵太郎さんに助けられた時、兵太郎さんから思いがけないことを打ちあけられ、あたくしも必死の場合でなにも考える力もなく、その時がきたらいっしょになりましょうと約束をしてしまいました。申訳ございません」

「いいえ、かまわないと思います。兵太郎さんは心にもないことを口にする男ではございません」

「でも、あんまり年が違います」

「相性というものは年ではございません。世の中にはずいぶん姉女房ということもあります。あたしが見たところでは、お二人はきっとしあわせな御夫婦になれると思います」

白蘭は微笑さえしているようである。

「本当でございましょうか、先生」

身も心も軽くなったような気はしたが、ふっとその胸へ黒いかげがさしてきた。

「いいえ、先生、それは駄目なのでございます。あたくしにはどうすることもできない宿命があるのでございます」

「あなたはなにか古い約束をしょっているのではございませんか」

ずばりと急所を衝かれて、

「はい、あたくしには幼いころ親がきめました許婚《いいなずけ》があるのでございます」

と思い切って答えながら、浦路はやっぱり顔の青ざめてくるのが自分でもわかった。

「おかしゅうございますね。その方に最近お逢いになりましたか」

「いいえ、ずっと前に別れたきりですの」

「そうでしょうね。その方はたしかすでに亡くなられているはずです」

「まあ、なんでございますって——」

浦路はわが耳を疑わずにはいられない。

「浦路さんはおいくつですの」

「二十六になります」

「二十六ですね」

白蘭は指を折って、なにか考えているようだ。

日はもうとっくに沈んで、空のきれいな夕方がいつか黄昏になりかけている。

三

「浦路さんのお国はどちらです」

ひょっとしたら、このひとが黒潮太郎のたずねている第四人目の娘ではないかと気がついて、白蘭は浦路に聞いてみた。

「あの、亡くなった父はもと土浦藩の家来でございました」

もう間違いはない。この浦路が第四人目のたずね人宮島八重なのだ。

「すると、浦路さんの父御は宮島嘉右衛門、あなたはお八重さん、親同士がきめた許婚の相手は太田正之進さん、——違いますか」

「まあ、どうして先生がそんなことまで――」

浦路はびっくりしてそこへ立止ってしまった。いかにも恐しそうな顔色である。

「ほ、ほ、そんなに驚かなくてもいいんですよ。種あかしをすれば、ああそうだったかと、すぐ納得が行くんですから。――さあ、歩きながら話しましょう」

白蘭はわらいながら浦路をさそって、

「浦路さんは兵太郎さんが捨子だって話、聞いていますね」

と、そこから話を進める。

「ええ、うかがっています。もとの名は民太郎、高梨助左衛門という方が本当のお父さんで、その方は南のほうの島でお亡くなりになったのだと――」

「そうです。船が難破して、その南の無人島へ命からがら泳ぎついたのはみんなで八人、次々に七人が死んで行って、黒潮さんだけが生残りました。黒潮さんはその七人のお友達の遺言を持って日本へ帰り、その七人の人の身寄りの者をたずねています」

「兵太郎さんはその三人目だったんでございますってね。そのことも兵太郎さんから聞いています」

「その島で第四人目に死んだのが太田正之進さんなのです」

「まあ、あの方がですか」

浦路は思わず息をのんだようである。

「その時の遺言は、自分は若気の至りでついお八重さんを許婚という名の金縛りにかけてきた。もしお八重さんがその金縛りにかかって、一生結婚できないようでは、あまりにも罪深いことになる。万一結婚していれば、それはそれでこれに越したことはないが、ぜひ一度たずねて、自分はお八重さんの良人になる資格は、約束の三年目になくなっている、そのことは当人がよく承知していたことだと告げて、わびてくれということだったそうです。ですから、黒潮さんはあの日小川町のお上屋敷へ宮島という人のことをたずねて行った帰りに、西村三平という人の不幸を見てしまったことになるんです」

「恐しい、あたくし」

浦路は夢のように眩《つぶや》きながら、白い手を胸の上であわせている。

「ふしぎな縁ですねえ。おなじ南の島で死んだ人たちの、縁につながる兵太郎さんとあなたがこんな妙なまわりあわせから結ばれる、あたしはねえ浦路さん、兵太郎さんのために六郷川へ入って水垢離まで取ったことがあるんですよ」

「それもうかがっていますの。その話をする時、兵太郎さんは涙をためて、まず国もとの父、それから黒潮さんと白蘭さん、わしの身寄りはこの広い世界にたった三人きりだといっていました」

「こんど浦路さんが入って、四人になりますね」

白蘭がにっこりわらってみせる。

「あら、あたくし――」

浦路はふいを衝かれて、どぎまぎと小娘のように赤くなったようだ。

「これから兵太郎さんを一番しあわせにしてあげられるのは、浦路さんしかありません。母親に縁の薄かった兵太郎さんだし、その分まで一生つれそって面倒を見てあげてくださいまし」

それは白蘭の心からなる願いなのである。

「いいえ、あたくしこそ――。あたくしもいまの奥方さまに御奉公中に、親兄弟をみんな亡くして、事情が事情でございますし、一生花の咲く時はこないものとあきらめていました。ですから、兵太郎さんにいきなり胸のうちを打ちあけられた時は、すっかり度を失ってしまいまして――。お恥しゅうございます」

「悲しい昨日のことはお互いに忘れましょう。あたしはたのしい明日のことしか、考えないことにしているんです」

白蘭はじいんと胸が熱くなってくる。自分もまた黒潮太郎にめぐり逢うまでは、灰色の世界にとじこめられたその日その日を味気なく送ってきたのだ。

――あたしの太郎さん。

白蘭は急に太郎が恋しくなり、

――あたくしの兵太郎さん。

浦路は胸一杯にそうおもいながら、二十間ばかり先を行く兵太郎たちのほうを、じっと目で追っていた。

ちょうど蒲原の宿外れへかかろうとする松原道で、あたりはすっかり暮れかけ、十五日の月がようやく明るくなりかけている。

「あっ」

浦路はぎょっとして目を見はった。前の男たち三人が一度に立止ったからである。いや、その男たちの前へ、そこの右手のもう店じまいをした葦簀《よしずば》張りの茶店のかげから、ばらばらっと黒い人影がおどり出したのを見たからである。先まわりをしていた追手に違いない。

と見ているうちに、仙太が風のように引きかえしてきて、

「いけねえ、奴等が出やがった。どうしやすねお中臈さま」

と、青くなって告げる。

まるでその仙太を追うようにして、二つにわかれた追手の一組三人が、女たちのほうへ迫ってきた。先頭に立っているのは、たしかに神奈川の浜辺で彼一人だけ無傷で逃げた鈴木文五郎のようだ。

浦路も白蘭もつい話に気を取られて、追手のことなど少しも頭になかった時だけに、

なにを相談している暇さえなかった。

正直にいって、浦路がとっさに考えたことは、どうせ死ぬならせめて兵太郎さんのそばでということだけだった。

それでも仙太はさすがに男だから、とっさに女たち二人をかばうようにして、

「お前さんたちは誰なんだ。おれたちになんの用があるんだ」

と、道中差の柄《つか》に手をかけて喚いたが、半分逃げ腰になっているからてんで睨みがきかない。

「下郎、どいておれ、へたに邪魔立てすると手は見せぬぞ」

鈴木が頭から一本極めつけて出る。

「いや、どかねえ。さてはお前さんたちは追剝《おいは》ぎだな。変な真似をすると、大きな声を出して人を呼ぶぞ」

「うぬっ」

文五郎は脅し半分にさっと抜刀した。

「あぶねえ」

仙太は他愛なく横っ飛びに松原へ逃げる。

「お待ちなさい、乱暴をなすってはいけません」

白蘭が浦路をかばいながら前へ出て、

「あなた方は誰方なのです。あたくしたちに御用があるのでしたらうけたまわります」

と、落着いて聞いた。

所詮はのがれられないまでも、なんとか活路はないものかと、白蘭も必死だったのである。

「お前に用があるんじゃない。そのお前のうしろの女に用があるんだ」

「どんな御用でございましょう」

「その女は浦路といって、わが藩のおたずね者なんだ。おとなしくこっちへ引きわたしてくれ」

「わが藩とおっしゃいますと、あなた方は丹波亀山藩の方々ですか。そういえばあなたにはたしか六郷の渡し場で一度お目にかかったことがございますね」

「それだけわかっているなら手を引け、さもないとお前もいっしょに引っくくるぞ」

鈴木は兇悪な顔をむき出しにしながら、兵太郎のほうは味方三人がかかっているし、こっちは女二人、下郎は叩っ斬ってしまうにしても、女たちはできるだけ手取りにしたい腹だったのだ。

が、これはちょっと鈴木の計算ちがいだったようだ。兵太郎のほうの勝負が思ったより簡単に片づいてしまったからである。

こっちは茶店のかげから行く手へおどり出すなり、三人いっしょに有無もいわせず抜刀して、剣陣を作ったのだ。早いところ兵太郎に西村老人を倒して、女たちの手取りのほうへ加勢しようという腹だったのだろう。

「貴様たちは強盗か」

兵太郎はとっさに老人を背にかばって抜きあわせながら一喝したが、別の組が女たちのほうへ向ったのを見ているから、ここで手間取っているわけには行かない。

――浦路をさらわれてたまるか。

真っ先に胸へきたのはそれだ。一番恐いのは、浦路はもう駄目だとわかれば自害しかねないことである。

くそッ、肉を斬らせて骨を断て、腕一本さえ残ってくれれば、なんとかして女二人を助けてみせる。そう決心した兵太郎は、

「とうッ」

待ったなしに真ん中の奴を目がけて、無謀にも似た猛烈な双手《もろて》突きを、体ごと入れて行ったのである。

この決断はあきらかに敵の意表を衝いたようだ。彼等は三人に一人、まさか兵太郎がいきなりそんな大胆な攻撃に出てくるとは考えてもいなかったのだろう。

「おうッ」

狙われた真ん中の奴は、うろたえ気味に兵太郎の突きを引っ払って逃げようとした

が、払いきれずに右の肩先を鋭く切裂かれ、

「わあッ」

と、そこへ尻餅を突いている。

その間に兵太郎は左右の敵の間を、さっと前へ飛びぬけていたが、

「えいっ」

「おうっ」

その左右から夢中で斬りつけてきた敵の切先を、わずかに背中へうけたようだ。

が、そんなことは十分覚悟の前だから、前へ飛びぬけて踏みとまると同時にくるり
立ちなおり、あわてて二の太刀を振りかぶって追い討ちをかけようとしている敵の中へ、

「えいッ、――とうっ」

右を払って、つばめ返しに左を薙《な》ぐ、これも思い切った激しい斬込みだった。

「わあっ」

一人は左腕を切りおとされ、一人は高腰を薙ぎ払われて、どっと左右へ打っ倒れて
行く。

兵太郎もまた右肩へ切先をうけて、さんばら髪になったが、幸い腕も脚も無事だ。

「御老人、つづいてくれ」

そのまま息もつかず、風のように女たちのほうへ突進する。

「あっ、兵太郎だ」

のん気に構えていたこっちの二人が、愕然として抜刀した時にはもうおそい。

「えいっ――とうっ」

兵太郎の烈剣は右を払って左を薙ぐ、その一太刀ずつで敵の二人は、

「わあっ」

「ううっ」

と、他愛もなく左右の松原の中へ顚倒して行った。

残るのは鈴木文五郎一人である。

「うぬっ」

血相をかえて真向から斬りこんでくるのを、兵太郎は二人を倒した体勢で退くもかわすもできない。とっさに片膝づきに身を低く沈めて、

「とうっ」

横に引っ払った一刀が、鈴木の踏みこんできた右足を強《したた》かに斬りこんだから、

「ううっ」

文五郎はどっと前へ突んのめって行く。

「無事か、お蘭さん、浦路」

颯爽と二人の前に立った兵太郎は、それでも白蘭の名のほうを先に呼んでいた。

「兵太郎さん――」

九死に一生を得た浦路は、ほっとしたときにもう見得も外聞もなく、兵太郎の胸の中へすがりついて行く。

「血がつく、汚れるよ」

はっと気がついてみると、右肩の着物が四五寸切り裂かれて、そこからべっとりと血が流れているようだ。

「あっ大変――。どうしましょう」

思わずその傷口を白い手でおさえながら、浦路は金切り声をあげていた。

四

浦路の一行はともかくも蒲原の宿へいそいで、宿外れで狼籍者に出逢った旨を一応問屋場へ届出てから、扇屋という旅籠屋へついた。

すぐに医者を呼んで兵太郎の傷の手当てをしてもらったが、傷は背中に二ヵ所、右肩に一ヵ所、前の右腕の傷もまだなおりきってはいない。いずれも重傷というほどではないが、このまま旅をつづけて手当てが思うように行かず、破傷風にでもなるとそれこそ大事にいたる。

浦路はもうそういそぐ旅ではないのだ。四、五日兵太郎の傷の様子を見ながら、看病してくれるようにとたのみ、そのかわり白蘭と仙太が西村老人といっしょに、一足先に国もとへいそぐことになった。

「それは白蘭さん、困る。そんなことをしては黒潮さんに申訳ない。わしもいっしょに明日ここを立ちます」

兵太郎はどうしてもうむといわなかったが、その夜から少し熱が出はじめたので、とうとう我を折るほかはなかった。

「浦路さん、兵太郎さんのことはくれぐれもたのみますよ」

翌朝旅籠を立つ時、白蘭が浦路を物かげへ呼んで改めてそういうと、

「あたくしの命にかけても――」

と、浦路は恥らいながらも、言葉すくなにはっきりと誓っていた。

「白蘭先生、あなたは人の吉凶を占う道にくわしいそうだが、兵太郎さんの傷は本当に大丈夫でしょうかな」

西村老人はよほどそれが気になると見えて、旅籠を立つとすぐ心配そうに聞いていた。

「大丈夫です。命にかかわるようなことは、まずございません」

「さようか、それなら安心だが――」

口ではそういっても、なにかまだ不安らしく、道で神社を見かけるとさっと入って行って、必ず兵太郎のために祈念して行くことを怠らなかったようだ。

「先生、あのお中臈さんどうも兵太郎さんに少し気があるんじゃありやせんかね」

仙太は仙太でそんなことが気になるようだ。

「さあ、好きということになれば、兵太郎さんのほうもおなじでしょう」

別にかくしておくこともないので、白蘭がわらいながらそういっておくと、

「なあるほどねえ。そういうあんばいだとすると、お中臈さんを看病に残してきたのはちょいとまずかったな。かえって傷を重くするようなもんだ」

と、もっともらしいことをいう。

「おとぼけさん、そんな詰《つま》らないことを気にするより、これからの道中はおとぼけさん一人がたよりなんですからね。もし追手が出たらこんどこそ尻ごみしないようにお願いしますよ」

「合点でござんすがね、あっしはどういうもんか二本差は虫が好かねえんでさ」

仙太は興ざめ顔に苦わらいをしていたが、幸いその後の道中は追手もかからず、日をかさねて無事に京へ着くことができた。

蒲原で二度目の失敗をした敵は、江戸へ新手の追手を呼びに行っても、もう間にあわない。そんな時は国もとへ走って、そっちの味方をたのめと、あらかじめいいつけ

られた足軽山村勘七は、蒲原からすぐ国もとへ急行したのだ。が、それより二日前に黒潮太郎がすでに亀山へ入って、家老成瀬監物に一切を知らせてあったので、勘七は城下へ足を入れたとたん忠義派に召捕られてしまった。

そんなことから江戸家老柴田主馬、巣鴨の用人土崎大学等一味の陰謀はたちまち明らかにされたので、成瀬監物は主君能登守を擁し、時を移さずそれぞれへ疾風迅雷の手を打っていた。だから、蒲原からの白蘭たちの道中は、追手の心配など全くいらなかったということになるのである。

「太郎さん、四人目のたずね人は浦路さんだったとわかってみれば、あたしたちのこんどの道中は決してまわり道じゃなかったことになりますね」

京の宿で太郎と落ちあった白蘭は、神奈川で別れて以来の話をくわしく太郎に告げて、かさなるよろこびをかくしきれなかった。

「そうか。縁というものはふしぎなもんだな。わしが西村三平から密書を託されたばかりに、兵太郎は二度まで命がけになって浦路さんを助けなければならなくなった。そして、おたがいに好きになってしまう」

「少し違うわ、太郎さん。兵太郎さんは大森で初めて逢った時から、浦路さんが好きになっていたんですって。ですから、神奈川の浜辺で二人で休んでいる時、わしの命は浦路さんにやるといっていたんですって」

「ふうむ。そういえば兵太郎は母親に縁の薄い男だったな」

「そうなんです。浦路さんは浦路さんで、年が少し上すぎるし、自分は他の人と結婚できない体だから御殿奉公にあがっていたくらいなんですから、ずいぶん苦しんだようです。好きだということになれば、それは浦路さんのほうが年上だけに、命までやるなんていわれたら、兵太郎さんが可愛くてしようがなかったんでしょうしねえ」

「そうか。わしはそこまでは考えていなかったが、とにかく兵太郎は亀山藩のために働いているんだし、篠山藩はあんな事情で浪人しているんだから、成瀬どのによくわけを話して折りがあったら仕官のお口ぞえをたのみたいと申入れておいたんだ」

「成瀬さまはどういう御返事でしたの」

「西村老人が着いて、蒲原での兵太郎の働きがわかると、すっかり乗気になったようだ。それに、殿さまのほうがそういう勇士ならぜひ家来にしたいと、執心《しゅうしん》していられるそうだ」

「太郎さんは殿さまにお目にかからなかったんですか」

白蘭にいわせれば、こんどのことで一番手柄を立てたのは、なんといっても黒潮太郎なのだから、一番ほめてもらわなくては詰らないと思うのだ。

「いや、わしはあくまでも蔭の男でいいんだ。その点ははじめから成瀬どのによくことわっておいたので、亀山にいる間中、家老の屋敷から一歩も外へ出なかった。わしにはまだ三人のたずね人が残っている。それがすむまでは、なるべく余計な事件にはまきこまれたくないんだ」

「本当ですね。こんどのことはまわり道にならなかったからよかったようなものの、はじめあたしは大変なことになってしまったと、ずいぶん気をもんでしまいました」

「土浦へ行くはずのが、全く方角違いの京まできてしまったんだからな」

「ねえ、浦路さんが兵太郎さんと御夫婦になるのを、それは殿さまや奥方さまはよろこんで下さるでしょうけれど、藩の方たちはどんな目で見るでしょう」

「さあ、人の口というものはうるさいものだからな。しかし、藩のほうでそれが問題になるようなら、兵太郎はなにも亀山藩に仕えなければならんということはないんだ。あれは江戸で町道場をひらいても、立派な剣客としてとおるだけの人間になっているんだからね」

「それはそうですね。浦路さんはきっといい奥さんになりますわ」

白蘭はちょっとうらやましそうな顔をしてみせる、あと三人のたずね人をさがしあてない間は、白蘭はまだ太郎に妻という名で呼んでもらうわけには行かないのである。

「お蘭は京ははじめてか」

「ええ」

「じゃ見物して行きたいだろうな」

「太郎さんは——」

「わしも初めてには初めてなんだが、それより第五人目をさがすほうが先だ、七人のたずね人をみんなさがしてしまうまでは、わしは自分の体じゃないんだからな。明日ここを立って、蒲原で四人目の浦路さんに逢って太田正之進の遺言を伝え、すぐに第五人目にかかりたいと思う」

「なら、あたしもいっしょに明日ここを立ちます」

「そうか。そうしてくれれば安心だ。上方見物はいずれお蘭と御夫婦になる時がきてから、ゆっくり出なおすことにしよう」

「それ、本気なの、太郎さん」

太郎の口からはっきり御夫婦という言葉が出たのははじめてだったので、白蘭ははっと目を見はる。

「本気だよ。白蘭先生はわしにはなくてはならぬ大切な宝物だ。兵太郎が浦路さんなしには人生がないようにな」

「あんなことを——」

白蘭はわらおうとしたが、涙のほうが先になって、どうしてもわらい切れず、

「うれしい、太郎さん」

と、我にもなく太郎の大きな胸にしがみついていた。

「わしのおかみさんになる人は、これからまだまだ人一倍苦労をしなければならない。お蘭はそんな苦労などなんとも思わないほど、もっと苦労をしてきている女だ。わしにもだんだんそれがわかってきた。だから、お蘭はわしの宝物なんだ」

太郎は軽々と白蘭を抱きあげて、ゆっくりと部屋の中を歩き出す。

「あたし、このまま死んでもいい」

白蘭は体中がしあわせで一杯になったように、なにもかも忘れて、とめどなく涙があふれてくる。

窓の外の京の景色はもう明るい初夏の色だった。

翌朝、太郎といっしょに京の宿を立った白蘭の顔は、晴々として世にも楽しかった。

一人不平でたまらないのはおとぼけ仙太である。

「けっ、たった一晩だけ泊ってもう帰るなんて、これじゃなんのために東海道五十三次を苦労して上ってきたんだかわかりゃしねえ。ねえ旦那、下世話にも東男《あずまおとこ》に京女といって、女は京が本場でさ。それをあっしは宿の女中の京女のにおいをかいだだけなんですぜ、江戸へ帰って京女の話さえできやせんや。どうしておくれやすね」

「おとぼけさん、そんなに京女に未練があるんなら、あんただけ後へ残って、ゆっくりとお嫁さんをさがしてきたらどうなんです。小遣ぐらい東女のあたしがあげてもようござんすよ」

「それが薄情だっていうんでさ。連れを放ったらかしておいて、あっし一人が京へ残るなんて、そんなことは東男のすることじゃねえ。どうしてそこんとこを察してくれねえのかなあ」

「ほ、ほ、あいにく太郎さんは京女より東女のほうが好きなんですって」

「うへっ、こいつはずばりとおっしゃったなあ。──ああそうか、道理で今日は白蘭先生、ひどく御機嫌がうるわしいと思った」

「なんですって──」

「いいえ、こっちのことで──。黒潮の旦那は別にどこに傷をうけているわけじゃなし、まあ精々御親切にたんと御看病しておあげなさいまし。東女は気も荒いが、家へ火をつけるくらい情《じょう》も激しいっていいやすからね」

京の町を出外れると、今日も晴れた空に雲雀《ひばり》がいい声でしきりに囀《さえず》っていた。

第五人目は男

一

「天明堂先生、お早うございます」

丹波亀山からの旅を無事にすませて、一と月ぶりで昨日江戸へ帰ってきた今朝、黒潮太郎は裏の井戸端へ出て顔を洗ってくると、長火鉢の前で朝茶の支度をしている白蘭の前へきて、行儀よく朝の挨拶をした。

太郎が天明堂先生とか、白蘭先生とか、改まって先生づけにして呼ぶ時は、きっとそっちのほうの用がある時なので、白蘭はそらはじまったと思いながら、

「お早うございます。この度は長い道中を御苦労さまでしたね太郎さん」

と、こっちも澄して挨拶をかえす。

「そのとおりでございます。この度は先生にもいろいろとお世話になりまして、お礼の言葉もありません。今ごろは兵太郎も浦路も、亀山へのうれしい道中をいそいそと

いそいでいることでございましょう」

「あの二人には本当にあてられてしまいました。あたしはいまだに頭がふらふらするくらいです」

蒲原《かんばら》の宿へ着いて、二人の泊っている扇屋へ草鞋《わらじ》をぬいでみると、心配していた兵太郎の傷はもうすっかりよくなっていた。明日あたりここを立とうと思っていたところだということだった。

太郎がまず浦路に、奥方の密書はたしかに国もとへとどけ、それが敵の密使より二日ほど早かったおかげで、事件は家老成瀬監物の手でてきぱきと処理され、もう心配のないところまで漕ぎつけていると告げると、

「黒潮さん、申訳ありません。わしは人に苦労をかけておいて、それではすまないからと浦路がいうのもかまわず、無理に女房にしてしまいました。許してください」

と、兵太郎はなによりもそれを先に打ちあけて詫びていた。

さすがに良心にとがめて、黙っていられなかったのだろう。

「あたくしが悪いのでございます」

浦路も顔を赤くしていたが、そのために叱られるなら、どのようにでも自分が叱られようと、ちゃんと覚悟はついていたようである。

「よかろう。二人とももう何度も死にそこなっているのだから、殿さまもそのくらい

のことは許してくださるだろうし、わしとしては二人がしあわせになってくれれば、島で死んだ親友に対しても、こんなうれしいことはないんだ」

その時の太郎の顔は本当にうれしそうだった。遺言をたのまれてきた第三人目と第四人目のたずね人たちが、ふしぎにもいっしょに何度も死線を越えながら、こうして結ばれたのだから、太郎はただ因縁ごととしか思えなかったのだろう。

「黒潮さんさえ許してくれれば、藩のほうはお暇を願うからいいと、浦路もいっているんです」

兵太郎は兵太郎で、もう天下晴れた顔をして、藩の意向などは少しも問題にしていないようだった。

しかし、とにかく浦路は一度亀山まで行ってこなければ用がすまないのだし、兵太郎は篠山《ささやま》に残してある養父兵太夫を迎えに行く道中だったのだから、翌朝太郎たちは西へ向う二人を見送って、江戸へ立ってきたのである。

「おどろきやしたねえ、先生。あのお中臈さま、すっかりでれっとなっちまって、まるで若い御亭主のいいなり次第なんだから、見ちゃいられやせんや」

後でおとぼけ仙太が、額を叩いて苦わらいをしていた。

「あたしにはそう見えませんでしたよ、おとぼけさん」

「へえ、先生にはどう見えたんでげす」

「お中臈さまは兵太郎さんをがんじがらめにして、この人はまだ子供なんだから、少しぐらいの我がままはしようがないとわらって見ている、あたしにはそう見えました」

姉女房、白蘭にはたしかにそう見えたのである。

それにしても、二人に蒲原で別れるとすぐ、いつもだと太郎はさっそく第五人目のたずね人のことをいい出すはずだのに、こんどは道中ではそれを一言も口にしなかった。それを今朝切り出そうというのだろう。

「太郎さん、なにかあたしに御用ですか」

白蘭は朝茶をすすめながら聞いてみた。

「はい、先生の御機嫌は今朝はどんなものでしょうな」

「いま申上げたでしょう、まだ頭がふらふらしていますと」

「それは困った。わしはまだ三人のたずね人を持っていますのでな。恋女房を可愛がって、世間の人の頭をふらふらさせてやるのは、それから先のことになります」

「一体それは、何年先のことになるのかしら」

「それは白蘭先生のお告げ次第できまることになります」

「うまいのねえ、太郎さんは」

白蘭はわらい出しながら、

「では、おうかがいしますが、こんどは蒲原であの二人に別れた時、すぐ第五人目のことはいい出しませんでしたね。あれは御夫婦になるのを少しでも先へのばしたいからだったんですか」

と、わざと厭味をいってみる。

「いや、そんなわけではありません。ちょっと胸の中で誓ったことがありましてな」

「なにを誓ったんです」

白蘭はどきりとさせられる。

「兵太郎と浦路は自分たちだけで御夫婦になりました。それはそれでいいのだが、世間というものはなかなか自分の思うようにはなりません。しかも、あの二人はまだ事件の渦中《かちゅう》にいる。果してすべてがうまくおさまるかどうか、わしはそれを自分で占ってみることにした。つまり、我々が無事に江戸へ入ればうまく行く、なにか途中で邪魔が入れば躓《つまず》きがある、すぐに二人の後を追ってやらなければならない、そう自分できめていたので、江戸へ入るまでは第五人目のことを口にしなかったのです」

太郎はまじめな顔をしているのだ。心から若い二人のことを心配しているのだろう。

「ふ、ふ、太郎さんもだんだんあたしにかぶれてくるようですね」

口ではいったが、いつにかわらぬ太郎のあたたかい心づかいに、白蘭はじいんと胸にしみるものがあった。

「それは毎日こうしていっしょにいれば、門前の小僧のたとえもありますからな」

「じゃ、こんどは太郎さん、五人目の人のことは、自分で占ってみてごらんなさいよ」

「いや、それはもう占ってみたです。昨日無事に江戸へついた。今朝目をさまして、もうあの人は大丈夫だと思ったとたん、第五人目はむずかしいぞという気がいきなりした。案の定釣瓶《つるべ》の水を盥《たらい》にあける時、力が入りすぎて水が半分も外へこぼれてしまったです。着物へ水ははねかかるし、やれやれと胸が重いです」

太郎は神妙に考えこむような顔をしてみせる。

「五人目は男かしら」

水という言葉に、白蘭は自分が滝へさそわれたような気がして、急に神経が澄んできた。

「当った、男です」

「十五夜前にはだめかも知れません」

「なるほど――」

「今年の十五夜が晴れるといいんですけれどねえ」

「無月《むげつ》ということもありがちなことだな」

「本当はね太郎さん、いまは雲が厚くて、あたしにもなんにもわからないんです。その五人目の人ってのは、どんなわけのある人なんです」

　こんどは白蘭が心配になってきて、聞かずにはいられなかった。

「お蘭はやっぱり名人だな。よく当る」

　太郎は思いあたることがあるらしく、いつもの太郎にかえって感心する。

「そんなにおだてたって、あたしはもう天明堂の看板はかけませんから」

「目下花嫁修業中と貼紙《はりがみ》をしておくかな、虫がつかないうちに」

「そんな心配はいりません。あたしのような女、太郎さんでなくちゃお嫁にもらってくれる人など、ありやしませんもの」

「そうか、じゃそういうことにしておいて、あと三人の辛抱だ、まず五人目からかかるとしよう」

「本当ですわ。あたしにすれば冗談ごとじゃないんですもの」

「上州藤岡在にね、滝田新左衛門という郷士がかなり裕福に暮していたんだ。男の子が二人あって兄を新太郎、弟を滝次郎といって、二つ違いだった。父親の新左衛門は情に厚いほうで、人にたのまれるといやだといえない、どっちかといえば人がよすぎたんだな。人に金を貸しても催促ができない、そんな風でだいぶ身代がおもわしくなくなっていたところへ、人の借用証文に印を貸してやった、そのために土地の庄屋で倉蔵という、これは半分金貸を商売にしているような因業者《いんごうもの》で、もとは新左衛門にずいぶん世話になった男だそうだが、これに田地田畑家屋敷まで、根こそぎ取られてしまった。そのあげく、新左衛門は病死してしまったんだそうだ」

「つれそう女房も、そんなにお人好しだったんでしょうか」

「いや、これはしっかり者だが、新左衛門が死ぬ一年ばかり前に、死んでいたそうだ」

「きっと、そんな御亭主なんで、苦労しすぎたんですね」

「わしはお蘭には苦労はさせないつもりだ」

「さあ、どうかしら。お人好しという段になれば、太郎さんだってずいぶんそのほうなんだから」

「いや、心配しなくたっていいよ。わしは人に取られるような田地田畑なんか持っていないし、またたとえ持っていて取られても平気でいられる性分なんだ」

「いいわ、その時はあたしがまた天明堂の看板をかけます」

「そういうしっかり者の母親に早く死別れた兄弟は、不しあわせな星のもとに生れてきたんだな。兄の新太郎が十三、弟の滝次郎が十一の時だったそうだ。二人ともどこへも行きようがないから、その因業庄屋の家へ下男がわりに引き取られて、朝から晩まで酷《むご》いこきつかいかたをされた。そして、二言目には厄介者、厄介者と罵られて、生傷が絶えない」

「黙って打たれていたのかしら、男が十三にもなっていて」

きかない気の白蘭は聞いていていて歯がゆい。

「そうじゃない、新太郎は何度、この恩知らずの鬼め、叩っ斬ってやろうかと、そっと父の形見の脇差を納屋から取りだしたか知れないそうだ。その度に、自分が死んでしまえば、弟が一人になってしまう。せめて滝次郎が十五になるまでは、我まんしようと、歯をくいしばって思いとどまったんだ」

「兄弟っていいもんですね。あたしも死んだ兄さんのことは、いまだにはっきりとおぼえていますもの」

「新太郎の話だと、弟の滝次郎は自分より気性が荒いので、いつ無鉄砲な真似をするかわからないと、そのほうがかえって心配なくらいだったそうだ。そこで弟には、お前が十五になったら二人でここを逃げ出して、江戸へ出て出世して、鬼を見かえしてやるんだから、それまで辛抱しろと、いつもいい聞かせてあった。兄弟二人っきりだから、滝次郎も兄のいうことだけはよくきいたそうだ」

「それで、とうとう兄弟二人で江戸へ逃出したんですか」

あんまりみじめな話を聞いていると、泣きたくなってきそうなので、白蘭は先まわりをする。

二

「そのとおりだ。滝次郎が十五になるまで待てなかった。十四になった秋、二人で江戸へ飛出してきたそうだ。路銀など満足にあるはずはない、亡父の脇差を二束三文に売り飛ばして、兄は十六、弟は十四、それでも希望は大きかったそうだ。滝、お前はなんになる、おれはなんでもいい、江戸でどうしても千両の金を稼いで、親父さまの田地田畑を買いもどせるようになるまでは、国へは帰らない。あにいはなんになる。おれはおんなじだ、きっと千両の金を稼ぎ出してみせる。そんな相談をしながら、江戸へ入ったのが十五夜の晩だった」

「まあ、やっぱり十五夜に縁があったんですね」

「水道橋まできて、二人はまた相談したんだ。兄のほうは大坂で身を立てたいと考えていたし、弟のほうは江戸がいいと思っている。じゃ、いっそここで別れよう。そのかわり十年たったら、十五夜の晩のいまごろ、この水道橋の上で逢おう。その時はたとえ、どんな身になっていても、命のあるかぎりここへこなければいけない。よし、そうしようと固い約束をし、水道橋の上から十五夜の月を眺めて、別れたというんだ」

「男の兄弟ってうらやましい」

　どんな気持で兄弟が別れ別れになったか、悲しくはなかったんだろうかと思うと、白蘭は思わず涙がにじんでくる。

「新太郎が堺《さかい》で我々の船へ乗りこんできたのはその翌年の春だから、今年がちょうどその十年目になるんだ。つまり、新太郎にすれば、普通のことをしていたんでは、とても千両なんて金は一生かかっても稼げるものじゃない、そう考えて船に乗る気になったんだな。年は若いし、身に大望はあるし、新太郎は元気一杯だった。島へ流れついてからも、黒潮さん、おれたちは命運《いのちうん》があるからこうやって島へあがれたんだ、いまにきっと日本へ帰れるねと、死ぬまで望みは失っていなかった。それが五番目に、たった三日ばかり寝ただけで、ころりと死んで行ってねえ」

「遺言はどうだったんです」

「それが、やっぱり兄弟だなあ、弟に逢ったら、決して無理な高望みはするな、この兄がいい手本だから、お前は分相応に生きて、天寿を全うしてくれということだった」

「死ぬような目に出あえば、誰だってそういう気になるんでしょうね」

「うむ。滝はおれより気が荒いから、満足な人間になっていてくれればいいがと、それればかり気にしていたようだ」

「さあ、その弟さんは今年二十四になるんでしょう」

「うむ」

「なんだかあたし、その人はまだ土に根が生えていないような気がする」

「そうか。十五夜がくるまでは、さがしても無駄足をするかな」

「あら、さがすって、藤岡へ行ってみる気なんですか」

それこそ雲をつかむような話なのである。

「無駄はわかっているがね、新太郎のかわりに両親の墓へおまいりをしてやりたいと思うんだ」

「なら、あたしもいっしょに行きます」

「いや、藤岡まで行って帰って長くても五日か六日だ。お蘭はまだ旅の疲れがぬけていないんだから、こんどは留守番をしなさい」

そういわれてみると、まだ昨日長旅から帰ってきたばかりで、事実疲れている。それに、こんどはどう間違っても六日ほど待てば帰ってくる人なのだから、そう我がままもいえないと思った。

「じゃ、どんなことがあっても、六日目には帰ってくると約束してくれますか」

「大丈夫六日目には帰ってくる」

「それならあたしは留守番をしますから、おとぼけさんをつれて行ってください」

「しかし、あの男もまだ帰ってきたばかりで、くたびれているだろう」

「いいえ、おとぼけさんならくたびれていても、きっといやだとはいいません」

白蘭には白蘭のなにか考えがあるらしく、強《た》ってそうすすめるので、仙太さえ承知ならと太郎も無理にはさからわなかった。

翌朝――。

黒潮太郎はおとぼけ仙太を道づれにして、朝まだきに浅草戸沢長屋の家を立った。

上州藤岡までは二十三里あまりの旅で、今夜は浅草から十里、桶川泊りの予定である。

「御苦労だなあ、仙太うじ」

「おっしゃるとおりでさ、旦那。これが嘘にも京女のにおいをかぎに引きかえすんだというんなら、あんよもずんと軽いんですがね、相手が上州女とくると、へたにからかいでもしようもんなら横っ面を引っぱたかれる。全く色消しでござんすからね」

「そんなに気がすすまなければ、ここから引きかえしてもいいぞ」

「ところが、そうは行きやせん。あっしはくれぐれも白蘭先生にたのみこまれてきたことがあるんでしてね、ちゃんとお手当までちょうだいしてきているんでさ」

「その心配はないんだがなあ、わしはこう見えても、上州女をくどいて横っ面を引っぱたかれるような真似は、決してしない男なんだ」

「ちょいとおうかがいしやすがね」

「なんだな」

「失礼でござんすが、旦那はお蘭先生にまだ指一本さわっちゃいないんでござんすか」

「いや、そんなことはない。いつも抱いたりおぶったりしてやっている」

「それはつまり、着物の上からでござんしょう」

「まあ今のところはな」

「そうでござんしょう。惜しいもんだなあ。向うさんじゃいつでも帯を解きたがっているのにねえ」

「詰らん心配はしなくてもよい」

「心配なんかしやせんや。白蘭先生もね、あの人にかぎってそのほうはどこへ行っても心配はないが、人がいいもんだからとかく危い橋をわたりたがる、どうか危いところはよけてとおるように、気をつけてやってくれと、たのまれてきやした。だから、旦那もそのつもりでいてもらいやす」

「よかろう、危い橋と見たら、まずおとぼけうじに先へわたってもらう」

そんな冗談口をききあいながら、話相手があればひとりでに道がはかどる。

その夜は予定どおり桶川に泊り、翌日はまた十里あまり歩いて本庄泊りだった。

　ここまでくれば、本庄から新町へ二里、その間に神流川《かんながわ》が流れていて、この橋をわたると武州から上州へ入るのである。

　藤岡は新町で本街道にわかれ、三十丁ばかり西へ入った裏街道の宿場で、この裏街道を十五里二十六丁歩いて信州の追分へ出るようになっている。

　太郎は江戸を出て三日目の午《ひる》ごろ、藤岡へ入ってきた。藤岡から裏街道を大畑へ出るところが新太郎兄弟の生れ故郷と聞いている。

「旦那、中食はどうするんです」

　藤岡の宿を出外れて、やがて麦畑道へかかってくると、仙太が心細そうに聞いた。

「まあ、もう少し歩け」

「もう少し歩くと、なにかうまいもんでもあるんですか」

「いずれなにかあるだろう」

「心細いんだなあ。どうして藤岡で中食にしなかったんです」

「どうしてというわけもないが、この先にもなにかあるだろうと思ってな」

「そりゃなにかはありまさ。ごらんのとおり広々とした麦畑がね。驚いたなあ、この辺はどこを見ても麦畑ばかりですぜ。馬じゃあるまいし、麦なんかいくらあったって中食がわりにゃならねえ」

　おとぼけ仙太はだんだん腹がへってくるらしく、大むくれである。

そんな道を小半道も歩いたろうか、どうやら大畑へかかってきたらしく、右手に一膳飯屋の油障子が目についた。前に花どきは見事だろうと思われる大きな梅の木が、いまは青い実を一杯につけて、梅屋と油障子に屋号が書いてある。

「しめた、旦那、飯屋ですぜ」

「うむ、梅屋と書いてあるな。ここで飯にするか」

「ありがてえにはありがてえが、あんまり結構な家じゃなさそうだな。だから、藤岡で食ってくればよかったんでさ」

文句だらだら仙太は先に立って、がらりと油障子をあける。

「あれえ、誰も店にいやせんぜ。今日は休みかな」

土間はがらんとして、なんとなく埃《ほこり》っぽい感じさえするのだ。

「今日は、――誰もいないのかね」

「はあい」

奥のほうから気のない返事があって、六十近いと思われる老婆がのれんのかげからこっちをのぞくようにしてから、やっとおずおずしながら顔を出した。

「お客さま、なにか御用でしょうか」

「おかしなことを聞くなあ、お婆さん。ここは飯屋なんだろう」

「ああ、それだったらすまねえですが、今日は休んでいるです。だから、縄のれんを引っこめていますんで」

「なんだ、やっぱりそうか。そいつはがっかりだなあ。旦那、今日は休みですとさ」

「そうか。おとぼけうじ、ちょいとどいてみろ」

太郎は仙太にかわって入口に立って、

「お婆さん、間違ったらあやまるが、あんたはもと滝田新左衛門というこの土地の郷士の家に奉公していたことのあるひとじゃないかね」

と、聞いてみた。

「はい」

「じゃ、名前はたしかおしげさん」

「はあてね、お武家さまは誰方《どなた》さまでごぜえましたろう」

「わしは滝田の伜新太郎の友達なんだがな、実は新太郎にことづけをたのまれてきたんだが、ちょっと入らしてもらってもいいかね」

「ああ新太郎坊っちゃんのお友達――。さあどうぞ入ってくださいまし」

口ではそういいながら、おしげ婆さんはなにか顔色をかえているようだ。

「なあんだ。旦那はここんちを知っていたんですかえ」

「うむ、ちょっとここへ掛けさせてもらおう」

太郎は土間へ入って、空樽の一つへ腰をおろす。

「ねえ旦那、旦那の知合いの家なら、店は休みでも米はあるだろう、お婆さんに一つ飯を炊いてもらっておくんなさいよ」

「まあ待て――」

太郎は仙太を制して、

「お婆さん、お爺さんはまだ達者だろうか。たしか多兵衛さんと聞いているが」

と、話しかけてみる。

「爺さまは三年前に死んだです」

「ふうむ、なくなったのか」

「あのう、新太郎坊ちゃまはいまどこにいなさるんだろうか」

「新太郎は死んだ。やっぱり三年ばかり前にな」

「な、なんでございますって――。本当かねそれは」

老婆はあいた口がふさがらないようである。

「本当だ。しかも、南のほうの島でね」

「じゃ、弟の滝次郎さんは――」

「わしはその滝次郎という弟をさがしているんだ。新太郎の遺言をあずかっているんでね」

「さあ、わからねえことになった。本当に新太郎さんは三年前に死んだでごぜえますね」

「それはわしが死水を取っているんだから、間違いはない。なにがそんなにわからないんだね」

「死んだ者が強盗に入るはずがあるだろうか、お武家さま」

「なにッ、強盗に入った、新太郎がか」

太郎が啞然として聞きかえす。

三

「お武家さん、新太郎さんは本当に死んだんかね、三年前に」

老婆は妙な顔をして、又してもそれを聞く。

「うむ、九州のほうで死んだんだ。わしが死水を取ったんだから、間違いはない。その新太郎が一体、どこへ強盗に入ったというんだね」

黒潮太郎は眉をひそめずにはいられない。

「お武家さんは弟の滝次郎さんをたずねているといいなすったね」

「そうなんだ。死んだ新太郎にたのまれていることがあるんで、ここへきて聞けばなにか様子がわかるかも知れないと思ってね、わざわざ江戸からたずねてきたんだ」

「その滝次郎さんなら、いまはどこにいるかわからないが、先月の二十九日の晩、ひょっこりここへたずねてきたです」

「ふうむ、すると半月ほど前だな」

これはまた耳寄りな話になってきたものである。

「身なりはどんな風だったろう。商売はなにをやっているんだろう」

「それが大きな声ではいえねえが、やくざになっているようでした」

「そうか。やっぱりやくざになっているか」

太郎は道々そんな予感がしないでもなかった。堅気で千両という金を稼ぎためるのは容易ではない。兄の新太郎でさえ海へ乗り出して、荒稼ぎをやろうと考えるくらいだから、それより気性の激しい滝次郎が、いっそ博奕で稼いでやろうと思い立つのは無理もない話なのである。

「滝次郎さんもわしの顔を見ると、婆や、こんな恰好をしてきて恥ずかしい。近所を通りかかって、あんまりなつかしいからちょっと寄ってみたんだが、おれもいつまでもこんなことはしていない。そのうちに堅気になって、大手を振って故郷へ錦をかざるつもりでいる。今夜のところは見のがしておいてくれといって、まだ夜の明けないうちに、近所の者に顔を見られたくないからと、帰って行ってしまったんです」

「そうだろうなあ、そんな姿では故郷へ帰れないわけを、滝次郎は持っているんだ」

「実はそれからが、ちょっと困ったことになってな、お武家さん」

おしげ婆さんは暗い顔になりながら、

「おふじ、おふじはいないかい」

と、奥へ呼ぶ。

「はあい」

「お客さまにな、お茶をおあげしておくれ」

「はあい」

その茶の支度はもうできていて、呼ばれるのを待っていたらしく、十七八とも見える思ったよりきれいな娘が番茶を運んできて、

「お出でなさいまし」

と、客たちに挨拶をした。

「わしの孫でなあ、お客さま」

おしげが自慢らしく目を細めながら口をそえる。

「へえ、別嬪《べっぴん》さんだねえお婆さん」

おとぼけ仙太は目を丸くしながら、感心して、

「おふじさん、――おふじさんていうんかね」

「はい」

「今日は店は休みだって話だが、あっしたちはまだ昼飯前なんだ。なんとか飯を喰わせてもらえないかねえ。代はちゃんと払うから」

と、そのほうも仙太は抜目がない。

「ああ、御飯前かねえ。おふじ、さっそく御飯を炊いてな、なんにもないけれど、味噌汁でもこしらえて、さしあげるがいい」

「はい」

娘はいそいで奥へ引きかえして行く。

「世話をかけてすまないね、お婆さん」

太郎が礼をいうと、

「なあに、飯屋は商売だからなんでもねえです」

と、おしげは人の好さそうな顔をする。

「それで、困ったとは、どんな困ったことが起ったんだね」

「恥を話さなければわからねえが、一昨年の暮に爺さまが死んだ時、わし庄屋さんから五両借りたです」

「庄屋というのは、いまでも倉蔵というのがやっているのかね」

「知っていなさるかね。その倉蔵でな、そんな金を借りると後が恐いとは思ったですが、その時は鬼旦那のほうから、困るんなら都合してやるから費《つか》えと、五両出してくれたで、こっちは医者さまの払いやなにやかや、困っている時なんで、つい手が出てしまったです」

「なるほど、無理はない」

「それを去年の暮になって急に、あの五両は利子がついて十両になったが、どうする。払えなければ証文を書きかえなければならないがと、手代をよこしていってきたです」

「へえ、一年で五両が十両にねえ。そいつは座頭金《ざとうがね》よりひどい。訴えてやりゃいいのに」

　仙太がそばから口を尖らせる。

「わしら女のことで、どうする力もねえです。しようがないで、その時は証文を書きかえてもらってすましたですが、それをこの三月に入って十両かえせなければこの家の地所ぐるみよこすか、それともおふじを奉公に出すかと、掛合ってきたです」

「畜生、つまり娘さんが目あてだったわけなんだね、よくある悪どい手さ」

「当てはねえけんど、晦日《みそか》まで待ってくれとたのんで、いよいよその晦日に、家をやるよりしようがあるまいと、おふじに相談すると、あれがおばあちゃん、今朝、滝次郎さんが立ちがけに十両おいて行ってくれたというです。なんでそんな大枚の金を、おばあちゃんに一言もいわずにもらっておいたのだと、おふじを責めてはみたものの、おばあちゃんにはいうな、どうせ博奕で勝った金なんだから、これでこんどのところは倉蔵のほうをなんとか片をつけろといってくれたそうで、——そんなこんなのところへ、もう鬼旦那がこんどは手代をつれて、自分で乗りこんできたです」

「なんでも娘を引っさらって行こうというんだな。憎い野郎ですねえ、旦那」

「切羽詰って滝次郎さんがおいて行った十両を出すと、この金はどうしたんだ、おふじを売ったのか、それともどこかで拾ってきたのかと、あんまりひどいことをいうんで、それは滝次郎さんがこれこれで、昨夜おいて行ってくれた金だと、本当のことをいってやったです。すると鬼旦那は、それでわかった、一昨日の夜やくざ風の二人組強盗が押しこんで、五十両持って行かれたが、あの兄弟野郎だったのか、どうも声に聞きおぼえがあると思ったと、いい出したです」

「畜生め、いいたいことを吐《ぬか》しやがる。聞いちゃいられねえや」

「それで、庄屋の家へ強盗が入ったというのは本当なのかね」

太郎は念を押してみた。

「それは本当なんです。ふだん因業な真似ばかりしているで、村の衆はいい気味だとみんな蔭でわらっていますが、鬼旦那は余っぽど懲《こ》りたと見えて、それから用心棒の浪人さんを二人も雇っているです」

「押しこんだのは、やっぱりやくざの二人組だったのか」

「そんなことといってました。おふじが口惜しがって、滝次郎さんはここへ一人できたんだから、そんなはずはない。それに、もしそれが滝次郎さんなら、その晩のうちに家へ寄って行くはずだといってやると、そんなことは向うの都合で、こっちの知ったことじゃない。年ごろからいってもあの二人組は滝田の兄弟に違いないと、一人できめていたです」

「それで出した十両の金のほうはどうなったね」

「まるで自分の出した金を自分でもらって行くようなもんだが、兄弟がつかまるまでしようがないこの金で十両の証文はかえしてやろう。けれど、正、二、三の十両の利子、二両二分はどうしてくれると、こうなんです」

「野郎、まだ利子をとろうって吐すのかお婆さん」

「そうなんです。わしもあんまり口惜しいで、借りた金はたった五両、それが十両にもなったんだから、もうそれで勘弁してくれてもいいはずだといったんですが、そうはいかねえ、借りた金に利子のつくのは当りまえだ、二両二分いまなければ、このお盆まで待っててやるから、証文に印をおせといって、また鬼に二両二分の借りができてしまったです」

「なるほど――」

「それもいいが、つい二三日前に鬼の手代の音吉というのがやってきて、どうせお盆になっても二両二分できる当はつかないんだろう、利子にまた利子がつくようじゃつまらないから、どうだおふじを庄屋さんのところへ奉公に出しちゃ、二両二分の奉公なら半年ですむことだと、おためごかしにいって帰ったで、もう商売をする張合いもなくなってしまい、こんな土地にいつまでもいると、鬼に骨までしゃぶられてしまう、この家を売って金にして、二両二分かえしたあまりを持って二人でどっかへ行ってしまうかと、今も孫とそんな相談をしたところなんです」

「よくわかった、お婆さん」

要するに倉蔵はおふじを狙っているのだろう。たとえばここで二両二分の借金を払ってやっても、この老婆とおふじ二人きりでは、またどんな悪どい手に乗せられてしまうかわからない。

それには、二人を江戸へつれて行って、ちゃんと身の振り方をきめてやるか、この土地でしかるべき男をおふじの婿にとって身をかためさせてやるか、どっちかである。

「どうだろうなお婆さん、わしはさっきもいうとおり新太郎の死水を取って、その遺言をあずかってきている男なんだ。金も多少あずかってきている。新太郎も滝次郎もお婆さんにはずいぶん世話になった、しあわせに送っていればこれに越したことはないが、もしそうでなかったら、なんとか相談に乗ってやってくれるようにと、わしは新太郎からたのまれてきているんだ。だから、庄屋の二両二分はわしがかえしてあげるが、ここに女二人きりでいてはどうも後が心もとない、江戸へ出てなにか身の振り方をきめてあげたいと思うんだが、お婆さんは生れた土地を出るのは気がすすまないかね」

太郎が事をわけて持ちかけると、

「さあ、お前さまにそんな世話になっていいか悪いか、――あんまり寝耳に水の話で、わし困るです」

と、ちょっとおしげは戸惑った顔つきである。

「よかろう。それはまあ後でゆっくり相談するとして、――なあ仙太うじ、昼飯をすましたらお前このお婆さんとその鬼庄屋の家へ行って、二両二分の証文の片をつけてきてくれぬか。わしが行くよりも、仙太うじがお婆さんの甥《おい》だったということにして、話をつけたほうが穏便《おんびん》に行くと思うんだ」

「引きうけやしたよ旦那、二両二分さえかえしてやりゃ文句はいわせねえ。あっしはその倉蔵って奴に、思い切り一度江戸前の啖呵《たんか》を切ってやらなけりゃ、この胸がどうしてもおさまらねえ」

仙太は二つ返事で、昂然と胸をたたいてみせるのである。

奥の台所から香ばしい味噌汁のにおいがしてきたようだ。

四

昼飯がすむと、仙太は間もなくおしげをつれて、庄屋の家へ出かけて行った。

「仙太うじ、あまり妙な啖呵を切らないほうがいいぞ」

出がけに太郎は注意してやったが、

「まかせといておくんなさい旦那。あっしはこれでも浅草っ子でござんすからね」

と、仙太は一人で張り切っていたようだ。

店の油障子に西日が少しまわってきて、土間はあかるい。食後の茶をいれてくれたおふじは、全く田舎には珍しい色白ないい娘である。

「おふじさん、あんたはお婆さんと二人暮しのようだが、阿父《おとっ》つぁん阿母《おっか》さんはどうしたんだね」

太郎は思い出したように聞いてみる。

「阿母さんはあたしの二つの時死にました。阿父つぁんのことは知りません」

おふじはきっぱりといって、少し顔が赤くなったようである。

「阿父つぁんを知らないとは――」

「あたし父なし子なんです。だから、みんなに馬鹿にされるんです」

なるほど、この年まで婿もきまらず、倉蔵が妾にと狙うのも、そんなところにわけがあるのかも知れない。

「わけを話してみないかね。わしはおふじさんより不幸な女をたくさん知っていると思う。きっとなにかの力になってあげられると思うんだがな」

「黒潮さんは、新太郎さんの死水を取ったって、本当なんですか」

「本当だよ、新太郎が死んだのは三年前で九州よりずっと南のほうの島だった」

太郎はおふじを安心させるために、七人のたずね人を持っている自分の宿命を、ざっと話して聞かせた。

「じゃ、滝次郎さんは五人目のたずね人になるんですね」

「そうなんだ」

「前の四人はみなわかったんですね」

「うむ、わかった。だから五人目ももうすぐきっとわかると思うんだ。いや、ここへきてもう半分わかったもおなじなんだからね」

「ああよかった、あたし」

おふじはなにかほっとしたように、うっとりした目差しになって、ぽかんと油障子のほうを眺めている。どうもただごとではないようだ。

「あたしの阿母さんはおみつというんです。十八の時にそれまで奉公していた新町の旅籠屋から、暇をとって家へ帰ってきて、この家であたしを生んだんです。死ぬまで、おじいちゃんにもおばあちゃんにも、あたしの阿父つぁんの名はいわなかったんですって」

おふじは夢でもたどるように、ひとりでに話し出す。

「そうか、阿母さんにはなにか人にいえない、親にもいえない深い事情があったんだな」

「あたしは知っているんです。後から人の話が自然に耳に入ったんですけど、そのころ阿母さんの奉公していた宿屋へ、若い旅人《たびにん》が病気になって二十日ばかり寝こんでいた、それを阿母さんが親切に看病してやっていた。それから半年ばかりたって、阿母さんは暇をもらって家へ帰って、あたしを生んだんだっていうんです」

「阿母さんは苦労したわけだな。まさかおふじさんは、阿母さんをうらんでいるわけじゃないんだろう」

「うらんでやしません。あたし今になって、阿母さんの気持がよくわかるような気がするんです。でも、おばあちゃんの気持もわかるわ。おばあちゃんは滝次郎さんがあんな旅人みたいな風をしてきたもんだから、どうしてもよく思えないんです」

「そりゃ無理もないなあ、おばあちゃんにしてみれば、前のことがあるからねえ」

「でも、滝次郎さんはそんなんじゃない、やくざになったのは元手がほしいからで、いまにきっと堅気の立派な商人になってみせるといってるんです」

「おふじさんは、滝次郎となにか約束をしているんかね」

わらいながら聞いてみると、

「あら、あたしそんな――そんなんじゃないんです」

と、おふじはどぎまぎしながら、真っ赤になってうなだれてしまう。

「いいんだいいんだ。わしがきっと滝次郎といっしょにしてあげる。どうだおふじさん、お前おばあちゃんをつれて、わしといっしょに一度江戸へ出てみる気はないか、この秋ごろまでには、必ず滝次郎に逢わせてやれると思うんだがなあ」

「本当ですか、黒潮さん」

「本当だとも――」

「ならわたし、江戸へ行きます。どうかつれてってください。江戸へ行ってさえいれば、あたしも滝次郎さんに逢える当てはあるんです」

おふじはもう燃えるような目をかくそうとはしなかった。

「すると、おふじさんも、今年の十五夜にあの兄弟が水道橋の上で出逢う約束になっているのを、滝次郎から聞いているのかね」

「まあ、黒潮さんもそれを知っているんですか」

「わしは死んだ新太郎の口から、その話を聞いている」

「よかったわ、あたし、じゃその話、嘘じゃなかったんですね」

おふじには滝次郎のいったことに、多少の不安はあったらしい。

が、太郎にしてみれば、滝次郎が今年の十五夜の約束をちゃんとおぼえているとわかったことは、それだけでもここまで出向いてきた甲斐は十分あったのだ。

「おばあちゃんは、おふじさんがなにか滝次郎と約束したことがあるのを、もうちゃんと知っているのかね」

「いいえ、あたしを疑っているようですけれど、あの人がやくざでいる間は、あたし恐くて、おばあちゃんには本当のことがいえないんです」

「そうかそうか。それはいま無理にいわなくてもいいだろう」

「あたし、それでやっとわかったような気がするんです、死んだ阿母さんも、きっと阿父つぁんが堅気になって迎えにくるというような約束になっていて、それればかり待ち暮していたんじゃないのかしら」

おふじはそんなことをいいながら、そっとため息をついている。

「たぶん、そうだったかも知れないねえ」

「その阿父つぁんは、もう死んだのか、生きているのか、とうとう今日まで一度もここへはたずねてきませんでした。あたしもしや滝次郎さんもそんなことになってしまうんじゃないかと思うと、とても心配で、悲しくて――」

なるほどなあと、太郎は胸をうたれながら、

「なあに、滝次郎は大丈夫だ。わしが逢いさえすれば、その日かぎりで、やくざの足はきっと洗わせてみせる」

と、なぐさめるように約束をしてやる。

「うれしいわ、あたし」

おふじは急にいそいそとなって、何度もそっと涙をふいていた、いじらしい姿である。

「行ってきやしたよ、旦那」

仙太が先立ちで、おしげといっしょに威勢よく帰ってきた。

「黒潮さま、どうもありがとうございました。やっとこの証文をかえしてもらってきました」

おしげは安心したように、帯の間から二両二分の借用証文を出してみせる。

「それはよかった。まるでただ取られるような金じゃあるが、相手が相手なんだから、詰らぬいざこざはもう忘れることだね」

太郎はにこやかにそういってから、

「仙太うじ、浅草っ子の啖呵は切ってきたかね」

と、冗談のように聞く。

「切ってきやしたとも――。一世一代の啖呵をね。野郎、真っ青になってふるえあがってやがった」

「本当かね」

「本当ですってさ。はじめはあっしが梅屋の甥だっていうと、野郎変な顔をしてやがったが、こっちが二両二分の金をならべてやると、そこは強突《ごうつ》く張りだから、すぐに金をうけとって、証文をかえしてくれやした。それからがこっちの啖呵でさ――。庄屋さん、いろいろとどうも伯母がお世話さまになりやした。この辺の田舎のことはあっしははっきりわからねえが、江戸じゃ五両の金が一年とちょっとの間に十二両二分になるなんて阿漕《あこぎ》な真似は、座頭金にだってねえことだ。幸い前の十両の証文も取ってあるし、この二両二分の証文といっしょに、八丁堀に知った旦那があるから、その旦那にたのんで、お奉行さまに見てもらうことにする気だと、やったんでさ、どうでげす、凄い啖呵でげしょう」

「仙太うじ、お前本当にそんなことをいってきたのか」

太郎の顔が急にくもり出す。

「おや、旦那、どうかしやしたか」

「庄屋は本当にふるえあがったんだな」

「ふるえあがりやしたとも。そんな高利が公儀へわかりゃ、どうしたって野郎、ただじゃすみませんからね」

仙太はまだ得意になっているようだ。

「仙太うじ、それはちょっといいすぎたかも知れないぞ」

「どうしてです、旦那」

「まあ考えてみろ。向うにすれば、そんな証文を江戸へ持って行かれては、それこそ自分の首にもかかわってくる。用心棒の浪人者も雇っているということだし、江戸へ持って行かれないうちに、死物狂いで取りかえしにくる、そうは考えられないかな」

「なるほど――」

仙太は目をぱちくりさせながら、

「するってえと、奴等に狙われるのはあっしが真っ先ということになりやすね」

と、どうやらそこへ気がついたようだ。

「うむ、日が暮れると、必ずここへなぐりこみをかけてくる」

「そいつは大変だ。旦那、あかるいうちにさっそくここを立つことにしやしょうや。もう用はすんだんですからね」

「お婆さんや娘さんはどうするんだ」

「ああそうか――。旦那、お二人さんもいっしょに江戸へつれて行きやしょうよ。野郎のほうが片づくまででいいんだ。ついでに江戸見物でもしてもらいやしょうや」

二人をつれて行くにしても、途中で追手がかかるだろう。が、それをいってはなお女たちが心配するだろうから、

「お婆さん、いま聞いてのとおりだ、倉蔵という奴はなにをしでかすかわからない金の亡者なんだ。長い間のことじゃない、この家はこのまま釘づけにしておいて、半年ばかりわしらといっしょに江戸へ行ってみないか、きっと悪いようにはしないから」

と、持ちかけてみる。

「おばあちゃん、そうしようよ。黒潮さんたちが帰ってしまうと、あの鬼はきっとあたしをつかまえにくるにきまってるわ。あたしあんな奴の妾になんかなるの、死んでもいやです」

そばから、おふじはもう江戸へ行く決心をしているのだからおしげにせがみ立てる。

「それもそうだな。ここにいる間は、どうしても鬼に狙われなけりゃなんねえ。じゃしばらく江戸へ行ってみるか」

老婆もようやく決心がついたようである。

「それが一番だ。そうきまったら、早いほうがいい。二人はすぐに支度をして、なあに、またそのうちには帰ってこられるんだから、ここはそのまま釘づけにしてな、ちょっと近所の人にたのんで行けばいいんだ」

話が一度きまると、仕事は早かった。女たち二人があれこれと身支度をしている間

に、太郎がさしずをして、仙太がばたばたと表戸をしめて、雨戸を釘づけにしてしまう。

近所へは十日ばかり孫をつれて江戸へ行ってくるからと、おしげにことわらせて、四人が大畑村を出たのは、それでもやがて七つ（四時）に近い時刻になっていた。

大畑から藤岡までは、ざっと一里足らずの道のりである。

考えてみると、仙太は飛んだ啖呵を切ってしまったことになる。

薄い縁

一

黒潮太郎とおとぼけ仙太が、旅支度のおしげとおふじをつれて、藤岡の宿から新町へ半分道ほどきたころ、あたりは次第に夕暮れてきた。

この辺はずっと桑畑つづきで、本街道ではないから、ほとんど人は通らない。

「旦那、今夜は新町泊りでござんすね」

「そういうことになるな」

「すると、明日は順当に行って熊谷泊り、明後日《あさって》は上尾《あげお》泊りで、三日目には約束どおり江戸へ帰れるわけだ」

「うれしそうだなあ、おとぼけうじ。誰か江戸に待っているいい女《ひと》でもできたのかね」

「けっ、旦那じゃあるめえし、白い指を指折りかぞえて、明日、明後日、明々後日《しあさって》、どうぞ太郎さんが無事で戻ってくれますようにって、誰かさんが観音《かんのん》さまへ跣参り《はだしまい》をしてくれているのとは違いまさ。お蘭は情が深いからなあ。そうでござんしょう旦那」

「そうかも知れんなあ。お蘭のやつに満更でもねえんですね」

「あれえ、手放しだ。すると、旦那もお蘭のやつに満更でもねえんですね」

「うむ、満更でもないようだな」

太郎は女たちの足を考えて、ゆっくり歩きながらわらっている。

「こいつはおだやかでねえ。旦那、旦那にゃまだ三人のたずね人が残っているんですぜ。まさかまだ寝床を二階から下へ移しちゃいねえんでしょうねえ」

さすがに仙太はうしろの耳をはばかって小声になる。

「そんな行儀の悪いことはしないが、わしはなあ仙太うじ、三人目の兵太郎をさがす時、まだ花の咲く前の寒いころだったが、お蘭が兵太郎のために六郷川へ飛びこんで、水垢離《みずごり》を取ってくれたことがあるんだ」

「そうなんですってねえ。しかも真夜中だったたっていうじゃありませんか」

「月のあかるい、もう明け方近かったかな。わしはその時はじめて、お蘭の真心というものを見たような気がするんだ。だから、七人のたずね人をみんなさがし当てたら、夫婦になってもいいと思っている」

「旦那、ついでに白状しなせえ。お蘭さんは旦那の第一のたずね人、お弓っていう三木さんの妹じゃないんかね」

仙太にもだんだんそれがわかってきているようである。

「さあ、そのことだけはお蘭はまだ口にしないんで、わしにもなんともいえんな」

「強情だからねえ、あの人も。――あれえ、旦那」

仙太がさっと顔色をかえながら、太郎の腕をつかんできた。

行く手の桑畑の中から、浪人者らしい奴が二人、ぬっと往来へ出てきて立ったのである。

「お婆さん、あれは鬼庄屋の家の用心棒じゃないかね」

やっぱり出たなと思ったので、太郎はうしろのおしげに聞いてみた。

「そうにちげえねえです。おふじをつかまえにきたんだろうかねえ、黒潮さん」

お婆さんはもうしっかりとおふじの袂をつかんでいる。

「わしがついているから、心配しなくてもいいんだ。――仙太、二人のそばを離れないようにしてくれ」

「合点《がってん》だ」

仙太は太郎の強いのを知っているから、すぐに女たちのほうへさがる。

「大丈夫かしら、小父さん」

「大丈夫だとも。旦那は海の男だからね、海坊主だって旦那にゃおじぎをして通るくらいなんだ」

女たちを安心させるように、仙太は大きく出ておく。

「おい、待て――」

案の定、用心棒浪人たちはこっちが大男なので、それに負けまいとするように、できるだけ凄みながら道をふさいできた。

「やあ、なにか用かね」

太郎は気軽に立ちどまる。

「用があるから、先まわりをしてさっきからここで待っていたんだ」

無精髭《ぶしょうひげ》をのばしたのっぽ浪人が、頭から狼のように嚙みついてくる。

「そういえば、貴公たちは鬼庄屋の倉蔵の家に厄介になっている人たちだそうだね」

「なんだと――。そうか、それを知っているんなら話が早い、貴様はまさか女衒《ぜげん》を稼業にしている奴じゃなかろうな」

「うむ、あいにくわしは女衒は稼業にしていない」

「それなら、そのうしろにいる老婆とおふじを、おとなしくこっちへわたして行け」

「貴公たち、そんな山賊のようなことをいうもんじゃない。このお婆さんと娘さんは、鬼庄屋にたった五両の金を、一年半たらずのうちに十二両二分にして取られた気の毒な人たちなのだ。この上、あの村にいると、鬼庄屋に骨までしゃぶられてしまう。だから、わしが江戸へつれて行って、なんとか身の立つようにしてあげるんだ。貴公たちだって、満更人情がない人たちでもないんだろう」

「黙れッ、貴様はやっぱりその人情を餌にして、女衒を働こうというんだな。そんな甘手《あまて》に乗る我々だと思っているのか」

「では聞くが、貴公たちはこのお婆さんと娘さんをつれて行って、どうしようというんだね」

「なんだと――」

のっぽ浪人はちょっと言葉に詰ったようだが、

「この二人は庄屋の家の奉公人だ。人の家の奉公人を主人に無断でつれ出すと、貴様はかどわかしの罪に問われるぞ。それでもいいか」

と、そんな無法な横車を押してきた。

「貴公は本気でそんなことをいうのか」

太郎の目がきらりと光り出す。

「本気だ。出るところへ出れば、ちゃんとわかる話だ」

「よし、出るところへ出よう」

ぐッと前へ踏み出すなり、太郎の右手がもうのっぽ浪人の胸倉を取って、素早くこっちへ体を引きつけていた。

「あっ、なにをする」

全く不意だったので、のっぽ浪人は手も足も出ない。夢中で太郎の手を振り切ろうと身もがきした時には、やんわりと咽《のど》をしめつけられて、たちまち全身から力がぬけてくる。

「な、なにをするんだ」

「静かにしろ、新町の問屋場へ行くのだ」

「くそッ、——近藤、近藤」

のっぽは悲鳴をあげはじめた。

「うぬッ」

連れの近藤浪人があわてて抜刀する。が、味方の体が邪魔になって、斬って出るわけに行かない。

「貴公、そんなものを抜くと、自分が怪我をするばかりだぞ。貴公もおとなしく新町の問屋場まで行け」

太郎は力にまかせてのっぽ浪人の胸を押しつけながら、ぐいぐい近藤のほうへ歩き出す。

「うぬッ、許さん」

近藤浪人は刀を構えたまま、後へ後へとさがるほかはない。

「太田、邪魔だ。どいてくれ」

「待て、――待ってくれ近藤」

のっぽの太田は太郎の恐しい力に、とてもかなわないとわかると、真っ青な顔になってきた。

「貴公、あやまった。勘弁してくれ」

「いや、わしは貴公たちをどうしようというんじゃない。望みどおり問屋場へいっしょに行って、どっちが悪いのか話をつけてもらおうというのだ」

「わかっている。我々のほうが重々悪いんだ。勘弁してくれ、あやまる」

「そうか――」

太郎はやっと立ちどまって、

「では、貴公たちもこのお婆さんと娘さんが鬼庄屋にどんなにいじめられてきたか、わかってくれるんだな」

と、少し胸倉の手をゆるめながら念を押す。

「うむ、それはよくわかっているんだ」

「それならありがたい。貴公だって、もし貴公の母親や妹が、人にこんないじめられ方をしているのを見れば、黙ってはいられないはずだ。このお婆さんと娘さんは、誰にも悪いことはなんにもしていない。それをこんな酷《むご》い目にあわせては気の毒ではないか」

「わかった、我々が重々悪い」

「そうか、わかってくれりゃいいんだ」

太郎はやっとのっぽ浪人を離してやったが、のっぽの太田はしょぼんとして、

「すまなかった。勘弁してくれ」

と、頭をさげるだけだった。

近藤浪人はこそこそと桑畑の中へ逃げこんで行く。

「行くぞ、仙太うじ」

太郎はゆっくり歩き出した。

「さあ、婆さん、おふじさん」

仙太は女たち二人をうながして、いそいで涙を拭いている。

おしげもおふじも泣きながら歩いていた。

日はもうすっかり暮れかかっていた。

二

行って帰って早ければ六日という約束の、その旅を無事におえて、太郎がおしげとおふじをつれ、浅草の天明堂へ帰ってきたのは六日目の夜であった。

お蘭は自分が人にいえない苦労をしてきているから、人の苦労もよくわかる。その日から田舎者のおしげとおふじが気兼ねをしないようにと心にかけて、よく面倒を見ていた。

「太郎さん、こうなるとやっぱり十五夜の晩を待つよりしようがありませんね」

「うむ、そういうことになったなあ」

「おふじさんは自分の胸にちゃんと十五夜を待つわけがあるからいいけれど、お婆さんはそのうちに一と月もしたら、故郷《くに》へ帰りたくなるんじゃないかしら」

「年寄りだからねえ、お婆さんには故郷ほどいいところはないだろう。その時はおふじの胸の中をよく話して聞かせて、八月までは辛抱してもらうことにしよう」

太郎とお蘭ははじめそれを心配していたが、たってしまえば月日というものは早いもので、いつの間にか四月、五月、六月と暑い一夏がすぎて行った。

幸いお婆さんは故郷のことはまだ一言も口に出さない。

もっとも五月になって、それまでいた婆やが都合で暇を取ったので、遊んでいることの嫌いなお婆さんは、自分で婆やがわりに台所のことを一切引きうけ、毎日がいそがしいから、つい故郷のことは忘れ勝ちになっているのだろう。それにお蘭が孫娘のおふじをまるで妹のように可愛がって、女一通りのことを仕こんでいるので、日に日に美しくなって行く、それもうれしかったに違いない。

それはそれとして、太郎は江戸へ帰った翌日から、毎日朝家を出て、夕方でなければ帰ってこなかった。十五夜まで待てば逢えるとわかっていても、それまでただ遊んでいる気にはなれず、江戸中を歩きまわって、もしもなにかの手がかりでもと、滝次郎の行方をさがしていたのだ。

「太郎さん――」

それは七月に入った或る朝、今日も太郎が出かける支度をしていると、お蘭が二階へあがってきて呼んだ。

「なにか用かね」

「いやな人、お坐りなさいよ」

「坐って聞くほど重大な話なんかね」

たった今茶の間で賑かに四人そろって朝飯をすませてきたばかりだし、話があるならそこで出たはずだがと、太郎は妙な顔をしながらともかく坐った。

「とても重大な話だわ」

お蘭の目がいたずらっぽくわらっている。

「うかがいましょう」

「おふじさんお腹に赤ん坊ができているらしいのよ」

「なに――」

　なるほどこれは大変な話だと、太郎は目を丸くした。

「誰の子だか、わかっているんだろうか」

「いやな人ねえ、それは滝次郎さんの子供にきまってるじゃありませんか」

「おふじが自分でそういったのか」

「いったわ。どうもこのごろ顔色がよくないし、時々吐いたりしているから、そっと昨日この二階へ呼んで聞いてみたんです。そしたら、やっぱり、四、五、六とあれがないんですって」

「ふうむ」

「滝次郎さんが行って一晩泊ったのは三月でしたねって聞いたら、姉さん、すみませんといってあの娘《こ》赤くなっていました」

「そうか、滝次郎の子ならまあよかろう」

「悪いといったところで、もうできてしまったもの、しようがありませんわ」

「それはそうだが、で、おばあちゃんは知っているんだろうか」

「おばあちゃんはこのごろ、毎晩暗いうちに観音さまへお百度を踏みに行っています」

「今から安産の願がけは、少し気が早すぎはしないか」

「のん気ねえ太郎さんは。安産の願がけじゃなくて、あの娘に阿母さんの二の舞をさせたくない、どうぞ滝次郎さんが無事に帰ってくれるようにって、――少しはおばあちゃんの身にもなってごらんなさいよ」

そういうお蘭の目がじんわり潤《うる》んでくる。

「わかった。無理もない」

太郎も目頭が熱くなってきた。

「なあに、もう一と月ほどの辛抱なんだ。来月はきっと滝次郎に逢える、とにかく、おふじの体を大切にしてやってくれ」

「それは大丈夫ですけれど、おばあちゃんのお百度は邪魔しないほうがいいでしょうね」

「うむ、見ないふりをしていよう。そのほうがおばあちゃんの心の張りにもなる」

二人でそんな話が出てから四五日たって、亀山の兵太郎からはじめての手紙がとどいた。

それによると、兵太郎はめでたく亀山藩へ召抱えられることになり、浦路との結婚も許された。いまは篠山から養父兵太夫も迎え、夫婦で親孝行をしている。これもみんな大兄と白蘭先生のおかげによるところと、いつも浦路とその話の出ない日はないと、感謝の意をのべ、――来年四月には主君出府のお供をして江戸へ出て、以後は江戸詰になるはずだが、その折りは浦路はもう子供を抱いてお目にかかることになるだろうと、うれしそうに書きそえてあった。

「お蘭、兵太郎の組にも子供ができるそうだよ」

太郎がそういってお蘭にその手紙を見せると、

「まあ、方々におめでたがあるんですねえ」

と、お蘭はちょっとうらやましそうな顔つきだった。

「でも、浦路さんは待ち腹だったんですから、すぐできるのがあたりまえですわ」

「なんだね、その待ち腹っていうのは」

「いつでも子供のできる体になっているっていうことなんでしょう。浦路さんは姉女房なんですもの」

「そうか、お蘭なんかももう待ち腹のほうかな」

「知らない、そんなこと――」

お蘭は赤くなって太郎を睨んでいた。

残暑も朝晩日ましに涼しくなってきて、とうとう仲秋明月の日がきた。

待ちに待っていた日だけに、さてその日がきたとなると、果して滝次郎に逢えるかどうか、それが急に心配になってきて、誰もいよいよ今夜ですねと、口にする者はなかった。

そのくせ、おふじもおしげも、お蘭も太郎も、一日中なにかそわそわして、することが手につかない。しかも、あいにく午ごろから空に雲がひろがって、今夜は十五夜が拝めるかどうか、そんな空模様なので、みんな月のことばかり口に出して心配していた。

「お蘭、わしはそろそろ出かけてくる」

七つ半（五時）になるのを待ちかねて、太郎は思い切って腰をあげた。

十年目の十五夜の晩と兄弟が約束しているのはわかっているが、時刻までは聞いていなかった。恐らく兄も弟もまだ少年だったから、そこまでは考え及ばなかったのだろう。

すると、今から水道橋まで行けばちょうど宵になるから、もう滝次郎はきているかも知れないし、まだきていなければ九つ（十二時）までは待っていなければならないことになるのだ。

「そうですねえ、早いほうがいいわ。けれど太郎さん、九つまでは待っていてやって下さいね」

お蘭もそれを心配する。

「うむ、わしは辛抱強いほうだから、心配しなくてもいいよ」

「黒潮さん、あたしもどうぞつれて行ってくださいまし」

おふじが着替までしてそこへ出てきて、必死の顔をしながら両手をついた。

太郎は思わずお蘭と顔を見あわせたが、考えてみると、まだ目立ちこそしないがおふじのお腹にはもう滝次郎の子が入っているのである。

「そうか、よしいっしょにつれて行こう」

「夜露は体に毒じゃないかしら。普通の体じゃないんだし」

お蘭が不安そうな顔をすると、

「姉さん、あたし気をつけますから、どうかやらせてくださいまし」

と、おふじはすがりつくようにたのむ。

「じゃ、冷えないように、ちゃんと用心しましたか」

「ええ、大丈夫です」

「それなら行ってらっしゃい。あんまり立ちどおしにしていないで、もし長くかかるようだったら、そば屋でもどこでも座敷をかりて、待つことにするんですよ」

「はい」

「黒潮さん、姉さん、おふじが我がままいってすまねえです」

おしげがそこへ出てきて、両手をついていた。

「おばあちゃん、わしがついて行くんだから、心配しないで待っていなさい」

「どうぞ、お願いいたしますです」

「お蘭、行ってくるよ」

おふじをつれて家を出た太郎は、なんとかしてこの老婆に娘の時のような歎きは見せたくないものだと、しみじみ胸が重かった。

「おふじ、気分が悪くなったら遠慮なくいわなくちゃいけないよ」

「はい」

「どんなことがあっても、決して負けちゃいけない。あんたはもう子供の母親なんだ。あんたがくよくよすると、お腹の中の子が弱虫になる、気をしっかり持っていることだ」

「姉さんも、いつもそういってくれます。あたし決してくよくよなんてしません」

案外しっかりしたことをいうかと思うと、

「あの、この分ではお月さまは拝めそうもありませんね」

と、しょぼんとしてため息をついたりする。

かわいそうになあ、胸の中は滝次郎のことで一杯なのだろうと思うと、太郎はいじらしくて、見ていられないような気さえした。

女づれになったので、黒門町へ出るころ上野の暮れ六つの鐘を聞いて、やがて筋違《すじかい》橋《ばし》の橋手前を右へ切れ、お茶の水の丘を越えて水道橋へ出たころは、すでに宵もなかば近くなっていた。

空が曇っているから、お茶の水にも月見の客はほとんど見あたらず、水道橋にも立っている者は誰もなかった。

――まだきていないようだな。

太郎はゆっくりと一度橋をわたって、神保町へ出る。この辺は旗本の屋敷町だから、店屋などは一軒もない。

おふじはじっと太郎の袂につかまって、うなだれたきりだ。

「もう一度橋をわたってみよう」

「はい」

こんど向うへわたったら、しばらく橋袂《はしたもと》で待ってみるほかはあるまいと思い、太郎はふたたび水道橋へかかる。

曇っているが、雲の上に十五日の月があるから、橋の上はおぼろに明るい。

ちょうど人足は絶えているが、橋の中ほどの欄干ぎわに立って、お茶の水のほうを見ている男が一人いる。

――はてな。

近づいて行きながらよく見ると、黒っぽい着物を着流しにして、どうやらやくざっぽい体恰好だが、年がひどく違う。これはもう四十をすぎた横顔だ。

うしろを通りすぎながら、おふじはため息をついて、がっくりと又うなだれてしまった。

橋をわたり切ろうとして、ふっと気がついた。滝次郎のほうもなにかの都合で代人《だいにん》をよこしているかも知れない。

「おふじ、おいで」

太郎はおふじの手を取って、くるりと踵《きびす》をかえした。

その男はまだぼんやりと川のほうを見て立っている。

「まことに失礼だが――」

そばへ行ってていねいに声をかけると、

「あっしかね」

くるりとこっちを向く。渋い面構えで、体つきに五分の隙もない。こっちが娘づれでなかったら、もっと鋭い目で睨まれたろうと思う。

「突然妙なことを聞いてすまぬが、間違ったら許してくれ。わしは或る人にたのまれて、今夜ここで待ち人があるのだが、貴公もなにかそんな用を持った御仁とは違うだろうか」

「へえ、待ち人ねえ」

その男は妙な顔をして、

「つまり、あんたは代人さんてわけかね」

と、聞きかえしてくる。

「そうなんだ、正直にいうとわしは、藤岡在の郷士滝田新太郎という者の代人で、弟の滝次郎という者を待っているんだが」

「人を疑っちゃ悪いが、あんたその新太郎さんの代人だっていう、なにか証拠を持っていなさるかね」

そんなことを聞くようなら、この男はもう滝次郎の代人に違いないのである。

「わしは新太郎の死水を取った黒潮太郎という者で、ふところに遺髪を持っているが、なによりの証拠は、この娘は大畑の梅屋の娘でおふじといい、滝次郎と夫婦約束のある者なんだ」

「なにッ、梅屋の――」

一瞬ぎくりとしたようにその男は、じいっとおふじを見すえる。

「滝次郎から聞いているかね」

「うむ、聞いていた。そうか、そのおふじさんか、そんならかくすことはない。あっしはいかにも滝次郎の代人でござんす」

「滝次郎になにか間違いがあったのかね。どうしてあんたが代人に立ったんだろう」

こんどは急にそれが心配になってくる。

「お察しのとおり、少し間違いはありやした。けど、命に別条はないから、そいつは安心してもらいやす」

「そうか、そりゃよかった。で、滝次郎はいまどこにいるんだろう」

「さあ、それだ。滝次郎は兄貴にいまあわせる顔はないから、もう十年待ってくれっていわれてきているんだが、そっちも代人さんていうことになると、こいつはどうなるんでしょうね旦那。兄貴の新太郎さんは死んだんですかい」

「うむ、新太郎は残念ながら死んでいる。しかし、ここには滝次郎の女房になる娘がきているんだ。ぜひ居どころを教えてやってくれ」

「滝次郎と夫婦約束をしたおふじさんですねえ、旦那」

男はおふじのほうを見ようともせずに、念を押す。

その顔をさっきから穴のあくほど見つめていたおふじが、

「あなたは、もしやもしや、あたしの阿父つぁんじゃないかしら」

遠慮そうにいいながら、いきなり前へ出て行く。

三

「阿父つぁんだなんて、藪《やぶ》から棒に飛んでもねえ、なにをいいなさるんだ。おれにそんな女房子がありゃ、こんないい年をしてやくざな真似はして歩かねえ。おどかしちゃいけやせん」

その男は苦わらいをしながら、はっきりいう。

「ごめんなさい。あたしの気のせいでしょうか。今から十九年か二十年前、あなたはもしや上州新町の埼玉屋という旅籠屋へ泊ったこと、ありませんでしょうか」

おふじはなおもそう聞きかえしながら、なににひかれるかその男の顔から目をはなそうとしない。

「さあねえ、二十年といやあ二昔前だ、まだそうもうろうろくする年でもないから、おぼえがないといっては嘘になるが、その時からもうやくざの草鞋《わらじ》ははいていやした。上州新町は中仙道の表筋だからね、たしかに一度や二度は通ったことがある。が、泊ったおぼえはない。上州はやくざの本場みたいなところだが、どういうもんかあっしには縁の薄い土地でしてね」

半分は太郎のほうへ話しかけている。

「あたし、あたし、あなたの顔、たしかに見たおぼえがあるような気がするんです」

おふじはがくりとうなだれてしまう。そして、そっと涙をふいた。

「おれの顔を、見たことがある、——はあてね」

「小さい時でした。三つか四つ、あたしはおばあちゃんとおじいちゃんに育てられていたんです。阿母さんは新町の埼玉屋に女中奉公をしていて、家へ帰ってきてあたしを生むとすぐ死んでしまったんです。あたしは阿母さんの顔、知りません。菜の花畑のそばで遊んでいると、知らない旅の人がきて、阿母さんのことを聞きまして、死んだよとあたしがいうと、はっきりはおぼえていませんけれど、なにかなぐさめてくれて、両手で高く空へさしあげてくれて、重い重いといってくれました。その時はなんだか恐くて、家へ帰っても誰にもいわずにいましたけれど、ずっと後になって、ひょっとしたら、あたしの阿父つぁんだったかも知れないと、思うようになって、――それを、いま急に思い出してしまったんです」

　おふじは袂で顔をおさえて、気が昂《た》ってきたらしく、

「ごめんなさい」

　と、激しく嗚咽《おえつ》し出す。

「おふじ、そう気を昂《たか》ぶらせてはいかん」

　太郎はそばへ寄って、肩をおさえてやりながら、

「貴公、勘弁してやってくれ。この娘は滝次郎の子供をみごもっているんで、どうかするとこんなことがあるんだ。体のせいなんだろう」

　と、我にもなく目がうるんでくる。

「身重なんですかい。滝次郎の子をねえ。そいつはいけねえ」

　その男は目を丸くして、そわそわとあわて出しながら、

「ようござんす。これから滝のところへ案内しやしょう。子供までできていたんじゃ、

うんもすうもありゃしねえ、旦那、この娘《こ》を駕籠へ乗せても大丈夫でしょうかねえ」

と、心配そうに聞く。

「そんなに遠いところなのかね」

「今戸の先の橋場なんでさ。あんまり歩かせてもいけねえんでしょう」

「いいえ、あたし歩きます、大丈夫ですから、つれて行ってください」

おふじはすぐに泣きやんで、濡れた顔をあげた。おいて行かれては大変だといいた気《げ》な、必死の目の色である。

「つれて行くとも。そんな喰いつきそうな顔をしなくたって、小父さんがきっとつれて行く。滝次郎もびっくりするだろう」

その男は顔中一杯にわらい出して、

「旦那、出かけやしょう」

と、先に立って歩き出す。

「よろしくたのむ」

太郎はほっとしながら、

「おふじ、本当に歩けるか。無理をしてはいかんぞ」

と、橋場まではざっと二里の道程《みちのり》だから、やっぱりおふじの体が気になる。

「大丈夫です、あたし。歩けます」

「旦那、春日町へ出やしょう。あそこへ行けば駕籠宿がありまさ。ゆっくりやらせりゃ、歩くよりは駕籠のほうがいいでしょう。夜露は体に毒ですからねえ」

その男は水戸の屋敷の東側へ足を向けながら、やっぱりおふじの体を心配しているようだ。

「そうだな、歩くよりは駕籠のほうがいいかも知れんな」

「あっしは戸塚の安五郎といいやす。ごらんのとおりのやくざで、名乗るほどのこともねえんですが、符牒《ふちょう》がわりにおぼえておいておくんなさい」

「そうか、わしはさっきも名乗ったが、黒潮太郎という者だ。安さんは滝次郎とは古い附合いかね」

「なあに、この半年ばかりなんですがね、小山《おやま》の賭場《とば》で初めて出逢って、たしか四月のはじめだったが、妙に気があうんで、それからずっといっしょに流れてきたわけです」

「四月のはじめというと、おふじに別れて、その足で小山へまわったことになるようだな。滝次郎はどこへ行くともいっていなかったのか」

太郎はおふじに聞いている。

「旅鳥だから、どこへ行くかわからないっていって、いってました」

おふじの声は小さい。

「四、五、六、七、八か」

前を行く安五郎は指を折って数えながら、

「すると、姐さんは今月帯祝いってわけだな」

と、ひとりごとのようにいう。

「なるほど、五つ月だったな」

太郎ははじめて気がついて、

「お蘭はうっかりしているかも知れないが、おばあちゃんはそのことをまだなんにもいわないのか、おふじ」

と、聞いてみる。

「姉さんと、相談してくれているんです」

おふじは顔を赤くしているようだ。

「そうか、それならいい。――安さん、滝次郎はおふじのことを、あんたになんにも話していなかったろうか」

「口のかたい男でしてねえ、もっともあっしなんかと違って、一生やくざで終るつもりはないんだから、そこはちゃんと考えているんでしょう、どこへ行ってもただ上州無宿の滝次郎でとおしてきたようです。藤岡在の郷士の倅《せがれ》でこれこれだってことも、今夜あっしが代人に立つようになったんで、初めて打ちあけたくらいでしてね」

「なるほど、――滝次郎にすれば、まさか子供までできているとは気がつかないだろうからなあ」

「ところがねえ旦那、一度だけこんなことをいったことがあるんでさ。伯父貴、おれは兇状持ちにだけにはなりたくない、堅気の娘と夫婦約束をしているんだとね。だから、あっしが、ただ口約束だけかって聞いてやると、いい年をして伯父貴、野暮なことを聞くなあって、赤くなっていましたっけ」

「小父さん、あの人は、あの人は兇状持ちになったんですか」

おふじの声が急に強《きつ》くなっている。

安五郎のうしろ姿がなんとなくぎくりとしながら、

「いや、そんなことはありゃしねえ」

と、あわてて打ち消す。

「お願いです小父さん、本当のことを教えてください。それであの人怪我をして、今夜出てこられなかったんでしょう」

娘の敏感さで、おふじは安五郎のそばへ走り寄りながら、いきなり袂にすがりついている。

「違う違う、なにをいうんだ。そりゃ怪我はした。ちっとばかり怪我はしたが、兇状持ちじゃねえ。やくざの喧嘩《でいり》でやったことで、こんなことは当りまえの話なんだ、ちっとも心配することなんかありゃしねえ」

「でも、喧嘩兇状だって罪にはなります。あたしはかまわないけれど、そんな親を持って生れてくるお腹の子が可哀そうだわ。死んだ阿母さんは、散々それで心配して、おばあちゃんにも歎きを見せたのに、あたしまでまたおばあちゃんにおなじ苦労をさせるのかと思うと、悲しいよりは、申訳なくて――」

おふじはたまらなくなったように、又しても泣き出す。

「大丈夫だ、――大丈夫だといっているじゃねえか。ちゃんと小父さんがついているんだ。滝は喧嘩兇状にも、兇状持ちにもなりゃしねえ。今日からだって、立派に堅気になれるんだ。な、なんにも泣くことなんかありゃしねえ。おめえがめそめそすると、お腹の子まで泣虫になる。しっかりしなくちゃいけねえ。いいか、安心して、いい子を生むんだ。ちゃんと小父さんがついていらあな」

安五郎はおふじの肩を抱えるようにして、背中を撫でてやっている。

菜の花畑で子供のおふじを空へさしあげてやったのは、やっぱり安五郎だったようだなと、太郎はそれを絵のように瞼《まぶた》に描きながら、二人の後から黙ってついて行く。

それにしても、滝次郎はどうして怪我などをしたのか、命に別条はないといっているから、そのほうは心配もあるまいが、その喧嘩のいきさつがどうも気になる。

「女はな、お腹に子供ができたら、もうその子供のことばかり考えていてやらなけりゃいけねえんだ。お産は女の大役っていうくらいで、くよくよして体を弱らせちまうと、せっかく子供を生んでも、おめえの阿母さんのように、自分でその子が育てられなくなる。子供が可哀そうじゃねえか。な、そうだろう」

安五郎はおふじに一生懸命いい聞かせている。

「死んだ阿母さんは、阿父つぁんのことは誰にも一言もいわずに、阿父つぁんが迎えにきてくれる日を待っていたんだっていいます、あたしも阿母さんのようになってしまって、阿母さんの気持がよくわかるような気がするんです。たしか、年までおんなじなんだもの」

「ふうむ、年までなあ。それでいま五つ月だとすると、生れるのは、九、十、十一、十二、正、来年の二月ってことになるんだな」

「ええ」

「姐《ねえ》さんは十八かい」

「ええ」

「すると、厄《やく》のお産だな。気をつけてくんなよ。なあに、厄のお産がきっとどうとはきまっちゃいやしねえ、世間にゃざらにあることだ。そんなことを気にすることはない」

「あたし、お腹の子のおじいちゃんが生きていてくれたら、うれしいと思います」

「さあねえ、それは姐さんのおふくろさんでも生きていたら、またたずねようもあるんだろうが――」

「そのおじいちゃんて人、死んだ阿母さんのことなんか、もうとっくに忘れてしまっているんでしょうね」

「そんなことかも知れねえ。男なんてものは、ずいぶん薄情なのもいるからな。けど、滝は違うようだぜ。あれは痩せても枯れても武士の子だからね。おれといっしょになってから、一度も女遊びなんかしなかった。おめえ、かたわかって聞いたことがあるんだが、おれには大望があるんだと、わらってやがった。そりゃ大望も大望だろうが、いまから考えてみると、姐さんと約束があるんで、義理を立てていたんだな」

「怪我は重いのかしら」

「なあに、大したことはない。きっとなおるとわかっている傷なんだ。もうすぐ逢えらあな。逢えばわかることだ。うれしいか、姐さん」

「うれしいわ」

「そうだろうともよ――。子供までできているんだからな」

安五郎はおふじの肩を抱いて、うれしそうに話しこんでいる。

どうしても父娘《おやこ》としか見えないうしろ姿だった。

四

春日町の駕籠宿で駕籠を雇って、おふじを乗せ、その駕籠が湯島の切りどおしから上野広小路へ出るころ、雲が晴れてきて明るい十五夜の月が江戸の街を照しはじめた。

えんほい。

えんほい。

ゆっくりとやってくんなと、たのんではあったが、駕籠屋の足は稼業柄いつの間にか早くなっている。

「大丈夫でしょうかねえ、旦那」

後から小走りについて行く安五郎が、心配そうに太郎に聞いた。

「まあいいだろう。乗っているおふじの気がせいているから、その心が自然に駕籠屋の足へうつるのかも知れぬ」

「なるほどねえ、腹帯をしてきたかって聞いたら、姉さんにいわれて、してきましたっていってやした。なんですかい、姉さんてのは旦那の御新造さんで」

「まあやがては、そうなる女だ」

「そいつはどうも――。どうしてまたおふじは、旦那の家へ御厄介になっているん

「わしはこの四月、滝次郎をたずねて、ともかくも藤岡まで出かけてみたんだ」

あらましその話をしてやると、相槌も言葉すくなに、一生懸命に耳をかたむけていた安五郎は、

「ひでえ野郎ですねえ、その鬼庄屋ってのは」

と、うめくように目を光らせていた。

「なあに、いくら鬼庄屋でも、悪《あく》なんてものはそういつまでつづくものじゃない、やがては天罰をうける時がくる」

「そういえば、そうでござんすねえ。おばあちゃんも飛んだ苦労をしたわけだ」

安五郎は気になるというように、急に駕籠わきへ走って行って、

「姐さん、大丈夫か。なんともないかね」

と、駕籠の中へ聞いていた。

駕籠はちょうど田原町《たわらまち》から雷門のほうへ曲って行くところである。

「なんともないって、いっていやす」

安心したような顔をして、また肩をならべてくる安五郎だ。

「安さん、滝次郎はいつでもやくざの足がぬける体なんだろうな」

太郎は念のために聞いてみる。

「そいつは大丈夫です。きっとあっしが引きうけやす」

安五郎ははっきりと答えて、

「けどねえ旦那、滝は手に職があるってわけじゃなし、まさか百姓も今からじゃ無理だ。なにをやらしたらいいでしょうねえ」

と、実は滝次郎のことより、おふじの苦労がすくないようにと考えているらしい。

「わしはなるべくこのまま江戸で二人の身が立つようにと考えている。兄の新太郎から多少の金もあずかってきているし、いい売り物でもあったら旅籠屋なんかはどうだろうな」

「そいつはいい。滝はしばらく質屋へ奉公したことがあるとかで、読み書きに事は欠かねえようだし、おふじだってともかくも飯屋の娘で育ったんでしょうからね」

安五郎はたのしそうな顔をして、

「ねえ旦那、さっきのお話だと、旦那はまだ後二人のたずね人がおあんなさるようだが、一体どうして旦那はそんなことになったんでござんす」

と、ふしぎそうに聞く。

こんどは若い二人をまかせる黒潮太郎という男の正体が、心配になってきたのだろう。

太郎の身の上話は、駕籠が花川戸から今戸町へ入り、橋場の町へかかるまでつづいた。

えんほい。

えんほい。

その間中おふじをのせた駕籠は、ようやく夜もたけかけていよいよ明るい月かげを踏みながら走りつづける。

「おっと、旦那、この辺から歩きやしょう」

銭座《ぜにざ》の前を通りすぎると、安五郎はそういって駕籠のほうへ走り、

「駕籠屋さん、もうここでいいぜ。御苦労だったな」

と、駕籠をとめさせた。

安五郎は酒手をはずんだらしく、

「すんませんねえ、親方」

「どうもありがとうござんす。お気をつけなすって」

駕籠屋は何度も頭をさげて、汗を拭き拭き引きかえして行く。

「姐さん、なんともないかね」

安五郎はおふじの前に立って、いそいで顔をのぞいている。

「なんともありません。ここは橋場なんですか」

「うむ。もうすぐ滝に逢わせてやるよ。さあ、出かけよう」

「うれしい、あたし」

「旦那、おいでなすって」

おふじの手をとって、安五郎は歩き出す。この場末の町には、もう全く人通りはなかった。

北へ少し歩いて、寺の前の路地を右へ入ると、裏側の原っぱに貧乏くさい長屋が四つ五つばらばらと建っている。その一番外れの二軒長屋の一軒の前へ立ちどまった。

「さあ来たぜ。ここなんだ」

安五郎はあまり建てつけのよくない入口の雨戸をがたぴしとあけた。

「伯父貴か――」

土間へ入って障子をあけると、六畳一間きりの座敷に布団を敷いて寝ていた若い男が、むくりと半身を起した。

「滝、お前の女房をつれてきてやったぜ」

「女房――」

滝次郎の怪我は足らしく、そのままの恰好で怪訝《けげん》そうに目を見はる。

「どうしたおふじ、入らないのか」

「はい」

おふじは恐々《こわごわ》土間へ入って、一目滝次郎を見るなり、

「あっ、滝次郎さん、あたしです」

「あれえ、おふじ――」

「逢いたかった、あたし」

下駄を跳ね飛ばすように駈けあがるのを、

「あぶねえ、静かにしねえか。ころんだらどうするんだ」

と、安五郎が思わず手を出している。

「どうしたんだ、おふじ」

滝次郎はすがりついてくるおふじを胸でうけとめながら、こっちを見て呆気《あっけ》に取られているようだ。

「滝、わけはな、おふじからよく聞いてやってくれ。おれはちょいと座を外しているからな」

安五郎はわらいながら土間を出て、戸をしめてしまう。

「旦那、しばらく二人きりにしておいてやりやしょうや」

「うむ、そうしよう」

太郎もわらいながら、安五郎について川のほうへ歩き出す。

小一丁ばかり原っぱを突っ切って行くと、隅田川のふちへ出て、対岸は向島土手だった。空はすっかり晴れて、名月が輝くようにあかるい。

「旦那、いい月になりやしたねえ」

「うむ、すっかり晴れたなあ」

「よろこんでるでしょうねえ、二人とも」

安五郎は目を細めながら、うっとりと川のほうを眺めていた。

「実はねえ旦那、滝は十日ばかり前に市川で、船橋の重蔵って親分を斬っているんでさ」

と、こっちを向いて声をひそめる。

「ふうむ、やっぱりそうだったのか」

「渡世人の義理でね、市川の竹之助さんて親分の家に草鞋をぬいでいたところを、船橋組のほうから斬り込みをかけられたんだからしようがねえ。というより、やくざにいる間はそれが一つの箔《はく》になって、どこへ行ってもいい顔になれるんだが、これから堅気になるとすると、こいつはやっぱり喧嘩兇状です。船橋にも身内が残っていやすから、ただじゃすみません」

「そうだろうなあ」

「それで、滝の兇状はあっしがしょって、これから船橋へ行って、土地の目明しのところへ名乗って出やす。下手人が出りゃ滝の罪は消える。中に知っている者はあったって、そこは渡世人同士の喧嘩兇状なんだから、おかみだって目こぼしをしてくれやす。後のことは、どうか若い二人の身の立つように、旦那のお情にすがりてえんでさ。どんなもんでござんしょうね」

「しかしなあ安さん、滝次郎がそんなことを承知するかなあ」

「滝には旦那からよくいってやっておくんなさい。おふじの腹ん中の子供を考えて、きっと堅気になるようにってね。おふじのことじゃねえが、あっしも若いころ滝のような真似をして、その女に泣きを見せたことがありやす。その罪ほろぼしに、二度とおふじをそんな目にあわしたくねえ、あっしに気がすまねえと思ったら、おふじを大切にしてやってくれるようにって、旦那からよろしくたのんます」

「そうか、とめたって、あんたは思いとどまる男じゃなさそうだ。せめてわしにできることがあったら、あんたにしてやりたいんだが、なにか望みはないだろうか」

「その言葉だけでたくさんです、旦那。旦那はさっきいい話をあっしにしてくださった。あっしはねえ旦那、若い者たちの身がわりになれるのを、心からよろこんでいるんでさ。おふじのことじゃねえが、死んだあっしの女に、もし子供が生れているとしたら、どこかの空で悲しい目にあっているに違いねえ。それはそれでまた、世の中にゃ旦那のような慈悲深い人がいて、助けてくれやす。あっしは安心して、あっしだけの罪ほろぼしができる、よろこんでいるんでさ旦那」

「もうなんにもいうまい。たのむ、安さん」

「あっしこそたのんます、旦那、――じゃ、ごめんなすって」

「若い者たちの顔を、もう一度見て行かなくてもいいのか」

「二人のうれしそうな顔は、ちゃんとここにしまってありまさ」

安五郎は自分の胸を撫でてみせて、にっこりしながら今戸のほうへ足を向け、すたすたと川っぷちを歩き出す。渡世人だけに早い足だ。

――親の慈悲。

なまじ声はかけないほうがいいと思って、太郎は無言でそのうしろ姿を見送っている。黒い人影はたちまち小さくなって行った。

「阿父つぁん」

ふっと家のほうからおふじの声がして、こっちへ駈け出してくる。滝次郎からなにか聞いたのだろう。

「阿父つぁん」

「ころぶとあぶないぞ、おふじ」

太郎はそっちへ大股に歩き出しながら、この娘はとうとう母親にも、父親にも縁のうすい子だったと思うと、いじらしく急に目頭が熱くなってくる。

――強くなるんだぞ、おふじ。生れてくる子供のためにな。

こっちを一人と見て、おふじははっと立止ったようだ。太郎は黙って近づいて行く。しいんと月のあかるい草っぱらの道だった。

第六番目の姉弟

一

「太郎さん、秋の七草はなんとなんだか知ってますか」

お蘭が二階の床の間の花瓶に、桔梗《ききょう》の花を投入れにしながら聞いた。

空色の桔梗の花も野趣があってなかなかあざやかだが、腹這いになって頬杖をついている太郎の目には、こっちへ背を向けて坐ったお蘭の、帯をさかいにすんなりとした肩から腰へかけての女ざかりのうしろ姿のほうが、もっと美しいものに見える。

「ねえ、秋の七草、いってごらんなさいよ」

ひょいと振りかえったお蘭は、男の目がどこを見ていたかをすぐにさとって、

「いやだ、太郎さんは」

と、少し赤くなって、くるりとこっち向きに坐りなおしてしまう。

「わしはなにもしやしないよ」

「知らない。女の体なんかそんなにじろじろ見るもんじゃありません」

「お蘭が見てくれといわんばかりに、わしの鼻っ先へお尻を向けたんだからしようがない」

「いやだっていうのに、そんなこといっちゃ」

「やれやれ、気むずかしいお嫁さんだ」

太郎はむくりと起きなおって、わらいながらあぐらをかいた。

「お嫁さんていえば、おふじはどうしているかしら」

おふじは一昨日滝次郎にめぐり逢って、そのまま橋場の家へ残り、滝次郎の看病をしているのである。おふじの手まわりのものは、昨日おばあちゃんが持って行ってやったから、もうそこで世帯を持ったのもおなじだった。

「わしこれで本当に安心したです。みんな旦那さんとお姐さんのおかげだて、あれにもこの御恩を忘れるでねえぞと、ようくいいきかせてやりました」

夕方家へ帰ってきたおばあちゃんは、心からそういって涙を拭いていた。

「おふじはもう滝次郎といっしょになったんだから心配ないが、それよりお蘭、わしはいつになったらお蘭を本当のお嫁にできるんだろうな」

「うまいのねえ、太郎さんは、だから早く六人目のことを占ってみろっていいたいんでしょう」

「そのとおりです、天明堂先生」

「いやだわ、今日は抱いてくれなくちゃ天明堂先生になってあげない」

「天明堂先生を抱いちゃ悪くないかね」

「だって、今日はなんだか抱いてもらいたいんだもの」

お蘭はこのごろ時々駄々ッ子のように我がままをいう。おなじ屋根の下にいて、いつまでも太郎が本当のお嫁にしてやらないので、理性ではちゃんとわかっていても、そこはやっぱり女だから、時々嚇《かっ》と気が昂ぶってくるのだろう。

そんな時逆《さか》らうと、神がかりになれる女だけに、かえって狂い出す惧《おそ》れがあるのだ。

「弁天さまが抱けとお告げなさるんじゃしようがないな。そら」

太郎はお蘭の腕を取って引きよせ、赤ん坊を抱くように軽々と膝へお蘭の体を横抱きにする。

お蘭はいきなり両腕を太郎の首っ玉へまきつけて、むせるように唇を押しつけてきた。こんなに激しい情熱をたぎらせてくるのははじめてである。

「弁天さま、弁天さま、どうぞお気をおしずめねがいます」

「弁天さまはねえ太郎さん、とてもやきもちやきなのよ。うっかり御夫婦でおまいりをすると、きっと夫婦別れをさせるんですって」

「ふうむ、七福神だから福の神じゃないのかね」

「さっき秋の七草が出て、いま七福神が出て、今日は八月十七日、七ばっかりかさなるのね。こんどは七に縁のあるたずね人かしら」

お蘭は太郎の首っ玉を抱えながら、じいっと目を見つめてくる、秋の色のように澄んだ目だ。

「そうだ、七に縁のあるたずね人だ」

「六人目のたずね人で、七に縁があるとすると、たずね人は二人ね」

「当ったよ、お蘭」

「弁天さまが出たから、女と男の二人。弁天さまは夫婦はきらいだから、姉と弟」

「そのとおり、姉弟なんだ。いつごろ逢えるだろうなお蘭」

「七日目か七十日目、おかしいな、その姉弟はずっと旅をしている。敵討《かたきうち》かなんかなの」

「おどろいたなあ。全くそのとおりなんだ」

「家は江戸なの」

「うむ、江戸だ」

「子《ね》から数えて七つ目は午《うま》、それも未《ひつじ》のほうへ寄っているから、方角にすると西寄りの南ね。江戸からだと小田原、箱根、三島ぐらいの見当かしら」

「ありがたい。それで大体見当がついた」

太郎はすっかり感心して、こんどは自分のほうから思わず唇を寄せて行く。

「あたし、早く本当のお嫁になりたい」

「いいとも、あともう二人だ」

「そうね。——じゃ、その姉弟の話聞かせて」

お蘭はまだ太郎の膝からおりようとはしなかった。抱かれたまま話を聞こうというのだろう。

「こんどのは少し妙な事件でね、常州笠間の家来に里村平蔵という利《き》かん坊がいたんだ、江戸詰の納戸役をつとめていたが、日ごろから腕も立つし、胆《きも》っ玉もすわっている、一藩からも物の役に立つ男だと、望みをかけられていた。ところが、二十五の時にふっと深川の芸者に迷い出して、一本気な男だから、納戸金の中から三十両持出して、そのお鈴という女と上方へ駈落《かけおち》をしてしまったんだ」

「そんなにいい女だったのかしら」

「いい女というより、気の毒な身の上だったらしいな。だから平蔵の一本気に惚れこんで、あなたとならどんな苦労でもすると夢中になってきた。しかし、侍はそういう女を女房にするわけには行かないし、女も金で縛られていて、江戸にいてはどうすることもできない、そこで駈落と話がきまった。十年前の四月二十七日のことだったそうだ」

「七の字が出てきましたね」

「うむ。東海道を行っては追手がかかりそうなんで、木曾街道のほうへ逃げた。ところが、後で大変なことが起っていたんだ。納戸役の組頭は伯父にあたる野田七郎右衛門という人だった、甥の平蔵が公金を持出したらしいと知らせてくれた者があったんで、すぐに深川へ後を追った。まだ宵《よい》の口だったそうだが、これが永代橋の上で斬り殺されていた。時刻からいうと、ちょうど平蔵が女をつれて深川の料亭から逃げ出したのと、おなじころだ、だから、永代橋の上でばったりぶつかって、余儀なく伯父を斬って逃げたんだろうということになってしまったんだな」

「じゃ、下手人はほかにいるんですね」

「うむ、平蔵は永代橋はわたらなかった。蛤《はまぐり》河岸《がし》から船で浅草へあがり、そこで旅支度をして、その夜は板橋へ泊っているんだ。しかも、平蔵の持出した金は三十両だが、お納戸金は百両持出したことになっている」

「下手人はお納戸役の同僚ということになるのかしら」

「両方一度にわかれば誰だってそういうことになるんだが、藩のほうではてっきり平蔵が公金を百両持出して、女をつれて逃げ出す途中で七郎右衛門につかまり、伯父を斬って逃亡したと見てしまった。これは大罪だ。七郎右衛門に当時十七になる登代《とよ》という姉娘と、十五になる小七郎という伜があった。姉弟にとっては父の敵ということになるので、敵討かたがた平蔵を一日も早く探して成敗《せいばい》するようにという君命が下った。一方平蔵はお鈴をつれて京の近くの草津まで逃げたが、ここでお鈴が病気になって、半年ばかり患った上、病死してしまった」

「一番つまらない目にあったのは平蔵さんなのね」

「そうなんだ。しかし、不幸なお鈴はよろこんで死んで行ったんで、まあそれだけをせめてものなぐさめに、ぼんやり大坂へ出てくると、そこで同藩の者にばったり出逢った。どうした里村、お前こんなところにぐずぐずしていて大丈夫なのか、お登代さんと小七郎さんの姉弟が敵討に出ているぞというんで、事のありようがわかった。びっくりして、それは誤解だ、おれは伯父を殺したおぼえはないといってみたものの、そんなことをわしにいったってしようがない、それが本当ならいっそ早く藩のほうへ名乗って出たらどうだとすすめられて、その男とは別れた。が、伯父は殺していなくても、三十両の公金は持出しているんだから、名乗って出ればやっぱり死罪はまぬがれそうもない。散々思い迷ったあげく、その年の十一月末に、堺から我々の船へ乗りこんできたんだ」

「その人が島へきてから六人目に死んだのね」

「うむ、島にはもう一人の男と、そのころは三人きりになっていた。平蔵がいうには、おれは好き勝手なことをしてやってきたんだから、ここで死んでも思い残すことはない。しかし、お登代と小七郎がおれの死んだのも知らずに、一生敵討の旅をつづけるようになってはかわいそうだ。どうか姉弟に逢って本当のことを知らせてやってくれというのが遺言だったたんだ」

「でもねえ太郎さん、その姉弟は太郎さんのいうことを本当にしてくれるかしら。第一、そうなると、こんどはまた本当の敵をさがさなくちゃならないでしょう」

「うむ」

「もう十年も敵討の旅に出てて、散々苦労をしているでしょうに、あんまり可哀そうすぎるわ。阿父つぁんを永代橋で斬った下手人は、まだ誰だかわかっていないんでしょう」

「それはわからない。しかし、およその見当はついているんだ。無論下手人はそのころの平蔵の同僚だ、これが平蔵が三十両持出したのを見て、自分は七十両くすね、組頭の七郎右衛門に平蔵の逃亡を密告して、七郎右衛門が追いかけて行くところを永代橋で斬ったと見るほかはない」

「じゃ、伯父さんにそのことを知らせに行ったのは誰なんです」

「倉本勇五郎という男だ」

「その人、今でもお納戸役をつとめているんですか」

「実はなあお蘭、わしは昨日日比谷の笠間の上屋敷をたずねてきているんだ」

「あたしに黙ってですか」

お蘭の目が不服そうにきらっと光る。

「勘弁しろよお蘭、こんどは案外すぐ片がつくんじゃないかと思ったんだ」

太郎はいそいでそういいながら、物いいた気《げ》なお蘭の口を唇でふさいでしまう。

口のきけなくなったお蘭は、しようがないというように目でわらいながら、男の愛撫にすぐ満足して、うっとりとした顔になってくる。

「あたし、やきもちやきなんだから、あたしに黙ってどこへも行っちゃいやだっていうのに」

「わかったわかった、こんどからきっと相談する」

「それで、昨日はどうだったんです」

「有坂文平というお目付役に逢ってきたんだが、もう四十年輩のひどく物わかりのいい人でね、本当にしていただけるかどうかわからないが、これこれだと、わしがあらいざらい知っていることを話して、平蔵からあずかってきた金だからと、三十両の金子をそこへならべると、しばらくお待ちねがいたいといって、平蔵が大坂で逢ったという松沢茂兵衛って人を呼んでくれたんだ」

「あら、十年前のその人がうまく上屋敷にいてくれたんですか」

「うむ、その人がいてくれたんで、話はすぐわかった。松沢という人も、たしかに里村からそういう話は聞いていた。しかし、真偽のことは局外者にはなんともいえないので、今まで誰にも口外はしなかった。ただその帰りに、桑名で野田姉弟に出逢ったから、姉弟だけには参考のために平蔵のことを耳に入れておいたと、まことに立派な返事なんだ」

「ようござんしたねえ。じゃ、姉弟も薄々は真相を知っているんですね」

「そういうことになるな」

「下手人の倉本はどうしました」

「それはその後半年ほどたって、自分から浪人しているそうだ。あまり性質のよくない男だったんで、すると下手人は倉本かも知れませんなと、有坂さんもいっていた」

「姉弟の行方はわからないんでしょうね」

「この三年ほどたよりがないそうだ。一度長崎で見かけたという者があったそうだが、それが誰の口から出たかもわからない。姉のほうはもう二十七、弟は二十五、さぞ苦労をしているだろうと、有坂さんも同情していたんで、たよりがあったらよろしくたのみますとたのんで帰ってきた」「大丈夫よ太郎さん、早ければ七日、おそくても七十日目にはきっと姉弟に逢えるんだから」

お蘭は明るい顔をして、そう引きうけてくれる。

二

翌朝、黒潮太郎はともかく三島まで出向いてみることにした。

江戸から三島までは、男の足でおよそ三日の旅である。昨日から七日目ということになると、三島につくのは四日目の夜ということになる。三島で三晩ほど泊って、七日目の朝三島を立ち、箱根を越えて小田原泊りということにすれば、逢えるものならどこかで野田姉弟にめぐり逢えるだろう。

はじめの七日目がだめなら、次は七十日目を待たなければならない。七十日もあれば長崎まで行って帰ってこられる。たとえ噂にもせよ、姉弟を長崎で見かけた者がいるというのだから、いっそそのまま長崎まで行ってみてこよう。太郎はそんなことまで考えていたのだ。

それがあるので、長旅に女づれは無理だ、お蘭は江戸へおいて行きたかったのだが、この前の藤岡の旅の時に留守番だったから、こんどは承知しそうもない。

「お蘭、わしは明日江戸を立つが、お前はどうする」

念のために聞いてみると、

「そんなこと、今さらお聞きにならなくたって、わかっているでしょ」

と、案の定あっさりやられてしまった。

そこで、後のことは一切おばあちゃんにたのんで、もし一人で困ることがあれば、裏におとぼけ仙太がいるし、橋場には滝次郎もおふじもいるのだからといいおいて、金をあずけ、翌朝早くお蘭をつれて浅草の家を立ったのだった。

浅草から品川まではざっと三里半、高輪の大木戸を通りぬけた時、よく晴れたおだやかな秋日和だったが、海から吹いてくる風が往来でふいに小さな渦をまいて、お蘭の裾をなぶりながら足もとを通りぬけた。

「旦那さま――」

お蘭がわらいながら冗談のように呼ぶ。

「どうした、お蘭」

「今日のお中食は川崎あたりですね」

「なんだ、お前もうお腹がすいたのか」

「気の早い人、――そうじゃないんです」

「くたびれたんなら休んでいってもいいよ。こんどのはどうせそういそぐ旅じゃないんだからな」

「ふ、ふ、あたしの旦那さま親切だからうれしいわ。――あのねえ」

「なんだ、いってごらん」

「もし川崎までの間に、あたしたちに道づれができたら、こんどの旅は災難をしょいこみます」

「ふうむ」

お蘭が時々ふいに変なことをいい出すのにはなれている太郎だが、このお告げはありがたくない。

「つまり、その男が災難をしょってくるのかね」

「たぶんそうだと思うわ。けれど、その道づれをことわると、あたしたちは運を取り逃してしまいそうです」

「だいぶ難しいんだなあ。すると、その男が災難と運とをいっしょにしょってくるのか」

「そうなの。——後のことはいわないことにするわ、その時まで」

お蘭はなにかうれしそうな顔をしている。

「その後がまだあるのかね」

「ありそうな気がするんです」

「さっき小さなつむじ風が足もとでまいたね。あれがなにかの前兆《まえじらせ》なんかね」

「外れているかも知れないわ。風は気まぐれですからね」

「なるほど——」

太郎はちょっと考えてから、

「お蘭、ことによると我々はこんど、長崎まで行ってくるようになるかも知れないぞ」

と、わらいながらいい出す。

「どうしてなの」

「風は風来坊というだろう。どこまで飛んで行くかわからない」

「じゃ、あなたは七日目がだめだったら、長崎まで行ってみる気でいたんですか」

「うむ、正直にいうとそうなんだ」

「いい辻占、はじめの七日で大丈夫そうよ」

お蘭がぎゅうっと太郎の腕につかまってきた。

人目につく年増女が、人一倍大きな侍の腕につかまって歩くのだから、道行く者がみんな振りかえって行く。それさえお蘭はうっかりしているようだ。

「そんなにいい辻占が出たのか」

「ええ、江戸の敵を長崎でっていうことがあるでしょう。敵討というものはそんなに苦労するものだっていう譬《たとえ》なんでしょうけれど、野田さん御姉弟はもう十年もそれで苦労しているんです。そろそろその苦労のむくいられる時がきているんじゃないかしら」

「それだとありがたいが、曾我兄弟は十八年かかっているからねえ」

「しようがないわ。五郎十郎で十五、阿父つぁんの河津三郎をたせば十八ですもの」

「なるほど、すると、こっちは登代で十四、小七郎で二十一になる」

「阿父つぁんの七郎右衛門さんをたすと二十八よ。おぼえておくんですねえ、二十八という数を」

しまいには他愛のない無駄口になって、いつか品川の宿を通りぬけていた。一名涙橋ともいう鮫洲《さめず》橋をわたると、お仕置場で名高い鈴ケ森へかかる。

「もし、旦那――」

橋をわたった道端に立っていた旅支度の、二十七八とも見える男が、つとそばへ寄ってきた。きりっとした男前だが、どこか顔に暗いものが出ている。

「わしになにか用か」

「へえ、小田原まで荷物をかつがせてやってもらえないでしょうか」

路銀がないから、小田原までつれて行ってくれということだ。

こっちは女づれで、振り分けにして太郎がかついでいる荷物は、お蘭の着替えや身のまわりのものが入っているから、そう重くはないが普通よりかさばっている。

いよいよ災難をしょった男が出てきたぞと、太郎はちらっとお蘭と顔を見あわせたが、これをことわると福を取り逃すというのだから、

「よし、荷物をかつがせてやるが、お前はなんという名だね」

と、太郎は聞いてみた。

「忠三といいやす」

「小田原の人間か」

「へえ、小田原の長崎屋という料理屋の板前でござんす」

「なにかわけがありそうだな。まあいい、歩きながら聞こう。これを持て」

太郎は肩の振り分けを渡してやった。

「ありがとうござんす。御新造さん、お供させていただきやす」

忠三は如才なくお蘭にもおじぎをしてついてくる。

「御苦労ですね」

御新造と呼ばれたので、お蘭もあんまり悪い気はしないようだ。

「忠三、小田原の板前が、なにしに江戸まできて一文なしになったんだね」

「お恥ずかしゅうござんす。そこの品川に兄弟分になった男がいやすんで、それに切《せっ》羽《ぱ》詰《つま》った金を都合してもらいにきたんですが、運の悪い時はしようがねえもんで、そいつも夜逃げ同様にどこかへ引越しちまった後でござんしてね」

「そりゃあいにくだったたな。ほかに江戸には知り合いもないというわけか」

「へえ」

「どのくらい入用なんだ」

「どうしても十両ほしいんでさ。この命を売ってもいい。しようがねえから盗人《ぬすっと》にでもなってやろうかと思ったんですが、いざとなると泥棒なんて仕事も素人にゃなかなかできねえもんでござんすね旦那」

物騒なことをいう男である。

「そうだろうなあ。第一、泥棒などという仕事はそう儲《もう》かるもんじゃあるまい」

「そうなんでしょうねえ、それに、あっしのは十両、現金でほしいんだから、そんな金のころがっていそうな家は、みんな戸じまりが厳重なんでさ。素人の手にゃおえやせん」

「一体、なんで十両の金が入用なんだね」

「可愛い女房を早くうけ出さなくちゃならねえんです」

「なんだ、女房を質に入れたのか」

「へえ」

「わかった。お前博奕をやったんだろう」

太郎は大工の亭主の、それのために藤屋へ身売りさせられたお町のことを、ふっと思い出したのだ。

「申訳ありやせん。一色《いっしき》村の賭場で、つい夢中になっちまって、女房を抵当《かた》にとるがいいか、いいともと、こっちは負ける気はない、勝ってかえしゃそれでいいんだと、つい賭場の金を十両借りちまったんでさ。そいつまできれいに負けちまって、しまったと気がついた時はもうおそい。翌日さっそく女房をつれにきやしてね、三日のうちに十両できなければ、おきぬを女衒《ぜげん》の手にわたすからそう思っていてくれといって、つれて行っちまいやがった」

「博徒が目をつけるくらいだから、そのくらいの値打はあるおかみさんだったわけだな」

「へえ、今年二十四になりやすが、深川の大漢楼で仲居をしていたのを、あっしが無理につれて小田原くんだりまで逃げたんで、それというのもまああっしに惚れぬいていたからでさ。そのおきぬが、お前さんはあたしを地獄へおとしてまで博奕がしたかったのかと、青くなって泣き出しやがった。無理もねえ、どうか勘弁してくれ、きっと三日のうちに十両こしらえて迎えに行くからと、あっしは両手をついて誓った。その三日というのが明日のことなんでさ」

全く馬鹿げた話なので、太郎はただ呆《あき》れるほかはない。

「忠三さん、お気の毒ですけれど、そのおかみさんは死ぬかも知れませんねえ」

お蘭が冷たい声で、うしろを振り向かずにいった。

「な、なんですって、御新造さん」

「いまは両手を縛られて座敷牢のようなところへ入れられているから、しようがなくて生きていますが、体の自由がきくようになると、水へ飛びこみます。かわいそうに、おかみさんはいま、早く死にたいと、そればかり考えています」

お蘭の声は怒りにふるえているようだ。

三

「旦那、あっしはこうしちゃいられやせん。すんませんが、この荷物はおかえしいたしやす」

板前の忠三という男は血相をかえて、いま太郎からうけとってかついだばかりの、振り分け荷物をかえしてよこそうとする。

「こうしちゃいられないといって、お前どうするつもりなんだ」

「これから小田原へ素っ飛んで行って、おきぬを助け出しやす」

「賭場の借金の十両持って行かなくても、その親分は女房をかえしてくれるかね」

「いいえ、盗み出すんでさ。いくら借金の抵当だからって、両手を縛って座敷牢へいれておくってのはひどすぎまさ。あっしはもう我慢できねえ」

「そうか、それなら飛んで行ってもいいが、その座敷牢には見張りがついていやしないか、どうせ博徒の家だから、子分が大勢いるだろう」

「そりゃいます」

「子分に見つかると、女房を助ける前に、お前のほうが叩き伏せられてしまいそうだな」

　忠三ははっとしたようにうなだれてしまう。

「それとも、その一色村の親分てのが情ぶかい人で、そうか、そんなにお前が心配するんなら、女房はただでかえしてやろうと、いってくれるような男かね」

「あいにく、そんなんじゃねえんでさあ、あだ名を鬼五郎といって、もとは為蔵親分のところへ草鞋をぬいだ用心棒の浪人なんですが、為蔵親分が小田原の帰りに小田原海岸でどこかの旅人に斬られてしまうと、今日からおれがここの親分になるといって、おかみさんごと為蔵親分の家を乗っ取ってしまったっていう、まるで鬼のような奴なんです」

「ふうむ。それはまたひどくいさましい男だと見えるな」

「いさましいのなんのって、為蔵親分を斬ったのも、本当は鬼五郎にちがいないって噂もあるくらいで、子分たちの中のきかないのが、お前さんの跡目は不服だっていうと、よし、勝負をしてやるから表へ出ろと、三人を相手にして三人ともかたわにしてしまった、そういう奴なんで、強いことも強いが、情容赦《なさけようしゃ》というものが少しもないから、みんな恐くて、誰も鬼五郎には頭があがらないんです」

「そりゃ大変だ。そんな奴にかかると、お前はかたわにされたぐらいではすまない。いくら自分の女房でも、盗みに行けば泥棒だからな、斬られてしまっても斬られ損ということになる」

「旦那、あっしはどうしたらいいんでしょうね」

忠三はへなへなとそこへ坐りこみそうになる。

「おい、そんなところへ坐っちゃいかん。こうして歩いていれば、ともかく小田原へ一足ずつ近くなるが、坐っていたんじゃいつまでたっても小田原へつけないぞ」

「あっ、そうだ。こうしちゃいられねえ、旦那いそぎやしょう」

急にすたすたと歩き出すのだから、全く他愛のない人間である。

「忠三、辛いか」

「あたりまえでさ。旦那は人が悪いや。自分の女房が縛られて座敷牢へ入れられているのに、辛くねえ亭主なんてあるもんか。あっしはいっそ死んじまいたいくらいでさ」

「誰が罪もない女房をそんな目にあわせたんだね」

「すんません、あっしでござんす。――おきぬ、勘弁してくんな。おれは本当に悪い亭主だった」

忠三はたまらなくなったように握り拳で涙をこすっている。

「忠三さん、あたしの知ってる人に、御亭主が博奕の金に負けて、地獄茶屋へ売られた女があります。御亭主は大工さんで、好きで夫婦になったんですけれど、その大工さんはいまのあんたのように、すまないお町、おれは江戸へ行って一生懸命稼いで、三年目にはきっとお前を身うけにくるから、どうか勘弁してくれ、三年の間だけ辛抱してくれと、泣いて誓って江戸へ出たんです。――聞いていますか忠三さん」

お蘭が念を押すようにうしろをふりかえる。

「へえ」

「ところが、その大工さんは少しお金がたまると、それを五十両にしようと思って、博奕をしては取られてしまう。二度も三度もそれをくりかえしているうちに、無理が体にたたって、とうとう江戸で死んでしまったんです。ようござんすか」

「へえ」

「そのおかみさんがつくづくいっていました。世の中に博奕ぐらい恐しいものはない。あたしは亭主に別れる時、もう二度とこの人には逢えないと覚悟していました。そして、いまでも、あの人が悪いんじゃない、博奕というものが悪いんだと、しみじみそう思っていますとね。忠三さんのおかみさんもいまごろはきっと、もう二度とうちの人には逢えないと、座敷牢の中であきらめていることでしょうよ。博奕というものはそういうものなのです」

　忠三はびしりと胸をうたれたようだった。

「御新造さん、あっしが悪うござんした。あっしはこれにこりて、もう二度と博奕はやりません。あっしはどんなことがあっても、もう一度きっとおきぬに逢います。なあに、死んだ気になって稼げば、十両ぐらい一年もあればなんとかなる。あっしはおきぬに逢って、そのことを誓ってやります。あっしは全く馬鹿だったんでさ」

　それを考え考えいいながら、忠三はそれっきり口をきかなくなってしまった。いまさらのようにおのれの愚かさが骨身にこたえてきたのだろう。

　川崎の宿で中食をとって、その日の泊りは戸塚の宿だった。江戸から十一里あまり、女の足では少し無理な道中だったので、中村屋という旅籠屋の前へかかった時は、もうすっかり宵になっていた。

「忠三さん――」

　その旅籠屋の前で立ちどまったお蘭は、うしろから人心地もなく沈みこんで振り分け荷物をかついでついてくる忠三のほうへ、くるりと向きなおった。

「へえ、なんでござんす御新造さん」

「このお金ね、あたしがあんたにあげるんじゃありません。天が気の毒なあんたのおかみさんに恵んでくれるんです。このお金で早くおきぬさんを安心させておあげなさい。いいえ、おかみさんはただこのお金で助かっても、本当に安心はしないでしょう。おかみさんのほしいのは忠三さんの堅気で働いてくれる心なんです。くどいことはいわなくても、もうわかっていますね」

「へえ」

　小判十枚を紙にくるんでわたされた忠三は、一瞬ぽかんとお蘭の顔を眺めていた。

「こんな大金を、あっしに――」

「はい、これは荷物をかついでもらった今日のお駄賃」

　別の紙包みをもう一つの手に握らせて、肩から振り分け荷物をうけとると、

「ありがとうござんす、御新造さん」

　忠三はへなへなとそこへ膝をついて、金を握った両手をあわせ、後は言葉も出ないようだった。

　宿へついて、座敷へ通されてから、お蘭は太郎にいった。

「あたしね、本当は明日までもっとあの男に後悔させてやろうと思ったんだけれど、自分が辛くなってきて、我慢ができなくなってしまったんです。いけなかったかしら」

「なあに、あの男はもうすっかり後悔している。いまごろ夢中になって小田原へ駈け出しているだろう」

「でも、明日すぐおかみさんをかえしてもらうというわけには行かないかも知れない」

「そうか――。なるほど、相手が少し悪いようだな」

「あの人はもっと苦しんだほうがいいんです。世の中や人間というものを少し甘く見すぎているんだもの」

「しかし、どうだろうなお蘭、結局は女房はあの男のところへ帰ってくるんだろうな」

太郎はちょっとそれが心配になってきた。

「大丈夫だと思うわ。今朝あたし、今日道づれになる男は災難をしょってくるっていいましたね、おぼえてる太郎さん」

「おぼえてるとも。その男の道づれをことわると、運を取りにがす」

「だから、あたしたち道づれになりました。こんどはあの男から運をもらう番でしょ。あの人がおかみさんとうまくもとどおり夫婦になれないようなら、あたしたちのもらう運もあぶなくなってきます」

「なるほど、そういうことになるな」

「ただねえ、ちょっとわからないのは、あの人はなるほど自分では災難をしょっていたけれど、あたしたちのところへ別に災難を持ってこなかったでしょ」

「十両という余計な金のかかったのは、災難のうちに入らないかな」

「そんなのだめよ、第一、人を助けておいて、災難だなんて思うの、いやじゃありませんか」

「それはそうだ。すると、わしたちの災難というのは、これからくるのかな」

「なんだか、そんな気がするんです、いいえ、先に災難がこなければ、運もこないことになるんじゃないかしら」

「よし、それじゃこれから災難を見つけて歩くことにしよう」

「馬鹿ばっかし――」

お蘭はとうとうわらい出してしまった。

四

翌日はまた十里あまり歩いて、その夜は小田原泊りだった。

酒匂川《さかわがわ》を人足の肩でわたると、間もなく一色村へ入る。が、忠三が果して女房のおきぬを博徒鬼五郎からうまく取りかえせたかどうかは、ただ表街道を歩いて通っただけでは、わかるはずもなかった。

翌日は箱根八里を越えて、三島の宿へ入ったが、二人とも災難らしいものにはなにもぶつからなかった。

三島へ泊った日は、太郎が江戸を立つ時から考えていたとおり、八月の二十日という日であった。

お蘭が予言していた七日目というのは二十四日の日にあたるから、二十日二十一日二十二日二十三日と、四晩三島に泊らなければならないわけである。

「お蘭、もう少し途中ゆっくり歩いてくればよかったねえ」

今になって太郎はそんなことをいって苦わらいをする。

「あなたは、思い立ったとなると待ったなしなんですもの。しようがないじゃありませんか」

「ここで四晩も泊るくらいなら、箱根で二三日湯治してきてもよかったんだ」

「そんなのはだめよ。あたしたちのは遊山旅《ゆさんたび》とは違うんですからね」

「ああそうか。すると、三島で四晩泊るというのは、前世からの約束ごとということになるんだな」

「まあそう思って、おとなしく辛抱なさいまし。たった四日ぐらい、十年も敵をさがして旅をしている野田さんの御姉弟にくらべれば、なんでもないでしょ」

「全くそのとおりだ」

後で考えてみると、お蘭がいうとおりうっかり箱根で湯治などしていると、たいへんな手ちがいになるところだったのだ。四日も早く三島へつくようになったのには、それだけそこに天意が働いていたとでもいうのだろうか。

翌朝、太郎は目がさめるとすぐ、どてら姿で刀もささず、ぶらりと外へ出てみた。まだ朝日がのぼったばかりで、箱根越えをする旅人たちがもうちらほらと目につく。

足は自然に三島神社のほうへ向いていた。

「こんな恰好でおまいりは失礼かな」

そうは思ったが、きたついでだから拝殿へおじぎだけして行こうと、境内へ入って行った。杉木立をわたってくる朝風が、清々しく体中を洗いきよめてくれるようだ。

ふっと見ると、社前に立った旅姿の武家の男女が、鈴を鳴らしていまていねいに合掌礼拝をしているところだ。

――はてな。

太郎はどきりとした。女のほうは高島田髷《まげ》に結っているから、二人は夫婦ではなく姉弟に違いない。

野田の姉と弟ではなかろうか。

引きつけられるようにそばへ寄って行くと、礼拝をおえた二人がくるりとこっちへ踵《きびす》をかえした。

どこか長旅をおもわせる疲れが顔にはっきりと出て、姉のほうは二十七八、弟のほうは二十四五、こっちがつい不躾《ぶしつけ》にじっと顔を見ているので、相手も不審そうにちらっとこっちを見る。

「甚だ失礼ですが、あなた方はもしや常州笠間藩に縁のある方々ではないでしょうか」

二人はぎくりとしたように顔を見あわせながら、

「はい、あたくしたちは笠間藩の者でございますが」

と、姉のほうが答えた。

「起きぬけに宿を出てきたものですから、こんなどてら姿で失礼します。——御姉弟のようですな」

「はい」

「あなたは野田登代どの、弟さんは小七郎さん、ちがいますか」

「そうおっしゃるあなた様は、どなたでございましょう」

二人とも一瞬油断のない身構えになっている。

「わしは黒潮太郎と申しても御存じのはずもなかろうが、里村平蔵の友達といえばおわかりでしょう」

「あっ里村平蔵——」

「そうです。その平蔵の死水をとって、あなた方への遺言をあずかってきている者です」

「では、では平蔵はもう死んだのですか」

姉弟は唖然《あぜん》としたようだ。その顔にたちまち失望の色がかくしきれない。

「その御胸中はお察しいたす。幸いここは神前です。嘘偽《うそいつわ》りのない話を申上げるから、一通りお聞きねがいたい」

太郎はそう前置きをして、平蔵は伯父七郎右衛門は斬っていないこと、持出した金は三十両だったこと、大坂で同藩の松沢茂兵衛に出あって伯父の横死を知ったこと、堺から自分たちの船に乗って、三年前に南の孤島で病死したことまで、くわしく、姉弟の耳にいれた上、

「このことは先日笠間の江戸藩邸をたずね、お目附役有坂文平どのにお目にかかってすでにお耳に入れて、その節の三十両も返金して来ました。ちょうど松沢茂兵衛どのも江戸にいて、それでは七郎右衛門どのを斬ったのは当時平蔵の相役倉本勇五郎に相違あるまいと申していました。――納得が行くでござろうか」

と、聞いてみた。

「なんですか、夢のようなお話で、どうすればよいのか――」

登代は茫然《ぼうぜん》としてつぶやくようにいう。

「無理もありません。あなた方はそのために十年も苦しんでこられたのだ。その点は

平蔵も最後まですまぬことをしたと、いいつづけていました」

現に旅やつれした姉弟の姿を見ていると、多感な太郎はつい目がうるんでくるのだ。

「わしは黒潮さんの話を信用します。たとえば平蔵がどんなに悪心のある男にせよ、死ぬ時まで嘘をいうとは思えない。また死ぬのに嘘をいう必要もないはずだ」

やがて小七郎がきっぱりといい出す。

「実はあたくしどもも、桑名で松沢さまにお目にかかって、一通りそのお話をうかがいました時、ことによると倉本が本当の敵かも知れないと話しあいまして、ついでに倉本の行方をさがしてはいたのです。平蔵はうちへもよくまいっていましたから、人柄もわかっていますし、——あたくしも疑いはといてやりたいと思いますが、倉本に逢ってからでないと、やっぱり筋がとおらないのではないでしょうか」

姉は姉らしい分別を持っているようだ。

「それは姉上、こうなったらどうしても倉本をさがし出して、父上の恨みを晴らさなくちゃ、道は立ちません」

「あなた方はこれから江戸へ行くところだったんですか」

太郎は念のために聞いてみた。

「そうです。長崎で易者にみてもらったんですが、八月二十七日までに江戸へ入れ、なにかきっといい手がかりが得られるといわれたんです。月は違いますが、二十七日は父の命日ですし、とにかく一度江戸へ帰ってみようと相談してここまできたところなんです。それがここでこんな思いがけない手がかりを得たとなると、易も決して馬鹿にはなりませんね」

小七郎はなにか感慨深げである。

「実はわしのつれも予言をやるんだが、そのつれが七日の間に小田原から三島の間であなた方に逢える、七日目でなければ七十日目だというんで、それを当てにして江戸からわざわざ出むいてきたんです」

「すると、ここで我々が黒潮さんに逢ったのは、偶然じゃないわけですね」

「そうなんです。これは半分冗談だが、登代どのの登代は十四、小七郎さんの七とあわせると二十一になる、二十一日になにかあるというんです。今日は二十一日ですからな」

太郎はちょいとお蘭の自慢をしておいて、

「とにかく、わしの宿へ一度寄ってください。ほかにまだ話もあるし、或は倉本にめぐり逢える日がわかるかも知れません」

と、姉弟を誘った。

「姉上、お邪魔させていただきましょう。わしはぜひ倉本にめぐり逢える日の予言を聞いてみたい」

小七郎は大乗気である。

それにしても、太郎がみていると、小七郎はひどく姉の登代をたよりにしているようだ。敵討の旅へ出た時は、姉が十七、弟は十五、小七郎にすれば姉ばかりがたよりだったのだろう。十年たって、二十五になってもその癖がいまだにぬけないのだと思うと、太郎はこの年月の姉弟の苦労を思いやって、又しても胸が熱くなってくるのである。

お蘭はもうちゃんと身じまいをすませて、太郎の帰りを待っていた。

「お蘭、わしはとうとう野田さんの御姉弟にめぐり逢って、おつれしたよ」

太郎がよろこびをかくしきれずに、そういいながら姉弟を座敷へつれて入ると、

「本当、太郎さん。じゃ、三日早かったことになりますね」

お蘭はさっと顔を輝かしながら、姉弟を迎えた。

太郎にせよ、お蘭にせよ、こうしてめぐり逢えたことを心からよろこんでくれている、そういうあたたかい二人に迎えられると、姉弟もつい他人に逢ったような気がしなくなってくるのだろう、一通りおたがいに挨拶がすむと、

「お蘭どの、あなたは占いの名人だと黒潮さんから聞きました。我々は敵倉本勇五郎にいつごろめぐり逢えるか、さっそく占ってみてくれませんか」

と、小七郎が待ちかねていたように切り出した。

「小七郎、そんな御無理を申上げてはいけません。まだお目にかかったばかりではございませんか」

登代がわらいながら姉らしく弟をたしなめる。

「よろしいんですのよ。そのかわり、あたくしのはほんの気まぐれで、当る時も外れる時もあります。そのつもりで聞いてくださいね」

お蘭はちょっと目をつむって、胸のところで合掌した。気をしずめるためだったのだろう。

そして、その目をぱっちりとあいて小七郎と登代の顔を見くらべながら、

「三の数に縁があります。三日のうちだと思うんですけれど、なんですか少し早すぎて心配だわ」

と、珍しく少しためらっている。

「いや、お蘭、大丈夫あたっている。わしが小七郎さんたちに逢ったのは三島大明神の境内、しかも社の前だった。そして、予定よりは三日早く逢っている。今日を入れて三日といえば、二十三日にめぐり逢うことになる。みんな三の数に縁があるじゃないか」

「あらあら、太郎さんすっかりあたしのお株を取ってしまったんですね。じゃ、あたしもう一ついってみましょうか。この間二十八の数をおぼえていてくださいって、

太郎さんにいったでしょう」

「そうだったな。お登代さんの十四に、小七郎さんの七、それにお父さんの七郎右衛門さんの七で二十八になる」

「敵の名は倉本勇五郎でしょう。その五を二十八から引いてみてください」

「なるほど、二十三、つまり二十三日ということになるな」

太郎はそういうお蘭になれているので、すぐ感心したくなる。

姉弟はさすがにまだ半信半疑のようだ。無理もない、十年も無駄足をして苦労してきたのに、ここで後三日で敵にめぐり逢えるといわれても、話があまりうますぎるようで本当にしかねるのだろう。

「さあ、もう占いはやめましょう、三日がたとえ三十日になっても、十年もそのために苦しんできた御姉弟の孝心が、天に通じないということはございません。あたしは天を信じます。人の真心はきっと天に通じるものです。太郎さんは七人の人から遺言をあずかってきて、もう第六番目の小七郎さんたちにこうしてお目にかかることができました。それは太郎さんの真心が天に通じたんだと思います。あたしは十四の時から、たった一人で世の中へほうり出されて、やっぱり十年、二十四になる今日まで、誰にもいえない苦労をしてきました。それは、辛いから泣くなどというような生やさしい苦労なんかじゃありません。ですから、天を信じるどころか、天も人も恨んで生きてきました。それが、この二月、太郎さんにはじめてめぐり逢ってから、あたしも天を信じるようになりました。太郎さんは人のどんな苦労でも、いっしょに苦労してくれる人なんです。——ねえ、太郎さん、これからは小七郎さんたちといっしょに、きっと倉本をさがしてくれますね」

「うむ、それは死んだ友達、里村平蔵とちゃんと約束してきたことなんだからね」

「そうでしょう、あたしだって、これからは御姉弟といっしょにどんな苦労だってする覚悟でいます。ですから、もう占いなんて、どうだっていいんだと思います」

一番占いを信じているはずのお蘭がそんなことをいい出すのである。

「お蘭、お前はいいことをいうなあ。人は天にすがるもんじゃないんだ。自分のことは自分で苦労する、その一心に天の加護があるんだ。悪人は決してそういつまでも栄えるもんじゃない」

太郎がきっぱりといった。

登代と小七郎はその二人の話を、うたれたような顔をして、じっと聞いていた。

五

黒潮太郎とお蘭、野田登代と弟小七郎の四人は、翌二十二日の朝三島の宿の旅籠を立った。

その日は箱根八里を越えて小田原泊りである。

翌日が問題の二十三日だったが、朝がきてもみんなそれを忘れてしまったように、いよいよ今日ですねと、口に出していう者は一人もなかった。

倉本勇五郎が亡父の敵と、大体はっきりしてきた今では、たとえ今日その敵にめぐり逢えなくても、いずれはさがし当てるまで、姉弟はもう一度苦労をかさねなくてはならないのだ。易や予言にあまりたよりすぎて、がっかりするようなことがあってはならないのである。

だから登代は三島の旅籠で、

「あたくしたち姉弟は、これから一度江戸のお上屋敷へ戻って、これまでのことをお話し申上げてから、改めて倉本勇五郎の逮捕状をいただいて、ふたたび敵討の旅に出なおすことにいたします」

ときっぱり誓っていた。

「それがよろしい。わしは里村平蔵との約束があるから、こんどはあなた方がめでたく本懐をとげるまで、いっしょに倉本をさがすことにしよう」

義理がたい太郎は、無論こうなっては姉弟の苦労をもう傍観《ぼうかん》してはいられなかった。

「あたしも太郎さんのお供をしますからね」

お蘭も後へはひけない。というより、太郎と別れ別れに暮すなどということは、とてもできなくなっているお蘭なのだ。

登代はほかならぬこの二人の親切だけは、すなおにうけることにした。今日まで十年姉弟二人きりで苦労に苦労をかさねてきたのも天意なら、ここでこの二人にめぐり逢ってこういううれしい親切をうけるのも、きっと天意によるところなのだと考えたからである。

「でも、黒潮さまをあたくしたちのほうへ取ってしまっては、もう一人おさがしになる七人目の方に悪くありませんかしら」

登代はそれがちょっと気になったようだ。

「そんなことはない。今までもわしは遺言の順に一人一人さがしてきて、それがちゃんと身の振り方がきまるまでは、決して次のたずね人のことは考えないことにしていた。そしてとうとうあなた方で六人目まで、こうしてさがしあててきたのだから、わしのやり方は天意にそっているものと見ていい。ここへきてあなた方の身の振り方を中途半端にしておくことは、その天意にそむくことになる。まあ、わしにまかせておいてください」

「ありがとうございます。そうおっしゃっていただくと、あたくしとしても心丈夫になってきます」

そういう約束があるから、今日二十三日の朝がきても、特にその日にすがるというような言葉は、誰も慎んで口にしなかったのだ。

「太郎さん、鶴と亀とどっちがいい」

小田原の旅籠を立つとすぐ、お蘭がふいにそんなことを聞いた。

「わしは海からきた男だから、亀のほうがいいな」

「兎はどうして亀に負けたんでしょう」

「兎は途中で昼寝をしたから負けたんだ」

うしろから歩いている登代は、小七郎と顔を見あわせて微笑していた。太郎とお蘭は時々そんな子供のようなことをいいあって、無邪気な口喧嘩になることもあるらしい。いかにもたのしそうだ。

この十年の間、敵をさがして歩いていた姉弟には、ついぞそんなたのしい口喧嘩さえする時がなかった、登代はうらやましい気さえするのである。

「兎はどうして赤はだかにされたんでしょう」

「それは鰐《わに》をだましたから悪いんだ」

「その兎を助けてくれたのは誰でしょう」

「大黒さまさ」

「あらあら、とうとう七福神の話にかえってきましたね」

お蘭がわらい出す。

「そうだったなあ、あの時お蘭はわしにお尻を向けて秋の七草を活《い》けていた」

「いやっ、そんなお行儀の悪いことをいっちゃ」

「それから弁天さまの話が出て、七福神だった」

「あたしねえ太郎さん、今日はなんだか兎に逢いそうな気がするのよ」

「ふうむ。兎ならかちかち山の兎だっている。一体どっちの兎に逢いそうな気がするんだね」

「さあ、どっちかしら――」

「昼寝をしている兎、いじめられている兎、いじめている兎」

太郎は三つの状態の兎をならべる。

――あたしたちはいじめられている兎なのだ。

登代はふっとそんなことを考えて、気が沈んできた。そして、できればいじめている兎に逢いたいと思う。

が、ふしぎなことには間もなく、このお蘭の口から出た兎の言葉占いが、そっくりそのまま事実となってあらわれてきたのだ。

「旦那――、黒潮の旦那」

やがて一行が一色村へかかった時、朝日がさしこむので店の前へよしずを立てた左手の掛け茶屋の中から、ふいに飛び出してきたのは板前の忠三だった。

「おお忠三じゃないか。どうした」

太郎はびっくりして立ちどまる。

「御新造さん、この間はどうもありがとうござんした」

忠三はお蘭の顔を見て、さっそく礼をいうことは忘れなかったが、その目が妙に血走ってぎらぎらしている。

「忠三さん、おきぬさんはまだあなたの手に戻っていませんね」

お蘭がずばりといった。

「へえ、あっしは口惜しい御新造さん」

忠三はあまりの口惜しさに、涙も出ないようである。

「往来中で立ち話でもあるまい。とにかく一休みして行こう」

いじめられている兎が出たなと思ったので、太郎は一同をさそい、休み茶屋の中へ入って行った。

「どうした忠三、うまく行かなかったか」

「へえ、あっしはあの晩戸塚の宿で旦那方に別れた翌朝、いただいた十両を持って、鬼五郎の家へ飛びこんで行ったんです。あいにく鬼五郎は留守だというんで、留守でも金を持ってきたんだから、おきぬをかえしてくれるようにってたのむと、親分にきかないうちはだめだというんです」

「うむ」

「それから、昼に行って、また夕方行って、夜も行ったんだが、まだ帰ってこねえというんです。後で考えると、鬼五郎の奴、朝は留守だったかも知らねえが、昼からは居留守をつかっていやがったんでさ。こっちはそうとは気がつかないから、今日で約束の三日という日限は切れる、しかし、こうしてちゃんとおれは十両の金を持って三日のうちにきているんだから、そのことを親分にいっておいておくんなさいと、かたく念を押して帰って翌朝また出かけたんです」

「つまり二十日の朝ということになるんだな」

「そうなんです。すると、こんどは鬼五郎が出てきやがって、一日おくれたなあ忠三、おきぬは気の毒だが、今朝早くついでがあったんで、女衒《ぜげん》の手へわたしてしまったといいやがる。あっしは嚇となって、そいつは阿漕《あこぎ》だ、おれはちゃんと昨日、しかも朝から三度も四度も十両持ってここへきている。その度に親分は留守だというから、今日きたということをきっと親分の耳へ入れておいてくれるようにって、かたく末吉さんにたのんで帰っているんだ、どうかおきぬをかえしておくんなさいっていうと、末吉なんて三下を相手にするからいけねえ、おきぬは江戸の女衒の手にわたっちまったんだから、お前がここでなんといったって、もうどうしようもねえ、あきらめろって、相手にしねえんです」

「それは少しひどすぎる」

太郎は思わず眉をひそめた。

「ひどいのなんのって、あの野郎は人間じゃありません。だんだん様子をさぐってみると、おきぬは女衒の手にわたっているんじゃない、奥の座敷牢に入れられていて、鬼五郎は毎日妾になれって、おきぬを責めているって話なんです。あっしはもう承知できねえ、何度もおきぬを盗み出してやろうと狙ったんですが、見張りがきびしくてとてもだめだ、幸い野郎は昨夜小田原の遊廓へ泊って、今朝帰るとわかったから、いっそ殺してやれと覚悟して、さっきからここで野郎の帰りを待っているところなんです」

忠三は目の色をかえて、ふところへ手を突っこんでみせる。匕首《あいくち》を用意してきているのだろう。

「鬼五郎の女房は家にいないのか」

太郎は聞いてみる。

「二階に病気で寝ているんでさ。もういく日も持たねえって話ですが、薄情な野郎で鬼五郎は一度も二階へ行ってやったことがねえんだそうです」

「そうか、では、その女房にすがってみるというわけにも行かないな」

悪い奴でも人を殺せば兇状持ちになる。太郎はなるべく忠三にそんな荒っぽいまねはさせたくないのだ。

「お前さん方、鬼五郎がいまここを通るから、あんまり大きな声で噂しねえがいいぞ」

往来へ水をまいていた茶店の老婆が入ってきて、そっと注意してくれた。

「野郎、きやがったな」

「まあ待て、忠三」

太郎は血相をかえて立上ろうとする忠三の腕をおさえて、

「おきぬはわしがきっとなんとかしてやる。じっとしているんだ」

と、たしなめた。

間もなく鬼五郎が子分を四五人つれて、がやがやと高声に話しあいながら、茶店の前を通って行く。

よしずのかげから見ていると、なるほど四角ばった面がまえの、でっぷりとした大男で、ぎらりとした目にひどく冷たい凄味がある。

「小七郎――」

ふいに登代が呼んで立上る。

「姉上もそう見ましたか」

「たしかに倉本勇五郎にちがいありません」

姉弟は手早く身支度にかかろうとする。

「お登代さんも小七郎さんも、そうあわててはいかん」

太郎がぴしりといった。

「はい」

「たとえばあの鬼五郎が倉本勇五郎であっても、当人の口からあなた方の父上を討ったと白状させなければ、敵討にならない。わしに少し考えがあるから、まあ待ちなさい」

「そうでした。赤面のいたりです」

小七郎はそういってすぐに落着きを取り戻したが、姉の登代はぱっと顔を上気させながら、床にかけはかけたが、ちょっと口がきけないようである。

「太郎さん、あれが倉本だとすると、やっぱり二十三日という日に、間違いはなかったようですね」

お蘭はそういって、目を光らせている。

「そうだったなあ。——お登代さん、あれが倉本ならもうのがしっこはないのだから、安心なさい」

「ありがとうございます。どうぞよろしくお願いいたします」

登代もどうやら落着いてきたようである。

「へえ、じゃあの鬼五郎って奴は、この御姉弟の親御さんの敵なんですか」

忠三はびっくりしたように、目を丸くしていた。

六

とにかく、黒潮太郎はおきぬのこともあるので、まず忠三だけをつれて、すぐに鬼五郎の家へ乗りこんでみることにした。

その上で、できればなんとかその場で野田姉弟に本望をとげさせてやりたいので、これはお蘭といっしょに一足後からきて、家の前でこっちの合図を待つ約束である。

鬼五郎の家はそこからあまり遠くない街道筋から、小一丁ばかり村のほうへ入ったところにあった。

「たのうむ」

太郎は声をかけておいて、かまわず油障子をあけ、のっそり土間へ入って行った。

見ると、その店の間に朝がえりの鬼五郎が、子分たちを相手に茶をのんでいるところである。

「誰だね、お前さんは」

上り框《がまち》のところに腰かけていた三下奴らしい奴が、いきなり土間へ入ってきた太郎の無作法をとがめるように立ちあがる。

「そこにおられるのは、鬼五郎親分ですな」

太郎は三下奴などには目もくれず、のっそりと上り框の前へ立って、こんどはいんぎんに小腰をかがめた。

「おれは鬼五郎だが、お前さんは誰だ」

苦い顔をして鬼五郎が聞く。

そこにいる子分たちは五人、いま鬼五郎と小田原から帰ってきた奴ばかりのようで、親分がいっしょに遊びにつれて行くくらいだから、子分のうちでも頭立《かしらだ》った連中ということになるのだろう。みんな胡散《うさん》くさそうに長脇差を引きつけて、こっちを睨んでいる。

「わしは黒潮太郎という旅の者だが、実は忠三の家内のことについて、親分にたのみがあってきました。——おい、忠三」

太郎の声を待っていたように、忠三が入口から入ってくる。

一瞬子分たちは、なんだというような顔をした。それだけ忠三はこの連中から小馬鹿にされているのだろう。

「忠三、手前まだこんなところをうろついていたのか」

鬼五郎がぎろりと威嚇するようにあびせかける。

「親分、わしは忠三とは江戸以来の知合いの仲だが、話を聞いてみるとこんどのことは、ちょっと忠三のほうがかわいそうな気がする。どうだろう、賭場で借りた十両はちゃんと持参してきているんだから、おきぬをきれいにかえしてやってくれないだろうか」

「お前さん、妙なことをいうなあ。忠三がどうお前さんに話したか知らねえが、おきぬはもう江戸の女衒の手にわたっているんだ。はじめからこっちには三日という約束があってのことなんだから、忠三に今さら文句はねえはず、詰らねえ俠気《おとこぎ》なんか出すとお前さんが赤恥をかく、やめておいたほうがお前さんのためだぜ」

鼻の先であしらうような鬼五郎の返事だ。

「親分はもと侍の出だそうだね」

「それがどうしたというんだ」

「侍という者は土民と違って、ひととおりの道理はわきまえているはずだ。人の女房を座敷牢などへ入れて、妾になれといじめるのは罪な話だと思うんだがねえ」

「なんだと。――朝っぱらからあんまり変ないいがかりをつけやがると、ただはおかねえぞ」

「いや別に変ないいがかりじゃない。わしには伏見稲荷《いなり》の狐がついているんで、なんでもよくわかる。かくしてもだめなんだ」

にやりと太郎が平気でわらってみせると、子分たちはさすがにちょっと呆気に取られたようだ。

「この野郎、気ちがいかな」

「いや、気ちがいじゃない。倉本勇五郎さん、あんたのうしろに立っている二人は誰だね」

「なにッ」

ひょいと鬼五郎がふりかえる。

「一人は倉本さんが十年前に永代橋で斬った上役の野田七郎右衛門さん、一人はもとここの親分の為蔵さん、二人とも血だらけの姿でお前さんの首をしめようとしている。見えないのかね」

「うぬッ、叩っ斬れ」

倉本は手にしていた湯呑茶碗を、いきなり太郎の顔へ投げつける。

ひらりと太郎が身をかわしている間に、腕に自信のある倉本は、自分で太郎を斬ってしまおうと思ったらしく、長脇差をつかんで立ちあがるなり、

「えいっ」

抜きうちにだっと躍りこんできた。

それを待っていた太郎だ。素早く一足飛びさがって、次の瞬間こっちも抜きうちに、

「えいっ」

軽く倉本の肩先へ峰打ちを入れる、本気でかかっては骨が砕けて即死する惧《おそ》れがあるからだ。それでも目がくらんで、

「わあッ」

他愛もなく土間へころげ落ちてきた倉本の背中を、とっさに土足でぴたりと押えつけ、

「お前たち、手向いすると鬼五郎をこのまま踏み殺すぞ」

と、太郎は子分たちに一喝《いっかつ》くらわせる。

「くそっ」

子分たち五人は手に手に長脇差をつかんで立ちあがったが、太郎の段ちがいの強さを見せつけられては、どうにも手出しができないようだ。そこで太郎はあらためて、

「一同、よく聞くがいい。この鬼五郎は十年前、江戸で上役の野田七郎右衛門という者を殺害している倉本勇五郎という極悪人だ。聞けばここの親分為蔵を小田原海岸で斬ったのも、この鬼五郎だという噂さえある。お前たちも満ざら耳にしていないわけではあるまい。いま野田の遺児登代、小七郎の姉弟が十年も苦労をかさねてきて、この家の前で親の敵討をしようとしているのだ。お前たちに多少とも人間らしい心があ

るなら、決して邪魔をしてはならぬ。わかったであろうな」

と、きっぱり諭《さと》しておいて、鬼五郎の襟がみをつかみ、ずるずると戸口のほうへ引きずって行った。

子分たちは顔を見あわせたまま、誰も動くことができない。太郎が恐いというより、いまはむしろ親分鬼五郎がどんな悪どいまねをしていたか、それを知っているから、なんとなく興ざめて、死んでも親分のために斬って出ようという気には、ちょっとなれないのだろう。

「忠三、鬼五郎の刀を拾ってきてやれ」

「へえ」

太郎は油障子をあけて、そこに身支度をして待っている登代と小七郎のほうへ、

「それ、あんた方の親の敵だ」

と、いいながら、どさりと鬼五郎を投げ出した。

「忠三、鬼五郎に刀を投げてやれ」

「いいんですか、旦那」

忠三がそんなことをしてもいいのかなあというような顔をする。

「かまわぬ。侍の敵討の作法だ」

「そうですかね。――そら、こん畜生」

渋々忠三がそこへ鬼五郎の抜身を投げ出す。

「倉本勇五郎、親の敵、刀をとって尋常に立て」

小七郎が声をかけた。倉本が立ってから作法どおり名乗りをあげるつもりだったのだろう。

思いがけない太郎の腕力に一時は茫然となっていた倉本も、こうなってはもう破れかぶれになるほかはなかったのだろう。

「くそッ、野田の女郎《めろう》も餓鬼《がき》も返り討ちだ。覚悟しやがれ」

思わず叫んだのは、自分が七郎右衛門を手にかけたと自白したようなもので、これで敵討は立派に成立するが、倉本は刀をとるなり立ちあがったと見ると、

「えいっ」

いきなり小七郎に斬りかかって行った。

「うぬっ」

小七郎はあやうく引っ払って飛びさがったが、

「おうっ、――えいっ」

倉本は息もつがせず、二の太刀、三の太刀を我武者らに小七郎を狙って斬りこんで行くのだ。火のような激しい太刀先だ。

「えいっ、――とうっ」

小七郎は受け太刀になって、後へさがるばかりである。

無理もない。小七郎は十五の時に敵討の旅に出て、その後行く先々で稽古はしていたろうが、十分に修業を身につけるひまがなかったのだ。その点は姉の登代もおなじで、

「小七郎、しっかり、後へ退ってはいけません。斬りこむのです」

必死に弟をはげましはするが、自分から斬りこんで行くだけの腕はないようだ。

「太郎さん、早く助太刀――。小七郎さんがあぶない」

見ていたお蘭が真っ青になって叫んだが、太郎としては一太刀でもいいから、小七郎に初太刀を入れさせたい。それでないと、助太刀の力で敵を討ったとなって、後の名誉が半減してしまうのだ。

こんなことなら腕の一本も斬ってから突き出してやるのだったと、今になって気がついたが、すでにおそい。

「えいっ」

「おうっ」

「とうっ」

小七郎はついに二三ヵ所に傷をうけて、顔からも腕からも血が流れてきた。

しかし、さすがに十年の恨みだから、少しも臆《おく》する風はなく、受け太刀もだんだん

落着いてくるようだ。

「立派だぞう、小七郎さん」

太郎がついて歩いて、そばから声援する。

その時だった、畜生、畜生と倉本のうしろへついて歯がみをしていた忠三が、とうとうたまらなくなったのだろう、

「おきぬの敵——」

夢中になってつっ走ったと見る間に、倉本の背後からだっと匕首を突っかけて行った。

「あっ」

倉本が思わず長脇差をうしろへ叩きつけようとする一瞬、

「とうっ」

すかさず前から躍りこんだ小七郎が、倉本の右肩へ斬りこんだ。一念凝《こ》った一刀だから、それが思ったより深くきまって、

「わあッ」

倉本はどすんとそこへ尻餅をつき、たった一太刀で息絶えたようである。

「見事、小七郎さん」

「小七郎、早くとどめを——」

それが作法なのだ。姉に注意されて、

「父の敵、思い知れ」

と、小七郎は倉本のとどめを刺す。

「小七郎――」

「姉上」

姉弟は手を取りあって泣いている。

「畜生、おきぬ、おきぬ。――敵をとってやったぞおきぬ」

忠三は狂気のように家の中へ駈けこんで行った。

「あぶない、忠三」

太郎ははっとして後を追ったが、もうその心配はなかった。土間へ入ってみると、子分の一人が座敷牢をあけてくれたらしく、おきぬがいま奥から店へ気もそぞろに駈け出してきたところだ。

「あっおきぬ」

「忠さん」

ここでも夫婦がいく日かぶりでしっかりと抱きあいながら、派手に声をあげて泣き出すのだった。

こうして、野田姉弟は十年ぶりで、本当の父の敵は里村平蔵ではなく、倉本勇五郎だとわかったその三日目に、めでたく本懐をとげたのである。

第七人目は男

一

九月九日は重陽《ちょうよう》の節句で、菊の花はこのころが一番見ごろとされている。

その朝、黒潮太郎は顔を洗うとすぐ、朝飯前にふらりと家を出かけて、しばらくしてから戻ってきた。

「太郎さん、あたしに黙って、さっきはどこへ行ってきたんです」

お蘭がそれをなじるように聞いたのは、食後太郎が二階へあがってきてからだった。

「どこへも行きゃしない。ちょっと観音さまへおまいりしてきたのさ」

「あたしに黙って出かけちゃいやだって、いつもあんなにいっているのに、太郎さんはどうしてそうあたしに逆《さか》らいたいんです」

お蘭は白い目をして太郎に喰ってかかる。どうも朝から機嫌がよくないようだ。

「ああそうだったたな。しかし、すぐ帰ってくるんだから、いいと思ったんだ」

「いけません。太郎さんはすぐ帰ってくる気でも、人に逢えばそうは行かなくなる時だってあります。人の運命なんて一寸先のことは誰にもわからないものなんだから、心配するんじゃありませんか」

「なるほど、そういえばたしかにそうだなあ」

太郎はのんびりと日向へあぐらをかきながら感心して、

「わしはさっき観音堂の廻廊へ立ってみて、ふっと思い出した。あそこへ初めて立って、おとぼけ仙太に声をかけられたのは今年の春で、まだ梅の花の時分だった。それが今はもう秋で、今日は九月九日、重陽の節句だ。早いもんだなあと、思うにつけても、考えてみるとたったこの半年の間に、わしは七人のたずね人のうち六人までさがしあてている。あの時お蘭に逢っていなかったら、こうまでうまく行かなかったかも知れない。ありがたいなあとしみじみ感謝しながら帰ってきたんだが、一寸先は闇のたとえで、まさか帰ってくるなりお蘭にこんなに叱られようとは、夢にも気がつかなかった。どうもすまんことです」

と、わらいながら頭をさげる。

「太郎さんはあたしを冷かしているのね」

「いや、そんなことはない。わしは人を冷かすどころか、自分がまだ雪の中にいるんで、寒くてしようがないんだ」

「雪の中――変なことをいうんですね」

「うむ、雪の中の梅の寒気にとざされて開きかねたるが如し。いまだ運気開かざれども、賢き人の指図にしたがわば末よしで、おみくじは凶なんだ」

　太郎は袂の中からおみくじを出して見せる。

「まあ、太郎さんは観音さまへおみくじを引きに行ったの」

「そうじゃない、おまいりをしたついでにおみくじを引いてみる気になったんだ。さすがによく当っている」

「だって、このおみくじは凶じゃありませんか。そんなうれしそうな顔をするほどのおみくじじゃありません」

「そりゃ雪の中にとざされているのは少し寒いが、その賢き人の指図にしたがえというところが、なかなかいいと思うんだ」

「おことわりしておきますけれど、あたしは賢い女じゃありませんからね」

　お蘭はおみくじを自分の帯の間へしまって、わざとつんとして見せる。

「しかしなあお蘭、梅の花は春にあえばきっと咲くものだ。たとえ一寸先は闇にもせよ、梅は花が咲けばよいかおりをたてて、ここに梅ありと人に教える。その人が賢にもせよ愚にもせよ、梅の花のかおりをかいで、腹を立てる者はなかろう。このおみくじを凶としたのは間違いだとわしは思うね」

「あきれた人ねえ、あんたって人は——。凶のおみくじを自分勝手に吉にしてしまう人なんてあるかしら。もっとも太郎さんには凶なんて通用しないんだからしようがないけど」

お蘭はあきれたついでに、どうやら機嫌がなおったらしく、

「実はねえ太郎さん、あたし第七人目の人のことを、この間うちから考えているんです。野田さんたち姉弟もめでたくお主《しゅう》さまのところへ戻った。いよいよこんどは第七人目で、これさえすめば太郎さんの大役もおわる、こんどはどんな人をたずねるのかしらと、正直にいえばあたしだって早く太郎さんのお嫁になりたいから一生懸命なんです」

と、本音を吐いてきた。

「ありがとう。わしは賢いお蘭一人をたよりにしているんだからな」

「ところが、こんどは一寸先が闇で、どうしてもわからないんです。考えれば考えるほど迷いが出てくるんですね。あたしに早くお嫁になりたいという考えがあるからいけないのかも知れません」

お蘭の顔がほんのりと赤くなってくる。

「それは大丈夫さ。梅の花は春さえくれば自然に開くにきまっているじゃないか」

「だって、いまはまだ雪の中なんですもの、寒いわ。このおみくじはまるであたしの

ことをいってるみたい」

「お蘭、わしは決して希望をすてちゃいないが、第七人目はちょっと手のつけようがないんで、今朝観音さまにおまいりをしてくる気になったんだ。そして、そのおみくじを引きあてて、どうやら目がひらけたような気がするんだ」

「どう目がひらけたんです」

「梅の花は闇夜でも匂うということだ」

「第七人目は男でしょう」

お蘭の目がなにかを凝視《ぎょうし》するようにすわってきたようだ。

「うむ、男だ」

「正月七日は人日《じんじつ》、三月三日は上巳《じょうみ》で女、五月五日は端午《たんご》で男、七月七日は七夕《たなばた》で女、九月九日は重陽で男、これで五節句はおしまいね。太郎さんのたずね人もこれでおしまい。九月九日の九と、五節句の五番目の五と、第七人目の七をたすと二十一ね」

「そうだ、この子が生きていてくれれば今年二十一のはずだ、生きているだろうか」

「生きているわ、九の数があるから、一度、いや二度だわ、二度死にそこなっている」

「わしの聞いた話ではたしかに二度死にそこなっている」

「じゃ、その後は丈夫に育っています」

「ありがたい。生きているか死んでいるかが一番心配だったんだ。いつごろめぐり逢えそうだろう」

「九日目か、九十日目。こんどは九十日目のほうかも知れない」

「すると、十二月の七、八日ごろだな」

「九つ目は申《さる》だから、真西から少し南より」

「それも当っているかも知れない。わしはまず西からはじめるつもりでいるんだ」

「心配なのは、こんどの九十日の間は、太郎さんも三度ぐらいあぶない目にあうかも知れません」

「なあに、わしは凶を吉にする男だ。そのほうは心配しなくてもいい」

「さあ、こんどは太郎さんの番だわ、その人はどういう人なの」

お蘭は子供のように坐りなおした。

「練馬大根で有名な練馬のこっちに江古田《えこだ》というところがあるそうだ。雑司ケ谷《ぞうしがや》の鬼子母神から北へ一里あまりのところだそうでね、今から十五年ほど前、その庄屋に常右衛門という人がいた。夫婦の仲に常太郎という子が一人あったが、この子が六つの春、悪い風邪が流行《はや》って、常右衛門夫婦が相ついで死んだんだ」

「なんだか、悲しい話になりそうねえ太郎さん」

「どうせあんまりたのしい話じゃないが、まあ聞きなさい」

江古田の庄屋常右衛門夫婦が死ぬと、分家していた常右衛門の実弟小兵衛夫婦が常太郎の後見として、本家へ入りこんできた。

小兵衛はそのころすでに半分博奕打ちの仲間へ足を突っこんでいた極道者《ごくどうもの》で、女房のお鉄も茶屋女あがりの気の強いしたたか者だった。

その上、悪いことには小兵衛夫婦にも小市という常太郎とおない年の伜がいたので、お鉄はなにかにつけて常太郎が邪魔になる。常太郎さえいなければ、本家の家屋敷も田地田畑もみんな自分たちのものになって、行く行くは伜の小市にゆずれるという肚《はら》があるからだ。

だから、お鉄の常太郎いじめは全く諸人の目にあまるものがあった。道楽者の小兵衛が留守勝ちなのを幸い、殴る蹴るはまだいいほうで、仕置きだといっては一日中納屋へとじこめて飯を与えなかったり、一晩中裸で表へ放り出しておいたり、早く死んでくれればいいと考えているのだから、情容赦などというものは少しもなかった。

そんなことが六つの春からその年の冬までつづいて、常太郎の体がよく死なずに持ったのは、常右衛門のころからいる奉公人たちが、蔭になり日向になってかばってくれたからである。

無論村中の者はお鉄の残虐ぶりを憎んで、いっそ代官所へ訴えてやろうと憤慨する者もあったが、小兵衛がやくざの仲間なので、そんなことをすれば後の仕かえしが恐い、腹は立つが黙って見ているほかはなかった。

「かわいそうなのは常太郎でねえ、はじめのうちはお鉄に仕置をされるたびに、泣き叫んで救いを求めていたそうだが、いくら泣いても叫んでも誰も助けにきてくれる者はないとわかってくると、だんだん泣き声をあげなくなってきた。じっと歯をくいしばって我慢することをおぼえたんだな。常坊や、辛かろうと、或る時作男《さくおとこ》が蔭でなぐさめてやると、おれ大きくなるまで我慢すると、はっきりいって目に一杯涙をためていたそうだ」

「もうたくさん、そんな話。聞いちゃいられないわ。そこんところは飛ばしてください」

お蘭は怒ったようにいった。

「よし、じゃそこんところは飛ばすことにするか、これが常太郎の二度死ぬような目にあっているうちの、一度目ということになるだろうな」

太郎はそういって、話をつづける。

二

そのころおなじ江古田に伊平という乱暴者がいた。喧嘩兇状で草鞋をはかなくてはならなくなったので、すっかり身支度をして、夜になって庄屋の門の前を通ると、この冬の寒空にその門の下にぼんやりしゃがみこんでいる子供がある。

伊平はすぐに常太郎がまたお鉄にいじめ出されているんだなと見たので、

「常坊じゃないか。どうしたんだ」

と、声をかけながらそばへ寄って行った。

常太郎はちらっと伊平の顔を見ただけで、黙って下を向いてしまう。薄着でがたがたとふるえているようだ。

「お前また鬼婆に叱られたんだな」

常太郎はこくりとうなずいてみせる。

「どうして叱られたんだ」

「わかんねえ。いきなり出て行けって、蹴飛ばした」

「そうか、——あの鬼婆め」

噂はいつも耳にしているので、伊平はむかむかっとしてきた。もともとこの庄屋の屋敷は常太郎のものなのだ。それを勝手に自分のものにして、自分の子の小市には思いきりあたたかいおもいをさせ、常太郎はまるで乞食の子あつかいされている。

血の気の多い伊平はどうしてくれようと思いながら、ふっと考えついたことがあった。

「常坊、小父さんの顔を知ってるか」

「うむ、知ってる」

「どうだ、小父さんはこれから江戸へ行くんだが、常坊いっしょに行く気はねえか。うんとお前の好きなものを食わせてやるぜ」

「おれ、いっしょに行く」

常太郎にはこんな地獄のような家には、もうなんの未練もないようだった。

「よし、それじゃここに待っていろ。すぐ帰ってくるから、どこへも動くんじゃないぞ」

伊平は子供にそういいおいて、庄屋の屋敷へ入って行った。門から三四十間も入ったところに母屋がある広い屋敷だ。

小兵衛とはやくざ仲間で、お鉄とも顔見知りだから、作男に庭へ呼び出してもらって、

「おかみさん、おれはこれから当分土地を売るところなんだが、どうだ、お前さんたちそんなに常坊が邪魔なら、おれがいっそ遠い他国へつれて行ってすててきてやろうか」

と、さっそく持ちかけてみた。

「本当かえ、伊平さん」

「こんなこと嘘をいったってしようがねえ、そのかわり十両奮発してもらいたいね。たった十両で邪魔者がきれいに片づいて、後くされを残さねえんだから、満更悪い話でもないと思うんだがな」

「わかった。じゃ黙って十両奮発しよう。そのかわり伊平さん、その約束が少しでも違うと、こっちはただはすまさないからね」

「いいとも——。すまねえがおかみさん、金を持ってくるついでに、子供の綿入れ一枚と帯を恵んでやってくんねえか。途中で風邪でもひかれちゃ、こっちが難儀だ」

小兵衛は相かわらず賭場へ入りこんでいて留守らしく、お鉄はすぐ、小判十枚と、子供の綿入れ一枚、それに帯一筋をそえて持って出てきた。

——ざまあ見やがれ、十両ふんだくってやった。

伊平は赤い舌をぺろりと出して、門の外へ引きかえしてきた。

「後で伊平がいっていた。おれもけちな料簡《りょうけん》だった、なんであの時五十両と吹っかけてやらなかったんだろうとね」

「その伊平って人、その子を本当にすてる気だったのかしら」

お蘭が心配そうに聞く。

「そんなことはあんまりはっきり考えてもいなかったらしいな。とにかくかわいそうな子供に好きなものを腹一杯食わせて、方々見物させて、十日でも二十日でもたのしいおもいをさせてやろう。その上で十両の持参金があるんだから、誰か親切な人に貰ってもらう、そんな大ざっぱな考えで、常太郎をおぶってその夜は新宿まで行って泊ったんだそうだ」

翌日は江戸を突っ切って、品川泊りだった。それから東海道へ踏出したのだが、常太郎はなにを食わせても、どんなものを見せても、あまりよろこぶ風がない。口数のすくない子供で、歩く時は伊平の袂にしっかりとつかまって、一生懸命に歩く。旅籠へ泊ると伊平の手へしがみつくようにして寝る。

「常坊お前恐いのか」

伊平が聞いてみると、

「恐くないけど、眠っている間に小父さんがどっかへ行っちまうと、おれいやだもの」

と、遠慮そうにいう。

「つまり常太郎にすれば、叱りも叩きもしないで、親切にしてくれる人にはじめて逢った。食ったり見たりするよろこびより、ただこの人にはぐれてはたいへんだと、それればかり心配していたんだろう。伊平はその時、こいつはうっかり人にもやれなくなったと、しみじみ常太郎がかわいそうになって、涙がこぼれたそうだ」

「だって、その伊平さんて人は、結局はその子をすててしまったんでしょう」

お蘭は先まわりをして、喰ってかかるようにいった。

「そうお蘭のようにあっさりいってしまっては、話に身《み》も蓋《ふた》もなくなるが、伊平はだんだんいじらしい常太郎が手放せなくなってきて、方々いっしょにつれて歩いた。邪魔だなどと思ったことは一度もなかったそうだし、また邪魔になるようなことはしない子だったそうだ。稼業が博奕打ちなんだから、伊平が賭場へ入りこめば、夜だろうが昼だろうが、いつまでもその外で一人で遊んでいる。お鉄にいじめぬかれているから、そういう辛抱は平気だったそうだ。酔っぱらえば介抱してくれるし、少し浮かない顔をしていると、小父さん、肩たたいてやるかと、なぐさめてくれる。伊平も子供づれだと思うから、あまり深酒もしなくなったし、めったに短気もおこさなくなった。考えてみると、得をしたのは常坊よりおれのほうで、常坊といっしょに旅から旅を歩きまわっていたまる一年と三月、その間がおれの一生のうちで一番たのしい時になっていると、伊平はよく話していた」

「それだのに、どうしてその伊平さんて人、博奕打ちをやめなかったのかしら」

「それは伊平もいっていた。やっとそこへ気がついて、こりゃ子供のためにも堅気になって、なにか小商《こあきな》いでもはじめなくちゃいけないと考えていた矢先、常太郎が八つの年の春、八王子の旅籠油屋というのへ泊った夜大熱を出して、どうしてもその熱がさがらない。三日三晩うわごとばかりいいつづける、それが伊平のことばかりで、小父さん、どこへも行かないねとか、小父さん、この蜜柑うまいぞ、食ってみろよとか、きっと上へ小父さんという言葉が出る。しかも、だんだん子供はげっそりと弱ってくるようだ。あいにくそのころは子供のためにととっておいた十両にも手がついて、ふところが淋しいから医者にかけることもできない。旅籠屋は病人をよろこばない上に、金がないと見ているから、どうしてもあつかいが冷たい。切羽詰って、伊平は賭場へ出かける気になったんだ」

「そんな病人を一人でおいてですか」

「伊平も辛かったそうだが、どうしても金をこしらえなくちゃならない場合だから、しようがない。常坊、小父さんはちょいと蜜柑を買いに行ってくるから待っているんだぞというと、ふだんは素直で我慢強い常太郎が、小父さん行っちゃいやだ、おれ蜜柑はもうほしくないやと、淋しそうな顔をして珍しくうむといわなかったそうだ。それを、なあにすぐ帰ってくるからと振り切るようにして賭場へ走った。大体博奕なんてものは十回に一回運をつかめばいいほうで、その運が人の智恵ではどうにもならないのが博奕なんだから、そんな時にかぎってうまく行くもんじゃない。せっかく勝ちかけると取られ、こんどこそはと血眼になっているうちにまた取られして、とうとう夜になってしまった。揚句《あげく》の果てに、気が苛々《いらいら》しているものだから、一人の旅人となんでもないことから喧嘩になって、そいつを斬ってしまったんだそうだ。無理は伊平のほうにあるんだから、そこの子分と用心棒に追いまわされるようになると、もう旅籠屋へ帰ることもできない。常坊、死ぬんじゃないぞ、明日はきっと帰ってやるからなと、病人のことを考え考え、一日ずつ八王子が遠くなって、大坂まで逃げたころにはもう一と月あまりも日がたっていたというんだ」

「だから、あたしは博奕打ちは大嫌いなんです。かわいそうに、それで病人はどうなったんです」

「それをこれからわしがさがし出さなくちゃならないんだ」

「なんですって――」

「伊平は当分八王子の地は踏めそうもないとわかると、大坂から我々の船に乗ってしまったんだ。いや、わしがその船に助けあげられた時、伊平はすでに船にいて、三年目になるといっていた」

「じゃ、それっきり八王子へは帰らなかったんですね」

「そうなんだ、だから、その伊平が島で死ぬ時、伊平が死んでしまうとわしは仲間にみんな死なれて、島にたった一人残されることになる。――太郎さん、たのむ。おまえだけはどうか生きていて日本の土を踏んでくれ。島に一人だと思っちゃいけない。おれを入れて仲間七人だ、きっと太郎さんの命はまもるつもりだ。だから、日本へ帰れたら、一度だけ常太郎をさがし出して、おれはどうも常坊は生きているような気がするんだが、もし死んでいたらせめて墓まいりだけはしてやってくれと、たのまれた。これが七人目のたずね人なんだ」

そういいおわる太郎の顔を、お蘭はしばらくぽかんと眺めていた。生死さえ知れないたずね人、そして、あまりにもみじめな宿命をしょっている常太郎、しかも八王子で伊平が旅籠へおき去りにしてからすでに十三年もの月日がたっているのだ。

「太郎さん、その子はきっと生きています」

「わしもそう思う」

「生きていますとも。──その子が生きていれば今年二十一、もう立派な男になっているにちがいありません」

それはいつもの天明堂白蘭がいう言葉ではなく、ただ女としてのお蘭がぜひそうあってくれと願う切なる心がつい口に出ているようである。

「そこで、どうだろうなあお蘭、さっきお前は方角は申だといったが、江古田も八王子もここからいえばその見当にあたる。まずどっちから手をつけたものだろう」

「江古田から先にしましょう、そのほうが近いし、あたしはもし生きているならその鬼のお鉄の顔が見てやりたいんです」

江古田なら浅草から三里あまり、これから出かければ午《ひる》すぎごろには行きつけるところだ。

「よし、じゃお蘭、すぐに支度をするがいい。今夜はたぶん新宿泊り、そこから八王子へ行って、なにか手がかりがあればそのままどこまでも旅をつづけることにするから、そのつもりで支度をするんだ」

「そうね、こんどはことによると九十日帰ってこられないかも知れませんね。おばあさん一人じゃ淋しいだろうから、滝次郎さん夫婦に家へきてもらいましょうか」

「よかろう、こんどの旅さえすめば、滝次郎にもどこか店を持たせてやらなくちゃならないんだから、もう橋場の家は引き払ってきてもいいだろう」

「じゃ、おばあさんにそういっておきます」

お蘭はいそいで階下《した》へおりて行く。

――うまく手がかりがついてくれればいいが。

こんどだけは太郎もそれが心配になる。

しかし、考えてみれば、第一番目のお弓の時は、常太郎の場合よりもっとたよりない手がかりしかなかった。

お弓は十年前浅草奥山の矢場の女をしていたことがある、浪宅は聖天町《しょうでんちょう》の裏長屋だった、ただその二つをたよりに浅草へきて、その日に逢ったお蘭がたずねるお弓だったという例もある。こんどもその伝で、案外すらすらと行くかも知れない。

そういえば、お蘭はいまだに自分がお弓だとは名乗ろうともしない。お弓と呼ばれていたころのことは、思い出すのもいやなのだろう。

それはそれでいいと、太郎は思う。そして、こんど常太郎さえさがしあてれば、太郎はお蘭をお蘭のまま女房にしようと考えてもいる。

——お蘭も長い間雪の中にとざされていた梅だからな。

そのお蘭とつれ立って、太郎が浅草の家を出たのはやがて四つ（十時）すぎごろだった。二人の足は自然に観音堂のほうへ向いている。

「太郎さん、たずね人の旅は、いよいよこれが一番おしまいの旅になるわけね」

「そういうことになるな。そして、こんど江戸へ帰ってくる時は、お蘭はわしの女房になっているはずだ」

「それをおぼえていてくれて、どうもありがとう。あたし太郎さんはのん気だから、忘れてやしないかと思った」

「なあに、忘れていたって大丈夫さ。梅の花は咲けば、においでちゃんと知らせてくれるものな」

「さあどうかしら。世の中には鼻つんぼって人もありますからね」

「その心配はない。わしはこのごろ目をつぶっていても、お蘭だけはにおいでわかるくらいだ」

「ふ、ふ、まるで犬みたい」

お蘭がうれしそうにわらった時、

「もし旦那、――黒潮の旦那」

ふいにうしろから追いかけてくる者があった。

三

「やあ、おとぼけうじか――」

黒潮太郎はふりかえって見て、追ってきたのはおとぼけ仙太だとわかると、思わずにっこりした。第一番目の時も仙太が仲に立ってお蘭にめぐり逢っているので、いま最後の第七番目のたずね人をさがしに旅立ちという矢先、仙太が自分のほうから後を追ってきてくれたのは、なにか幸先《さいさき》がいいような気がしたからである。

「旦那、旅支度のようでござんすね。どちらへお旅立ちでござんす」

仙太はちょいとおもしろくなさそうな顔つきだ。

「うむ、実はお前に声をかけてくるのは知っていたんだが、こんどは長い旅になりそうなんで、迷惑になってもいかんと思ってな」

「どうせそうでござんしょう。お二人で仲よく水入らずの道中をするには、あっしなんか邪魔でござんしょうからね。こっちはそうとは知らないから、旦那もこんどはいよいよ第七番目のたずね人だ。一体どんなことになるんだろうと、ひょいと思い出したんで、さっそく様子を見に行ってみると、たった今出かけたところだとおばあちゃんが一人でしょんぼりしている。しまったと思って、夢中で駈出してきたらこの始末だ。けっ、どうせそうでござんしょうとも」

「しかしおとぼけうじ、やっぱり縁があるんだなあ。お前はいま夢中で駈出してきたといったが、もし間違って花川戸のほうへでも駈出していると、こうして逢えなかったところだ」

「なあるほど、道はこっちとばかりかぎっちゃいやせんからね」

仙太もはっと気がついたように目を見はって、

「こいつはたしかに縁だ。そうとわかったからにゃ、もう後へはひけねえ。縁だからしようがねえや。あっしゃ大威張りでどこへでも旦那について行ってやる」

と、威勢よく尻っぱしょりになる。

「そうか、そりゃありがたい。仙太はやっぱり江戸っ子だな、お蘭」

「そうですねえ、鼻っぱしばかり強くて、腹にはなんにもなくて、たよりになるようなならないような、江戸っ子の見本みたいな人、たのもしいわ、おとぼけさんは」

お蘭がわらいながら冷かす。

「なんとでもおいいなせえ。これでも仙太さんは花川戸の助六みたいだといってくれる子が、そんじょそこらに、一人もいないかも知れねえな」

そんな冗談をいいながら、随身門《ずいじんもん》から観音さまの境内へ入り、御堂の前で頭をさげて、仲見世から雷門、それから新寺町通りへ出るまでに仙太の旅支度はすっかり買いあつめられているのだから、江戸は調法なところである。

「旦那、長い旅って、これからどこへ行くところなんです」

「まず雑司ケ谷の奥の江古田だ」

「沢庵の名所でござんすね」

「なるほど、大根の産地だから沢庵漬けは本場ということになるだろうな」

「まず沢庵を買って、それからどっちへ行くんです」

「次は八王子だ」

「八王子で沢庵を売って、それからどこへ行くんです」

「それから先のことは、まだわからないんだ。わかっているのは、たぶんこんどは九十日の間、方々を歩きまわらなければならないだろうということだけなんだ」

「九十日っていうと、ざっと三ヵ月ですね、一体こんどはどんな人をさがして歩くんです」

「十三年前に八つで棄てられた男の子をさがさなくちゃならない」

太郎は常太郎のことを、道々ざっと仙太に話して聞かせる。

「かわいそうにねえ、旦那。じゃその子は八王子から先は、どうなったかまるっきりわからないんですね」

　仙太もすっかり常太郎には同情してしまったようだ。

「うむ、生きているか死んでいるか、それからして今のところはわからない」

「縁起《えんぎ》が悪いや旦那。生きてるときめておきやしょうよ。そうだ、沢庵てやつは重い石さえしょっていりゃ長持ちがして、うまくなるんだ。俗に三年漬っていうくらいですからね。その子は三年も苦労のしつづけで、重い重い石をしょわされてきたんだ。それいま生きていれば二十一、あっしはきっと立派な沢庵になっていると思います。それでなくちゃあまり可哀そうすぎらあ」

「いいことといってくれるのねえ、おとぼけさん。それなら花川戸の助六さんにしてあげてもいいわ」

　お蘭はうれしそうにいう。おとぼけ仙太が、一枚加わると、とにかく旅が賑《にぎや》かになるから気がまぎれるようだ。

　三人は上野から駒込へ出て、大塚、池袋をぬけ、やがて江古田へ入ったのはその日の八つ（二時）すぎるころだった。

「どこか茶店でもあったら一休みして、様子を聞いてみることにしよう」

　話しながらくると、百姓をするかたわら店の土間に駄菓子をならべているような休み茶屋が目についた。

「おばあさん、しばらく休ませてもらいます」

太郎がお蘭と仙太をつれて土間へ入って行くと、

「お出でなさいまし」

店番の老婆はこの辺には珍しい客と見て、すぐに渋茶をいれてきた。

「おばあさんは土地の人らしいね」

太郎は心やす気《げ》に話しかけて行く。

「そうですよ。この土地で生れて、この土地で娘になって、この土地でこんなにおばあさんになりましたよ」

なかなか気さくなおばあさんのようである。

「おばあさん、娘の次がなにかぬけているようだね」

仙太がさっそく軽口をたたき出す。

「なあに、歯はまだぬけちゃいないです」

「歯のことじゃない。まさか娘からすぐおばあさんになったわけじゃないだろう。なにかその間にもっといいことがあったはずなんだがなあ」

「ああそのことかね、そりゃありましたとも、若いころはこれでもしばらくお屋敷奉公をしてきたで、おしゃれおさきと村でも若い衆にずいぶんさわがれたもんですよ。

いまではその若い衆たちもみんな爺さまになっちまったけんどもよ」

「そりゃそうだろうねえ。おばあさんばかりばあさまになっちまったんじゃ詰《つま》らないもんな」

「そうですともよ」

老婆はあははと、わらい出す。

「おばあさん、ここの名主さんは十四五年前ごろまで、常右衛門さんといいやしなかったかね」

太郎はそれとなく切り出してみる。

「あれえ、お客さんは常旦那を知っていなさるかね」

「うむ、少しわけがあってね。常旦那の後はたしか弟の小兵衛さんがついだはずだが、いまでも名主さんをやっているだろうか」

「小兵衛旦那はずっと前に死んだです。今年で七年にもなるかな。その時にもう名主さんじゃなかったです」

「やっぱりそうか。かみさんと小市とかいう伜が一人いたはずだが、これはどうなんだろう」

「二人ともうこの村にはいないです」

老婆は冷たい顔つきになって、なにかこっちを用心しているようである。

「ふうむ、身から出た錆《さび》というところかな、お鉄はずいぶん常太郎をむごたらしくいじめたという話だからね」

「お客さんは常坊さんを知っているんかね」

「うむ、わしはそこの村の伊平という男にたのまれて、その常太郎をさがしているんだ。伊平は三年前に旅先で死んだが、その時死水をとってやって、遺言をあずかっているんでね」

「へえ、あの博奕打ちの伊平さんにね」

「いや、わしが出逢った時は、もう伊平は博奕打ちじゃなかった」

「なんでも伊平さんはお鉄にたのまれて、常坊さんを遠いところへ捨てに行ったって話だが、本当なんだろうか」

「そうじゃない。伊平は常太郎があんまり可哀そうなんで、誰か貰ってくれる人があったらそこへ貰ってもらうつもりで、村からつれ出したんだが、そのうちに人情が移ってしまって、八つの時までいっしょにつれて歩いていた。そして、八つの時常太郎は八王子で迷子になってしまったという話だった」

「八つの時にねえ」

　老婆はちょっと暗い顔をしながら、

「常坊さんくらい世の中に可哀そうな子はなかった。その罰で小兵衛旦那はろくな死に方はしなかったし、伜の小市は十八の時、これも博奕打ちになって人を斬って、土地を売ったです。お鉄は去年の春あたりまで、物置小屋みたいなところに住んでいたがね、誰も村の者が相手にしないんで、とうとう夜逃げをしてしまったです。――常坊さんも、八つの時迷い子になったんじゃ、今ごろどうなっているか、よくよく因果《いんが》な運をしょって生れてきたんだねえ」

「おばあさん、常坊さんはこの旦那が命にかけてきっとさがし出してみせようっていうんだ。安心していてくんな、いまに立派な馬へのせて、この村へつれてきてみせますからな」

仙太がぽんと胸をたたいてみせる。

「本当によう、どうぞ旦那おたのみしますよ」

老婆はわがことのように目をしょぼつかせていた。

これだけわかれば、もうこの村には用のない三人である。

いまは別の名主の物になっているが門も屋敷も昔のままだというので、十五年前常太郎がそこへしゃがんで泣いていたという藁屋根門を、ついでだから見に行って、太郎たちは江古田村を出ることにした。

「助六さん、あんたさっきぽんと胸をたたいて、いい見得を切りましたね」

「惜しいことをしやした。紫の鉢巻をしてくりゃもっと引っ立ったろうに」

「本当だわ。あれがあれば少しはおでこがかくれたでしょうに」

「けっ、それじゃ助六でなくて、でこ六だ」

「そのとおり、どぶ川戸のでこ六」

「おきなせえ、あっしはやっぱりおとぼけの仙太のほうがいいや」

その夜の泊りが新宿というのも、十五年前の常太郎とおなじ道順である。

四

翌日は、いそぐ旅ではないから六里ほど歩いて府中泊り、その翌日は四里あまりで八王子の宿へ入る。

まだ日のあるうちに油屋という旅籠についた。ここが十三年前に常太郎が伊平に置きざりにされた宿命の宿なのである。

さっそく主人の三右衛門を呼んでもらうと、先代は去年死んで、いまは倅の代になっているとかで、当主はまだ三十そこそこの年輩だった。

「さあ、十三年前と申しますと、手前はまだ十七八のころでございますからな、はっきりとはおぼえていませんが、やくざらしい客が病気の子を棄てて行ったらしいと、親父さまが困っていたことは、たしかにあったようです。それが十三年前のことか、その時の旅人さんがなんという名の人か、それは宿帳でも調べませんと、どうも——」

当主はちょっと迷惑そうな顔である。

「いや、わざわざ宿帳まで調べてもらわなくても、やくざが病気の子を置きざりにしたとわかればそういうことは度々ある話ではないから、それはたしかに常太郎のことだと思う。どうだろう、その時の病気の子を、親父さまはどう始末したかおぼえていないだろうか」

その返事一つがたのみの綱なのだから、太郎はおだやかに聞いてみた。

「そうそう、思い出しました。その時分うちにおしまという女中がいましてね、二十三四の世帯くずしの女で、子供の面倒がいい。そこを見こまれて、その後間もなく東海道興津《おきつ》の宿の同業で、岡田屋清右衛門さんという人の後添いにもらわれて行ったんですが、なんでもその時、岡田屋さんはつれあいに死なれて、六つぐらいの女の子をつれていたんです、その女の子がすっかりおしまになついてしまって、どこか死んだその母親にでも似ていたんでしょうかね、かあちゃんかあちゃんといって離れようとしないんです。縁というのはふしぎなもんだと、後で親父さまがよく話していましたが、そのくらいの女ですから、その病気の子を一人で世話していたんですね」

「なるほど、世の中にはうれしい人がいるもんでござんすね」

やっと常太郎の話になったと、おとぼけ仙太が相槌《あいづち》をうって一膝乗り出す。

「本当です。世の中には親切な人があるもんで、運よくそこへどこかの医者が泊りあわせましてね、その医者がおしまからその子の話を聞いて、薬もくれたし、宿賃もおいて行ってくれたんだそうです。そして十日か半月ばかりして、また帰りに寄ったころにはおしまの丹精でもう病気もなおっていたんで、その医者がその子をつれて行ってくれたというんです」

「その医者の名はわかっているだろうか」

こんどは太郎が聞く。

「おしまならきっとおぼえていると思うんですがねえ」

「その女中さんは今でも興津の岡田屋にいるのかね」

「それはいます、そこのおかみさんになって、その後うちとは親戚づきあいのようになっているんですから」

それだけわかればもう十分である。

その夜は油屋へ一晩泊って翌日太郎はその足で東海道へ向うことにした。

「太郎さん、世の中は様々ですね」

油屋を出てからお蘭がしみじみといった。

「どうしてだね、お蘭」

「だって、油屋の御亭主は人の親切には散々感心しながら、自分じゃちっとも親切じゃなかったじゃありませんか」

「ちげえねえ、蔵へ行って十三年前の宿帳をさがしてみりゃその医者の名だってちゃんとわかるのに、さがしてみましょうともいいやがらなかった」

仙太もぷりぷりしている。

「なあに、あれが普通の人情なんだろう。こっちはわざわざ常太郎をさがしているんだからそう思うんだが、あの若い主人にすれば、当時常太郎を直接どうしたというわけではなし、まああれだけおぼえていて話してくれたのは、親切のうちというもんだろう」

太郎は苦わらいをしながら、

「しかし、あの心がけでは、油屋はだんだん客が減るかも知れないね」

と、気の毒そうにつけ加えた。

「あたりめえです。第一、あっしはこんど八王子へ行ったって油屋にゃ泊る気がしやせんからね」

「でもよかった、おしまさんて女中がいてくれたばかりに、常太郎さんは命びろいをしたんですものね」

「興津の岡田屋って旅籠は繁昌してやすぜ、きっと。いい後添いをもらい当てたもんさ。うまくやってやがる」

「花川戸の助六さんはそんな下司《げす》な口はききませんよ、おとぼけさん」

「ごめんなすって――。あっしはどうせ、どぶ川戸のでこ六でござんすからね」

一度江戸へ引きかえした三人は、品川を振り出しにして東海道をのぼることになった。

第一の泊りは藤沢で、ここには気の毒なお冬の墓がある。いままで六人たずねあてたたずね人の中で、死んだのはこの二番目のお冬だけだ。

こんども三人で墓まいりをしてやって、翌日は小田原泊り、ここにはこの間別れたばかりの板前の忠三夫婦がいるが、これはこんどはたずねないことにして、翌日は箱根をこえて三島泊り、ここでこの間は六人目の野田姉弟にめぐり逢ったのである。

次の泊りは蒲原だった。蒲原には扇屋という縁の深い旅籠がある。この春ここで四人目の兵太郎を五人目の浦路が傷の看病をしているうちに、とうとう結ばれてしまったのだ。

「太郎さん、浦路さんのお腹、もうずいぶん目立つようになったでしょうね」

扇屋へ泊った夜、お蘭はうらやましそうにふっと太郎にいった。

「浦路さんも生れるのはおふじといっしょごろかねえ」

そのおふじはもう袖ではかくしきれず、誰が見ても一目で身持ちとわかる体になっていた。

「たぶんそうなんでしょう、どっちも来年花の咲くころだといっていましたから」

「そうか。すると、お蘭は来年のいまごろかな」

「なにがです」

「なにがって常太郎にめぐり逢えるのは十二月だろう。それからお蘭をお嫁にするんだから、どうしても赤ん坊の生れるのはいまごろになる」

「いやだ、太郎さんは」

お蘭は赤くなって太郎を睨んでいた。

翌日は由比へ一里、由比から興津へ二里十二町、三里あまり歩けばいいのだから、どうゆっくり歩いても午すぎごろには目的地へつける。

太郎たちは薩埵峠《さったとうげ》の麓倉沢の立て場まできて、これから峠へかかるのだから、その掛け茶屋へ寄って一休みして行くことにした。

時刻はすでに午に近いので、ここで弁当をつかっている者も二三人いるようだ。

「どうするお蘭、腹がすいたんなら、ここでひるにして行ってもいいんだが」

「あたしはまだほしくありません。おとぼけさんは」

「やめときましょう。薩埵峠をこえればすぐ興津だ。あっちへ行ってたのしみがなくなりまさ」

仙太はそういいながら、何気なく向うの床几で一本のんでいる旅人らしい若い男のほうを見ていた。

狼のような鋭い目つきをして、柄の大きい、どうもあまり人相のよくない男だ。それに、体中になんとなく殺気を持っているから、みんなそっちのほうは見ないようにしている。

掛け茶屋の小女が盆に茶を三つくんで、太郎たちのほうへこようとして、その男のそばを通りかかると、男はひょいと小女の足もとへ足を出した。

「あれえ」

つまずくのはあたりまえで、盆の上の茶碗がころげ落ちたから、その茶が男の膝から足へも飛んだ。

「熱いじゃねえか、なにをしやがるんだ」

やくざはいきなり小女の、胸倉をつかんで引きよせるなり、ぴしゃりと一つ頬へ平手うちをくらわせる。

全く乱暴な奴である。

「ごめんなさい親分さん。おれわざとしたでねえです」

「なにを吐《ぬか》しやがる、こんなことわざとされてたまるかい。どうしてくれるんだ」

また一つぴしゃりと張り飛ばす。

その乱暴さかげんに、店中の者が色を失って、やくざの顔を見ていた。

「ああ親分さん、勘弁してやってくださいまし」

奥から茶店の亭主らしい年寄りが走り出てきて詫びをいう。

「なにッ、手前がここの親爺か」

股旅《またたび》やくざは小女を突っ放しておいて、立ちあがるなりこんどは亭主の胸倉を引っつかむ。かなり力もあるようだ。

「やい、どうしてくれるんだ。どうしてくれるんだよう」

激しく年寄りの胸倉を小突きつけるので、年寄りはとっさには声も出ないようである。

「旦那――」

仙太は青くなって太郎のほうを見た。

「うむ」

さすがに太郎も見かねて、つと立って行き、胸倉をつかんでいるやくざの腕を取って、

「やめなさい」

と、怒気を含んだ声でたしなめた。

「なんだと、――なにをしやがる」

親爺を放して、やくざはいきなり右手の拳固を振りあげた。殴りつけようというの

だろう。

「お前、気ちがいか」

相手の左の腕をつかんでいる太郎の手に、ぐいと力が入る。その若いやくざも相当の腕力だが、太郎の力にはかなわない。

「くそッ」

と、歯がみをしたが、つかまれている腕の骨がめりめりとくだけそうな激痛に、兇悪な顔をしかめて、ふりあげた右手が自然におりてしまったようだ。

「痛いか」

「なにを吐しやがる。くそッ」

「お前、なんで罪もないあの女の子に手荒な真似をしたんだ」

茫然とそこに立っている小女の頬が、赤く腫《は》れぼったくなっているのを見ると、太郎はどうにも腹にすえかねるのだ。

「放せ、野郎。表へ出て勝負しろ」

「よし、来い」

店の中では迷惑だと思ったので、太郎はそのままその男を表へ引きずり出してきた。

「この手を放せ」

「自分で放してみろ」

「くそッ」

力一杯振り切ろうとしたが、とたんに太郎の手に力が入る。

「あ痛っ」

やくざは思わず悲鳴をあげた。

「お前はなんという男だ」

「人の名が聞きたかったら、手前から名乗りやがれ」

口だけはまだ達者なようだ。

「わしは江戸の黒潮太郎だ」

「よし、この手を放せ。勝負をしてやる、おれは江古田の小市だ」

「なにッ」

この男がお鉄の生んだ小市かと、太郎は唖然《あぜん》とした。

「やい、尋常に刀を抜け」

「お前のような気ちがいを相手に刀はいらん」

「くそッ」

「小市、お前は江古田の母親が土地にいられなくなって、夜逃げをしたのを知っているのか」

「なんだと――」

小市もちょいとびっくりしたようだ。が、たちまち太々しくなって、

「そんなことはおれの知ったことじゃねえ。おふくろはおふくろ、おれはおれだ」

「お前たち母子はまるでけだものと同然のようだな。母親が乞食《こじき》になっていてもいいのか」

「おれのせいじゃねえや。手前で勝手に乞食になったんなら好きにするがいいや」

この男はどこか頭が狂っている、これは正気の人間のいえることじゃないと、太郎は呆れて小市の顔を眺めてしまった。

五

「可哀そうに、お前がそうして悪たれて歩けるのも、もうそう長い間ではないだろう。どこへでも失せろ」

どこか頭の狂っている男を、本気になって相手にするのもおとな気ないので、太郎は軽く小市を突っ放してやった。

それでも太郎の力だから、二間ばかりよろよろとよろけて行って、あぶなく立ちなおった小市は、

「くそッ、なにをしやがる」

と、長脇差《ながどす》の柄に手をかけたが、腕力に格段のちがいがあるので、さすがにあきらめたらしく、

「野郎、おぼえてやがれ」

口惜しまぎれにそんな棄てぜりふを残して、峠のほうへ逃げて行った。

「旦那、あんな奴腕の一本も折ってやればよかったのになあ」

そばで見ていた仙太が、いまいまし気にいう。

「まあいい、あれは正気の男じゃない。親の因果とでもいうか、頭がどこか狂っているんだ」

「そうですかねえ、気ちがいじゃしようがありませんねえ」

そこへ茶店の親爺が出てきて、

「お武家さま、どうもありがとうございました。あんな乱暴な男に出逢ったのもはじめてでございます」

と、礼をいいながら呆れていた。

「飛んだ災難だったな亭主。まあ悪い山犬にぶつかったと思って、あきらめるがいい」

太郎はそう親爺をなぐさめて、小市は酒ののみ逃げをしているのだから、少し多分に茶代をおいて、その茶店を出た。

「太郎さん、こんなところで因縁のある小市に出逢うなんて、思いもかけませんでしたね」

いよいよ薩埵峠へかかりながら、お蘭がふしぎそうにいう。

「そうだな。人の世の因果というものを、今日はまざまざと見せつけられたような気がする。お鉄が幼い常太郎を散々酷い目にあわせた。その罪が子供の小市にまでかかって、小市は世の中から散々憎まれた上、ついには畳の上では死ねないようにできているんだろう」

「本当ですね。あんなに悪たれているのを見ると、なんという憎い男なんだろうと腹が立つけど、親の因果をうけて人に憎まれなくちゃ生きて行けない男なんだと思うと、可哀そうな気もしますね」

「なるほどね、物は考えようですね。すると、あっしのおふくろなんか余っぽどお人好しに生れているんで、こんなとぼけた人間ができちまったんかな」

仙太がうしろからぼやくようにいう。

「けど、おとぼけさんはしあわせだわ。みんなに調法がられて、たのしく世の中が生きて行けるんだもの」

「ありがとうござんす。これでもう少し女の子にさわがれると、あっしはもっと世の中がたのしいんですがねえ」

「だって、うちのおばあちゃんなんか、いつも仙太さん仙太さんといって、とてもおとぼけさんを買っているじゃありませんか」

「なあるほど、あのおふじさんのおばあちゃんも、そういえば女の子のうちでござんすね。あっしは生まれるのが五十年ばかりおそすぎたかも知れやせんねえ」

峠を越えるとすぐ興津の宿へ入る。興津は町の長さ五丁、家数百五十軒ほどの小さな宿場である。

岡田屋はすぐにわかった。中食をとりたいからといって、ともかく奥座敷へ案内してもらい、女中に、

「ここのおかみさんはたしかに八王子からきたおしまさんという人のはずだが」

と、聞いてみると、そうですという。

「わたしたちは八王子の油屋から聞いて、こっちへまわってきた者なんだが、手がすいていたらおかみさんにちょっときてもらえないだろうか」

「かしこまりました。そういってみます」

女中は心得てさがって行った。

「さあ勝負ってとこですね。旦那」

ここで常太郎をつれて行ったという医者の名がわからないと、たのみの糸がふっつり切れてしまうので、仙太も真剣な顔をしている。

「おとぼけさん、あんたがいったとおり、ここの家はたしかに繁昌しているようよ」

お蘭があたりを見まわしながらいう。

「どうしてそんなことがわかりやす」

「お店からここまで入ってくる間、どこもきれいに掃除が行きとどいています。奉公人に気の張りがあるからです。奉公人に気の張りのあるのは、お店が繁昌しているからなんです」

「なあるほど。店が繁昌していなけりゃ奉公人だって働き甲斐がありませんからね、掃除一つするにもつい手をぬくってわけだ」

そんな話をしているところへ、

「ごめんくださいまし」

と、廊下から声をかけて、三十七八とも見える落着いた内儀が、しとやかに座敷へ入ってきた。

「毎度御ひいきにしていただきまして、ありがとうございます。あたくしが当家の家内しまでございますが、なにか御用でございましょうか」

「ああおかみさんか。わしは江戸からきた黒潮太郎という浪人者だが、おかみさんに聞きたいことがあって、わざわざ出かけてきたんだ。御用の手間を欠いてすまんな」

「いいえ、どんなことでござんしょう」

「おかみさんは今から十三年前に、八王子の油屋にいなすったそうだね」

「はい」

「実はその油屋へ行っておかみさんのことを聞いてきたんだが、おかみさんが油屋にいたころ、江古田の伊平という旅人が八つばかりの男の子をつれてきて泊った。常太郎という子なんだが、その子が病気にかかって寝こんでしまったのを、その旅人がおいて逃げた。本当はおいて逃げたんじゃなくて、旅人は金を作りに賭場へ入りこんで、そこで間違いができたために油屋へ帰れなくなってしまったんだが、……その常太郎という子供のことを、おかみさんおぼえているだろうか」

太郎は一通りわけを話して、じっとおしまの顔を見る。

「そのお子さんのことなら、よくおぼえています」

おしまの顔に、なんとなく不憫《ふびん》なという感情が動いたようだ。

「そうか、おぼえていてくれたか、ありがたい」

太郎の目が急に輝き出す。

「失礼でございますが、あなたさまは常太郎さんのお身寄りなのでしょうか」

「いや、身寄りというわけじゃないんだ。少し事情があって、わしはその伊平という者の死水をとった。無論伊平はその時はもう博奕打ちではなく、船乗りになっていたが、伊平は死ぬまで常太郎のことを心配していてね、ぜひわしに常太郎をさがして、自分の持っている金をわたしてやってくれという遺言だったんだ」

「よくわかりました。常坊もそういっていました。小父さんはおれを置きざりにするような人じゃない、きっといまに迎えにきてくれると。本当に辛抱強い利口な子でした」

「うむ、あの子は不しあわせな子でねえ、六つの時から人にいえないような苦労をしてきていたんだそうだ」

「あたしはまだそのころ油屋さんの奉公人で、置きざりにされた病気の子をどうしてやりようもなかったんですが、下痢《げり》がとまりませんでねえ、いいえ、なんにもたべていないんですから、水のようなものに、血がまじって出るんです。おしめをあてがっておいて、それを時々かえてやるんですが、小母さんすみません、おれきっといまに恩をかえしますと、その度に涙をためていっていました」

「どんなにか、うれしかったんでしょうね。母親の愛情なんて知らない子なんですから」

お蘭がそっと目頭をおさえる。

「でも、棄てる神あれば助ける神ありで、世の中はよくしたもんですねえ。熱は高いし、だんだんげっそりしてきて、かわいそうに、この子はこんな冷たい他人の中で死ぬのかと、一人で心配していますと、甲府へ病人を診に行く医者だという人がちょうど泊りあわせて、あたしがわけを話しますと、おれが診てやろうといいまして、もう一日おれのきようがおそいと、ない命だったかも知れない、この子にはそれだけの命運《いのちうん》があるんだと、薬をくれた上、宿賃までその先生がおいて行ってくれました」

「なんという先生だったんだね」

太郎はさり気なく切り出して、思わず息をのむ。

「まだ三十七八の先生でしたが、三村白石という蘭方の先生でした」

「どこに住んでいるんだろう」

「江戸の向柳原《むこうやなぎはら》だと聞いていましたので、うちでも娘が患っていますので、あの先生ならと思って、この間人をたのんで行ってもらったんです。すると、その先生ならたしかに四五年前までそこにいたが、あんまり慾のなさすぎる人なんで、患者に薬をのみたおされてしまい、着のみ着のままでどこかへ行ってしまったというのです」

「やっぱりそうか……」

ついにたのみの綱は切れたのだ。太郎はがっかりして、お蘭と顔を見あわせたが、さすがにすぐに思いなおして、

「ここの娘さんは、そんなに悪いのかね」

と、おしまに聞いた。

「ぶらぶら病《やまい》とでもいうのでしょうか、どこが痛い、どこが苦しいというわけでは

ないのですが、なんとなく気がはっきりしないで、だんだん痩せて行くのです。一人娘なもんですから心配で、ふっと三村先生のことを思い出したんです」

「おいくつかしら、その娘さんは」

「今年十九の厄なのです。お露というのですけれど」

「生れ月は――」

「十二月二十一日ですの」

お蘭は指を折ってなにか考えていたが、

「おかみさん、心配しなくても大丈夫のようです。おかみさんがこれまで積んできた善根が、いま一生懸命にお露さんの病いと闘っていますから、今年の十二月二十一日までにはきっとよくなります」

「そうでございましょうか」

「十二月に入ると、思いがけない人がきて、なにもかもいい方へ向いてきます。時が来なければ病いはなおらないのですから、娘さんには気をしっかりと持って、くよくよしないように、はたから気をつけてあげることです」

「ありがとうございます。湯治などしなくてもよろしいでしょうか」

「そうですね、十二月二十一日までは、ここを動かないほうがいいようです」

「なんですか、それをうかがって急に胸が軽くなりました」

「話がわき道へそれたが、常太郎はその三村白石という医者がつれて行ってくれたんだそうだね」

太郎が改めて聞く。

「そうなのです。その時はもう病気もすっかりよくなって、小母さん、おれ大きくなったらきっとここへたずねてくるといって、元気よく先生のお供をして行きました。今でもその姿が目にありありと残っているくらいなんです」

要するに話はそれまでのことで、常太郎の手がかりはここへきて全く跡切《とぎ》れてしまったのである。

六

「お蘭、わしたちもとうとう九十日待たなければならなくなったようだね」

内儀が引取って行ってから、太郎は案外あかるい顔でいった。一度そう肚がきまると、決して愚痴などはいわない太郎である。

「違うわ、太郎さん、あたしたち江戸を出てから、今日で十日になるもの、あと八十日たてばいいんです」

「なるほど、江戸を出てからもう十日になるかなあ」

「待つという年月は長いけれど、たってしまえば早いものよ」

「けど旦那、逢いたい人にはなかなか逢えないで、逢わなくたっていい小市なんかにはすぐ逢ってしまうなんて、世の中は皮肉にできてるもんですねえ」

仙太は思い出したように苦わらいをする。

「どうだ仙太うじ、貴公はこの前だいぶ京女に未練があったようだから、これから、上方見物に行ってみようか」

「ありがてえ。ぜひ旦那つれてっておくんなさい。せっかく東男《あずまおとこ》に生れてきたんだから、こんどこそゆっくり京女に顔を見せてやりてえもんだ」

「おとぼけさん、途中で忘れずに紫の鉢巻を買って行きましょうね」

お蘭がすまして横槍を入れる。

「ついでに紺蛇目《こんじゃのめ》も一本といいてえところだが、まあこんどはやめときやしょう。どぶ川戸のでこ六じゃ、京女が目をまわすといけませんや」

その日はゆっくり岡田屋で足を休めて、一晩泊り、翌朝三人は京へ向った。

岡田屋の亭主清右衛門もおしまから事情を聞いたのだろう、夫婦して門口まで送って出て、

「どうぞ道中お気をつけなさいまして、お帰りにはぜひまたお立ち寄りくださいまし」

と、いつまでもこっちを見送っていた。

昨日までは興津へきさえすればという当のあった旅が、今日からは全く当がなくなってしまったのである。

こんなことじゃいけないと思いながらも、お蘭はなんとなく気が沈んでしようがない。それを自分ではげますように、

「太郎さん、凶か吉か」

と、いきなり太郎に聞いてみた。

「そりゃお蘭さん、きょうにきまってまさ」

隙《すか》さずうしろから仙太が口を入れてくる。

「あら、どうして凶なのおとぼけさん」

「だって、これからあっしたちは京大坂へ行くんでしょう」

仙太はうまくしゃれたつもりらしい。

「いやだなあ、太郎さん。今日は凶なんですってさ」

お蘭はうかない顔をする。

「心配しなくてもいい。今日は宇津ノ谷峠をこえて岡部泊りだ」

太郎はなぐさめるようにいったが、仙太がしゃれのつもりでいった凶という言葉が箴《しん》をなしたか、興津の宿を出ると間もなく、そこに思いがけない凶事が待っていた。

この辺は江尻まで左手に海を眺めて行く松原道がつづくが、そこのよしず張り掛け茶屋の中から、ふいに三人の前へ飛び出してきたのは、昨日の江古田の小市だった。

「やい、さんぴん待っていたぞ」

「なんだ、お前か」

困った奴だと思いながら、太郎は思わず苦わらいをする。

「お前もくそもあるか。今日こそ昨日の仕かえしをしてやるから覚悟しろよ」

「お前はどうしても頭が少し狂っているようだな。一体どう仕かえしをしようというのだね」

「手前の命をもらって、手前のつれているその女を地獄宿へ叩き売ってやらなくちゃ承知できねえんだ」

「お前はまるで人間の言葉がしゃべれる山犬のような奴だな」

太郎は呆れて、眉をひそめずにはいられなかった。

「なんとでも吐しやがれ。口のきけるのは今のうちだからな」

小市はせせらわらいながら、

「おい、柳田さん、出てきてくんな」

と、茶店のほうへ声をかける。

——そうか、仲間をつれてきたんだな。

と、太郎が見ていると、茶店の中から出てきたのは、あまり人相のよくない着流しの浪人者で、これは少し酔っているようである。

「さあ柳田さん、この野郎を叩っ斬ってくんな。うまく行ったら、あの女はお前さんのものにするがいいや」

「そうか」

その浪人者はじろりとお蘭のほうを見てから、

「おい、おれは柳田権四郎、人呼んで腕斬り権四郎という者だ。これも稼業でな、たのまれればしようがねえ。そのかわり命までとはいわねえ。おれのは腕を一本もらうだけだ。左にするか右にするか、どっちにするね」

と、平気でそんな兇暴なことを口にする。

「貴公、これが稼業だといったが、これまでに何本ぐらい人の腕を斬って稼いだね」

太郎は念のために聞いてみた。

「そうだなあ、もう十本ぐらいも稼いだかな」

「一本いくらで引きうけるんだね」

「それはその時の相場で、相手にもよる、まあ五両から十両の間だな」

「わしのはいくらの相場だね」

「お前さんのは金じゃない。その女をもらうことになっているんだ」

にやりとわらった顔が、これもどうやら正気の男ではないようだ。

小市にしろ、この柳田にしろ、こういう良心のない気ちがいは、世間が迷惑するばかりだ。一度手痛い目にあわせておく必要があると考えたので、

「仙太、あそこに立てかけてある天秤棒を、ちょっと借りてきてくれ」

と、太郎はいった。

「ふうむ、お前天秤棒でおれの相手をするつもりか」

柳田は腕に自信があるらしく、ちょっと意外そうな顔をした。

「わしもなあ、命までとはいわぬ。山犬を相手におとなげないが、お前たちは自分が痛い目にあわぬと、人の痛いことがわかるまい。痛いこととはどういうことか、自分の体でよくためしてみるがいい」

「へえ、旦那、天秤棒――」

仙太が茶店のよしず張りの前へ立てかけてあった天秤棒を持ってきてわたす。

「大きなことを吐しやがる。いまに泣きっ面をかくなよ。来い」

狂剣士柳田は目を吊りあげて、さっと抜刀した。

「お蘭、後へさがっていろ」

太郎はずっと天秤棒を青眼につける。

情容赦というもののない柳田の剣は、なるほど相当の凄味を持っている。

「えいっ」

「とうっ」

いつもなら抜きあわせたとたんに、跳《おど》りこんで敵の腕を叩き落してきた柳田らしいが、それが太郎にはきかなかったので、いささか当が外れたのだろう。

「うぬッ」

と、低く呻《うめ》きながら、燃えるように目を血走らせてきた。

狡い小市はその間に、太郎のうしろにいるお蘭のほうへまわろうとしたが、八方破れの太郎の目が、じっと自分を睨んでいるようなので、そっちへまわり切れず、

「こん畜生」

と、横合いから我にもなく長脇差を抜いて、太郎に向っていた。

上り下りの旅の者たちが、道をふさがれてしまったので、上手《かみて》にも下手《しもて》にももう一杯立って、恐々この勝負を見物している。

「とうっ」

「えいっ」

多少酒気のある柳田は、勝負が長びくとどうしても息が苦しくなってくる。相手は天秤棒なのだから、当っても痛いだけですむ、そう思ったとたん、

「えいっ」

強引に体ごと猛然と双手《もろて》突きを入れて行った。

「とうっ」

太郎はその一刀をはっしと払いのけた。

腕力のある太郎だから、柳田は籠手《こて》がびいんとしびれて、思わず刀を宙へ跳ね飛ばされ、

「あっ」

と、身を引こうとした時には、

「えいっ」

二の太刀の天秤棒がびしりと右肩へきまっていた。

「わあっ」

肩の骨がくだけたらしく、柳田は仰向けにひっくりかえりながら、そのまま気絶してしまったらしい。

その間に小市は、太郎の肩を打ちこんで行った体勢のくずれへ、

「こん畜生」

と、我武者らに斬りこんで行ったが、太郎はちゃんとそれを計算に入れていたので、肩を打った天秤棒が、つばめがえしに横を払って、それが小市の斬りおろしてくる肘《ひじ》のあたりへ見事にきまったから、

「わあッ」

小市は右の肘がくだけて、前へ突んのめって行きながら、それっきりこれも気絶してしまったようだ。

まだ息一つはずませていない太郎は、それを見るとつかつかと茶店のほうへ行って、

「おばあさん、大切な天秤棒をこんなことに使ってすまなかった。どうかこれで新しいのを買ってください」

と、天秤棒をかえして、一歩銀を一つそこの床几の上へおいた。

「いいえ、お武家さん、そんなにしてもらわねえでもいいんだ。それより、あの二人は死んだんだろうか」

茶店の老婆がおどおどしながら聞く、

「なあに、骨ぐらいはどうかしたかも知れないが、死んじゃいない。気絶しているんだから、すぐ自分で気がつく」

「そうかね。二人とも悪い奴で、死んだってかまわねえようなもんの、これに懲りていい人間になれるもんなら、殺しちゃかわいそうだからね」

老婆は目をしばたたいている、余っぽど仏心のある老婆らしい。

「大丈夫だよ、おばあさん。二人とも当分片手がきかなくなるだろうが、命にかかわるようなことはないはずだ。おばあさん信心深い人らしいね」

「なあに、そうでもねえが、わしらにも極道者の伜が一人いるんで、どこかできっとあんな目に逢っていやしないかと、不憫でねえ」

太郎ははっとしながら、

「おばあさんの伜さんはなんという名だね」

「平吉といいますだ。親不孝な奴でねえ」

「わしはこれから上方へ行ってくるんだが、もしその伜さんに逢うようなことがあったら、おばあさんのことをよく話してあげよう」

「ありがとうございます。どうぞおたのみします」

老婆はていねいに頭をさげていた。

「行こう、お蘭」

太郎はお蘭と仙太をうながして、江尻のほうへ歩き出す。

「太郎さん、殺さなくてようござんしたねえ」

お蘭が肩をならべてきながら、しみじみとした声でいう。

「うむ、どんな悪い奴にも親兄弟があって、みんなそれぞれ心配しているんだからなあ」

太郎もなにか教えられたような気がして、後味は決していいとはいえなかった。

名医

一

黒潮太郎はお蘭とおとぼけ仙太をつれて、ゆっくり東海道を上り、京へ入ったのは十月であった。

その月一杯を京見物に暮し、十一月に入ってから大坂へ向った。

京から丹波亀山までは二里ほどの道程《みちのり》で、そこには兵太郎と浦路夫婦がいまはしあわせに暮しているが、わざとたずねないことにした。太郎はこれまで一人ずつ順にという念願を立てて、六人のたずね人をさがしてきている。こんどは七人目の常太郎の番なのだから、常太郎一本槍で行こう。わき見をしてはならないと、心にきめているからであった。

お蘭も仙太も太郎のその気持はよく知っているので、兵太郎たちの話は出ても、一度もたずねてみようとは決して口にしなかった。

「おとぼけさん、どうなの、京女はもう見あきるほど見たでしょう」

京を立つ時、お蘭はわらいながら聞いた。

「おっしゃるとおりです。おどろきやしたねえ、京女は若くてきれいな娘《こ》ばかりかと思ったら、おばあさんもいるし、おたふくもいる。あっしはがっかりしちまった」

「そりゃ江戸にもおとぼけさんのような東男がいるんですものね。京女のほうでもきっと、がっかりしているでしょうよ」

「ちげえねえ。あっしはやっぱり江戸へ帰ってから女房をさがすことにしやす」

その江戸には十二月にならなくては帰れないのだ。ただの見物ではなく、いわばそういう因果をしょった旅なのだし、しかも冬の旅だから、決して楽なことばかりはなかった。

大坂は京ほど見物するところはない。とうとう播州明石《ばんしゅうあかし》まで足をのばして、やっと十二月を迎えた。

「太郎さん、十年も敵《かたき》をさがして歩いた野田さんたち姉弟のことが思い出されますね」

明石の宿でお蘭はしみじみといった。

十二月になりさえすれば、なんとか常太郎の手がかりがつかめると、そればかりをたのしみに今日まで旅から旅を歩いてきたが、さていよいよ十二月になってみると、やっぱり雲をつかむようなたずね人で、これという自信は少しも持てないのだ。

おまけに太郎は西へ西へと足を向けて、決して引きかえそうとはしないから、江戸はだんだん遠くなるばかりなのである。野田姉弟は長崎まで行ったというから、太郎もその気になっているかも知れない。正直にいって、お蘭はこのごろ江戸が恋しくてたまらなくなる時があった。

「お蘭、わしは間違っていたかも知れないなあ」

その太郎がその時ふっといい出したのである。

「なにが間違っていたんです」

「わしは西へ行けば常太郎に逢えるときめて、西へ西へと歩いてきたが、興津の宿でおしまさんから話を聞いた時、一度江戸へ引きかえすのが本当だったかも知れない」

「江戸へ引きかえして、どうするんです」

「三村白石という先生は三四年前まで、江戸の向柳原にいたんだ。おしまさんの使いは、ただそれだけを聞いて引きかえしているが、とにかく名医といわれている三村先生のことだ。もう少し根よく向柳原の人たちに聞いて歩けば、或は先生の行った先を知っている人がいるかも知れない。それに、常太郎はともかくも八王子から一度は三村の家へつれて行かれ、しばらくそこに厄介になっていたに違いないんだ。あの近所に案外常太郎のことをよくおぼえている人が、いないともかぎらないじゃないか」

「本当だわ、太郎さん。薬をのみ倒されてしまうくらいだから、三村先生に世話になった人は、ずいぶんたくさんいるはずなんですものね」

お蘭もはっとそこへ気がついて、どうしてあの時はそんなことをうっかりしてしまったんだろうと、今さらのように口惜しくなる。

「けっ、のん気だなあ旦那も。早くそこへ気がついていりゃ、いまごろもう常太郎さんに逢えていたかも知れねえのになあ」

仙太も口をとがらせながらいう。

「仙太うじもそう思うか」

「思いやすともさ。そういう先生のことだから、江戸に仲よくしていた友達が何人かいるにちげえねえ。その友達に聞けば、いま先生がどこにいるかってことぐらいは、きっと知っているはずですぜ」

「なるほど、友達をさがせばなお早いわけだな。よし、今からでもおそくはない。明日江戸へ立とう。当もなく西ばかりをたよりにしているより、もう一度振り出しへ戻って出なおしたほうが早い。どうだろうなお蘭」

「あたしもそのほうがいいと思います」

「ありがてえ。久しぶりで東女にお目にかかれるかな」

仙太もにやにやしてよろこんでいるようなので、太郎はともかくも明石から一度江戸へ引きかえすことにした。

　こんどは大坂も京も素通りのようにして、東海道へ踏み出し、明石を出て十一日目に浜松まで下ってきた。

　冬の一番日の短いころだから、泊りにつくのは毎日日が暮れてからになる。それでも江戸の恋しいお蘭と仙太は、子供のように江戸の話ばかりしながらよく歩いた。

「太郎さん、今日はもう師走《しわす》の十二日でしたね」

　浜松へ泊った夜、お蘭が思い出したようにいった。

「うむ、江戸を立ったのが九月九日だから、もう九十日あまりということになるな」

「あたしも今、それを思い出したんです。本当ならもう昨日か今日あたり常太郎さんの手がかりぐらいはつかめるはずなんですけれど、あたしの勘も太郎さんのそばにいるとだんだん怪しくなってくるんじゃないかしら」

　そういうお蘭の顔は、この二月にはじめて見た時の鋭さがいつの間にか消えて、どこかおっとりとした美しさにかわっている。

「それでいいんだ。人間はあんまり利口すぎると、かえって苦労が絶えない。少しぼんやりしているぐらいのほうが一番しあわせなんだろう。またふしぎと人間はしあわせになると、自然にどこかおっとりとしてくるものなんだ」

「旦那、よだれをたらしちゃいけませんや」

そばから仙太がとぼけた顔をして、

「けど、お蘭さんは天明堂白蘭先生でいたころから見ると、このごろはすっかりでれっとなっちまって、いいえね、そのおっとりと色っぽくなって、なるほどなあと、あっしはいつも感心しているんでさ」

と、わざと二人の顔を見くらべている。

「どうもありがと――。おとぼけさんの顔もこのごろはすっかりとぼけてきて、前にはなんだかころんでもただは起きないっていうようなところがあったけど、いまはとても愛嬌《あいきょう》が出てきたわ」

「ありがとうござんす。とぼけて愛嬌のある東男なんてのは、そうざらにゃころがっていやせんからね。これで娘っこにさわがれりゃ、もっととぼけて見せるんだがなあ」

「こんど三社《さんじゃ》さまのお祭りの時、素面《すめん》で踊ってみたらどうかしら。きっと娘っこがきゃあきゃあいってさわいでくれるかも知れない」

「ひょっとこと間違えちゃいけやせんや。これでも東男のうちでござんすからね」

「おとぼけうじ、男は度胸、女は愛嬌といってな、仙太うじぐらいの度胸があれば立派な東男だ」

太郎がとりなすようにいう。

「鉢まきは紫縮緬より花色木綿のほうが似あうんですって、おとぼけさんには」

お蘭がくすくすわらい出す。

「旦那、いっしょになってにやにやしていねえで、少しは叱ってやらねえと、近所の鼻っつまみになりやすぜ。旦那はどうもお蘭さんに甘すぎるからいけねえ」

そんな他愛のない無駄話が出てわらい興じられるのも、おとぼけ仙太がいてくれるからで、この九十日あまりの旅から旅に、仙太がいっしょだったことは、なにかにつけて太郎は大助かりだった。

翌日は浜松から掛川へ九里ほどの道中である。

浜松から見付へ天竜川の舟渡しをわたって四里四丁、見付で中食をとって、袋井へ一里半、袋井から掛川へ二里十六丁あるから、今日も泊りへつくのは日が暮れてからである。

三人が袋井の宿を出てから間もなくだった。

「お武家さん、ごめんなすって」

うしろから走るように歩いてきた股旅姿のやくざが、そう声をかけて太郎たちを追いぬいて行った。

と見る間に、その男が急に立止ってこっちを向き、かぶっていた笠を手早くぬいで、

「失礼さんでござんすが、お武家さん方は今朝浜松をお立ちでござんしょうね」

と、小腰をかがめながら聞く。

三十がらみの苦味《にがみ》走った男ぶりである。

「うむ、我々は浜松を立ってきた者だが」

「少しいそいでいますんで、名も名乗らずにごめんなさい。お武家さん方はもしや途中で、年ごろ二十二三、背がすらりと高い、色白な浪人さんで、紫の風呂敷包を右肩から斜《はす》にしょっている人に出逢わなかったでござんしょうか」

「さあ、あいにく見かけなかったようだ」

「ありがとうござんす。それならやっぱり江戸へ向ったんでござんしょう。ごめんなすって」

その男がおじぎをして、そのまま踵《きびす》をかえそうとするのを、

「もし、旅人さん、ちょっとお待ちなさいまし」

珍しくやくざ嫌いのお蘭が呼びとめる。

「へえ、なんぞ御用でござんしょうか、御新造さん」

「余計なことをいうと、怒らないでくださいね。あたしは少し観相をやったことがあるんですけど、旅人さんの額にひどい剣難の相が出ているようです。なにか思い当ることがありましたら、お気をつけなさいまし」

「こりゃどうも、恐れ入りやした。ごらんのとおりのやくざでござんして、渡世の義

理から喧嘩の助《すけ》っ人《と》はのべつのことで、どうせ誰かの長脇差に絶えず狙われている体でござんすが、せっかくのお言葉、十分気をつけますでござんす」

にっとわらってみせる旅人だ。

「いまあなたが追っておいでになる若い浪人さんとは、たぶん今夜あたり逢えますよ」

「こいつはありがてえ。いい辻占をもらって、張りあいがありやす。ああそうだ。ついでに一つだけお聞きしてえんですが、お武家さん方は江古田の伊平さんていう旅人をどこかで御存じじゃないでしょうか」

「なに、江古田の伊平――」

太郎はどきりとして、思わず旅人の顔を見なおす。

「御存じのようですね、お武家さんは」

その男はうれしそうにつかつかとそばへ寄ってくる。

「伊平ならよく知っているが、あんたはどうして伊平を知っているんだね」

「いいえ、あっしが知っているんじゃありやせん。あっしは江尻の平吉っていいやすが、その伊平さんをさがしている人があるんでござんす」

「はてな、江尻の平吉さんていうと、あんたの阿母《おっか》さんは街道筋の松原へ茶店を出していやしないかな」

「へええ、こいつはまた妙な御縁でござんすね。お恥ずかしゅうござんすが、あっしはそのおふくろに泣きを見せている平吉でござんす」

「やっぱりそうか。今から八十日ばかり前、わしたちはそこを通りあわせて、阿母さんと口をきいている。たいそう仏ごころのあるいい阿母さんで、あんたのことを大変心配していた」

「申訳ありやせん。一度無事な顔を見せてあげてくれるといいんだがなあ」

「申訳ありやせん。こんどはその気になって、九年ぶりでおふくろのところへ、わびに帰る途中なんです」

「そりゃいい、そりゃいい。まあ歩きながら話そう」

太郎はわがことのようによろこんで、平吉と肩をならべた。

「縁てふしぎなもんですねえ、太郎さん」

お蘭は一足さがって、仙太と肩をならべながら、なんだか胸がわくわくしてしようがない。

二

「そこで、平吉うじはどうして江古田の伊平をたずねているんだね」

太郎は改めて聞いてみた。伊平はすでに十三年前に日本を去っている人間なのだから、それをたずねているとすれば、平吉は十三年前から伊平を知っていたことになるのだ。

「なあに、あっしが伊平さんをたずねているわけじゃありません。昨日あっしは天竜の渡しで、いきなり若い侍に、あんたは旅人のようだが、もしや江古田の伊平という旅人を知らないだろうかと聞かれたんです。あっしはそんな人は知らないから知らないと返事をして、その時はそのまま別れてしまいやした」

「聞いたのは若い侍なんだね」

「そうなんです。見付に藤八という親分がいやしてね、あっしはそこへ昨夜草鞋をぬいだんですが、今日午《ひる》まえにその若い侍が藤八の子分につれられて、ひょっこり藤八の家へやってきたんです。おや、江古田の旦那、どうしなすったと聞くと、その侍がうれしそうな顔をして、わしは平井三太郎という者だが、よろこんでくれ、やっと江古田の伊平に逢えそうだっていうんです」

「ふうむ、平井三太郎というんだね、その侍は」

太郎は少しがっかりしたが、

「おかしいな、江古田の伊平に逢えるはずはないんだが」

と、眉をひそめる。

「実はそれなんです。よく聞いてみると、平井さんは道で出あった藤八の子分の千三《せんみ》つ松という奴に、例によって江古田の伊平を知らないかと聞いたんですね。相手が千に三つしか本当のことをいわないという嘘つき松だから、それなら家に草鞋をぬいでいる。いっしょにおいでなさいと、いいかげんなことをいって引っぱってこられたらしいんです」

「なるほど――」

「それからがひどいんです。伊平さんはいま親分といっしょにちょいと出かけている、すぐ帰ってくるでしょうからと、平井さんを二階へ案内して、そこに五六人ごろごろしていた子分たちとぐるになって、うまく手なぐさみをすすめましてね、平井さんの持っていた十両ばかりの金を一刻《とき》とたたないうちにまきあげてしまったんでさ。つまり松は平井さんのふところを知っていて、いい鴨《かも》にしたんですね」

「ひどいことをするなあ」

「その上、平井さんが伊平はまだ帰ってこないだろうかって聞くと、江之島の伊平さんならもうじき帰ってきやすよと、空っとぼけやがって、いや、わしのさがしているのは武州江古田の伊平だ。なあんだ、おれは江之島の伊平さんかと思った、その江古田の伊平ってのはいくつぐらいの人です。年は四十だ。そいつはまるっきり違う、江之島の伊平さんはまだ三十前だといいなぶり物にしやしてね。ところが、その平井さんて人が若いに似あわず肚《はら》ができているんでしょうね、そうかそうか、それは飛んだ間違いですまなかったと、わらいながら草鞋をはいて出て行くんです」

「畜生め」

うしろで呻くように仙太が怒っていた。

「全く畜生め等でさ。あっしはむかむかときたんで、そのまま勝負をつづけて、なあに本気でかかりゃそんな三下なんかに負けやしません、平井さんの十両をすぐ取りかえしたんで、中座してすみませんが、いまの人にこの十両かえしてやりてえから、ごめんなさいよとはっきりことわって、藤八の家を飛出してきたってわけなんです」

「そうか、さっき平吉さんが聞いた紫の風呂敷包をしょった若い侍ってのがその平井三太郎って人なんだね」

「そうなんです。たぶん江戸下りだろうとは思ったが、上りだと無駄足になるんで、ちょいと聞いてみたんです」

「その平井って人は、どうしてそんなに江古田の伊平をたずねているのか、わけはいわなかったかね」

「くわしいことは聞きやせんが、なんでも命の恩人だとかいってやした」

「お蘭、わしはやっぱり常太郎だと思うが、お前はどうだ」

太郎が振りかえって聞いた。

「あたしもそんな気がします。年ごろからいっても、きっと常太郎さんに違いありません」

「けど、どうして親のつけてくれた常太郎って名をすてて、平井三太郎だなんてとぼけたような名にしちまったのかなあ」

仙太は小首をかしげている。

「三太郎は三村白石の三の字を取ったんだろう」

太郎はふっとそこへ気がつく。

「わかったわ太郎さん。平井は伊平をさかさにしたんです。あの子は二人の恩人の名を自分の名にしているんです、いじらしい」

お蘭はいそいで袖口を目にあてる。

「そうか。やっぱり常太郎だ。――平吉うじ、この道をいそげば平井に逢えるわけだな」

「あっしもそう思っていそいでいるんですが、旦那方はどうして平井さんを知っているんです」

平吉はふしぎそうな顔をする。

「おうい」

誰かうしろから大声で呼びながら、追いかけてくるようである。

振りかえって見ると、やくざ二人に、用心棒らしい浪人者が一人の三人である。

「御新造さん、剣難の相が追いかけてきたようです」

平吉は苦わらいをしながら立ち止る。

「藤八の子分どもかね」

太郎も立ち止りながら聞く。

「あの先頭の奴が千三つ松って野郎です。旦那は御新造さんづれですから、かまわず一足先へおいでなすって」

「いや、貴公には江尻におふくろさんが待っている、ここはわしが引きうけるから、決して刀を抜いてはいけない」

「そのおこころざしはありがとうござんすが、手前のまいた種は手前で刈りとるほかありません。ばかは承知の上でござんすから」

平吉はもう度胸をきめているようである。

その間にやくざたちはばたばたと追いついてきて、先頭に立った千三つ松が、

「おう、江尻の平吉さん、お前の立った後へすぐうちの藤八親分が帰ってきて、どうしておれに黙って客人を立たしたんだ、もう一度ぜひつれてくるようにって、おれたちが叱られちまったんだ。すまねえが、おれたちといっしょに見付まで引きかえしてくれねえか」

と、言葉はおだやかだが、目を剃刀《かみそり》のように光らせながらいう。

「そいつは兄貴たち、わざわざすんませんでしたね。せっかくのお迎えだが、さっき立つ時いったとおり、おれは平井さんに届け物があるんだ。先をいそいでいるんで、こんどだけは失礼させていただきやすと、兄貴さんたちから親分によろしくお伝えなすってもらいやす」

　平吉はきっぱりといい切る。

「そいつは平吉さん、いけねえ。お前も渡世人で一宿一飯の恩義は知っているはずだ。旅人が親分に黙って草鞋をはくってえのは仁義にねえこと、強《た》ってもう一度引きかえして、親分に挨拶をしてもらいたいんだがね」

「せっかくだが、おれは仁義外れを承知で、平井さんを追っているんだ。こんどのところは見のがしてもらいたいんで」

「じゃお前、おれたちがこんなにたのんでも、引きかえすのはいやだというのか」

「おことわりいたしやす」

「そんな強情を張ると、首に縄をしてでもつれて帰るぜ」

「大きなことをいいなさんな。おれがどうして仁義外れをやったか、お前さんたちはよく知っているはずだ。親分の留守に罪もない素人を、嘘までついて引っぱりこんで、そのふところを賽《さい》の目でからっぽにしたのは誰なんだ。おれがお前さんたちといっしょに帰って、本当のことを親分に告げりゃ、お前さんたちこそ親分に仕置きをされなくちゃならねえはずだ。それとも藤八親分は、お前さんたちの恥知らずを承知の上で、子分にしておくのかね」

「うぬ、吐《ぬか》しやがったな、おれたちは稼業の賓の目であの侍に勝ったまでの話だ。ただふところをふんだくったわけじゃねえ。それがどうして悪いんだ」

「そんなことはおれに聞くまでのことはなかろう。見付あたりじゃあれを稼業だと見のがしておくかも知れねえが、ほかの土地へこれこれだとわけを話せば、藤八親分はそんな盗っ人みたいな奴等を平気で子分にしておくのかと、あきれかえるのが関の山だ。嘘だと思ったらお前さんたち、さっきやったことをここで大きな声でしゃべってみるがいい」

道を堰《せ》かれた上り下りの旅の者たちが、もうかなりまわりを取りまいている。

「くそッ、よくも盗《ぬす》っ人《と》呼ばわりをしやがったな。もう勘弁できねえ、先生、たのんます」

千三つ松はうしろの用心棒に声をかけながら、自分もいきなり長脇差を引き抜く。

太郎はその用心棒の顔に見おぼえがあるのだ。この二月、第二のたずね人藤沢のお冬の死水をとっての帰り、月のあかるい夜だった。お蘭をつれて千本松までくると、そこに待っていて、五十嵐半蔵と名乗り突然真剣勝負をいどんできた男があった。見付の用心棒はその五十嵐半蔵にちがいない。

五十嵐のほうでも、こっちをちゃんとおぼえていたらしく、

「松、ちょっと待て」

と、殺気立っている千三つ松を制して、

「黒潮うじ、久しぶりだな」

と、太郎のほうへ声をかけてきた。

「やあ五十嵐さん、妙なところで再会しましたな」

太郎も苦わらいをしながら、一足前へ進み出る。

「つかぬことを聞くが貴公はその平吉という者の用心棒かな」

「いや、用心棒というわけじゃないが、少し引っかかりのある者です」

「すると、万一もしわしが刀を抜けば、貴公も平吉のために刀を抜くことになるわけか」

「どうしてもそういうことになるでしょう。わしは平吉の母親から平吉のことをたのまれているし、見付の子分衆にふところを狙われた平井三太郎という者は、わしにとっては甥《おい》といってもいい深い因縁《いんねん》のある間柄です。願わくば五十嵐さん、そっちがわをなだめて、無益な血を流したくないもんだが、なんとか骨を折ってみてくださらんか」

太郎は五十嵐にそう申しこんでみた。

「そうか、あんたにそういわれては、いやだともいえないな」

五十嵐は苦わらいをしながら、

「松、聞いてのとおりだ。わしは黒潮さんと一度真剣勝負をやったことがあってな、ここで刀を抜いてもかなわないとわかっている。それに、相手は賭場荒しだというから、こうしていっしょについてきたが、いま聞いてみると、非はお前たちのほうにあるようだ。どうだ、ここは刀をひいて、穏便に引きとることにしては――、悪いことは誰が聞いても悪いんだから、それよりしようがあるまい」

と、千三つ松のほうをなだめにかかる。

三

「先生、本気でそんなことをいうんかね」

千三つ松は抜身を引っさげたまま、呆れたように五十嵐半蔵の顔を眺めている。

「うむ、本気だ。悪いことはいわんから、ここはあきらめるがいい」

「冗談いっちゃいけねえや。こんな時に役に立ってもらおうと思えばこそ、おれたちは用心棒にただ飯を食わせておくんじゃねえか、お前さんは用心棒の仁義を踏みたおす気なんかね」

「そうじゃない。ここで刀を抜いてもお前たちに勝味がない。怪我をしてもつまらないからよせと、親切に教えているんだ」

「けっ、たとえ勝てねえまでも、こういう時刀を抜いて戦ってくれてこそ、一宿一飯の恩義ってものじゃねえか。相手が強いから喧嘩はやめる、それでも五十嵐さん、おめえ武士なのか」

「わからん男だなあ。お前は恩義だの仁義だのと立派なことを口にしているが、素人の平井三太郎という人を騙《だま》して親分の家へ引っぱりこみ、その人のふところの金をさいころでまきあげたんだろう。それをまたこの平吉うじに勝負でとられたから、こんどは刀で取りかえしてやろうと追いかけてきた、つまりこれは追剝《おいは》ぎとおなじ喧嘩じゃないか。いくら用心棒でも追剝ぎの助太刀は武士として困るんだ。まだわからないかね」

一杯の人だかりの中で、五十嵐は大きな声で追剝ぎ呼ばわりをする。千三つ松も引っこみがつかなくなったのだろう。

「うぬっ、吐かしやがったな」

いきなり血相をかえて、手にしていた長脇差を横なぐりに叩きつけてきた。

「あぶない、馬鹿」

ひらりと飛びのいた五十嵐は、空を斬って相手の刀が横へ流れた隙へ、だっと抜き

ちだから血は出ない。

「わあッ」

したたか肩へ斬りこまれた千三つ松は、悲鳴をあげて前へ突んのめる。ただし峰うちだから血は出ない。

「おい、お前もくるか」

五十嵐がにやりとしながら、もう一人の連れのほうへ声をかけると、

「いいえ、それにゃ及びません」

そいつは青くなって、じりじりとあとずさりをする。

「そうか。では、わしはこのまま草鞋をはくことにするから、帰ったら藤八親分によろしくいっておいてくれ」

そういって五十嵐は刀を鞘におさめ、

「黒潮うじ、見てのとおりだ。そこまでいっしょにまいるといたそう」

と、太郎たちをうながして、さっさと掛川のほうへ歩き出した。

「旦那、あの先生を知っているんですか」

喧嘩の相手を横どりされた形の平吉が、妙な顔をして太郎にそっと聞く。

「うむ、ちょいと知っているんだ。とにかく礼をいっておこう」

太郎は五十嵐を追って、肩をならべて歩きながら、

「やあ、どうもありがとう。おかげでわしは刀を抜かずにすんだ」

と、感謝の意を表する。

「久しぶりだなあ黒潮うじ。あの節は失礼した」

「全く妙なところで逢いましたなあ」

「時にあんたは、その後刺客《しかく》に狙われているようなことは、別にないかね」

「いや、そんなことは一度もないが」

「そうか、それならいいんだが、実はわしは時々あんたのことを思い出して、心配していたんだ。というのは、あの時もちょっと話しておいたが、わしは或る人にたのまれて、あの晩あんたに真剣勝負を挑《いど》んだ。わしのほうが負けたからいいようなものの、思い出すたびにどうもあれだけは寝ざめが悪くてねえ」

五十嵐はなにかそのことについて話したいようである。

「すんだことは、もういいだろう五十嵐さん」

「そりゃすんだことなら、わしもそう気にはしないんだが、一通り話すだけは話しておいて、後はあんたの判断にまかせようと思うんだ。聞いてくれるかね」

「無論、うかがいましょう」

「十年前に御徒町《おかちまち》の道場で友達になった男があるんだ。その男は西国某藩の子弟で、一年ほどして国もとへ帰って行ったが、非常に稽古熱心だった。聞いてみると、国もとに恋敵があって、ひょっとすると暗討ちにされるかも知れないから、強くなっておきたいんだと、冗談のようにいっていた。この春、その男に偶然十年ぶりで藤沢で出逢ってねえ、相当出世しているようなんだ。こっちは少し不始末をして破門されて、当もなくふらりと旅へ出てきたところだから、どうだおれを指南番に推挙しないかと持ちかけてみた。そんな話の最中に、あんたがなんとかいう土地の親分を問屋場へ突き出す騒動がおこったんだ」

「なるほど、それでだんだんわかってきたようです」

「そうか、それはありがたい。つまり、その男がいうには、あの男、あんたのことなんだ、あの男と黙って真剣勝負をしてみろ。もし勝てたら江戸へたずねてこい、指南番に推挙しようというんだ。あれか、貴公の恋敵っていうのはと、十年前のことを思い出して聞いてみると、おれはとにかく破門されたおぬしを黙って指南番に推挙しようというんだから、おぬしも余計なことは聞かずに、あの男と真剣勝負をしてこいといわれてな、話は少し変だが、乗りかかった船で後へはひけない。翌晩千本松で待伏せしたというわけだ」

「その後その男に逢ったかね」

太郎は念のために聞いてみた。

「いや、おれは負けたんだから、その後は逢っちゃいない。しかし、あんたも江戸へ帰ったらしいし、その男もしばらく江戸の藩邸にいるといっていたから、あの分ではあんたが狙われていやしないかと、時々心配していたんだ。わしは藤沢であんたのやったことをすっかり聞いているんで、どんな事情があるか知らんが、非はあっちにありそうだと、睨んでいるんでね」

「それでわかった。その後わしはずっと江戸に落着いていた日がすくないし、その男はわしがなにをやっているか、すっかり調べもしたろうし、これなら刺客を向ける必要もないと、気がついたんだろうと思うな。まあそのことはもう忘れていただきたい。わしも忘れます」

そして、太郎は自分が恋敵に海へ突きおとされてから十年、七人のたずね人を六人までたずねあてて、いま後を追っている平井三太郎という若者は、その七人目で、こういう因果をしょってきている男なのだと、あらましのことを五十嵐にうちあけた。

「まいったなあ、あんたには」

五十嵐はうめくように一言いったきり、しばらく口がきけないようである。

「旦那、黒潮の旦那――」

一番うしろから、おとぼけ仙太と話しながら歩いていた平吉が、前を歩いている蘭を追いぬいて、太郎のそばへ走り寄ってきた。

「どうした、平吉うじ」

「聞いちまったんです。仙太兄貴から常太郎さんのことをすっかりね。泣かされちまったなあ。あっしはうれしいや。こうなったら、早く常太郎さんにもこのことを知らせてやりてえ。あっしが一っ走り駈け出してみやしょうか」

平吉は張り切っているようだ。

「いや、どうせ今夜は常太郎も掛川泊りだろう。今夜はきっと逢えるんだから、無理にいそぐこともなかろう」

ここまでくれば、太郎はもうあわてなかった。

「そういえばまあそんなもんですがね」

平吉はなんとなくお蘭と肩をならべて、

「御新造さん、うれしい話でござんすねえ。もう九十日も旅をしているなんて、本当にありがてえや」

と、心から話しかけてくる。

「いいえ、あなたのおかげで、やっと常太郎さんに逢えそうです。あたしたちこそ平吉さんにお礼をいわなくちゃ」

「それにしても、縁なんてものはふしぎなもんでさ。あっしが旦那に平井さんがどっちへ行ったか聞いてみる気になったのが、そもそもこんな話になる切っかけなんですからね」

うんです」

「それはまあそうには違いありませんけれど、あたしはもっと大切なことがあると思

「へえ、どんなことです、御新造さん」

「常太郎さんは平吉さんに、江古田の伊平さんのことを聞いていたんでしょう。それは平吉さんだけにではなくて、渡世人と見れば誰彼なしに、あの子は伊平さんのことを聞かずにはいられなかった。その情の深さが、とうとうあたしたちのところへまでとどいたのだと思います」

「ちげえねえ。御新造さんのいうとおりだ。常太郎さんはいまだになんとかして、伊平小父さんにもう一度逢いてえと思って、ああして誰にでも聞いて歩いているんでさ。——畜生、そんないじらしい常太郎さんを騙して、ふところをまきあげるなんて、あいつ等はどうせ碌《ろく》な死に方はできませんや。——はあてな」

平吉はふっと思い出したらしく、

「旦那、黒潮の旦那、常太郎さんはいま一文なしですぜ、きっと、昼飯も食わずに歩いてるんじゃないでしょうかねえ」

と、太郎のほうへ心配そうにいう。

「そうだなあ。しかし、昼飯ぐらいはなんとかしただろう、男だからなあ」

「けど旦那、早く追いついてやらなくちゃ、今夜は宿賃も持っちゃいませんぜ」

「なあに、今夜は必ずさがし出すんだから、その心配はいらぬ」

そういいながらも、太郎の足は自然に早くなっていた。

しかし、師走の一番日の短いころだから、掛川の宿へ入る前にとうとう日が暮れて
十二月の寒い月が街道を照してはくれるが、夜風がしんしんと身にしみてくる。

さすがにもう誰も口はきかず、黙々と月かげを踏んで行く。

四

「あれえ旦那、あそこへ誰か歩いて行きますねえ」
やがて掛川の宿が近くなって、そこの並木道を、黒い人影がゆっくり歩いているの
が目についてきた。妙にふくらんだような形だと思ったら、人をおぶって歩いている
のである。
「おぶさっているのは、女のようですぜ旦那」
気の早い平吉はいつの間にか太郎と肩をならべていたが、なんと思ったか急にそっ
ちへ駈け出して行った。
「なるほど、おぶっているのは侍のようだな」
五十嵐がひとりごとのようにいう。

「平井さん、――やっぱり平井さんだ」

追いついて行った平吉が、突然大きな声を出して、こっちへ手を振ってみせた。

「太郎さん、とうとう逢えたようですね」

お蘭が、つと肩をならべてきて、しっかりと太郎の腕へつかまる、よろこびに体中がわなわなとふるえているようだ。

「やあ、平吉うじか」

ゆっくりと立止った平井三太郎は、女巡礼娘をおぶっているのである。

「どうしたんです、平井さん」

「いや、この娘さんが癪《しゃく》をおこしてそこに倒れていたんで、つれて行くところなんだ。寒中地べたに坐っていたんじゃ、癪はおさまりっこないからな」

頭を総髪にして、のんびりとした顔つきの三太郎は、人なつこそうに微笑している。目鼻立ちのがっしりとととのった勝れた風貌《ふうぼう》で、いじけたようなところは少しも見えない。

おぶわれている巡礼娘は、さしこみがひどいらしく、恥も見栄もなくしっかりと男の逞しい肩にしがみついて、歯をくいしばっているようだ。顔は肩へうずめているから、よくはわからない。

「たいへんだなあ、平井さん」

平吉はなにからいっていいのか、ただどぎまぎしているようだ。

「なあに、冷えこんだんだから、宿へついて落着けばすぐなおる。平吉うじ、うしろへまわって、わしの持っている風呂敷包みを持ってくれないか」

「合点だ」

「娘さんの荷物なんだから、大切にしてくれよ」

「わかっていやす」

ちょいと持ち重りのする風呂敷包みで、重い人間一人をおぶった上に、その手でこんなものをぶらさげてきたのは、たいへんだったろうと思う。

「平吉さん、この紐を肩へまわしたら、いくらか楽じゃないのかしら」

見かねてお蘭が自分のしごきを解いて、平吉にはわたさず、自分の手で娘の背中からまわして、男の胸で十文字をつくり、またうしろへまわして、ぎゅっとしめながら結んでやる。

「ありがとう、姐《ねえ》さん」

「これでいくらか楽になったでしょ」

「とても楽です」

平井はにっこりしながら、

「娘さん、もう少しの辛抱だからな、我慢するんだよ」

と、背中へやさしくいって、ゆっくりと歩き出す。

「は、はい」

娘の声は細い。

お蘭はその娘の背中へ右手をかけて歩きながら、

「これじゃ寒いんじゃないかしら。これをかけましょう」

と、着ていた合羽を手早くぬいで、娘の肩からきせかけてやる。

「どうもありがとう。冬の旅は女には無理なんだ。どうしても冷えこむからねえ」

「平井さんはお医者さんなんですか」

「まだ医者の卵です。いや、これでもひよこぐらいにはなっているかな」

そういう明るい声を聞いていると、よくまあ苦労に負けないで、こんなに立派な男になってくれたものだと、お蘭はつい涙がこぼれてくる。

「娘さん、もう安心だろう。こんなに大勢道づれができたんだ。みんないい人たちばかりだから、ちっとも心配しなくていいんだよ」

「は、はい」

「わしは医者のひよっこでねえ、癪ぐらいなおすのは造作もないんだ。宿へついたら、すぐなおしてあげるよ」

病人に力をつけながら、ゆっくりゆっくりといたわって歩いている。

「平井さん、昼飯はくいなすったかね。あんた一文なしなんだろう」

平吉がそばから聞いた。

「いや、まだ百文ぐらい残っているかな」

「今夜の旅籠賃はどうするつもりだったんです」

「なあに、そのくらいはなんとかなるんだ。どこにも病人は多いからねえ」

「なあるほど――。じゃ見付でとられた十両も、病人をなおしてやった礼金なんですね」

「まあそんなもんだが、あれは少しいたかった。小父さんに逢った時の用心金だったんでね」

「小父さんて、江古田の伊平さんかね」

「そうなんだ、小父さんはたいてい貧乏している時が多いんでね、――平吉うじ、博奕ってものはそう儲かるもんじゃないんだろう」

「まあ儲かりやせんね。好きだからやめられずに、こうやって飛んで歩いているだけでさ」

「小父さんもやっぱりそうだった。好きだからいまだに、貧乏して飛んで歩いているんだろうと思う。こんど小父さんに逢ったら、わしがついて歩いて、医者で得た金を、みんな小父さんのほうへまわしてやろうと思ってね、たのしみにしているんだ」

それは八王子の宿で伊平に別れてから、ずっと常太郎が持ちつづけてきた、たのしい夢のようである。

「えらいなあ、平井さんは」

くすんと平吉が鼻を鳴らして、手の甲で涙をこすったようだ。

お蘭は太郎のほうを振りかえったが、涙で太郎の顔が見えない。ただ太郎が大きくうなずいてみせたのだけがわかった。

「世の中はたのしい」

五十嵐がうめくようにいって、懐紙でちいんと洟《はな》をかんだ。

「平井さんは、どうしてお医者さんになる気になったのかしら」

お蘭は聞いてみずにはいられなかった。

「わしは子供の時、旅先で死ぬような病気をしたことがあってねえ、医者は大切なものだとしみじみ思った。いま医者のひよっこになってわかったんだが、あの病気はふつうでは助からない。ちょうど名医が泊りあわせてくれたんで、運よく助かったんだな」

「じゃ、平井さんならいま、そういう病気の子がなおせるんですね」

「うむ、なおせる。もっともわしがなおすんじゃなくて、病気は薬がなおしてくれるんだがね」

「でも、一に看病、二に薬っていうでしょう」

「そりゃそうだね、あの時は看病人もよかったんだ。わしは親に縁のうすい子なんだが、ふしぎといい人にばかり縁があってねえ、きっと死んだおふくろさまが、いつもついていてくれて、そういう風にまもってくれるんじゃないかと思う」

しみじみとそういいながら、

「娘さん、掛川の宿へ入ったよ。もうじきだからね」

と、決して背中の病人を忘れていないのである。

お蘭はひょいと太郎のほうを振りかえって、どうしようかというような顔をした。

太郎は黙ってかむりを振ってみせる。

「うむ、それがいい。話はゆっくり宿へ落着いてからだ」

五十嵐がそばから、ひとりごとのようにいう。

「ああそうそう、平井さんが見付でとられた十両ね、あっしはあんまり腹が立つから、さいころでそれを取りかえして、ぜひ平井さんにわたしたいと思って、後を追いかけてきたんでさ。こうして逢えて本当によかった」

平吉が思い出したようにいった。

「そんなことをして、平吉うじ、後が恐くないのか」

「なあに、そいつは大丈夫でさ。あんなけだもののような奴等に、のさばられてたまるもんか。宿へついたら、十両おわたししやすからね」

「ありがとう。じゃ平吉うじ、一番いい宿屋へついて、一番いい座敷をとってくれないか」

平井が妙なことをいい出す。

「へえ、平井さんはいつもそうするんですかい」

「いや、いつもはそうじゃないが、旅籠屋というやつは、とかく病人を嫌うんだ。一番いい宿屋なら、まさか座敷がみんなふさがっているとは、看板があるからいい切れない。そこを狙《ねら》って、先へ金をわたしてしまうんだ。たいていそれで泊めてくれるものだ」

「なあるほど――。平井さんはやっぱり苦労しているなあ。なあに、今夜は一つあっしにまかしといておくんなさい。きっとうまくやってみせまさ」

掛川は五万石太田摂津守《せっつのかみ》の城下町で、町の通りぬけ二十丁余、家数千軒余という、立派な町である。

平吉は松屋という一番上旅籠へ一人で駈けこんで行って、

「番頭さん、同行は主従七人、旦那は天下の名医で平井三、三伯先生とおっしゃる。江戸の紀州さまに呼ばれて下る途中なんだ、失礼のないように、一番上座敷をたのむよ」

と、いきなり大きく出た。
が、どうもそれだけでは番頭がじっとこっちの様子を睨んでいるようなので、
「そら、祝儀だ。みんなでわけてくんな」
と、小判を一枚投げ出してみた。
どんな上旅籠でも、一晩七人で一分（二十五銭）はかからない。
いきなり一両の祝儀はちょっと大きすぎるから、番頭も女中も目を丸くしていると
ころへ、ぞろぞろと乗りこんだのが、巡礼娘をおぶった若い侍を先頭にして、浪人者
らしい侍が二人、しかも一人は用心棒くさい男だ。それに目もさめるような年増だが、
堅気ではなく、といって水稼業とも見えない女に、やくざっぽい三下みたいな奴一人、
はじめ駈けこんだ奴は、どう見ても旅人なのだから、あまりにもおかしな取りあわせ
に、番頭は小判と土間に立った七人の顔を、改めて見くらべている。
「平吉うじ、どうした。病人をつれてはやっぱりまずいか」
平井はおだやかにわらいながら聞く。
「どうしたんだ番頭さん。泊めるのか、泊めないのか」
「みなさん、ごいっしょでございますか」
中年の番頭はまだ小首をかしげている。
「番頭さん、わしを見忘れたようだな。今から五年前三村白石先生と五日ばかり厄介

になったことのある書生の常太郎だ。思い出せないかね」

「あっ、思い出しました。その時の常太郎さん、お立派になられましたなあ。この度はまた紀州家のお迎えだそうで、おめでとうございます。あなたならたしかに名医になるお方だと、いつも主人と噂をしていましたんで」

「なに、紀州家――」

「先生、忘れちゃいけやせんや」

平吉がいそいで目くばせをする。

「さあ、とにかくお上んなすって――。おいおい、早くみなさんにおすすぎをさしあげないか」

手の裡《うら》をかえすように、番頭が先立ちで上の間を二座敷用意してくれる。

その別間のほうへ、さっそく蒲団をとらせて巡礼娘を寝かせ、常太郎はなれた手つきで診察をはじめる。

「いいか娘さん、ここへは親切な姐さんが立ちあってくれている。恥ずかしがることはちっともいらないよ」

そういい聞かせて娘の帯をとくほど、行きとどいた心のつかい方なのである。

「どうなんです、先生。すぐにおさまる癪なんでしょうね」

お蘭がおろおろとそばについて一生懸命になっているのも、なんとなく頬笑ましい。

「太郎さん、江古田の伊平ってのは本当に死んだのかね」

こっちでは五十嵐が声をひそめて、そんな心配をしていた。

「うむ、本当に死んだんだ」

「わしは常太郎のがっかりする顔を見るのが辛い、なんとかうまくもう少し希望を持たせておくわけには行かんものかなあ」

「さあ、嘘をいうのはなお罪だろう」

太郎も暗い顔になりながら、

「しかしなあ五十嵐うじ、別にわしは常太郎をよろこばせるたよりを持っているんだ」

と、自分をなぐさめるようにいってみる。

「そうかそうか――。それならいい。どうせいいことばかりはない人生なんだからな」

五十嵐はそういいながらも、なんとなく落着けないようである。

新しい門出

一

平井三太郎は病人に薬をのませ、宿の女中にたのんで湯たんぽと懐炉《かいろ》をこしらえさせて、すっかり手当てがすむと、

「さあ、これでぐっすり一眠りすればなおるよ」

と、病人にいいきかせて、こっちの座敷へ出てきた。

「先生、御苦労さま」

平吉が如才なく座布団をなおしてすすめながら、挨拶をする。

「みなさん、今晩は」

三太郎は改めておじぎをしながら、どうしてこの人たちといっしょになったんだろうといいた気《げ》な、ちょっと戸惑いしたような顔つきである。

「平井さん、あっしからお引きあわせしやしょう。こちらが江戸の黒潮太郎という浪

人さん、次が黒潮さんの友だちで五十嵐半蔵さんという剣術の先生、それから黒潮さんのお供の仙太うじ、あっしは先刻御存じの旅烏の平吉、――ああ出てきなすった、こちらは黒潮の旦那の御新造さんでお蘭さん」

平吉がさっそく一同を引きあわせると、

「わしは平井三太郎という医者の卵です」

と、三太郎はもう一度ていねいに頭をさげる。

「そこでねえ平井さん、どうして今夜こうしてみんなが平井さんについてきたかっていうと、黒潮の旦那たちは、実は平井さんをさがして、もう九十日から旅をしてきた、それに今日あっしが途中で出逢って、どうやら平井さんは子供のころ常太郎さんといっていた人らしいとわかったんで、みんなであなたの後を追いかけていたというわけなんです」

「なにッ、常太郎――」

平井はびっくりしたように平吉の顔を見たが、その目をすぐに太郎のほうへ向けて、

「黒潮さんはどうしてわしの子供のころの名を知っているんです」

と、いぶかしそうに聞く。

「常太郎さん、わしはあんたのことを江古田の伊平から聞いているんだ」

「すると、黒潮さんは江古田の伊平を知っているんですね」

平井の若々しい顔に、さっと血の気がさしてきた。

一座は思わず息をのんで、平井と太郎の顔を見くらべている。お蘭だけは胸の昂奮をおさえるように、じっと目を伏せてしまう。

「伊平はよく知っている」

「小父さんは、伊平はいまどこにいます。無事なんでしょうね」

「常太郎さん、はじめから話をしよう。それでないと、あんたも納得が行かないだろう」

太郎は平井の昂奮をしずめるように、おだやかな微笑をうかべる。

「聞かせてください。うかがいます」

平井もそれと気がついたか、行儀よく両手を膝になおした。

「今から十年前、わしは海に落ちて、或る南蛮がよいの船に助けられた、その船に江古田の伊平がいたんだ。伊平はわしより三年ほど前からその船へ乗っていたんだそうで、これは後でわかった話なんだが、伊平は八王子の旅籠へ病気のあんたを置きざりにした、喧嘩相手に追いまわされて、常坊のことは気になるが、どうしてもそっちへ足を向けられない、心とは反対にだんだん西へ西へと追われ、半年目には大坂まで流れてきていた。こうなってはもう常坊もどうなっているかわからない、かわいそうなことをしてしまったと、半分はその辛い気持からのがれるつもりで、つい荒い稼業の船へ乗ってしまったんだといっていた。——今ならその伊平の気持、あんたにもわかるだろう」

太郎はゆっくりと話をすすめて行く。

「よくわかります。小父さんは乱暴者には乱暴者でしたが、そういう極く気の弱いところがありました。だから、わしのような邪魔になるお荷物を、どうしても捨てきれなかったんでしょう」

常太郎ももう落着いてきたらしく、しみじみとした目《ま》ざ《な》しをしていった。

「どうもそうらしかった、おれだって木の股《また》から生れたわけじゃない、親も兄弟もあるんだが、十四の時から自分でぐれ出して、三十になるまで一度も家へ帰らなかったし、また家のことなんか考えてもみなかった。そこへ変なことから常坊という子供ができてしまったんで、常坊のことだけは今でも忘れられないと、話していたことがある。——まあそれはそれとして、わしたちの船は三年前の秋に高砂島の沖で大時化《おおしけ》に出あって、難破してしまったんだ。そして、或る無人島へ流れついて、命の助かったのはわしと伊平を入れて八人だった。その島にわしたちは足かけ三年、本当の月日にすれば一年半ばかり、八人で暮していたが、その間に一人ずつ死んで行って、わしは七人まで友だちの死水をとった」

はっとしたように、常太郎は太郎の顔を見たが、別に口を入れようとはしなかった。

「この春、わしはその七人の遺言を持って江戸へ出てきたんだが、その七人目に死水をとったのは伊平で、生死のほどはわからないが、あんたが生きて日本へ帰ったら、ぜひ常坊をたずねてみてくれ、そしてもし生きていたら、あの時おれがどうして八王子の旅籠へ帰れなかったか、その事情をよく話して、おれの分の金は常坊にわたしてやってくれということだった」

「すると、小父さんは死んだんですね、その島で――」

「うむ、去年の秋、たしか九月だったろう」

「そうですか、小父さんはやっぱり死んだんですか」

平井三太郎の常太郎は、両手を膝についたまま、がくりとうなだれてしまう。

「常太郎さん、黒潮の旦那はそのあんたをさがしに、江古田から八王子を振り出しにして、九月九日から今日まで旅をつづけて、明石のほうまで行ってきなすったそうだ。――聞いていやすか、常太郎さん」

平吉がそばからいそいでつけ加える。

常太郎は黙って大きくうなずいてみせたが、顔はあげようとせず、

「ちょっと、失礼――」

と、いって立ちあがった。

そして床の間の前へ行って坐り、ふところから手拭を出して顔にあてると、激しく嗚咽《おえつ》し出したのである。

お蘭がたまらなくなったように、懐紙を目にあててすすりあげはじめる。

太郎も五十嵐も黙然として、二三度涙を拭いた。

「無理もねえや、十何年か小父さんの夢ばかり見つづけてきたんだろうからな」

「そうだとも――。ちゃんと金まで用意して、めぐり逢える日をたのしみにしていたんだもんなあ」

平吉は仙太と小声で話しあいながら、ぼろぼろと涙をこぼしていた。

やがて、常太郎はきれいに涙を拭いて、もとの席へ帰ってきた。

「黒潮さん、いろいろお世話になりました。黒潮さんの厚いお志は、小父さんの分までいれて、わしは一生忘れません。ありがとうございました」

常太郎はまず太郎の前へ両手をついて、心から頭をさげる。

「いや、これは島からただ一人生きて帰ったわしのつとめなんだ。今日常太郎さんに逢えて、わしは七人の友だちの遺言をこれで残らず果した。わしはたずねあてた七人の人たちを、他人とは思えない。だから、みんなにしあわせになってほしいんだ」

太郎の目は愛情にみちて、たのしそうに輝いていた。

「常太郎さん、あたしの兄もその七人の仲間で、一番早く島で死んだんですって。だから、伊平さんの話をこの人から聞いてから、常坊はいまごろどこでなにをしているかしらと、本当に人ごととは思えなかったんですよ」

お蘭はしみじみと常太郎の顔を見て、

「でも、こんなに立派になっているなんて、伊平さんが見たら、どんなによろこぶでしょうにねえ」

と、つい伊平の名が口に出る。

「じゃ、姉さんもずいぶん苦労したほうなんですね」

「ええ。いまはなんだかその苦労が夢みたいな気がしますけれど」

「わしはさっき道で姉さんに口をきいた時、これは苦労をしてきた人だなと、すぐわかった。——ああそうそう、病人は眠れたかな」

常太郎は思い出したように立って、次の間へ入って行く。

そこへ女中が、お待たせしましたといって、膳を運んできた。今夜の当番役は股旅の平吉だから、それが当然のようにみんなの膳に銚子が一本ずつついている。

「太郎さん、今夜はとうとうお祝酒になりましたね」

お蘭は常太郎を待ちながら、うれしそうにいう。

「うむ、わしもこれでどうやら、七人の友だちにたのまれてきた役目だけは果した、ありがとう、お蘭。一年足らずで七人にめぐり逢えた半分は、お前の力ぞえがあったからだ」

　太郎は心からいう。

「太郎さん、おとぼけさんの力ぞえも忘れちゃだめですよ。——ねえ仙太さん」

「待っていやしたといいてえところだが、あっしはこの一年足らず、黒潮の旦那のそばにいて、なんていうかなあ、世の中ってものはたのしいもんだってことが、よくわかったような気がするんでさ。早い話が、人の小股をすくったり、なんとか自分だけうまい汁を吸ってやろうと、がつがつしながら人の隙ばかり狙ったり、あっしはそれが世間なんだと思ってきた。やっぱり育ちが悪いんですね。ところが、黒潮の旦那といっしょに世間を歩いてみると、世の中にゃ悪い奴も多いが、それよりいい人間のほうが余っぽど多い。たのしいもんだってことが、よくわかってきた。こいつがあっしにとっちゃ、一番いい宝物をもらったのとおんなじだ。あっしはよろこんでるんでさ、旦那」

　おとぼけ仙太も今夜はひどく神妙だった。

「うまくやったなあ仙太兄い。おれはちっとばかり旦那にめぐり逢ったのがおそすぎたようだ」

　うらやましそうな平吉である。

「平吉、なにもうらやましがることはなかろう。おなじ宝物を今夜はお前もわしも目の前へおいているのだ。ほしかったら遠慮なく手を出して奪《と》ればいいんだ」

「ちげえねえ。うまいことをいうねえ、五十嵐さんは」

半蔵と平吉は顔を見あわせてわらった。

「病人はぐっすり眠っているようです」

常太郎がそっと戻ってきて、自分の膳の前へ坐った。

「眠れるようなら、もう落着いたんですね」

お蘭がほっとしたようにいう。

「ただ冷えこんだだけらしいから、もう大丈夫でしょう」

「では、とにかく今夜は心ばかりの祝盃をあげることにしよう」

太郎がそういって、自分の盃を取りあげた。

「常太郎さん、今夜の心祝いはあなたが苦労に負けないで、こんなに立派な男になっていてくれた、そのよろこびのお祝いなんですから、さあ、盃をおとりなさいな」

お蘭がいそいそと銚子をとる。

「ありがとう」

常太郎はおじぎをして、お蘭の酌をうけ、

「この盃は、まず伊平小父に献じたいと思います」

そういって気軽に立って床の間の前へ行き、その盃をおいて、

「小父さん、一つのんでくれよ。黒潮さんもここにいるし、みんなもいる。小父さんは賑かな酒が好きだったじゃないか」

と、明るくいいながら、いそいで握り拳で涙を横なぐりにしていた。

一瞬、一座はしいんとなったが、しかしこんどは常太郎もただそれだけで、あっさり元の座へ帰ってきた。

「あら、常太郎さんは小父さんにお盃をあげっ放しなの」

「いいんです。姉さん、その銚子をわしにちょいと貸してください」

常太郎はお蘭の手から銚子をうけとって、

「黒潮さん、わしは小父さんが宿へついて一杯やるとき、いつも酌をさせられたんです。一つ受けてください」

と、太郎の前へ行った。

「そうか、そりゃありがとう」

「しかし、あのころの小父さんはたいてい貧乏で、酒がのめない時もありましてねえ、そういう時は、子供心にも、わしは大きくなったら毎晩小父さんにお酒をのませてやろうと思いましたよ」

「その話はわしも伊平から聞いた。旅籠へついて銚子をとらないと、常坊が心配するんで、よく銚子へ茶をいれてもらって呑んだもんだってね」

「それがわしにちゃんとわかっちまうもんだから、なおこっちは悲しくなっちまうんです」

「しかしなあ、伊平はよくいっていた。おれは常坊といっしょに歩きまわっていた一年三月ばかりの間が、一番たのしかった、つまり一番人間らしい気持になっていたとね」

太郎はそういってから、ふっと気がついて、

「ああそうだ、こんどはあんたにうれしいたよりが一つあるんだ」

と、わらいながら常太郎に盃をさす。

二

「ちょっと待ってください、黒潮さん」

常太郎は太郎にもらった盃をのみほして、

「姉さん、いろいろ御心配をかけました。わしの盃を一つうけてください」

と、両手でお蘭に捧げる。

「ありがとう。いただきますわ」

お蘭はうれしそうに盃をうけて、

「常太郎さん、あたしたちにはまだこのほかに、五人兄弟がいるんですよ。本当は六人だけれど、一人だけ欠けました」

と、ちょっと顔がくもる。

「そうだなあ、お冬だけは欠けたねえ。帰りにみんなで墓まいりをしてやろう」

太郎が思い出したようにいう。

「黒潮さん、わしにうれしいたよりって、なんです」

常太郎は自分の席へ戻って、坐りなおしながら聞いた。

「常坊はもう一人、八王子にたずねたい人がいやしないか」

「います。油屋で女中をしていたおしま小母さんです」

「そのおしまさんがいま、興津の岡田屋という旅籠にかたづいて、あんたに逢える日を心配しながら待っているんだ」

「小母さんは、小母さんだけは無事なんですね」

さっと常太郎の顔が輝き出す。

「うむ、小母さんは常坊が三村先生につれられて江戸へ出るとすぐ、岡田屋へ望まれて後ぞいに入り、しあわせに暮しているようだ。わしたちは油屋でその話を聞いて、おしまさんに逢ったら、ひょっとしてあんたの手がかりがつくんじゃないかと、興津へたずねてみた。たしか九月の半ばすぎごろだった」

「ありがたいなあ。じゃ小母さんにだけは逢えるんですね」

「順当に行けば、明日は岡部泊り、明後日は興津泊りだ」

「わしは小母さんに、おしめまで取りかえてもらいましてねえ、あの時もし小母さんがいなかったら、三村先生に逢う前に死んでいたでしょう。あの下痢は子供の命とりなんです」

「小母さんがねえ常太郎さん、あの時常坊はおしめを取りかえてやるたびに、すまなそうな顔をして、小母さん、おれきっといまに恩がえしをしますといっていた。それが不憫で、いまでも目にちらついているって、涙をこぼしていましたよ」

「ありがたいなあ、小母さんにだけは逢える、わしはあれから、阿母《おっか》さんの顔を思い出そうとすると、小母さんの顔になってしまって、いまでは小母さんの顔しか思い出せないんです。伊平小父、小母さん、それから三村先生、わしはいい人にばかり縁があったんで、こうして生きていられる、ありがたいことです」

「三村先生はどうしました、常太郎さん」

「この夏、長崎で亡くなられました。がっかりはしましたが、わしは先生の死水だけはとったので、万分の一の恩がえしはできたと、自分をなぐさめています」

「先生は奥さんもお子さんもなかった方なの」

「それが、若いころ上州の高崎へ養子に行ったことがあると聞いていたんですが、息を引きとる時はじめて、その養家を飛び出す時、奥さんが身重になっていた、いまはどうなっているか、一度たずねてみてくれと遺言されたんで、奥さんも子供もあることがわかったんです」

「その養家の名はわかっているんですか」

お蘭がじいっと常太郎の顔を見つめる。

「わかっています。高崎の城下で町医をひらいている伊藤卜庵《ぼくあん》という漢方の先生の一人娘で、千代という人なんだそうです」

「なるほど、三村先生は蘭方を志したんで、養家の卜庵と意見があわなかったのかな」

太郎がそばから口を出す。

「そうだったようです。それに三村先生は名人かたぎというのか、のん気な性分で、よくいえば無慾、悪くいえば算盤《そろばん》のはじけない人でしたから、養家にとっては決していい養子ではなかったのでしょう」

「そうか、その話はわかるような気がするな。五年前江戸の家をたたむ時も、だいぶ患家に薬をのみたおされたからだという話だねえ」

「黒潮さんは、そこまで調べているんですか。驚いたなあ」

常太郎はさすがに目を丸くする。

「いや、わしが調べたわけじゃないんだ。おしま小母さんに先妻の娘さんが一人あってね、それがぶらぶら病《やまい》にかかった、労咳《ろうがい》じゃないかと心配して、三村白石先生のことを思い出したんだな、それで、さっそく江戸へ使いを出してみたら、いまのことがわかったというわけなんだ」

「その娘さんは、いくつぐらいなんです」

「たしか十九じゃないかな。わしたちはまだ逢っちゃいないんだが」

「一番悪い年ごろだなあ。労咳には薬がないんです」

常太郎は医者らしく眉をひそめている。

「じゃ常太郎さん、あんた江戸へ行ったら、すぐ高崎をたずねてみなくちゃならないんでしょ」

「そうです」

「三村先生が高崎の養家を出られたのは、いまから何年ぐらい前のことなんです」

「十八年ぐらい前の話らしいんです。もし奥さんがその時産んだ子が無事に育っていれば、今年十八だろうといってましたから」

「三村先生はおいくつだったんです」

「四十一の前厄でした」

「常太郎さん、高崎へ行っても、もうその家はないかも知れません」

お蘭が気の毒そうにいう。

「どうしてです、姉さん」

「さあ、どうしてっていわれると困るんですけれど、三村先生が前厄で、その子が十八なら、女の子ならやっぱり前厄です、飛んだ災難に出あっているかも知れませんせん」

「三村先生はずいぶん人助けはしているが、人に阿漕《あこぎ》なことは一度もしたことはありません。その子が人にいじめられて難儀をしている。わしには考えられないんだがなあ」

常太郎はなにか不服そうである。

「ああお客さま、いけません。あたしがいまうかがってみますから」

廊下で女中の甲高《かんだか》い声がしたと思うと、

「いいから、姐やは引っこんでいな」

そんな野太い声といっしょに、どかどかと荒っぽい足音が障子の前でとまって、

「ごめんよ」

がらりとそこの障子をあけた奴がいる。

一目でやくざとわかる旅支度の男が三人、部屋中を睨みまわしながら、

「いそぎの道中なんで立ったまま失礼しやす。あっしは藤枝の雁屋《かりがねや》銅七《あかしち》の身内で鉄

五郎という者だが、お前さんたちさっきここへ、巡礼娘を一人かつぎこみなすったそうだね。その娘の顔を一目見せてもらいたいんだが、ここへ出してもらうわけにゃいかねえでしょうかね」

と、命知らずをむき出しての掛合いである。

「その娘さんをおぶってきたのはわしだが、いまは病人で、ぐっすり眠っているところだから、逢わせるわけにはいかん。明日にでも出なおしてもらおうかな」

常太郎があっさりと答えた。

「病人だあ。嘘をついちゃいけねえ。その巡礼娘はうちの親分が三十両で、布袋屋《ほていや》という土地の旅籠の亭主から今日買ったばかりなんだ。いざつれて行こうという段になると、いつの間にか裏口から逃げ出していた。藤枝からここまでは六里余の道だ。それを平気で歩いてきた娘が、病気ってことはあるめえ。一目見りゃわかるんだから、かくさねえでここへ出してもらいてえ」

「そうはいかん。人間は生身《なまみ》でな、いまのいままでぴんぴんしていた奴が、ぽっくり死ぬこともある。娘さんのは冷えこんで癪《しゃく》をおこしたんだから、明日の朝になればなおるだろう。明日出なおしてきなさい」

常太郎は平気でやりかえす。

「眠っていて出せねえっていうんなら、こっちから奥へ行ってもいい」

「それはことわる。せっかくよく眠っているのに、お前たちのような乱暴者に枕もとでどたばたやられたんじゃ、病人が目をさます。今夜はおとなしく引きさがりなさい」

「じゃ、明日の朝くれば、きっとその巡礼娘をわたしてくれるんだな」

「それはよく話を聞いて、わたしてよければわたしてやろう。とにかく明日の朝まで待ちなさい。いまは病人なんだから、そっと寝かしておくのが、一番いいんだ」

「おい、そっちの大きなお侍さん」

鉄五郎は太郎のほうへ声をかける。

「わしかな」

「こう見たところ、この中ではお前さんが一番旦那のようだ。いま青二才がいったことは、お前さんも承知かね」

「さよう、わしも承知だ。今夜はおとなしく引きとるがいい」

「そうか――。お前までぐるならしようがねえ。おれたちは子供の使いじゃねえんだ。ここで長脇差を抜いても、娘はもらって行くからそう思ってくれ」

「まあ待て――。おい、江古田の小市前へ出ろ」

鉄五郎のうしろについている二人のうち、一人はたしかに江古田の小市なのだ。

「畜生、よくおぼえてやがったな」

小市は臆面もなく前へ出てくる。

「お前、この間の肘の怪我はもうすっかりなおったのか」

「あたりめえよ。なおったからこうして歩いているんだ、ここで逢ったが百年目、今夜こそ手前を叩っ斬ってやるから、そう思え」

「かわいそうに、お前は生れながらの瘋癲《ふうてん》と見える。――常太郎、見てやれ。これがお前の子供のとき、お前を死ねよがしにした叔母のお鉄の伜小市だ」

「えっ、本当か黒潮さん」

常太郎ははっとしたように小市のほうを見る。

「なに、常太郎だと」

小市も名ぐらいはおぼえていたらしく、じろりと常太郎のほうを見た。

三

「小市、珍しいところで出あったなあ。知らずに道で逢っても、わからなかったかも知れない。叔父さんや叔母さんは達者なんだろうね」

常太郎はなつかしそうに、小市に声をかける。

「ふうむ、お前があのころの常太郎か。よく今まで無事に生きていたもんだなあ」

小市はさすがに呆れているようだ。

「おかげでどうやら、このとおり一人前になった。あのころはよくお前にいじめられたもんだが、今ではそれも遠い夢のようでなつかしい」

「お前、江古田へあの家をうけ取りに帰ったって、あの家はもうないぜ。いや、家はあるが、もうとっくに人の物になっている。親父の小兵衛は死んでしまったし、おふくろもどこへ行ったか、いまじゃ江古田にいねえそうだ」

人ごとのようにいいながらも、ちらっと小市の胸へさびしいものが走ったというような顔つきである。

「そうか、叔父さんは死んだか。いい叔父さんだったがなあ」

「親父はよかったがおふくろは鬼婆《おにばば》だったといいてえんだろう」

「それも昔の夢で、辛いには辛かったが、世の中にはもっと辛いことがあった。その辛いことにようやく負けない年になったんで、今では子供のころを思い出すとただなつかしい。小市はいつごろ江古田を出たんだね」

そのおだやかな常太郎の顔を見ていると、この子は少しもいじけもしないで、よくこんなにおおらかに育ってくれたもんだと、お蘭はまたしても胸が熱くなってくる。

「おれが江古田を飛び出したのは十六の時だから、もう五年にならあ。おれは世の中がただおもしろおかしくて、今まで家のことなんか一度も思い出したことはねえのよ」

　小市はわざと悪たれた顔をしてみせる。

「おい小市、お前がその医者ん棒の男と知合いならちょうどいい、さっきの巡礼娘をすなおにこっちへわたしてくれるように、お前からもう一度掛合ってみてくんな」

　そばから鉄五郎がぬけぬけと口を出していた。

「兄貴、また明日という日があらあ。ここはおとなしく引きさがっておいちゃどうだ」

　なんと思ったか、小市は急になだめるようなことをいい出す。

「けッ、手前その医者ん棒になにか弱い尻でもつかまれているのか」

「そうじゃねえ。ここは掛川のお城下町だ、ここで血の雨を降らせても、娘は手に入らねえぜ。問屋場がうるせえからな」

　小市は黒潮太郎のずばぬけて強いのを知っているから、三人きりでは勝味なしと見てとったのだろう。

「そうか——。理窟はこっちにあるんだから、問屋場なんか恐くはねえが、お前がそういうんなら、今夜はこのまま引きさがることにしよう」

　鉄五郎もこの人数では刀を抜いても無理と見たらしく、

「おい医者ん棒、娘は明日きっと、うけ取るようにしてうけ取ってみせるから、そう覚悟していろよ」

と、常太郎のほうへ凄い目を一つむいておいて、どかどかと廊下へ出て行く。

「常、縁があったらまた逢おうぜ」

小市はそんな捨てぜりふを残して、鉄五郎の後を追って行った。

「黒潮うじ、わしがちょいと奴等の後をつけてみようか」

五十嵐半蔵が苦わらいをしながら膝を立てようとする。

「いや、ほうっておくといい五十嵐さん。明日になればまたどんな機縁で心がわりしないともかぎらない。刀を抜いての掛合いは、なるべく最後の最後までさけることにしよう」

太郎はおだやかにとめた。

「けど黒潮の旦那、藤枝の雁屋銅七って親分は、相当悪どいことを平気でやる男だっていいやすからね」

平吉が心配そうにいう。

「あの、失礼いたします」

病間の襖がそっとあいて、意外にもそこへ巡礼娘が静かに両手をつかえた。さっきから起きていたらしく、着物もちゃんと紫矢絣《やがすり》のよそ行きに着がえ、行儀のいいしっとりとした武家娘になっている。

「あんた、起きていたのか」

常太郎がびっくりしたように聞く。

「はい」

「まだ無理をしちゃいけないんだがなあ。痛みはとれたのかね」

「おかげさまで、もうおさまりました」

しかし、まだ冴《さ》えない顔色なのである。

「あの、あなたさまにお聞きしたいことがございまして――」

「どんなことです」

「あなたさまは先ほど、三村源次郎のことをお話しなすっていましたね」

「三村源次郎――、蘭方の三村白石先生のことですね」

「はい、三村は本当に長崎で亡くなったのでございましょうか」

娘のきれいな目が必死に見つめてくる。

「そういうあなたは」

「高崎の伊藤卜庵の娘千代は、あたくしの母、あたくしは千代と三村源次郎との間にできました光代と申します」

「なにッ、するとあなたは白石先生のお嬢さん――」

常太郎は思わず坐りなおす。

「あたくしが生れました時は、もう父は家にいませんでしたから、顔は知りませんが、この秋祖父卜庵が亡くなりましたので、母千代と二人で、江戸にいるという父をたずねてまいりました。そして、向柳原《むこうやなぎはら》というところをさがしまわりましたところ、父はもう五年も前にどこかへ行ってしまったということです。それから、父の知人だという人を、それからそれへとたずねて、やっと長崎へ行ったということがわかり、この月のはじめに母と二人で巡礼姿になって、江戸を出てまいったのでございます」

「それでお嬢さん、母上はどうなすったんです」

「藤枝の旅籠《はたご》へついた夜からわずらいつきまして、ついこの間亡くなりました。今日がちょうどその初七日《しょなのか》になります」

「なに、亡くなられた――。しまったなあ、こんなに近くまできていてほんのもう一足というところだったのになあ」

常太郎はいかにも口惜しそうにいう。

「光代さん、その藤枝の旅籠というのは布袋屋というのですか」

お蘭はそばからすかさず聞く。

「はい。十日ほど母がわずらっている間、ずいぶん親切にしてくれまして、葬式まで面倒を見ていただきました。あたくし本当にいい御夫婦だと、ありがたく思っていましたところ、今朝になりまして、薬料やその他なにやかや、諸費用が三十両かかった、お金がなければ、しばらく雁屋という地獄茶屋へ奉公してもらわなければならないと、難題を持ちかけられてしまったのです」

「畜生、よくある手だ。それでお嬢さん、逃げ出したってわけなんですね」

　平吉が察しよく先まわりをして、いきり立つ。

「路銀はまだ少しは残っていますが、とても三十両などという大金はございません。悪いこととは存じましたが、いずれ父にでもめぐり逢えたら、その時改めておわびをしようと思い、隙を見て裏口から逃げてきたのですけれど、さっきのところまで行きますと、急にお腹へさしこみがきまして、一歩も歩けなくなってしまったのです」

「なにが悪いもんですか、お嬢さん。布袋屋の野郎、三十両だなんて、親切ごかしに太い吹っかけかたをしやがる。きっと雁屋とぐるになって、お嬢さんをいい鴨にしようという魂胆にちげえねえんだ」

「平吉兄貴、明日はどうせ藤枝を通るんだ。二人で布袋屋へ押しかけて行って、鬼夫婦を問屋場へ突き出してやろうじゃねえか」

　おとぼけ仙太まで威勢よく力み出す。

「縁ですねえ、太郎さん」

　お蘭はしみじみした声になって、

「光代さん、この常太郎さんはね、八つの時八王子の旅籠で死にかかっているところを、三村先生に助けられたんです。それがこんど、三村先生の遺言でいずれは高崎へたずねなければならない旅の途中で、その三村先生のお嬢さんとは知らずに、あなたをおぶってここまでつれてくる、しかも今夜はあなたの阿母さんの初七日だというんですもの、あなたは阿母さんと、父親の三村先生との魂に、しっかりとまもられているにちがいありません。それは光代さんは旅先でこれまでずいぶん辛い悲しいおもいをしてきたでしょうけれど、これからはきっとしあわせになれますよ。そうでしょう、常太郎さん」

と、わがことのように光代と常太郎を改めて見くらべる。

「お嬢さん、わしはいま姉さんがいったとおり、八つの時から十三年間、ずっと先生に養われてきたしあわせ者です。悲しいけれど、三村先生は先月の二十一日に、長崎で亡くなられ、わしが死水をとらせてもらいました。わしは先生にうけた海山の恩を、これからお嬢さんにかえさせてもらいます、今日からわしをお嬢さんの下男だと思って、なんなりといいつけてください。お願いします」

常太郎は正直にそういい切って、光代の前へ両手をついた。

「いけません、常太郎さま。それでは困りますあたくし――。お手をあげてくださいまし」

光代はびっくりして、自分もそこへ両手をついてしまう。

「常太郎さん、あなたの気持はよくわかるけど、下男というのは光代さんも心苦しいんじゃないかしら。もし光代さんさえよかったら、いっそ御夫婦になって、今日から伊藤常太郎と名乗ってはどうかしら。三村先生も、それから阿母さんのお千代さんも、それならきっとよろこんでくれると思うんだけれど、――ねえ、太郎さん」

お蘭がずばりという。

「それはわしもそう思うが、これだけは光代さんの気持をよく聞いてからでないと、無理に押しつけてはいけない。とにかく明日みんなで藤枝のお千代さんのお墓へおまいりをして、それまでに光代さんによく考えておいてもらう、そのほうがよくはないかね」

太郎はさすがに用心深いことをいう。

「旦那、話は違うが、明日阿母さんのお墓まいりをするとして、布袋屋や雁屋銅七のほうはどうしやす」

平吉が心配そうに聞いた。

「そっちは三十両、金さえやれば問題はないだろう。三十両とは無法ないいがかりだが、三村先生やお千代さんの永代供養料とおもえば、安いものだ。若い二人の門出《かどで》なのだから、血を流すようなことは、絶対にやめよう」

「恐れ入りやした。たしかに旦那のいうとおりです。どうもあっしたちは料簡《りょうけん》がけちでいけねえ。育ちが悪いんですねえ」

平吉は平手でぴしゃりと、自分の額を叩きながら苦わらいをしていた。

四

翌朝、一行は無事に掛川の城下を立った。よく晴れた霜の朝で、大気は冷たいが誰の心も明るく希望にみちていた。

「太郎さん、今日はわしが露払いをつとめよう」

昨夜の雁屋一家のことがあるから、五十嵐半蔵は自分から先頭を買って出た。平吉が黙って半蔵と肩をならべる。

次に常太郎と光代がならんでつづく。光代はもう巡礼姿をやめて、紫矢絣に錦の帯をしめ、背のすらりとした美しい娘になっていた。

三番目は太郎とお蘭で、しんがりはおとぼけ仙太であった。

「ねえ先生、先生はずっと黒潮の旦那といっしょに、江戸まで行くつもりなんかね」

平吉は歩きながら、五十嵐に聞いた。

「うむ、わしはいっしょに江戸まで行って太郎さんの近所に家を一軒借りようと思っている。太郎さんのような人間と一生友だちになれるのは、心がゆたかになって、人生がたのしいからな」

半蔵はいかにもたのしそうである。

「うらやましいなあ。あっしは江尻におふくろがいるんでね、いますぐってわけにも行かねえが、いずれ先生んところへ草鞋をぬぎやすからね、その時はよろしくたのんます」

「いいとも――。そのかわりこんど逢う時は堅気になっていなくちゃいかんぜ」

「お言葉までもありやせんや。あっしはねえ先生、今日藤枝を無事に通りこせたらその時から堅気になる気でいるんでさ」

「そうか、その心意気は平吉、うれしいな。大きな声ではいえないが、世の中には金ですむことと、すまないことがあるからなあ」

半蔵も平吉も今日はこの一行の用心棒をつとめる気でいるようだ。

後につづく常太郎と光代は、まるっきり違った話をしていた。

「あたくし、なんですかまだ夢を見ているようでしょうがありませんわ。昨夜はたった一人で、追手は恐いし、日が暮れてしまうし、あの道端でさしこみがきて、歩けなくなってしまうし、このままもうここで行き仆《だお》れになってしまうのかと思いました」

光代は今さらのように、悲し気なため息をついている。

「わしにもお嬢さんとおなじような、辛い時がありました。八王子の旅籠で、まだ子供だったし、下痢がひどくて、頭がくらくらするほど熱は高いし、もう阿母さんのところへ行くのかなと、子供心にも覚悟してしまったんだ。それを、そこのおしまさんという女中さんが、よく面倒を見てくれた上に、ちょうど三村先生が泊りあわせて、あぶない命を助けてもらった。それからのわしはずっと先生といっしょで、しあわせでした。心に我がままが出ると、今でもわしは八王子での辛かったことを思い出して、自分を叱ることにしているんです」

「父はどんな人だったのでしょう」

「先生は一口にいえば磊落《らいらく》で、のん気で、いつも頭に病気のことしかないといった名人かたぎのお方でした。けれどねえお嬢さん、先生はあれから一度も奥さんというものは持っていないんです。つまりお嬢さんの阿母さんのことと、その奥さんのお腹の中へおいてきた子供のことだけは、いつも胸の底に大切にしまってあったんですね」

「それは母もおなじでしたわ。どんなに祖父が二度目の養子をすすめても、これだけはうんといいませんでした。ですから、あたくし昨夜考えたんです。母がせっかくの思いで藤枝まできて、あんなにぽっくり亡くなってしまったのは、もう長崎まで行っても父が死んでいる、それを父が母に知らせたんじゃないかと思うんです」

「そうだ、たしかにそうだお嬢さん、先生は奥さんに余計な苦労をさせたくなくて、きっと自分で奥さんを迎えに行ったんです。そうだ、きっとそれにちがいない」

常太郎はきれいな池の蓮《はす》の葉の上に、花にかこまれて、しあわせそうにならんで坐っている先生と奥さんの姿をおもいうかべ、急に目頭が熱くなってくる。

「そういえばお嬢さんは目もとのあたり、先生とそっくりだなあ」

「そのお嬢さんだけはやめて、常太郎さん。なんだか恥ずかしい、あたくし」

「しかし、わしは下男の約束なんだから、光代さんなんて呼んじゃ罰があたる」

「常太郎さんは本当にあたくしのそばに一生いてくださいます」

「いますとも――。わしは下男ですからな」

「じゃ、あたくしも女中のつもりになりますわ。そのほうが気が楽ですもの」

「よろしい、ではわしはそのお女中の下の下男ということにしよう」

宿縁にむすばれた若い二人はたのしそうである。ことに光代は昨夜お蘭と枕をならべて寝て、ちゃんと常太郎といっしょになることを承知しているのだから、今朝は夢のような朝なのである。

「そうか、光代さん承知したのか」

太郎はいまその話をお蘭から聞いて、若い二人のしあわせそうなうしろ姿を眺めながら、思わず微笑せずにはいられなかった。

「お蘭、またいい御夫婦が一組ふえたねえ」

「ええ、常坊もずいぶん苦労しているけれど、昨夜いろいろ話を聞いてみると、光代さんも相当苦労しているようなのよ。どっちも今はみなしごだし、これからはきっと二人でしあわせになれると思うわ」

「どうだろう、興津へ行ったらおしまさんに二人の盃をしてもらおうじゃないか」

「でも、おしまさんには病人の娘さんがいるでしょう」

「それは大丈夫だ。天下の名医伊藤常太郎が脈をとるんだ。病人はきっとなおる」

「それに、まだ藤枝の宿がありますよ。うまく話がつけばいいんですけれどねえ」

「なあに、慾の深い奴には金をやればいいんだ。心配することはあるまい。わしなどはお蘭さえいてくれれば、金も名もいらないと思っているが、世間というやつは案外慾の深いもんだからな」

　太郎はあっさりといってわらっている。太郎のは散散人のことで苦労してきて、本当に慾がないのだから、お蘭はたのもしいと思う。

「太郎さん、こんどはずいぶん長い旅でしたねえ」

「そうだったなあ、冬の旅で、お蘭も楽じゃなかったろうが、これでやっとわしは七人の約束を果して、ほっとした」

「本当に御苦労さま。あたしは自分が好きで勝手にいっしょに苦労してきたんだけれど、人間のしあわせというものはどこにあるのか、やっとわかってきたような気がします。人の真心ほど強いものはありませんねえ、太郎さん」

「そのとおりだ。そこでなあお蘭、我々ももうするだけのことは一応すませたのだから、興津であの二人が盃をする時、いっしょに盃をしようじゃないか。どうだね」

「やっぱりおしまさんにたのむんですか」

「いや、我々の結びの神はおとぼけうじなんだから、仙太うじにたのむことにしよう」

「旦那、なにかいいやしたか」

仙太という声が耳に入ったらしく、仙太がうしろから聞く。

「いいえね、おとぼけさんにもこんどはずいぶん苦労してもらったから、江戸へ帰ったらいいお嫁さんを世話しなくちゃと、話しているところなんです」

お蘭がふりかえって、わらいながらいう。

「ありがとうござんす。とてものことにねえ姐さん、丈夫な東女をお見立てねがいたいもんで」

「その上、きりょうがよくて、よく働く貞女がいいんでしょう」

「いいえ、慾をいやあきりがありやせん。五体そろっていて、貧乏世帯がうまくきりまわせる女なら、常太郎さんじゃないが、あっしは今日からでも下男になりてえ」

おとぼけ仙太もだんだんいうことが地みちになってきたようだ。

掛川から新坂《にいざか》へ一里二十九丁、新坂から金谷《かなや》へ二里、ここで中食をとって、やがて大井川へかかる。

ここは川人足の肩を借りてわたらなければならない。

——はてな。

河原へかかってきた先頭の五十嵐半蔵はどきりと目を見はった。

いま島田のほうから川をわたってきた立派な旅の侍は、平戸藩の手塚新十郎で、四五人の供をつれているが、この春半蔵に黙って黒潮太郎と真剣勝負をしろといいつけたのは、この新十郎だった。

あの時は出府の途中だったから、江戸屋敷で用をすませて、今日は帰国の旅なのだろう。

黒潮太郎に直接聞いた話ではないが、太郎は今から十年前藩船で大坂へ向う途中、大時化《おおしけ》の暗い夜、この男に海へ突き落されたのだ。そして、新十郎は太郎の婿入するはずだった名門の家名と、その恋人をうまく横奪りして、出世の道をひらいたと聞いている。

——妙な出逢いになったものだなあ。半蔵はじっと笠の中の新十郎の顔を見ていたが、新十郎はたしかにこっちを見て知っていながら、知らん顔をして悠々と前を通りぬけて行った。

無論自分のうしろに太郎がつづくのを、見のがしているはずはない。が、新十郎はそこも澄して通りすぎた。

太郎はわらいながらお蘭の肩にとまったなにかの虫を払ってやっているところだった。

半蔵はほっとしながらも、

「黒潮うじ——」

と、いま通りすぎた主従のほうを目で教えている。

「いいんだ、半蔵さん」

太郎はにこりとわらって、振りかえろうともしない。いつもと少しもかわらぬ太郎の明るい顔である。

——わしは余計なことをした。

かえって半蔵はおのれに愧《は》じながら、もう一度新十郎のほうを見たが、気のせいか新十郎は肩を怒らせて、足を早めているようである。

——太郎さんの勝だ。

はっきりそう見てとった半蔵は、これから一生暗い過去にひそかに悩まされて生きなければならない新十郎を、あわれな奴だとさえ思った。

「先生、さっきの侍は誰なんです」

平吉がふしぎそうに聞いたのは、大井川をわたってからであった。

「あれは野良犬さ」

「野良犬――？」

「うむ、人の台所の魚を狙って歩く、あわれな野良犬なんだ。我々には縁のない輩《やから》だ」

半蔵はあっさりといってのけて、自分もまた二度と新十郎の名は口にすまいと心に誓った。

島田から藤枝へ二里八丁。

「常太郎さん、だんだん阿母さんのお墓が近くなるわ」

「お嬢さんはこの道を、昨日は泣きべそをかいて歩いていたんだろう」

「いやですったら、お嬢さんといっちゃ」

「しかし、わしは下男なんだからなあ」

「違います。常太郎さんは名医三村源次郎の高弟で、伊藤常太郎先生ですわ」

「ありがとう――。わしは三村先生に負けないような医者になります」

「でも、奥さんや子供をすてるようなところまで、真似しちゃいやです」

「はい、奥さんと子供はきっと可愛がります」

「常太郎さん、なにを叱られてるの」

うしろからお蘭が聞いた。

「奥さんや子供を可愛がらなくちゃいけないと、教えてもらっています」

常太郎は正直である。

「光代さん、それうちの太郎さんにも教えてやってくださらない」

「そんなこと、光代さんに教わらなくても、わしは前からお蘭の下男なんだからな」

「けっ、どうしてこうやたらに下男がふえちまいやがったんだろうな」

おとぼけ仙太がうしろから聞こえよがしにまぜっかえす。

真白に雪をかぶった富士が、すぐそこに見えるような明るい冬の午《ひる》さがりだった。

本書は『江戸の朝風』（一九七二年・弊社刊）を底本とした文庫オリジナルです。

なお、本書のなかには、今日の観点に照らして不適切な表現がありますが、著者が故人であること、また著者の意図は差別を助長するものではないことにかんがみ、底本に準じました。

特選時代小説
KOSAIDOBUNKO

江戸《えど》の朝風《あさかぜ》

2012年12月1日　第1版第1刷

著者
山手樹一郎《やまてきいちろう》
発行者
清田順稔
発行所
株式会社 廣済堂出版
〒104-0061 東京都中央区銀座3-7-6
電話◆03-6703-0964［編集］ 03-6703-0962［販売］ Fax◆03-6703-0963［販売］
振替00180-0-164137　http://www.kosaido-pub.co.jp

印刷所・製本所
株式会社 廣済堂

ISBN978-4-331-61505-8　C0193

定価はカバーに表示してあります。落丁・乱丁本はお取り替えいたします。